»Das kühnste Debüt des Jahres.«
THE OBSERVER

»Eine faszinierend schöne Erzählung, die an Steinbeck und Faulkner erinnert, in einer Sprache, die ganz ihre eigene ist.«
THE NEW YORK TIMES

»Zhangs Sprache ist nicht nur einfach hinreißend, sie ist revolutionär. Abwechselnd schön und brutal, ist dieses Debüt eine Wucht und eine visionäre Ergänzung zur amerikanischen Literatur.«
STAR TRIBUNE

»Wenn es jemals eine Zeit gibt, sich kopfüber in Zhangs Saga zu werfen, dann jetzt. Eine dringliche Hommage an die unerzählten Geschichten amerikanischer Einwanderer.«
THE SAN FRANCISCO CHRONICLE

»Ein wildes und glänzendes Buch, das aus den Zwischenräumen zwischen Mythos und Traum hervorbricht.«
LAUREN GROFF

»Ein umwerfender, wilder Gesang auf die Familie und die Sehnsucht nach Herkunft und Zugehörigkeit. C Pam Zhang ist eine furchtlose Autorin, das Buch ein Wunder.«
GARTH GREENWELL

»Außergewöhnlich«
CHIGOZIE OBIOMA

»Dieser Roman ist fesselndes Abenteuer, zarte Coming-of-Age-Geschichte und die Ankunft eines neuen großen Talents.«
ESQUIRE

»Herausragend«
THE WASHINGTON POST

»Unvergesslich«
THE TIMES

»Gehört in ein Bücherregal ganz für sich allein.«
NPR

C Pam Zhang treibt die gleiche Sehnsucht um wie ihre Figuren Lucy und Sam: Die Sehnsucht nach einem Zuhause. In einem Land, das nicht ihres ist. »Wie viel von diesen Hügeln ist Gold« zeugt von dieser Sehnsucht und ihren Kindheitserfahrungen als chinesische Einwanderin in Amerika – und der Trauer um den eigenen Vater. Mit umwerfend wilder Sprachmagie verwebt Zhang dabei chinesische Mythen mit Erzählungen des Wilden Westens zu einer furchtlosen Neuinterpretation eines Stücks weißgewaschener Geschichte. Entstanden ist ein intimer wie epischer Roman, der die wichtigen Fragen unserer Gegenwart stellt: Nach Gender und Identität, Herkunft und Migration. Und immer wieder: Wem gehöre ich zu? Wo darf ich ankommen?

C Pam Zhang wurde 1990 in Peking geboren, ist aber hauptsächlich ein Kind der Vereinigten Staaten. Sie hat bislang in 13 Städten gelebt und ist immer noch auf der Suche nach einem Zuhause. Zahllose Schreibstipendien wurden ihr verliehen, darunter das des renommierten Iowa Writers' Workshops. Ihre Literatur erschien u. a. in »Harper's Bazaar« und im »New Yorker«. »Wie viel von diesen Hügeln ist Gold« ist ihr Debütroman, der in den USA zur hoch gelobten Überraschungssensation des Jahres wurde. Der Bestseller schaffte es auf die Longlist des Booker Prize und wurde 2020 zu einem von Obamas Lieblingsbüchern gekürt. Zhang lebt zurzeit in San Francisco.

Eva Regul, geboren 1974 in Kiel, studierte Literaturwissenschaft in Berlin und lebte anschließend in London. Nach ersten Übersetzungen während des Studiums arbeitete sie mehrere Jahre als Untertitlerin. 2019 kehrte sie in die Welt der Bücher zurück und überträgt seither Literatur aus dem britischen und amerikanischen Englisch ins Deutsche.

Weitere Informationen finden Sie auf *www.fischerverlage.de*

WIE VIEL VON DIESEN HÜGELN IST GOLD

ROMAN

C PAM ZHANG

Aus dem amerikanischen Englisch
von Eva Regul

FISCHER Taschenbuch

Aus Verantwortung für die Umwelt hat sich der S. Fischer Verlag zu einer nachhaltigen Buchproduktion verpflichtet. Der bewusste Umgang mit unseren Ressourcen, der Schutz unseres Klimas und der Natur gehören zu unseren obersten Unternehmenszielen.

Gemeinsam mit unseren Partnern und Lieferanten setzen wir uns für eine klimaneutrale Buchproduktion ein, die den Erwerb von Klimazertifikaten zur Kompensation des CO_2-Ausstoßes einschließt.

Weitere Informationen finden Sie unter: www.klimaneutralerverlag.de

Erschienen bei FISCHER Taschenbuch
Frankfurt am Main, März 2023
Die Originalausgabe erschien 2020 unter dem Titel
»How much of these Hills is Gold« bei Riverhead Books,
an imprint of Penguin Random House LLC., New York
Copyright © 2020 by C Pam Zhang
All rights reserved.

Das Interview auf den Seiten 341 ff. führte und
übersetzte Teresa Pütz, Lektorin S. Fischer.

Für die deutschsprachige Ausgabe:
© 2021 S. Fischer Verlag GmbH,
Hedderichstr. 114, D-60596 Frankfurt am Main

Satz: Fotosatz Amann
Druck und Bindung: GGP Media GmbH, Pößneck
Printed in Germany
ISBN 978-3-596-70332-6

FÜR MEINEN VATER,
ZHANG HONGJIAN,
GELIEBT, DOCH NIE RECHT GEKANNT.

THIS LAND IS NOT YOUR LAND.

Inhalt

Teil eins

Gold	15
Pflaume	36
Salz	52
Schädel	60
Wind	68
Erde	72
Fleisch	77
Wasser	89
Blut	95

Teil zwei

Schädel	101
Erde	104
Fleisch	113
Pflaume	130
Salz	145
Gold	155
Wasser	169
Erde	171
Wind	184

Blut 188
Wasser 195

Teil drei

Wind Wind Wind Wind Wind 203

Teil vier

Erde 245
Wasser 252
Fleisch 261
Schädel 274
Pflaume 281
Wind 286
Blut 291
Gold 300
Salz 307
Gold 318
Gold 328

Dank 339

Anhang 341

TEIL EINS

XX62

GOLD

Ba stirbt in der Nacht, und so machen sie sich auf die Suche nach zwei Silberdollars.

Sam klopft am Morgen einen zornigen Rhythmus, aber Lucy hat das Bedürfnis, etwas zu sagen, bevor sie gehen. Die Stille lastet schwer auf ihr, drängt sie, bis sie nachgibt.

»Tut mir leid«, sagt sie zu Ba in seinem Bett. Das Laken, das ihn einhüllt, ist das einzig Saubere in der schummrigen Hütte, in der schwarzer Kohlenstaub alles bedeckt. Um den Dreck hat Ba sich schon zu Lebzeiten nicht geschert, und auch im Tod geht sein schmaler, giftiger Blick daran vorbei. Und an Lucy. Direkt zu Sam. Sam, das Lieblingskind, rundes Bündel Ungeduld, das in übergroßen Stiefeln an der Tür auf und ab geht. Sam hat Ba von früh bis spät an den Lippen gehangen – und kann dem Mann jetzt nicht mehr in die Augen sehen. Da trifft es Lucy wie ein Schlag: Ba ist wirklich fort.

Sie bohrt einen nackten Zeh in den lehmigen Boden, schürft nach Worten, damit Sam zuhört. Damit sich Gnade über Jahre der Verletzungen legt. Im Licht, das durch das einsame Fenster fällt, schwebt geisterhaft der Staub. Kein Hauch von Wind.

Etwas drückt sich Lucy ins Kreuz.

»Peng«, sagt Sam. Sam ist elf, Lucy zwölf; Sam ist Holz, Lucy Wasser, hat Ma immer gesagt. Trotzdem ist Sam einen ganzen Kopf kleiner, sieht jung aus, sanft, aber das täuscht.

»Zu langsam. Du bist tot.« Sam streckt zwei Finger aus der speckigen Faust und bläst auf die Mündung des imaginären Revolvers. Genau wie Ba immer. Gehört sich so, hatte Ba gesagt, und als Lucy einwandte, Lehrer Leigh hätte gesagt, diese neuen Revolver verstopften nicht und man müsse nicht mehr pusten, war Ba der Meinung, es gehöre sich, ihr eine zu scheuern. Sternexplosion vor den Augen, stechender Schmerz in der Nase.

Die Nase ist danach nie mehr ganz gerade geworden. Gedankenverloren legt Lucy den Finger daran. Gehört sich so, hatte Ba gesagt, heilt von alleine. Als der farbenprächtige Bluterguss verblich, hatte er Lucy angesehen und kurz genickt. Als hätte er das von Anfang an so geplant. *Gehört sich so, da hast du nen Denkzettel fürs Frechsein.*

Sams braunes Gesicht ist zwar verdreckt und mit Schießpulver eingerieben (indianische Kriegsbemalung für Sam), aber darunter ist es makellos.

Ausnahmsweise, weil Bas Fäuste machtlos unter der Decke liegen – und vielleicht ist sie ja doch brav, doch klug, vielleicht glaubt sie insgeheim, Ba könnte aufstehen und sie schlagen, wenn sie ihn reizt –, tut Lucy, was sie sonst nie tut. Sie formt selbst die Hand zum Revolver, richtet die Finger auf Sam. Drückt sie gegen Sams Kinn, wo die Bemalung dem Babyspeck weicht. Gegen den Unterkiefer, den man zierlich nennen könnte, wenn Sam ihn nicht immer so hochrecken würde.

»Selber peng«, sagt Lucy. Sie schiebt Sam wie einen Banditen zur Tür.

Die Sonne dörrt sie aus. Mitten in der Trockenzeit ist Regen nur noch eine ferne Erinnerung. Ihr Tal besteht aus nackter, staubiger Erde, durch die sich ein Creek schlängelt. Hier die dürftigen Hütten der Bergarbeiter, drüben die reichen Häuser mit richtigen Wänden und Fensterscheiben. Und ringsherum die endlosen, zu Gold verbrannten Hügel; und dort draußen, versteckt im hohen, trockenen Gras, verstreute Lager von Goldgräbern und Indianern, Grüppchen von Vaqueros und Planwagenfahrern und Banditen, und das Bergwerk, und noch mehr Bergwerke, und die Weite, die Weite.

Sam drückt die schmalen Schultern durch und stapft los zur anderen Seite des Creeks, das rote Hemd ein Schrei in der Ödnis.

Als sie hier ankamen, wuchs noch langes, gelbes Gras im Tal, Straucheichen standen auf den Hügeln, und nach dem Regen blühte der Mohn. Die Überschwemmung vor dreieinhalb Jahren hat die Eichen entwurzelt, die Hälfte der Menschen ertrank oder floh. Ihre Familie aber blieb, ganz allein am Rande des Tals. Ba wie ein vom Blitz gespaltener Baum: in der Mitte tot, die Wurzeln noch festgekrallt.

Und jetzt, wo Ba fort ist?

Lucy setzt die nackten Füße in Sams Stiefelabdrücke und schweigt, spart sich die Spucke. Das Wasser ist schon lange fort, die Welt nach der Flut umso durstiger.

Und Ma. Schon so lange fort.

Auf der anderen Seite des Creeks liegt das breite Band der Hauptstraße, schillernd und staubig wie Schlangenhaut. Falsche Fassaden ragen in die Höhe: Saloon und Hufschmiede, Handelsposten und Bank und Hotel. Menschen lungern im Schatten wie Eidechsen.

Im Gemischtwarenladen sitzt Jim und kritzelt in sein Kassenbuch. Es ist genauso breit wie er selbst und halb so schwer. Es heißt, er notiere die Schulden eines jeden Mannes im Territorium.

»Entschuldigt bitte«, murmelt Lucy und schlängelt sich zwischen ein paar Kindern durch, die sich bei den Süßigkeiten herumdrücken und mit gierigen Augen etwas suchen, das sie aus ihrer Langeweile rettet. »Verzeihung. Entschuldigung.« Sie schrumpft sich klein. Zögerlich machen die Kinder Platz, Arme stoßen gegen ihre Schultern. Wenigstens wird sie heute nicht gekniffen.

Jim ist immer noch in sein Kassenbuch vertieft.

Etwas lauter jetzt: »Entschuldigen Sie, Sir?«

Ein Dutzend Augen durchbohren Lucy, aber Jim ignoriert sie weiter. Obwohl sie sofort merkt, dass es keine gute Idee ist, schiebt sie die Hand auf den Ladentisch.

Jims Blick zuckt hoch. Rote Augen, die Haut an den Rändern rau. »Pfoten weg«, sagt er schneidend. Drahtpeitschenstimme. Seine Hand schreibt weiter. »Hab den Ladentisch heute früh gewischt.«

Gehässiges Lachen hinter ihrem Rücken. Das ist Lucy egal, nach all den Jahren in solchen Städten gibt es nichts mehr in ihr, was verletzt werden könnte. Was ihr das leere Gefühl im Magen gibt, genau wie damals, als Ma starb, sind Sams Augen. Sam hat den schmalen, giftigen Blick von Ba.

Ha!, lacht Lucy, denn von Sam wird nichts kommen. *Haha!* Ihr Lachen schützt sie, macht sie zu einem Teil der Meute.

»Heute nur ganze Hühner«, sagt Jim. »Keine Füße für euch. Kommt morgen wieder.«

»Wir brauchen kein Essen«, lügt Lucy und schmeckt schon die zart schmelzende Hühnerhaut auf der Zunge. Sie macht sich groß, ballt die Fäuste. Dann sagt sie, was sie braucht.

Ich verrate dir die einzigen Zauberworte, auf die es ankommt, hatte Ba gesagt, als er Mas Bücher in den sturmgepeitschten See warf. Er gab Lucy eine Ohrfeige, damit sie das Weinen ließ, aber seine Hand war langsam. Fast sanft. Er hockte sich hin und sah zu, wie Lucy sich den Rotz aus dem Gesicht wischte. *Ting wo, Lucymädchen: Auf Kredit.*

Bas Worte scheinen tatsächlich eine Art Zauberkraft zu entfalten. Jims Stift hält inne.

»Wie war das, Mädchen?«

»Zwei Silberdollars. Auf Kredit.« Bas Stimme dröhnt hinter ihr, in ihren Ohren. Lucy riecht seine Whiskeyfahne. Wagt nicht, sich umzudrehen. Wenn seine Pranken ihr jetzt auf die Schultern fallen, weiß sie nicht, ob sie schreien oder lachen wird, weglaufen oder ihm um den Hals fallen, so fest, dass er sie nicht abschütteln kann, wie sehr er auch flucht. Bas Worte rutschen aus dem Tunnel ihrer Kehle wie ein Geist, der aus dem Dunkel steigt. »Montag ist Zahltag. Ist nur für ein paar Tage. Ehrlich.«

Sie spuckt in die Hand und streckt sie ihm hin.

Natürlich hat Jim dieses Sprüchlein schon von vielen Bergleuten gehört, von ihren vertrockneten Ehefrauen und ausgemergelten Kindern. Arm wie Lucy. Dreckig wie Lucy. Jeder hier kennt das, Jim knurrt, schiebt das Benötigte über den Ladentisch und berechnet am nächsten Zahltag den doppelten Zins. Hat er nicht sogar einmal nach einem Grubenunglück Verbandszeug auf Kredit herausgegeben? An Leute, die genauso verzweifelt waren wie Lucy.

Aber keiner wirklich wie Lucy. Jim mustert sie. Nackte Füße. Verschwitztes, etwas zu kleines Kleid, genäht aus Resten von Bas dunkelblauem Hemdenstoff. Dürre Arme, die Haare rau wie Kaninchendraht. Und dieses Gesicht.

»Getreide gebe ich deinem Pa auf Kredit«, sagt Jim. »Und alles, was ihr an einem Tier so für essbar haltet.« Er zieht die Oberlippe hoch und entblößt feuchtes Zahnfleisch. Bei jedem anderen könnte das als Lächeln durchgehen. »Aber wenn du Geld willst, geh mit ihm zur Bank.«

Die Spucke trocknet in Lucys Handfläche fest. »Sir ...«

Sams Stiefelabsätze auf dem harten Boden übertönen Lucys leise Stimme. Erhobenen Hauptes marschiert Sam aus dem Laden.

So klein ist Sam. Macht aber Männerschritte in diesen Kalbslederstiefeln. Sams Schatten tanzt noch auf Lucys Zehen; für Sam ist der Schatten die wahre Größe, der Körper nur ein lästiges Zwischenstadium. *Wenn ich ein Cowboy bin,* sagt Sam. *Wenn ich ein Abenteurer bin.* Und in letzter Zeit: *Wenn ich ein berühmter Bandit bin. Wenn ich groß bin.* Jung genug, um zu glauben, dass man die Welt aus Wünschen erschafft.

»Solchen wie uns hilft die Bank nicht«, sagt Lucy.

Keine Reaktion. Staub kitzelt Lucy in der Nase, sie hustet, bleibt stehen. Es wabert in ihrem Rachen. Sie würgt und erbricht das Essen vom Vorabend auf die Straße.

Sofort kommen die streunenden Hunde, um die Lache aufzulecken. Einen Moment lang zögert Lucy, obwohl Sams Stiefel schon ungeduldig trommeln. Am liebsten würde sie ihr letztes Familienmitglied allein lassen und sich zu den Hunden kauern, um das, was ihres ist, bis zum letzten Tropfen gegen sie zu verteidigen. Bauch und Beine, das ist das Leben der Streuner, fressen und flüchten. Ein einfaches Leben.

Sie richtet sich auf, zwingt sich auf zwei Beinen zu gehen.

»Kann's losgehen, Partner?«, fragt Sam. Die Frage ist ernst gemeint, keine irgendwo aufgeschnappte und nachgeplapperte Phrase. Zum ersten Mal an diesem Tag kneift Sam die dunklen Augen nicht zusammen. Im Schutz von Lucys Schatten sind sie weit geöffnet, der Blick wird weich. Lucy beugt sich vor und berührt die kurzen schwarzen Haare unter dem verrutschten roten Tuch. Sie erinnert sich an den Duft von Sams Babykopfhaut: hefesüß und wahrhaftig, Sonne und Öl.

Aber durch ihre Bewegung wird Sam plötzlich vom Sonnenlicht getroffen. Sofort sind die Augen schmal. Sam macht einen Schritt zurück. An der ausgebeulten Hosentasche erkennt Lucy, dass die Hand wieder zum Revolver geformt ist.

»Kann losgehen«, sagt Lucy.

Der Fußboden in der Bank ist aus glänzendem Holz. Blond wie das Haar der Kassiererin. So glatt, dass Lucy sich keine Splitter in die Füße reißt. Sams Stiefel klingen hier hart wie Revolverschüsse. Der Hals unter der Kriegsbemalung wird rot.

Ta-tap, hallt es durch die Bank. Die Kassiererin blickt starr.

Ta-TAP. Die Kassiererin lehnt sich zurück. Hinter ihr taucht ein Mann auf. An seiner Weste baumelt eine Kette.

TA-TAP TA-TAP TA-TAP. Sam stellt sich vor dem Schalter auf die Zehenspitzen, Stiefelleder knarzt. Jeder Schritt mit Bedacht gesetzt.

»Zwei Silberdollars«, sagt Sam.

Der Mund der Kassiererin zuckt. »Habt ihr ein ...«

»Sie haben kein Konto.« Sagt der Mann und sieht Sam an wie eine Ratte.

Sam ist verstummt.

»Auf Kredit«, sagt Lucy. »Bitte.«

»Euch beide kenn ich doch. Hat euer Vater euch zum Betteln geschickt?«

Könnte man so sagen.

»Montag ist Zahltag. Es ist nur für ein paar Tage.« *Ehrlich* lässt Lucy weg. Käme bei diesem Mann nicht gut an.

»Wir sind hier kein Wohltätigkeitsverein. Ab nach Hause,

ihr kleinen ...« Die Lippen des Mannes bewegen sich noch kurz weiter, nachdem er aufgehört hat zu sprechen, wie bei der Frau, die in Zungen redete, Lucy hat das einmal gesehen, eine fremde Macht hatte von ihr Besitz ergriffen. »... Bettler! Haut ab, sonst rufe ich den Sheriff.«

Panische Angst kriecht Lucy mit kalten Fingern über den Rücken. Nicht Angst vor dem Mann. Angst vor Sam. Da ist wieder dieser Blick in Sams Augen. Sie muss an Ba denken, steif in seinem Bett, die Augen einen schmalen Spalt geöffnet. Sie war heute früh als Erste wach. Sie hat die Leiche entdeckt und in den Stunden, als Sam noch geschlafen hat, die Totenwache gehalten, sie hat ihm die Augen, so gut sie konnte, zugedrückt. Sie hatte gedacht, Ba sei zornig gestorben. Jetzt weiß sie es besser: Aus seinen zusammengekniffenen Augen starrte der berechnende Blick des Jägers auf seine Beute. Sie sieht schon die Zeichen der Besessenheit. Bas schmaler Blick in Sams Augen. Bas Zorn in Sams Körper. Und da ist noch mehr, wodurch Ba Macht über Sam hat: die Stiefel. Die Stelle, wo Ba Sam die Hand auf die Schulter gelegt hat. Lucy weiß, wie es weitergeht. Ba wird langsam in diesem Bett verrotten, während sein Geist aus seinem Körper in Sams wandert, bis Ba Lucy eines Morgens aus Sams Augen ansieht. Sam auf ewig verloren.

Sie müssen Ba ein für alle Mal begraben, ihm die Augen mit Silbergewichten verschließen. Das muss Lucy diesem Mann begreiflich machen. Sie wappnet sich fürs Betteln.

Sam sagt:

»Peng.«

Lass den Unsinn, will Lucy sagen. Sie will Sams kleine braune Finger packen, aber die haben plötzlich einen seltsamen Glanz. Schwarz. Sam hält Bas Revolver in der Hand.

Die Kassiererin fällt in Ohnmacht.

»Zwei Silberdollars«, sagt Sam mit tiefer Stimme. Ein Echo von Ba.

»Bitte entschuldigen Sie, Sir«, sagt Lucy. Sie zieht die Mundwinkel hoch. *Haha!* »Sie wissen schon, Kinder machen immer Unsinn. Bitte verzeihen Sie ...«

»Verzieht euch, bevor ich euch lynchen lasse«, sagt der Mann. Er sieht Sam direkt ins Gesicht. »Verzieh dich, du dreckiges ... kleines ... Schlitzauge.«

Sam drückt ab.

Getöse. Ein Knall. Ein Sausen. Etwas Gewaltiges rauscht an Lucys Ohr vorbei. Streichelt sie mit rauer Hand. Als sie die Augen aufmacht, ist die Luft grau von Qualm. Sam ist zurückgetaumelt, die Hand an der Wange, getroffen vom Rückstoß des Revolvers. Der Mann liegt auf dem Boden. Zum ersten Mal im Leben widersetzt sich Lucy den Tränen auf Sams Gesicht, zieht jemand anderen vor. Sie kriecht von Sam weg. Dröhnen in den Ohren. Sie ertastet den Knöchel des Mannes. Seinen Oberschenkel. Seine Brust. Seine lebendige, unversehrte Brust, in der sein Herz schlägt. Er hat eine Beule an der Schläfe, weil er zur Seite gesprungen und mit dem Kopf gegen ein Regal geknallt ist. Davon abgesehen ist der Mann unverletzt. Der Revolver hatte eine Fehlzündung.

Aus der Wolke von Qualm und Pulver hört Lucy Bas Gelächter.

»Sam.« Sie bekämpft den Drang, auch zu weinen. Muss jetzt so stark sein wie nie. »Sam, du Schwachkopf, bao bei, du kleiner Scheißhaufen.« Süß und sauer gemischt, zärtliche Flüche. Wie bei Ba. »Los, weg hier.«

Man könnte fast darüber lachen, dass Ba als Goldgräber in diese Hügel gekommen war. Wie tausende anderer dachte er, das gelbe Gras dieses Landes, glänzend wie Münzen im Sonnenschein, verspräche einen noch glänzenderen Lohn. Aber keiner von denen, die im Westen zu graben begannen, hatte mit dem unbarmherzigen Durst dieses Landes gerechnet, das Schweiß und Kraft aus einem saugte. Keiner von ihnen hatte mit seinem Geiz gerechnet. Die meisten kamen zu spät. Die Reichtümer waren schon ausgegraben, weggetrocknet. Die Flüsse trugen kein Gold. Die Erde trug keine Früchte. Stattdessen fanden sie tief in den Hügeln einen weit glanzloseren Schatz: Kohle. Von Kohle konnte ein Mann nicht reich werden, sie ließ ihm nicht die Augen übergehen und beflügelte nicht seine Fantasie. Sie ernährte seine Familie mit mageren Spatzenportionen und zusammengekratzten Stückchen Fleisch, bis seine Frau, vom Träumen erschöpft, bei der Geburt eines Sohnes starb. Danach konnte er das Geld für ihr Essen in Alkohol umsetzen. Das war alles, was nach Monaten der Hoffnung und des Sparens übrig blieb: eine Flasche Whiskey und zwei Gräber, die keiner mehr fand. Man könnte fast darüber lachen – *haha!* –, dass Ba mit ihnen hierhergekommen war, um reich zu werden, und jetzt sind sie drauf und dran, für zwei Silberdollars zu töten.

Also klauen sie. Nehmen sich, was sie brauchen, um aus der Stadt zu fliehen. Sam will erst nicht, stur wie immer. Hartnäckig. »Wir haben keinem was getan.«

Aber du warst kurz davor, denkt Lucy. Laut sagt sie: »Solchen wie uns drehen sie aus allem einen Strick. Machen einfach ein Gesetz. Genau wie damals.«

Sam streckt das Kinn vor, zögert aber. Selbst an diesem

wolkenlosen Tag spüren sie beide noch den peitschenden Regen. Erinnern sich an den Sturm, der in der Hütte tobte und gegen den selbst Ba machtlos war.

»Wir müssen hier weg«, sagt Lucy. »Wir haben keine Zeit mehr, um ihn zu begraben.«

Endlich nickt Sam.

Den Bauch im Dreck robben sie zum Schulhaus. Viel zu einfach, das zu werden, was die anderen ihnen nachrufen: Tiere, gemeine Diebe. Lucy schleicht um das Gebäude bis zu einer Stelle, die man von der Tafel aus nicht sehen kann. Drinnen erklingen Stimmen. Das rhythmische Rezitieren hat etwas Heiliges, die Anrufung in der sonoren Stimme von Lehrer Leigh, dann die Antwort der Schüler im Chor. Um ein Haar stimmt Lucy mit ein.

Aber es ist Jahre her, dass sie ins Schulhaus durfte. An ihrem Tisch sitzen zwei neue Schüler. Lucy beißt sich in die Wange, bis es blutet, und bindet Lehrer Leighs graue Stute Nellie los. Im letzten Moment nimmt sie auch noch Nellies Satteltaschen, bis obenhin gefüllt mit Futterhafer.

Wieder zu Hause trägt Lucy Sam auf, in der Hütte alles Nötige zusammenzupacken. Sie selbst bleibt draußen und übernimmt Schuppen und Garten. Drinnen: dumpfe Schläge und Geschepper, der Klang von Trauer und Wut. Lucy geht nicht hinein; Sam bittet nicht um Hilfe. Eine unsichtbare Wand ist zwischen ihnen gewachsen, als Lucy in der Bank an Sam vorbeigekrochen ist und mit sanften Fingern den Mann berührt hat.

Lucy heftet einen Zettel für Lehrer Leigh an die Tür. Angestrengt sucht sie nach den eleganten Ausdrücken, die er ihr vor Jahren beigebracht hat, als könnten sie widerlegen, was ihr Diebstahl beweist. Sie findet sie nicht. Sie kritzelt den Zettel von oben bis unten voll mit *Es tut mir leid*.

Sam tritt mit zusammengerolltem Bettzeug, kargen Vorräten, einem Topf, einer Pfanne und Mas alter Reisetruhe vor die Tür. Die Truhe, fast so lang, wie ein Mann groß ist, schleift im Dreck, die Lederriemen straff gespannt. Lucy fragt sich, welche Erinnerungsstücke Sam wohl darin verstaut hat, denn sie sollten das Pferd nicht zu sehr belasten – aber was zwischen ihnen steht, lässt ihre Kopfhaut kribbeln. Sie sagt nichts. Reicht Sam nur wortlos eine schrumpelige Möhre, das letzte bisschen Süße für die nächste Zeit. Ein Friedensangebot. Sam gibt eine Hälfte Nellie, steckt die andere in die Tasche. Die liebevolle Geste macht Lucy Mut, auch wenn sie nur einem Pferd gilt.

»Hast du dich verabschiedet?«, fragt Lucy, als Sam den Strick auf Nellies Rücken wirft und ein paar Laufknoten schlingt. Sam knurrt nur, schiebt eine Schulter unter die Truhe und hievt sie hoch, das braune Gesicht dunkelrot vor Anstrengung. Lucy hilft mit ihrer Schulter. Die Truhe rutscht in eine Schlaufe des Seils, und Lucy meint darin ein Poltern zu hören.

Sams Kopf wirbelt herum. Weiße Zähne gebleckt im dunklen Gesicht. Angst durchzittert Lucy. Sie macht einen Schritt zurück. Lässt Sam das Seil allein festbinden.

Lucy geht nicht mehr hinein, um dem Leichnam Lebewohl zu sagen. Sie hatte ihre Stunden neben ihm am frühen Morgen. Und ehrlich gesagt, ist Ba schon damals mit Ma gestorben. Dieser Leichnam ist schon seit dreieinhalb Jahren die leere Hülle des Mannes, der Ba einmal war. Endlich werden sie weit genug weggehen, um seinem Geist zu entkommen.

Lucymädchen, sagt Ba, als er in ihren Traum gehinkt kommt, *ben dan.*

Er hat gute Laune, was selten passiert. Wählt sein zärtlichstes Schimpfwort, das, mit dem sie groß geworden ist. Sie will ihn ansehen, aber sie kann den Kopf nicht bewegen.

Was habe ich dir beigebracht?

Sie will mit dem Einmaleins anfangen. Kann aber auch den Mund nicht bewegen.

Schon wieder vergessen, was? Immer bringst du alles durcheinander. Luan qi ba zao. Mit einem Platsch spuckt Ba seinen Abscheu auf den Boden. Der unrhythmische, dumpfe Schlag des schlimmen Beins, dann der des guten. *Nichts kriegst du hin.* Als sie älter wurde, schrumpfte Ba. Aß kaum noch. Was er zu sich nahm, schien nur seine Wut zu nähren, die wie ein treuer alter Köter nicht von seiner Seite wich. *Dui. So isses.* Noch mehr Platschen, weiter weg jetzt. Betrunkenes Lallen. *Du kl... leine Verräderin.* Mathematik hatte sich erledigt, jetzt füllten Schimpfwörter die Hütte. Eine gepfefferte Sprache, die Ma nicht erlaubt hätte. *Du faules Stück Scheiße ... gou shi.*

Als Lucy aufwacht, ist sie von Gold umgeben. Auf den Hügeln ein paar Meilen außerhalb der Stadt wogt das trockene gelbe Gras so hoch, dass selbst Hasen darin verschwinden. Der Wind verleiht ihm einen Schimmer wie Sonnenschein auf mattem Metall. Lucys Nacken schmerzt von der Nacht auf der harten Erde.

Das Wasser. Ba hat es ihr doch beigebracht. Sie hat vergessen, das Wasser abzukochen.

Sie hält die Flasche schräg: leer. Vielleicht hat sie nur geträumt, dass sie sie aufgefüllt hat. Nein – Sam hat in der Nacht vor Durst gewimmert, und Lucy ist hinunter zum Fluss gegangen.

Dumm und verweichlicht, flüstert Ba. *Wo ist das Hirn, auf das du so stolz bist?* Die Sonne ist erbarmungslos; er verglüht mit einem letzten Stich. *Kaum hast du Angst, löst dein Grips sich in Luft auf.*

Lucy entdeckt den ersten Klecks Erbrochenes, dunkel schimmernd wie eine Luftspiegelung. Träge wogt ein Fliegenschwarm. Die nächsten Kleckse führen sie zum Fluss, der sich im Tageslicht als trübe erweist. Braun. Verdreckt wie alle Flüsse in Bergbaugebieten. Sie hat vergessen, das Wasser abzukochen. Weiter unten ist Sam zusammengebrochen. Augen geschlossen, Fäuste gelöst. Die Kleider eine widerlich stinkende, summende Sauerei.

Dieses Mal kocht Lucy das Wasser ab, lässt das Feuer lodern, bis die Hitze sie schwindelig macht. Als das Wasser einigermaßen abgekühlt ist, wäscht sie Sams fiebrigen Körper.

Sams Lider flattern. »Nein.«

»Sch. Du bist krank. Ich helfe dir.«

»Nein.« Sam badet schon seit Jahren allein, aber das hier ist ja wohl eine Ausnahme.

Kraftlose Tritte von Sam. Lucy schält mit angehaltenem Atem verkrusteten Stoff weg, der Gestank ist unerträglich. Heller Fieberglanz brennt in Sams Augen, als wäre es Hass. Die von Ba geerbte, mit einem Strick zugebundene Hose lässt sich leicht ausziehen. Zwischen Sams Beinen stößt Lucy mit der Hand an etwas, das in der Unterhose steckt. Ein harter, knorriger Knubbel.

Lucy zieht eine halbe Möhre zwischen den Beinen ihrer kleinen Schwester heraus: ein kümmerlicher Ersatz für das, was Sam Bas Meinung nach hätte haben sollen.

Lucy macht einfach weiter, aber ihre Hand zittert, und der Waschlappen schrubbt härter als beabsichtigt über die Haut. Kein Wimmern von Sam. Kein Blick. Augen auf den Horizont gerichtet. Wie immer, wenn Sam um die Wahrheit nicht herumkommt, tut sie so, als habe sie nichts mit diesem Körper zu tun, der noch immer kindlich und androgyn ist, verklärt von einem Vater, der einen Sohn wollte.

Lucy müsste etwas sagen. Aber wie lässt sich dieser Pakt zwischen Sam und Ba erklären, den sie nie verstanden hat? In Lucys Kehle wächst ein unbezwingbarer Berg. Sams Blick folgt dem Möhrenrest, den Lucy wegwirft.

Einen Tag lang würgt Sam dreckiges Wasser hoch, drei weitere dauert das Fieber an. Während Lucy Haferbrei kocht, Zweige ins Feuer legt, bleiben Sams Augen geschlossen. In diesen trägen Stunden betrachtet Lucy eine Schwester, die sie fast schon vergessen hatte: volle Lippen, dunkler Wimpernfarn. Die Krankheit schärft Sams rundes Gesicht, macht es Lucys ähnlicher: kantiger, hagerer, die Haut blasser, mehr gelb als braun. Ein Gesicht, das seine Schwäche zeigt.

Lucy streicht Sam die Haare aus der Stirn. Seit sie vor dreieinhalb Jahren komplett abgeschnitten wurden, sind sie wieder bis knapp über die Ohren gewachsen. Seidenweich und sonnenheiß.

Es wirkte unschuldig, wie Sam ihr Mädchensein versteckte. Kindisch. Kurze Haare und Dreck und Kriegsbemalung. Bas alte Klamotten angezogen und wie Ba herumstolziert. Selbst als Sam sich Mas Regeln widersetzte und darauf bestand, arbeiten zu gehen und mit Ba aus der Stadt zu reiten, hatte Lucy das für die alten Rollenspielchen gehalten. Hätte nie gedacht, dass es so weit ging. So weit wie diese Möhre, dieser Versuch, mit aller Macht etwas tief drinnen zu verändern.

Es ist ziemlich raffiniert. Ein Stückchen Stoff als versteckte Tasche in die Unterhose genäht. Geschickt gemacht für ein

Mädchen, das die Mädchenpflichten im Haushalt verweigerte.

Der Krankheitsgestank hängt noch über ihrem Lager, obwohl Sam keinen Durchfall mehr hat und sich wieder allein waschen kann. Die Fliegenwolken bleiben, Nellie schlägt ununterbrochen mit dem Schweif. Aber Sams Stolz hat genug gelitten, also verliert Lucy kein Wort über den üblen Geruch.

Eines Abends kommt Lucy mit einem erlegten Eichhörnchen zurück, Sams Lieblingsgericht. Es hatte eine Pfote gebrochen und war nicht schnell genug auf dem Baum. Sam ist nirgendwo zu sehen. Nellie auch nicht. Lucy dreht sich mit blutigen Händen im Kreis, ihr Herz klopft und klopft. Im Rhythmus der Schläge singt sie ein Lied von zwei Tigern, die Verstecken spielen. Seit Jahren schon führen die Flüsse in dieser Gegend so wenig Wasser, dass hier keine größeren Tiere als Schakale mehr leben; das Lied stammt aus Zeiten einer üppigen Natur. Falls Sam starr vor Angst in einem Versteck hockt, ist dieses Lied ein Erkennungszeichen. Zweimal meint Lucy einen Streifen im Gestrüpp zu erkennen. *Kleiner Tiger, kleiner Tiger,* singt sie. Schritte hinter ihr. *Lai.*

Ein Schatten schluckt Lucys Füße. Etwas drückt sich ihr zwischen die Schultern.

Diesmal sagt Sam nicht *Peng.*

In der Stille kreisen Lucys Gedanken und lassen sich langsam, fast friedlich nieder, wie Geier, die gemächlich gleiten – kein Grund zur Eile, wenn die Tat einmal vollbracht ist. Wo hat Sam den Revolver versteckt, nachdem sie aus der Bank geflohen sind? Wie viele Kammern sind noch geladen?

Sie sagt: »Sam.«

»Mund halten.« Es sind Sams erste Worte seit dem *Nein.* »In dieser Gegend werden Verräter erschossen.«

Sie erinnert Sam daran, was sie sind. *Partner.*

Der Druck rutscht Lucys Rücken hinunter bis ins Kreuz. Die normale Höhe, wenn Sams Arm müde wird.

»Keine Bewegung.« Der Druck verschwindet. »Ich hab dich im Blick.« Lucy müsste sich umdrehen. Jetzt. Aber ... *Weißt du, was du bist?,* hatte Ba Lucy an jenem Tag angefaucht, als Sam mit einem pflaumenblauen Auge und Lucy mit verräterisch sauberem Kleid aus der Schule kam. *Ein Angsthase. Ein feiges Mädchen.* In Wahrheit war Lucy damals, als Sam sich den stichelnden Kindern entgegenstellte, nicht sicher, ob Sams Gebrüll ein Zeichen von Mut war. War es mutiger, sich laut aufzubäumen oder schweigend stillzuhalten, so wie Lucy, die nur den Kopf senkte, als ihr die Spucke über das Gesicht rann? Sie wusste es damals nicht, und sie weiß es immer noch nicht. Sie hört die Zügel klatschen, Nellie wiehert. Hufschlag auf dem Boden, jeder Schritt des Pferdes durchzittert ihre nackten Füße.

Sie sagt: »Ich suche meine kleine Schwester.«

Zwölf Uhr mittags in einer Siedlung, die aus kaum mehr als zwei Straßen und einer Kreuzung besteht. Der ganze Ort döst in der Hitze, nur zwei Brüder kicken eine Blechdose herum, bis das billige Metall bricht. Seit einer Weile haben sie einen streunenden Hund im Visier, versuchen ihn mit dem Essen in ihrem Rucksack anzulocken. Der Hund ist hungrig, aber misstrauisch, hat alte Hiebe nicht vergessen.

Und dann sehen sie zu ihr hoch, eine plötzliche Erscheinung, die ihnen die Langeweile verscheucht.

»War sie hier?«

Nach dem ersten Schreck mustern die Jungen sie genauer. Ein hageres Mädchen mit schmalem Gesicht, schiefer Nase, seltsamen Augen und hohen, breiten Wangenknochen. Der ganze Rest mindestens so sonderbar wie das Gesicht: ein geflicktes Kleid, Spuren von blauen Flecken wie Schatten unter der Haut. Die Jungen sehen ein Kind, das noch weniger geliebt wird als sie.

Der pummeligere der beiden will schon nein sagen. Der dünne verpasst ihm einen Stoß in die Rippen.

»Vielleicht ja, vielleicht nein. Wie sieht sie denn aus, hm? Hat sie auch so Haare wie du?« Eine Hand schießt vor und packt einen schwarzen Zopf. Die andere verdreht die höckerige Nase. »Und so eine hässliche Nase?« Jetzt schnappen vier Hände ihre Handgelenke und Knöchel, ziehen ihre schmalen Augen noch schmaler, kneifen fest in die straffe Haut der Wangen. »So komische Augen?«

Der Hund beobachtet es erleichtert von weitem.

Ihre Ruhe verwirrt die Jungen. Der Dicke greift ihr an die Gurgel, als wollte er Worte aus ihr melken. Sie kennt solche wie ihn. Nicht die Anführer, die als Erste piesacken, sondern die anderen, die nicht die Hellsten sind, schielen oder stottern und sich zögernd dranhängen. Bei denen ein Teil des Hasses Dankbarkeit ist – weil das Auftauchen einer noch schlimmeren Außenseiterin sie zur Meute gehören lässt.

Jetzt sieht der Dicke ihr in die Augen und überlegt, presst die Hand vielleicht länger als beabsichtigt an ihren Hals. Sie ringt nach Luft. Wer weiß, wie lange er noch zugedrückt hätte, wenn ihm nicht ein brauner, kleiner Kugelblitz mit voller Wucht in den Rücken gerast wäre. Mit einem Keuchen landet der dicke Junge auf dem Boden.

»Lass sie in Ruhe!«, sagt der Neuankömmling, der ihn umgeworfen hat. Wilde Wut in den schmalen Augen.

»Dass ich nicht lache«, sagt der dünne Junge verächtlich.

Vor Lucy, der die Luft in einem jähen Schwall wieder in die Lunge rauscht, steht Sam.

Sam pfeift Nellie hinter einer Eiche hervor. Greift nach etwas auf dem Pferderücken. Keiner ahnt, was Sam jetzt vorhat. Lucys erhascht einen Blick auf etwas Glänzendes, hart und schwarz wie reinste Kohle. Aber zuerst plumpst ein dickes weißes Etwas aus der Truhe und landet im Staub.

Lucy, noch schwindelig, denkt: *Reis.*

Es sind weiße Körner, wie Reis, aber sie zappeln und krabbeln und bröckeln auseinander, als suchten sie Zuflucht. Sams Miene bleibt reglos. Ein Windhauch streift vorbei und verbreitet den ekelhaften Gestank von Verwesung.

Der dünne Bruder macht einen Satz, kreischt: Maden!

Nellie, die gutmütige, brave Stute, bebt schon mit panisch aufgerissenen Augen, und nachdem sie fünf volle Tage die Angst auf dem Rücken getragen hat, ist dieser Schrei für sie die Aufforderung, endlich durchzugehen.

Sie kommt nicht weit, denn Sam hält die Zügel. Mit einem Ruck steht Nellie wieder, Topf und Pfanne scheppern in Aufruhr. Ein Knoten löst sich, die Truhe rutscht, der Deckel springt auf. Ein Arm schwappt heraus. Und etwas, das mal ein Gesicht war.

Ba ist halb Dörrfleisch, halb Sumpf. Seine mageren Arme und Beine sind zu braunen Stricken getrocknet. In seinen weichen Teilen hingegen – Unterleib, Magen, Augen – schwimmt eine grünlich weiße Flut von Maden. Die Jungen sehen es gar nicht richtig. Sie geben nach einem halben Blick auf das Gesicht Fersengeld. Aber Lucy und Sam wenden die Augen nicht ab. Schließlich gehört er ihnen. Und Lucy denkt – na ja, eigentlich nicht schlimmer als früher, wenn Alkohol oder Zorn sein Gesicht zu einer Fratze verzerrten. Sie geht näher heran, spürt Sams Blick schwer im Rücken. Vorsichtig hebt sie die Truhe aus den Seilen, an denen sie festhängt. Schiebt die Leiche wieder hinein.

Aber sie wird es nicht vergessen.

Mehr als an Alkohol oder Zorn erinnert Bas Gesicht sie an das eine Mal, als sie ihn weinen sah und sich nicht zu ihm wagte, als die Trauer seine Züge so sehr zerfließen ließ, dass sie Angst hatte, seine Haut würde sich unter ihrer tröstenden Berührung auflösen. Den Schädelknochen bloßlegen. Jetzt sieht sie ihn, den Knochen, und es ist gar nicht mal so furchtbar. Sie klappt den Deckel zu und verschließt die Truhe. Dreht sich um.

»Sam«, sagt sie, und in diesem Moment, als Ba ihr noch in den Augen steht, sieht sie Sams Gesicht genauso zerfließen.

»Was«, sagt Sam.

Da kehrt eine Zärtlichkeit zu Lucy zurück, von der sie gedacht hatte, sie wäre mit Ma gestorben.

»Du hattest recht. Ich hätte auf dich hören sollen. Wir müssen ihn begraben.«

Sie hat mehr gesehen, als sie glaubte ertragen zu können, sie hat es ausgehalten, während die Jungen die Nerven verloren haben. Sie sind abgehauen, aber ihre Fantasien werden sie bis an ihr Lebensende verfolgen. Lucy hat sich nicht abgewandt, und vielleicht werden die Geister sie jetzt langsam loslassen. Sie sieht Sam an, und Dankbarkeit durchflutet sie.

»Ich hab absichtlich danebengeschossen«, sagt Sam. »Der Mann in der Bank. Ich wollte ihn nur erschrecken.«

Lucy blickt herab, immer herab, in Sams schweißglänzendes Gesicht. Braun wie die Erde und ebenso formbar, ein Gesicht, auf dem Gefühle sich mit einer Leichtigkeit zeigen, die Lucy mit Neid erfüllt. Alle möglichen Gefühle, aber niemals Angst. Bisher. Denn jetzt ist da Angst. Zum ersten Mal sieht Lucy in ihrer Schwester ihr Spiegelbild. Und ihr wird klar, dass sie genau jetzt – viel mehr als auf dem Schulhof zwischen den stichelnden Kindern oder mit dem kalten Revolverlauf im Rücken – Mut bewiesen hat. Sie schließt die Augen. Setzt sich hin, vergräbt das Gesicht in den Armen. Ist der Meinung, es gehört sich zu schweigen.

Ein kühler Schatten fällt auf sie. Sie spürt mehr, als dass sie sieht, wie Sam sich vorbeugt, kurz zögert, sich zu ihr setzt.

»Wir brauchen immer noch zwei Silberdollars«, sagt Sam.

Nellie kaut an einem Grasbüschel herum, erleichtert, das Gewicht vom Rücken zu haben. Bald wird sie die Last wieder tragen müssen, aber jetzt ... Aufatmen. Lucy greift nach Sams Hand. Sie stößt an ein raues Stück Stoff im Dreck. Der Rucksack, den die Jungen zurückgelassen haben. Lucy schwenkt ihn langsam hin und her. Erinnert sich an ein Klimpern, als sie damit geschlagen wurde. Sie greift hinein.

»Sam.«

Ein dickes Stück gepökeltes Schweinefleisch, fettige Tropfen von Käse oder Schmalz. Harte Bonbons. Und gaaanz weit unten, versteckt in den Falten des Stoffes, unauffindbar, wenn ihre Finger nicht wüssten, wo sie suchen müssen, wenn sie nicht eine Goldgräbertochter wäre, deren Ba zu ihr gesagt hat: *Na, Lucymädchen, du spürst, wo es verborgen ist. Du spürst es einfach,* da ertastet sie Münzen. Kupferpennys. Centstücke mit eingeprägten Tieren. Und Silberdollars, mit denen man zwei weiß wimmelnde Augen schließen kann, wie es sich gehört, damit die Seele endlich Schlaf und letzte Ruhe findet.

PFLAUME

Die Regeln für die Bestattung der Toten hatte Ma festgelegt.

Lucys erstes totes Wesen war eine Schlange. Sie war fünf und liebte die Zerstörung, stampfte in Pfützen, um die ganze Welt zu überfluten. Sprung, Landung. Die Wellen krachten, und sie stand in einer wasserleeren Rinne. Auf dem Grund, ertrunken, eine zusammengerollte schwarze Schlange.

Modrige Feuchtigkeit dampfte aus dem Boden. Die Knospen an den Bäumen brachen auf und zeigten ihr blasses Inneres. Als Lucy mit dem schuppigen Leib in der hohlen Hand nach Hause rannte, spürte sie, wie die Welt ihre verborgene Seite enthüllte.

Ma lächelte sie an. Hörte nicht auf zu lächeln, als Lucy die Hände öffnete.

Später, zu spät, stellte Lucy sich vor, wie eine andere Mutter vielleicht geschrien, geschimpft, gelogen hätte. Wie Ba, wenn er da gewesen wäre, vielleicht gesagt hätte, dass die Schlange schläft, und sich eine Geschichte ausgedacht hätte, um die Stille des Todes direkt aus dem Fenster zu jagen.

Ma stellte nur die Pfanne für das Schweinefleisch auf den Herd und band die Schürze fester. Sagte: *Lucymädchen, ein Begräbnis ist zhi shi ein Rezept.*

Lucy bereitete die Schlange parallel zu Mas Fleisch vor.

Erste Regel: Silber. Gewicht für den Geist, sagte Ma, während sie das Fettnetz vom Fleisch löste. Sie schickte Lucy zu ihrer Truhe. Lucy hob den schweren Deckel, unter dem ein eigentümlicher Geruch schlummerte, und fand zwischen Schichten von Stoff und getrockneten Kräutern einen silbernen Fingerhut, der genau über den Kopf der Schlange passte.

Zweitens: fließendes Wasser. Läuterung für den Geist, sagte Ma, während sie das Fleisch in einem Eimer wusch. Mit langen Fingern pickte sie Maden heraus. Neben ihr tauchte Lucy die Schlange ins Wasser.

Drittens: ein Zuhause. Das ist die allerwichtigste Regel, sagte Ma, während sie mit dem Messer Knorpel zerhackte. Silber und Wasser konnten den Geist eine Zeit lang einschließen, damit er rein blieb. Aber nur in einem Zuhause war er wirklich sicher und konnte zur Ruhe kommen. Wenn er ein Zuhause hatte, musste er nicht zurückkehren, wieder und wieder, und rastlos umherschweifen wie ein Zugvogel. *Lucy?*, fragte Ma. Das Messer hielt inne. *Weißt du, wo?*

Lucy bekam heiße Wangen, als hätte Ma ihr eine Rechenaufgabe gestellt, die sie nicht geübt hatte. *Ein Zuhause*, sagte Ma noch einmal, und Lucy wiederholte es, biss sich auf die Lippen. Schließlich umfasste Ma Lucys Gesicht mit warmen, glitschigen, nach Fleisch duftenden Händen.

Fang xin, sagte Ma. *Mach dein Herz frei. Es ist nicht schwer. Eine Schlange gehört in ihre Grube. Verstehst du?* Dann sagte Ma zu Lucy, sie solle die Schlange später begraben. *Lauf, geh spielen.*

Jetzt laufen sie, wie Ma ihnen gesagt hat, aber diesmal fühlt es sich nicht an wie ein Spiel.

Es ist so viele Jahre her, aber die Sache mit dem Zuhause hat Lucy immer noch nicht begriffen. So sehr Ma ihren Verstand gelobt hat, bei dem, was wirklich zählt, ist sie ein Esel. Sie findet keine Antworten, kann es nur buchstabieren. *Z – U*, das gelbe Gras raschelt unter ihren Füßen. *H*, sie zertrampelt die Halme. *A – U*, ein Schnitt im Zeh, ein blutiger Strich wie ein Vorwurf. *S – E*, schnell den nächsten Hügel hoch, hinter Sam und Nellie her, die über die Kuppe verschwinden.

Was bedeutet Zuhause, wo doch Ba mit ihnen ein so rastloses Leben gelebt hat? Er wollte im Handumdrehen sein Glück machen und trieb die Familie unermüdlich weiter wie ein Sturmwind im Rücken. Auf zu etwas Neuem. Etwas Wildem. Dem Versprechen von schnellem Reichtum und großem Glanz. Jahrelang war er hinter Gold her, folgte Gerüchten von freien Claims und unerschlossenen Adern. Jedes Mal fanden sie dieselben kaputten, zerwühlten Hügel vor, dieselben geröllverstopften Flüsse. Bei der Goldsuche regierte das Glück genauso wie in den Spielhöllen, die Ba von Zeit zu Zeit aufsuchte – und es war nie auf seiner Seite. Selbst als Ma ein Machtwort sprach und darauf bestand, dass er ehrliches Geld im Kohlebergwerk verdiente, änderte sich wenig. Von einer Mine zur nächsten zog ihr Wagen kreuz und quer durch die Hügel wie ein Finger, der die letzten Krümel aus dem Zuckerfass kratzt. Jedes neue Bergwerk lockte mit hohen Löhnen, aber je mehr Männer kamen, desto schneller fielen die Löhne wieder. So jagte die Familie zur nächsten Mine, weiter und immer weiter. Ihre Ersparnisse wuchsen und schrumpften in verlässlicher Folge wie Trockenzeit und Regenzeit, Hitze und Kälte. Was bedeutet Zuhause, wenn man immer wieder in andere Hütten und Zelte zieht, die nach dem Schweiß fremder Leute stinken? Wie soll Lucy ein Zuhause für das Grab dieses Mannes finden, den sie nie hat enträtseln können.

Aber die Richtung gibt Sam vor, das jüngere Kind, das Lieblingskind. Durch die Hügel nach Osten, ins Landesinnere. Anfangs folgen sie der Planwagenroute, auf der sie einst zu viert in die Stadt gekommen sind, ein unbefestigter Weg, platt getrampelt von Bergleuten und Goldgräbern und Indianern vor ihnen – und noch früher, wie Ba erzählte, von den Bisons, die inzwischen lange ausgestorben sind. Aber bald dreht Sam ab, und die Cowboystiefel stapfen durch unberührtes Gras und Kojotebüsche, durch Disteln und Pfahlrohr.

Ein neuer, kaum erkennbarer Pfad. Schmal und holprig, für Verfolger nicht zu sehen. Ba hatte immer behauptet, er kenne diese Trails von den Indianern, mit denen er vor der Stadt Geschäfte machte; für Lucy war das nur Angeberei. Sonst hätte Ba ihnen die Trails ja gezeigt, wie er ihnen die Narbe an seinem schlimmen Bein zeigte, die – so schwor er – von einem Tiger kam.

Lucy jedenfalls hatte er die Trails nicht gezeigt.

Sie gehen an einem trockenen Flussbett entlang. Lucy hält den Kopf gesenkt und hofft, dass es sich füllt, bevor ihre Wasserflaschen leer sind. Deshalb übersieht sie fast die ersten Bisonknochen.

Das Gerippe erhebt sich vor ihnen wie eine riesige weiße Insel. Umgeben von tiefer Stille – vielleicht, weil das platt gedrückte Gras schweigt. Sam schnappt abrupt nach Luft, fast ein Schluchzen.

Auf der Planwagenroute lagen öfter Knochenstücke, aber nie ein ganzer Bisonknochen. Über Jahre hinweg haben Reisende aus Langeweile oder Notwendigkeit herumliegende Überreste mit Hämmern und Messern bearbeitet, um Kochfeuer oder Zeltstangen zu machen oder einfach nur zu schnitzen. Aber dieses Skelett ist vollkommen unversehrt. Die Augenhöhlen schimmern – eine Illusion aus Licht und Schatten. Sam könnte aufrecht durch die gewölbten Rippen gehen.

Lucy stellt sich Fleisch und Fell um die Knochen vor, das Tier in seiner ganzen Größe. Ba behauptete, früher seien diese Giganten überall durch die Hügel und Berge und jenseits durch die Prärie gezogen. Dreimal so groß wie ein Mann, aber unvorstellbar gutmütig. *Eine wahre Flut von Bisons*, hatte Ba gesagt. Lucy lässt sich von dieser Vergangenheit durchströmen.

An die Knochen gewöhnen sie sich, aber außer den Fliegen an der Truhe begegnet ihnen kaum ein Lebewesen. Einmal winkt in der Ferne eine Frau, eine Indianerin anscheinend. Sam steht zitternd stramm, als die Frau die Hand hebt – dann tauchen zwei Kinder neben ihr auf. Der kleine Stamm zieht weiter, er ist vollständig. Das Flussbett bleibt trocken. Lucy und Sam trinken in sparsamen Schlucken aus ihren Flaschen, ruhen auf der schattigen Leeseite jedes Hügels kurz aus. Immer noch ein Hügel und noch ein Hügel. Immer die Sonne. Die geklauten Vorräte gehen zu Ende. Dann gibt es Pferdehafer, morgens und abends. Sie lutschen Kiesel gegen den Durst, kauen auf trockenen Stängeln, bis sie weich werden.

Und mehr noch als alles andere ignoriert Lucy den Hunger nach Antworten.

Beim Losgehen hat Sam nur gesagt, dass Ba die Weite mochte. Die Wildnis. Aber wie wild? Und wie weit? Lucy wagt nicht zu fragen. Der Revolver schwingt schwer an Sams Hüfte und verleiht Sams Gang eine prahlerische Lässigkeit, die an Ba erinnert. Nach Mas Tod war für Sam Schluss mit Hauben und langen Haaren und mit Kleidern sowieso. Ohne Kopfbedeckung trocknete Sam in der Sonne aus wie ein hartes Stück Holz: Brandgefahr beim kleinsten Funken. Hier draußen kann nichts mehr Sams Feuer eindämmen.

Nur Ba war dazu in der Lage. *Wo ist mein Mädchen?*, sagte

Ba abends in der Hütte und sah sich suchend um. Sam hockte mucksmäuschenstill im Versteck, während Ba suchte, ein Spiel, das nur ihnen beiden gehörte. Endlich dröhnte Ba: *Wo ist mein Junge?* Sam sprang auf. *Hier bin ich.* Ba kitzelte Sam, bis die Tränen liefen. Ansonsten weinte Sam nicht mehr.

Fünf Tage später erscheint im Flussbett ein Rinnsal. Wasser. Silber. Lucy sieht sich um: nichts als drückende Hügel. Das muss doch wild genug sein, um Ba zu begraben.

»Hier?«, fragt Lucy.
»Nicht die richtige Stelle«, sagt Sam.
»Hier?«, fragt Lucy ein paar Meilen später.
»Hier?«
»Hier?«
»Hier?«

Das rauschende Gras bringt sie zum Schweigen. Umwogt sie. Am östlichen Horizont erhebt sich das verschwommene Blau der Berge. *Z – U*, denkt sie beim Gehen. *H – A – U – S – E.* Sie hat Kopfschmerzen von Hitze und Hunger, aber sie versteht es immer noch nicht. Eine Woche lang treiben sie umher wie die Geister, vor denen Ma sie gewarnt hat, und dann fällt der Finger.

Er liegt plötzlich im Gras wie eine übergroße, braune Heuschrecke. Sam hat sich zum Pinkeln verzogen – gute Gelegenheit, den Fliegen und dem Gestank zu entkommen. Lucy geht in die Hocke und inspiziert das Insekt. Es rührt sich nicht.

Vertrocknet, gekrümmt, zweimal geknickt. Bas Mittelfinger.

Lucy will schon nach Sam rufen, da durchzuckt sie ein Gedanke wie eine Ohrfeige: Wenn der Finger weg ist, kann die Hand ja keine Schläge austeilen. Sie holt tief Luft und reißt die Truhe auf.

Nellie tänzelt nervös, als Bas Arm vorwurfsvoll herauskippt. Lucy muss würgen, hält aber an sich. Der Hand fehlt nicht nur ein Finger, sondern zwei, die beiden blanken Knöchel starren heraus wie blinde Augen.

Lucy sucht im Gras, geht weiter und weiter, bis Nellie und die Truhe außer Sicht sind. Dann blickt sie nach oben.

Ba hat ihr diesen Trick gezeigt, als sie drei oder vier war. Sie hatte beim Spielen den Wagen aus den Augen verloren. Die gewaltige Himmelsdecke drückte sie nieder. Das unablässig wogende Gras. Sie war nicht wie Sam, immer auf Wanderschaft, wagemutig von Kindesbeinen an. Sie fing an zu weinen. Als Ba sie Stunden später fand, schüttelte er sie. Dann zeigte er nach oben.

Wenn man in dieser Gegend lange genug den weiten Himmel betrachtet, passiert etwas Eigenartiges. Zuerst ziehen die Wolken ziellos umher. Aber dann beginnen sie sich zu drehen, kreisen um einen herum. Und wenn man lange genug stehen bleibt, sind es nicht die Hügel, die schrumpfen – sondern man selber wächst. Als könnte man mit einem einzigen Schritt die blauen Berge in der Ferne erreichen, wenn man wollte. Als wäre man ein Riese, dem dieses ganze Land gehört.

Wenn du dich noch mal verirrst, denk daran, du gehörst genauso hierhin wie die anderen, hatte Ba gesagt. *Hab keine Angst davor. Ting wo?*

Lucy beschließt, die Suche aufzugeben. Der Finger ist vielleicht schon vor vielen Meilen herausgefallen und längst nicht mehr von einem Hasen-, Tiger- oder Schakalknochen zu unterscheiden. Der Gedanke ist ermutigend. Zurück an der Truhe greift sie nach Bas Hand.

Als Ba noch lebte, war seine Hand riesengroß und gemein, und Lucy hätte sie genauso wenig angefasst wie eine Klapperschlange. Die tote Hand ist geschrumpft und feucht. Leistet kaum Widerstand. Klebt nur leicht, als Lucy sie zurück in die Truhe drückt. Es knackst ein paar Mal wie trockene Zweige im Feuer. Dann ist das, was von Bas Hand übrig ist, wieder in der Truhe verschwunden.

Sie wäscht sich die Hände im Fluss und betrachtet den Finger in der Tasche ihres Kleides. Jetzt sieht er wieder aus wie ein Insekt. Eine Kralle. Ein Zweig. Sie lässt ihn probehalber auf die Erde fallen. Ein Stück Hundescheiße.

Das schwankende Gras kündigt Sams Rückkehr an. Schnell stellt Lucy den nackten Fuß auf den Finger.

Sam kommt summend durch den Fluss und bindet sich mit einer Hand die Hosenkordel zu. Oben lugt ein grauer Stein heraus. Der Rest des Steins beult sich unter dem Stoff.

Sam bleibt abrupt stehen.

»Ich wollte nur ...«, sagt Lucy. »Ich wollte nur was trinken. Nellie ist da hinten. Ich wollte nur ...«

Lucy starrt auf Sams Hose, Sam auf Lucys ausgestrecktes Bein. Viel zu offensichtliche Geheimnisse. Einen Moment lang liegen Fragen in der Luft, die einen Erdrutsch von Antworten auslösen könnten.

Dann geht Sam schnell vorbei. Lautes Ritschen ertönt: Sam reißt Gras für die Feuerstelle aus. Lucy dreht sich, um mitzuhelfen, und der Finger sinkt in die Erde. Dieses trockene, hungrige Land saugt alles auf. Sie drückt nach und schiebt mit dem Fuß Erde darüber. Dann tritt sie einmal kräftig auf den Haufen. Ma hat sie vor Geistern gewarnt, aber was kann ein Finger schon ausrichten? Es ist keine Hand daran und kein Arm zum Schlagen, keine Schulter zum Ausholen, kein Körper, der Kraft in den Schlag legt. *Gehört sich so*, hatte Ba gesagt, und Lucy hatte aus einiger Entfernung zugesehen, als er Sam beibrachte, wie man einen Haken setzt.

An diesem Abend rührt Lucy den Haferbrei nur mit einer Hand, die andere, mit der sie Ba berührt hat, lässt sie herunterhängen. Das klebrige Gefühl ist geblieben. Und als wäre es ein Bruchstück einer Melodie, das eine andere wachruft, muss sie an Mas Finger denken. Wie sie Lucys Hand umklammerten in der Nacht, als Ma starb.

Sam redet.

Die Nacht, und nur die Nacht, entlockt Sam Worte. Wenn die wachsenden Schatten das Gras erst in Blau, dann in Schwarz ertränken, erzählt Sam Geschichten. Heute von einem Mann, der auf dem Rücken eines Bisons am Horizont aufgetaucht ist. Als Sam zum ersten Mal abends von Verfolgern sprach, hatte Lucy kein Auge zugetan. Aber es kamen keine Tiger, keine Schakale an der Leine, keine Männer des Sheriffs. Diese Geschichten sind für Sam einfach ein Trost, so wie für andere Kinder eine Kuscheldecke. Meistens ist Lucy froh, abends Sams Stimme zu hören, selbst wenn es nur ein Widerhall von Bas Prahlerei ist. An diesem Abend jedoch beruhigt der Vergleich sie nicht.

»Das ist Quatsch«, unterbricht Lucy. »Dafür gibt es keine historischen Belege.«

Lehrergeschwätz, hatte Ba verächtlich gesagt. Aber die komplizierten Wörter lenken so schön von Lucys dreckiger Hand ab. »Man kann das nachlesen, in dieser Gegend sind die Bisons ausgestorben.«

»Ba hat gesagt, ein Mann weiß manche Dinge, die nicht in Büchern stehen.«

Normalerweise würde Lucy jetzt nachgeben. Heute sagt sie: »Tja, du bist aber kein Mann.«

Sams Silhouette knackt mit den Fingerknöcheln. Lucy beißt sich auf die Lippen.

»Ich meine, du bist noch nicht erwachsen. Wir sind nun mal Kinder. Wir brauchen ein Haus und was zu essen. Und zuerst müssen wir ihn begraben. Es ist schon zwei Wochen her, dass er ...«

Sam springt auf und stampft auf einen Funken, der aus dem Feuer geflogen ist und in einem Grasbüschel glimmt. Sie hätten die Feuerstelle größer machen, hätten länger daran arbeiten müssen. Hätten, hätten. Hinter all diesen Kleinigkeiten lauern inzwischen Katastrophen – ein Stern, der in der Ferne blinkt wie die Laterne eines Suchtrupps, ein Hufschlag von Nellie, als würde der Hahn eines Revolvers gespannt – aber die Erschöpfung hat Lucy abgestumpft. Sie fühlt sich so leer, dass der Wind sie eigentlich forttragen müsste. *Sollen die Hügel doch brennen*, denkt sie, als Sam viel länger und heftiger als nötig auf dem Funken herumtrampelt. Sam schafft es immer abzulenken, bevor Lucy das Wort aussprechen kann.

Gestorben, sagt Lucy zu sich selbst. *Tot. Gestorben.* Sie legt die Worte vor sich ab wie Mas Truhe, die endlich in ein Grab gebettet werden muss. Sie stellt sich vor, wie Erde auf die Verschlüsse und das Holz fällt. Hände voll Erde, Schaufeln voll Erde, dann glatt geklopft. Sie haben Silber. Sie haben Wasser. Warum sucht Sam immer noch weiter?

»Was macht ein Zuhause zum Zuhause?«, fragt Lucy. Da sieht Sam ihr zum ersten Mal seit Tagen direkt in die Augen, und das liegt am dreibeinigen Hund.

Lucy hatte den Hund auf der anderen Seite des Sees entdeckt, den der sturmgeschwollene Creek geschaffen hatte. Es war der Tag nach Mas Tod, und der Hund war nur ein heller Fleck jenseits des eisgrauen Wassers. Lucy hielt ihn zuerst für einen Geist, bis er weglief – so hinkte kein Geist. Einer seiner Hinterläufe war nur noch ein roter, zerfetzter Stumpf. Der Hund hinkte wie Ba. Lucy ließ ihn ziehen. Sie suchte nach der Stelle, an der Ba Ma begraben hatte.

Am nächsten Tag war der Hund wieder da, und wieder fand Lucy kein Grab. Am übernächsten Tag war er wieder da. Sein verkrüppelter Körper spannte sich in vollendetem Bogen vor dem Horizont. Der Hund war da, an jedem einzelnen Tag, während Lucy vergeblich das Grab suchte, über das Ba sich weigerte zu sprechen. Der Hund lernte zu gehen, zu rennen, Blätter im Wind zu jagen, derweil Ba zu Hause immer unbeholfener wurde. Er stieß sich den Zeh, stolperte, fiel gegen die Bank, auf der Lucy saß. Tochter, Vater, Bank ein polterndes Knäuel. Zum ersten Mal seit Mas Tod war Lucy nah genug dran, um Bas Whiskeyfahne zu riechen. Mühsam kamen sie wieder auf die Füße. Ba zerrte sie hoch und drückte sie an die Wand, die Faust in ihrem Magen.

Jeden Tag verbrachte Lucy mehr Zeit damit, den Hund zu beobachten. Seine Eleganz in all der Zerstörung. Am Tag, an dem sie die Suche aufgab, weil der See ausgetrocknet und im kahlen Tal kein Anzeichen eines Grabes zu entdecken war, kam der Hund zu ihr. Jetzt sah sie seine braunen, traurigen Augen. Jetzt sah sie, dass es eine Hündin war.

Lucy fütterte den Hund heimlich hinter dem Haus. Mit Resten vom Essen, das Ba sowieso stehen ließ, weil er lieber trank. Sie hatte keine Angst, erwischt zu werden; seine Welt bestand nur noch aus dem Inhalt einer Flasche und Sams Welt nur noch aus Ba.

Dann kam der Tag, an dem kein Whiskey mehr da war.

Ba ging morgens zur Arbeit und kam früher als erwartet zurück, Mehl und Schweinefleisch in der einen, eine Flasche in der anderen Hand. Sam trottete hinterher, die Hände genau wie er schwarz vom Kohlenstaub. In Lucys sauberen Händen nur Essensreste – und die Hundeschnauze.

Kleine Belohnung, gehört sich so, sagte Ba und hob die Flasche, *für einen Tag harter Arbeit.* Mit Schwung genau zwischen die Augen des Hundes.

Der Hund fiel um, aber Lucy hielt still. Sie hatte gelernt, echten von vorgetäuschtem Schmerz zu unterscheiden. Und tatsächlich, als Ba sich umdrehte, sprang der Hund auf, ein Stück Schweinefleisch im Maul.

Lucy musste lächeln, obwohl Sam warnend den Kopf schüttelte. Ba sah es. An diesem Tag schlug in den Überresten von Mas Garten etwas Wurzeln – ein Schmerz, eine bittere Frucht.

Es entstand ein neues Gleichgewicht. Ba blieb mehrere Tage am Stück nüchtern genug, um im Bergwerk zu arbeiten. Ein paar Schlucke zum Frühstück hielten die Hände an der Spitzhacke ruhig. An Zahltagen brachte er seinen Lohn nach Hause, und dann flogen die Fäuste im rumpelnden Rhythmus. Lucy lernte, sich im Takt zu bewegen: Schritt und Drehung, wendig und still. Wenn sie schnell genug war, erwischten Bas Fäuste sie kaum. Sam lernte, zwischen Ba und Lucy zu treten, wenn der Tanz zu gewaltsam wurde.

Einmal, als Ba nach einem Schlag ins Leere umfiel, fragte Lucy, ob sie auch in der Mine helfen sollte. Er lachte ihr ins Gesicht. In seinem Gebiss klaffte eine Lücke, und das erschreckte sie mehr als jeder Schlag. Wann hatte er den Zahn verloren? Wie hatte sich in dem Mann, den sie kannte, unbemerkt ein Loch auftun können? *Bergbau ist Männerarbeit,* fauchte er. Sam half ihm auf die Beine, Sam mit den Kleidern eines Jungen, der Arbeit eines Jungen, dem Lohn eines Jungen. Sam mit den schwieligen, schrundigen Händen, stark genug, um Ba zu stützen.

Auch die Familie lernte, auf drei Beinen zu laufen. Und dann kam der Hund zurück.

Eines Abends rief Ba Lucy und Sam nach draußen hinter das Haus. Da stand er und streichelte dem Hund das Hinterteil, das aus einem Schmalzfass ragte. Gesundes Bein, Beinstumpf, dazwischen der buschige Schwanz. Ba strich über den Schwanz, dann holte er aus und trat mit voller Wucht gegen das gesunde Bein.

»Was macht einen Hund zum Hund?«, fragte Ba. Der Hund versuchte wegzulaufen, diesmal zog er zwei kaputte Beine hinter zwei gesunden her. Er konnte nur kriechen. Ba hockte sich hin und legte Lucy einen Finger aufs Knie. »Das ist ein Test. Genau das Richtige für dich, wo du doch so ein schlaues Mädchen bist.«

Er kniff ihr in die Haut und drehte. Sam rückte näher heran, damit Ba den Arm nicht ganz nach hinten ziehen konnte. Das Bellen, antwortete Lucy. Das Beißen. Die Treue. Die Kniffe wanderten ihre Wade hinunter.

»Ich werd's dir verraten«, sagte Ba schließlich. Nicht weil Lucy zitterte, sondern weil sein schlimmes Bein dasselbe tat. »Hunde sind Feiglinge. Ein Hund ist ein Hund, *weil er weglaufen kann.* Das hier ist kein Hund. Ting wo.«

»Ich bin kein Hund. Ich verspreche es dir, Ba, ich würde niemals weglaufen.«

»Weißt du, warum deine Ma fort ist?«

Lucy zuckte zusammen. Selbst Sam schrie auf. Aber die Antwort blieb Ba ihnen bis in den Tod schuldig. Er schüttelte den Kopf. Sprach über Lucys Schulter, als würde ihr Anblick ihn ekeln.

»Familie geht vor. Wenn du uns hier einen Dieb reinbringst, Lucymädchen, dann ist das Verrat. Dann bist du selbst ein Dieb.«

Das Komische war nur, dass Bas Lektion einen Teil ihrer Familie wirklich enger zusammenbrachte. *Was macht einen Hund zum Hund?* Der Satz wurde ein Spiel zwischen Sam und Lucy, eine Scherzfrage. Indem sie ihn aufsagten wie einen Zauberspruch, entrissen sie ihn seinem Ursprung: dem kalten Abend, dem gebrochenen Tier. Wenn Ba nach Hause torkelte und im Badezuber einschlief, wenn er einen Stiefel suchte, den er aus dem Fenster geschmissen hatte, flüsterten sie sich zu: *Was macht ein Bett zum Bett? Was macht einen Stiefel zum Stiefel?* Diese Sätze schweißten sie zusammen, während sie sich in anderen Dingen voneinander entfernten: in der Körpergröße, in der Umgebung, in der sie lebten – Lucy mit ihren Büchern in der Hütte, Sam mit Ba auf Streifzügen durch die weite Welt der endlosen Hügel und Jagdgebiete.

Jetzt sieht Sam Lucy über das Lagerfeuer hinweg an. Endlich sind die Füße still, ist das Stampfen beendet.

Einen Moment lang hat Lucy Hoffnung.

Aber der alte Zauber der Worte ist gebrochen. Sam geht alleine durchs Gras davon.

In ihrer Dummheit hatte Lucy geglaubt, durch Bas Tod würde sie Sam zurückbekommen. Hatte geglaubt, dass die Späße, die Spiele und Vertrautheiten, die Sam und Ba verbunden hatten, die Leere in ihr füllen könnten. Sie hatte sogar geglaubt, sie könnten vielleicht über Ma reden.

Lucy bleibt bis spät in die Nacht wach, aber Sam kommt nicht zurück. Als Lucy schließlich doch das Feuer löscht, häuft sie die Erde höher als nötig auf. Am Schluss sind ihre Hände dreckverkrustet. Sie hätte es wissen müssen. Ein Hund kann nicht auf zwei Beinen stehen und eine Familie auch nicht.

Stück für Stück, Schritt für Schritt, legen sie Teile ihres alten Ichs ab. Der Hunger verändert ihr Aussehen. Nach zwei Wochen treten Sams Wangenknochen scharfkantig hervor. Nach drei Wochen ist Sam plötzlich größer und dünner. Nach vier Wochen streift Sam vom Lager aus allein durch die Hügel und kehrt mit einem erlegten Kaninchen oder Eichhörnchen zurück. Die Hüfte, an der der Revolver baumelt, wird breiter.

Lucy jagt auf ihre eigene Art, wenn Sam weg ist. Fast wie Goldwaschen. Sie schwenkt und schüttelt die Truhe und klaubt einen Zeh, ein Stückchen Kopfhaut, einen Zahn, einen weiteren Finger heraus, begräbt die Teile mit einem Klaps auf den Erdhaufen. So ein Klaps sollte ausreichen, damit Ba sich zu Hause fühlt. Und wenn nicht? Was macht einen Geist zum Geist? Sie stellt sich vor, wie ein Geisterzeh hinter ihnen herschwebt, eine Wolke von Fliegen im Schlepptau. Mit jedem kleinen Begräbnis fällt eine Handvoll Erde in ihr Inneres und füllt für eine Weile ihre Leere.

Dann kommt eine Reihe von Tagen, an denen nichts abfällt. Stille Tage, fast ohne Worte. Lucy rüttelt die Truhe so heftig, dass es rappelt. Als sich endlich ein Stückchen löst, steht ihr schon der Schweiß auf der Stirn. Es ist so lang wie ein Finger, aber dicker. Weiche, faltige Haut. Scheint kein Knochen drin zu sein. Es gibt unter ihrem Zeh nach wie eine Dörrpflaume.

Jetzt weiß sie, was es ist.

So verdreckt und verschrumpelt hat es wenig Ähnlichkeit

mit dem, was sie in der Nacht, als Ba Ma begrub, aus Versehen zu Gesicht bekam. Er stieg triefend aus dem See und zog sich die nassen Sachen aus. Stand in Unterhose da. Als er nach der Flasche griff, erhaschte Lucy durch den dünnen Stoff einen flüchtigen Blick auf ein baumelndes Körperteil. Eine seltsame, schwere, braunviolette Frucht.

Was macht einen Mann zum Mann? Die Körperteile, die für Ba und Sam so wichtig sind, sahen schon damals ziemlich belanglos aus. Dieses Mal gibt Lucy dem Grabhügel einen doppelten Klaps.

SALZ

Dann kommt die Nacht von Nellies Beinaheflucht.

Lucy weiß nicht genau, wie es dazu kam, aber sie stellt sich vor, dass es anfing wie die meisten Fluchten: mitten in der Nacht. In der Stunde des Wolfs, wie sie immer noch genannt wird. Vor vielen Jahrzehnten, als die Bisons noch nicht abgeschlachtet und die Tiger, die sie rissen, noch nicht ausgestorben waren, hätte ein einsames Pferd in diesen Hügeln in Todesangst gezittert. Heute gibt es keine Tiger mehr, und doch erschaudert Nellie genau wie ihre Vorfahren. Sie ist klüger als die meisten Menschen, hatte ihr Besitzer behauptet. Sie weiß, dass es Dinge gibt, die furchterregender sind als jede lebende Bedrohung. Das Ding auf ihrem Rücken zum Beispiel, dieses tote Ding, das sie nicht abschütteln kann. Nellie wartet, bis die Sterne durch ihre Himmelslöcher blicken und die beiden Kinder ruhig schlafen. Dann beginnt sie zu graben.

Nellie gräbt in der Stunde des Wolfs, der Schlange, der Eule, der Fledermaus, des Maulwurfs, des Spatzen. In der Stunde der Regenwürmer, die sich in ihren Gängen rühren, wachen Lucy und Sam vom Klopfen der Hufe gegen den Pfahl auf.

Sam ist schnell genug. Vier große Schritte, die Zügel mit einer Hand gepackt. Die andere schlägt Nellie. Mit Wucht.

Die Stute schnaubt nur, aber der Hieb klingt in Lucy nach wie andere Schläge, ausgeteilt von anderen Händen. Sie springt auf und stellt sich zwischen Mädchen und Pferd. Sams Hand erstarrt im Schlag. Erst als Lucys Nacken sich wieder entspannt, wird ihr klar, dass sie nicht wusste, ob Sam anhalten würde.

»Sie wollte abhauen«, sagt Sam, den Arm noch erhoben.

»Du machst ihr Angst.«

»Sie ist eine Verräterin. Sie hätte sich mit Ba aus dem Staub gemacht.«

»Sie hat auch Gefühle. Sie ist ...«

»Klüger als die meisten Menschen«, äfft Sam mit tiefer Stimme Lehrer Leigh nach. Fast schon überzeugend. Es passt zu Sams neuem, schmalen Gesicht. Beide schweigen. Als Sam wieder spricht, klingt es immer noch fremd. Nicht ganz die Stimme eines Mannes, aber auch nicht mehr Sams eigene.

»Wenn Nellie so unglaublich klug ist, kapiert sie auch, dass sie zu uns halten muss. Wenn sie so klug ist, verkraftet sie auch eine Strafe.«

»Sie kann nicht mehr, sie hat so schwer zu tragen. Ich bin auch erschöpft. Du nicht?«

»Ba würde nicht einfach aufgeben, nur weil er erschöpft ist.«

Und vielleicht war genau das Bas Problem. Vielleicht hätte er seinen Frieden machen sollen mit dem, was sie hatten, bevor er arm wie eine Kirchenmaus und völlig verdreckt in seinem Bett gestorben war. Lucy presst eine Hand an den erhitzten Schädel. Ihr dröhnt der Kopf. Sonderbare Gedanken haben sich in ihrer inneren Leere eingenistet. Manchmal scheint sogar der Wind ihr nachts etwas zuzuflüstern.

»Wir sollten sie eine Weile ausruhen lassen«, schlägt Lucy vor. »Es kann ja jetzt nicht mehr weit sein.« Sie betrachtet die Hügel um sie herum. Seit dem Zusammentreffen mit den zwei Jungen an der Kreuzung vor einem Monat haben sie mit keiner Menschenseele gesprochen. Sie muss das jetzt fragen, zumindest für Nellie, wenn schon nicht für sich selbst. »Oder?«

Sam zuckt die Achseln.

»Sam?«

Noch mal Achselzucken, etwas zaghafter. Lucy nimmt es als Unschlüssigkeit.

»Wenn wir weitergehen«, sagt Sam, »finden wir vielleicht einen besseren Ort.«

Der nächste Ort ist vielleicht besser, hatte Ba jedes Mal gesagt, wenn sie zusammenpackten und zu einer anderen Mine zogen. Es wurde nie besser.

»Du weißt ja gar nicht, wo du hinwillst«, sagt Lucy. Und dann muss sie plötzlich lachen. Das erste Mal, seit Ba tot ist. Nicht ihr gezwungenes *Haha*, sondern etwas Raues, Schmerzhaftes bricht sich Bahn. Wenn Sam vorhat, Bas Traum von einem wilden Leben nachzujagen, wird ihre Wanderschaft nie ein Ende finden. Vielleicht ist genau das Sams Ziel: dass sie Ba für immer und ewig mit sich herumtragen.

»Denk doch mal nach«, sagt Lucy, als sie wieder zu Atem gekommen ist. »Das halten wir nicht durch.«

»Nur weil du keine Kraft mehr hast.« Es sind Bas Worte. Alles stammt von Ba: das verächtliche Lächeln und auch die Hand, mit der Sam ausholt, um Nellie noch einmal zu schlagen.

Lucy packt zu. Die Berührung ist ein Schock – bei all der Ruppigkeit ist Sams Handgelenk unglaublich klein und knochig. Sam reißt sich los, bringt Lucy aus dem Gleichgewicht. Lucys Arm schwingt weit – und die Fingernägel kratzen über Sams Wange.

Sam zuckt zusammen. Sam, sonst niemals kleinzukriegen, weder von den Kindern mit ihren Steinen noch von Ba im Vollrausch. Warum auch? Ba hat Sam nie geschlagen. Aber Lucy hat es jetzt getan. Im grellen Morgenlicht starrt Sam sie vorwurfsvoll an, die Augen groß und rund wie zwei Sonnen.

Feige, wie sie ist, läuft Lucy davon. Hinter ihr gehen die Schläge wieder los.

Bergauf. Auf den größten Hügel, den sie entdecken kann. Dürstende Pflanzen strecken sich bis an den Saum ihres Kleides, das inzwischen zu kurz und von der Reise ausgeblichen ist. Das Gras ist so verdorrt, dass es ihr zarte Blutspuren in die Beine ritzt. Auf der Hügelkuppe setzt sie sich hin und zieht die Knie an die Brust. Steckt den Kopf dazwischen und presst die Ohren zu. *Ting le?*, hatte Ma gefragt und Lucy die Hände auf die Ohren gehalten. Im ersten Moment Stille. Dann das Pochen und Brausen ihres eigenen Blutes. *Es ist in dir drin. Wo du herkommst. So klingt das Meer.*

Salzwasser. Gift für jeden, der es trinkt. Im Geschichtsbuch von Lehrer Leigh endet das Land an der Küste, die das westliche Territorium begrenzt. Dahinter: nichts als Blau, Meeresungeheuer zwischen den Wellen. *Unerforschte Wildnis*, hatte der Lehrer gesagt, und es machte Lucy Angst, dass Ma mit solcher Sehnsucht davon sprach.

Zum ersten Mal versteht Lucy das Verlangen, aus ihrem gewohnten Leben weit fortzuziehen. Mit der Flucht aus der Stadt wollte sie Sams Gewalttätigkeit hinter sich lassen. Aber die Gewalt lebt auch in ihr.

»Tut mir leid«, sagt Lucy. Diesmal zu Ma. Sie hat sich nicht so um Sam gekümmert, wie Ma es gern wollte. Sie weiß auch nicht, ob sie es kann. Und weil Sam ihre Schwäche nicht sehen kann, lässt Lucy endlich die Tränen zu. Leckt sie mit der

Zunge auf. Salz ist teuer, sie haben seit Jahren keines mehr gehabt. Sie weint, bis ihre Zunge schrumpelig ist. Dann zerkaut sie einen Grashalm, um den Geschmack loszuwerden.

Der Grashalm schmeckt auch nach Meer.

Der zweite Halm ist genauso salzig. Lucy steht auf und lässt den Blick schweifen. Da: ein weißer Schimmer.

Sie geht darauf zu und steht schließlich am Rand eines riesigen weißen Kreises, der unter ihren Füßen zersplittert und in ihren Schnitten brennt. Auf dem Höhepunkt der Trockenzeit verdunsten die flachen Tümpel und Creeks in den Hügeln. Hier ist ein ganzer See ausgetrocknet und hat eine Salzfläche hinterlassen.

Lucy bleibt so lange stehen, bis die Wolken zusammenkommen, bis die Welt sich um sie dreht. Sie erinnert sich, wie Ma Pflaumen in Salz eingelegt und sie in etwas Neues, viel Intensiveres verwandelt hat. Sie erinnert sich, wie Ba das Fleisch von der Jagd mit Salz gepökelt hat. Wie man Eisen mit Salz sauber schrubbt. Salz in einer offenen Wunde, reinigendes Brennen. Salz, das säubert, Salz, das haltbar macht. Salz an jedem Sonntag auf dem Tisch der Reichen, ein Geschmack, der den Rhythmus der Woche markiert. Salz lässt Obst und Fleisch zusammenschrumpfen, ist Verwandlung und gewonnene Zeit.

Die Sonne steht schon tief, als Lucy vom Hügel herabsteigt. Sams Gesicht ist fleckig, aber nicht von den Schatten. Es ist Wut – und dahinter Angst. Was in all dieser Leere um sie herum sollte Sam Angst einjagen?

»Du hast mich allein gelassen«, schreit Sam inmitten eines Schwalls von Schimpfworten, und da begreift Lucy. Sie hat ihre unausgesprochene Abmachung gebrochen. Bislang ist immer nur Sam umhergestreift, Lucy ist dageblieben und hat gewartet. Sam ist noch nie zurückgelassen worden.

Lucy redet leise und sanft wie mit einem verschreckten Pferd. Spricht von Salz und Schweinefleisch, Wildfleisch, Eichhörnchenfleisch, doch Sam weigert sich. Schreit noch lauter.

»Aber dann können wir noch länger suchen«, sagt Lucy. »Nellie ist nicht so stark wie du.« Sie macht eine Pause. »Und ich auch nicht.«

Das beruhigt Sam ein wenig, aber die endgültige Überzeugung kommt mit dem sachten Wind, der die Fliegen und Bas Geruch zu ihnen trägt. Die Geschwister werden bleich. Als Lucy erzählt, dass manche Indianerstämme ihren Kriegern auf diese Weise die letzte Ehre erwiesen haben, gibt Sam endlich nach.

Ist es da noch wichtig, dass das Einverständnis mit einer Lüge erkauft ist?

Zum ersten Mal lösen sie die Stricke von Nellies Rücken. Befreit wälzt die Stute sich im Gras und hinterlässt einen Brei aus zerdrückten Fliegen.

Was macht einen Mann zum Mann? Sie kippen die Truhe. Ein Gesicht, das er der Welt zeigt? Hände und Füße, mit denen er sie verändert? Zwei Beine, mit denen er sie durchschreitet? Ein Herz, das schlägt, einen Mund, der singt? Ba hat kaum mehr etwas von diesen Dingen. Er hat nicht einmal mehr die Form eines Mannes. Die Truhe hat ihn geformt, wie ein Topf ein Schmorgericht formt. Lucy hat schon Fleisch eingesalzen, das am Rand grün geworden oder tagelang gefroren war. Aber so etwas noch nie.

Sam nimmt Anlauf auf die Salzfläche. Im Abendlicht schimmert sie wie ein großer weißer Mond, der auf die Erde gesunken ist und seinen Zwilling am Himmel fahl und unbedeutend erscheinen lässt. Sam springt hoch und knallt mit den Stiefeln auf das Salz. Ein Riss spaltet die Oberfläche, doppelt so lang wie Sam selbst. Es kracht wie naher Donner. Lucy blickt in den Himmel, der inzwischen dunkel ist. Und tatsächlich, die Wolken kreisen.

Sie schultert die Schaufel. Sam springt, Lucy folgt und hebelt weiße Klumpen heraus. Trotz der Hitze hat sie Gänsehaut. Es ist ein vertrauter Rhythmus. Das Graben. Die Hitze. Selbst das dröhnende Knallen wie das Lachen eines erwachsenen Mannes. Als Lucy aufsieht, dreht Sam sich um, und ihre Blicke begegnen sich.

»Fast so schön wie Gold«, stimmt Sam ihr zu. Und dann: »Schade, dass er es nicht sehen kann.«

Über Bas Körper gestreut sieht das Salz aus wie Asche. Die Fliegen flüchten vor dem Angriff, aber die Maden können nicht entkommen. In ihrem Todeskampf sehen sie wirklich aus wie kleine weiße Zungen, im Schrei gekrümmt.

Vier glühend heiße Tage dauert es, bis Ba sich verwandelt hat. Zeit, Nellie ausruhen und sich am Gras sattfressen zu lassen. Sam wendet die Körperteile mit der Schaufel und bedeckt sie mit einer gleichmäßigen Schicht Salz. Hackt ab und zu ein Gelenk oder ein hartes Stück Fleisch durch. Aus der Entfernung sieht es aus, als hielte Sam einen riesigen Löffel.

Ein Begräbnis ist auch nur ein Rezept, hatte Ma gesagt.

Der eingetrocknete Ba ist kleiner als Lucy, kleiner als Sam. Sie schütten ihn in den leeren Rucksack: die verblüffende, braune Blume seines Brustkorbs, das schmetterlingsförmige Becken, das auf dem Schädel eingefrorene Grinsen. Lange und dicke Stücke, die sie nicht identifizieren können. Vielleicht schlummern in diesen verhärteten Geheimnissen die Antworten auf Fragen, die Lucy nie stellen konnte. Warum hat er getrunken? Warum sah es manchmal so aus, als weinte er? Wo hat er Ma begraben?

Die verdreckte Truhe lassen sie zurück. Vor langer Zeit ist Ma mit ihr übers Meer gekommen. Jetzt ist sie ein Geschenk an die Fliegen. Plötzlich und unvermutet empfindet Lucy Mitleid für diese Fliegen, die ihnen mit ihrem Summen wochenlang treu gefolgt sind, sich immer wieder gepaart und Junge hervorgebracht haben. Mit einer Großzügigkeit, die Ba zu Lebzeiten niemals an den Tag gelegt hätte, hat seine Leiche freigebig unzählige Lebewesen ernährt. Jetzt werden sie zu Hunderten sterben. Jeden Morgen werden mehr kalte, schwarze Leichname im Gras liegen. Wenn Lucy eine Handvoll Silber hätte, würde sie es mitten unter sie streuen.

SCHÄDEL

Laut Lehrer Leigh war Nellie das schnellste Pferd im Umkreis von hundert Meilen, ihr Stammbaum reichte weiter zurück als die Geschichte des Westlichen Territoriums. Er ließ sie aber nie so schnell laufen, wie sie konnte. Meinte, es wäre unfair den Cowboyponys gegenüber.

Jetzt probieren sie, ob es stimmt. Sam steigt zuerst auf, Lucy dahinter. Zu zweit und mit Ba im Rucksack sind sie immer noch leichter als die Truhe. Nellie scharrt mit den Hufen, ist begierig zu laufen, obwohl sie nur karges Gras zu fressen hatte. Lucy erwartet dieselbe Ungeduld von Sam.

Aber Sam lehnt sich nach vorne und flüstert. Als sanfte Antwort richtet die Stute die grauen Ohren nach hinten.

Und dann stößt Sam einen Jubelschrei aus.

Nellie streckt sich lang und länger – galoppierende Beine flirren übers Gras, sie fliegen, der Wind pfeift ihnen in den Ohren, und aus Sams Kehle ertönt ungestüme Begeisterung, eine Mischung aus Bas Stolz und Mas rauchiger Reibeisenstimme und Sams ganz eigener Wildheit – und da merkt Lucy, dass das Johlen nicht nur aus einer Kehle erschallt. Es kommt auch von ihr.

Wenn das ein Spuk ist, dann ist er gut.

Mit dem Wagen braucht ein Reisender einen Monat, um das Westliche Territorium zu durchqueren. Die Hauptroute, die Lucy und Sam verlassen haben, beginnt im Westen an der Küste und führt bis an den Fuß der Berge. Hier knickt sie nach Norden ab und folgt dem Höhenzug bis zu seinen Ausläufern. Dann windet sie sich wieder nach Osten ins sanfte Flachland des nächsten Territoriums. Ein breiter und viel genutzter Weg. Leicht wiederzufinden, wenn sie wollten. Aber Sam hat andere Pläne und kratzt sie an diesem Abend mit einem Stock in die trockene Erde.

»Die meisten Leute gehen so«, sagt Sam und malt den ersten Teil der Planwagenroute. Die Berge zeichnet Sam genau wie Ma: kleine Büschel mit drei Spitzen.

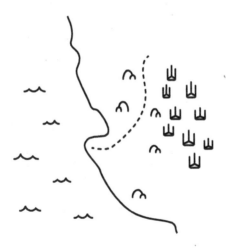

»Und dann«, sagt Lucy und nimmt auch einen Stock, »ziehen die meisten Leute hier weiter.« Sie malt die Fortsetzung der Route bis ins benachbarte Territorium.

Sam wirft ihr einen finsteren Blick zu. Schiebt Lucys Stock beiseite. »Aber niemand geht hier lang.« Sam nimmt einen dünneren Stock und malt eine neue Linie, die von der Wagenroute abzweigt. »Oder hier lang.« Eine Linie mitten durch die Berge. »Oder hier lang.« Jetzt knickt die Linie wie weggeschubst zur Seite. »Oder hier lang.« Als Sam fertig ist, schlängelt sich ein wirrer Weg voller Windungen und Schleifen über die Karte, quer durch die Berge, mit Schwung nach Süden, plötzlich wieder nach Norden und weit nach Westen bis fast an die Küste.

Lucy kneift die Augen zusammen. Sams neuer Weg beschreibt so viele Kurven, dass er dort zu enden scheint, wo er anfing. »So würde niemand gehen. Das ist sinnlos.«

»Genau. *Niemand würde das tun.* Da ist die Wildnis.« Sam sieht Lucy prüfend an. »Ba hat gesagt, da findet man die Bisons.«

»Das sind Geschichten, Sam. Die Bisons sind ausgestorben.«

»Das hast du nur gelesen. Das weißt du nicht.«

»Hier in der Gegend hat man schon seit Jahren keine Bisons mehr gesehen.«

»Du hast gesagt, wir können weitersuchen.«

»Nicht bis in alle Ewigkeit.« Sams Weg würde sie monatelang durch wildes, unberührtes Land führen. Vielleicht sogar jahrelang.

»Du hast es versprochen.« Sam dreht sich weg. Das ausgeblichene rote Hemd spannt über dem Rücken. Unten lugt ein Streifen Haut heraus – Sam ist gewachsen. Am Rand der in den Dreck gekratzten Karte erscheint auf einmal ein dunkler Fleck, obwohl Sams Stock sich nicht bewegt. Sams Schultern beben, der Fleck wächst. Dunkel und nass. Sam – weint Sam?

»Versprochen«, wiederholt Sam leise, die Worte davor und danach ertrinken in einem Schluchzen. Dann versteht Lucy: *Er hat versprochen, dass er nicht stirbt.*

Lucy war schon seit Jahren klar, dass Ba starb. Sie wusste nur nicht, wann. Er hatte keine vier Jahrzehnte gelebt, aber Mas Tod hatte ihn altern lassen. Er verweigerte das Essen und trank Whiskey, als wäre es Wasser. Seine Lippen sanken ins ledrige Gesicht, seine Zähne wurden locker und fleckig und seine Augen erst rot, dann gelb, dann mischten sich die Farben wie bei marmoriertem Rindfleisch. Lucy war eigentlich nicht überrascht gewesen, als Ba an jenem Morgen tot dalag. Um seine gebrochenen Versprechen hatte sie schon vor Jahren getrauert.

Aber für Sam war es etwas anderes. Das bisschen Zärtlichkeit, das Ba noch besaß, hatte er für Sam aufgespart.

»Sch«, macht Lucy, obwohl Sam schon still ist. »Hao de, hao de. Ist in Ordnung. Wir suchen weiter.«

Lucy weiß, dass sie nichts finden werden. Keinen einzigen Bison. Die Wahrheit über diese Wildnis steht in den Büchern. Aber Sam vertraut nur zwei Quellen: Ba und den eigenen Augen. Die erste ist fort. Die andere wird die leeren Berge früh genug zu sehen bekommen. Es mag noch ein paar Wochen dauern, aber bald, so hofft Lucy, wird Sam bereit sein, Ba zur Ruhe zu legen.

Hoch oben auf Nellies Rücken rauschen die Hügel vorbei wie Wellen. Das Meer aus Mas Erzählungen, neu erschaffen aus gelbem Gras. Die fernen Berge kommen immer näher, bis Lucy eines Tages erkennt: Sie sind gar nicht blau. Grünes Gestrüpp und grauer Fels, schwarzblaue Schatten tief in den Klüften.

Auch das Land bekommt wieder Farbe. Der Fluss wird breiter. Rohrkolben, Tellerkraut, Büschel von Bärlauch und Möhren. Die Hügel werden schroffer, die Täler tiefer. Ab und an sprießt das Gras im Schatten von ein paar Bäumen plötzlich in sattem Grün.

Ist das die Wildnis, die Ba gesucht hat? Das Gefühl, dass sie sich in dieser Landschaft auflösen – dass das Land sie in Besitz nimmt, bis sie unsichtbar sind, Vergebung erlangen? Die Leere in Lucy schrumpft zusammen wie Lucy selbst, unbedeutend vor den Bergen im goldenen Licht, das als dunkles

Grün durch das Laub ungebeugter Eichen fließt. Selbst Sam wird sanfter in einem Wind, der mindestens genauso nach Leben schmeckt wie nach Staub.

Eines Morgens wacht Lucy von Vogelgezwitscher auf, und es ist kein Traum aus der Vergangenheit, der sie gefangen hält. Es ist ein neuer Blick in die Zukunft, der haften bleibt wie Tau.

Manche Bergmannsfrauen in ihrer Stadt hatten nach Osten geblickt und geseufzt: *Zivilisation*. Diese Frauen stammten aus dem fruchtbaren Flachland jenseits der Berge und waren von den Briefen ihrer Männer nach Westen gelockt worden. In den Briefen stand nichts vom Kohlestaub. Die bunten Kleider, in denen die Frauen ankamen, verblichen in der Sonne des Westens ebenso schnell wie ihre Hoffnungen.

Völlig verweichlicht, höhnte Ba. *Kan kan, die sind ganz schnell hinüber.* Er behielt recht. Als der Husten kam, lösten diese Ehefrauen sich auf wie Blumen im Feuer. Die Witwer heirateten robuste Frauen, die ihre Arbeit erledigten und gar nicht daran dachten, nach Osten zu sehen.

Aber Lucy liebte die Erzählungen über das nächste Territorium und das übernächste und die fernen Gegenden im Osten. Über die weiten Ebenen, in denen es Wasser in Hülle und Fülle gab und das Grün sich in alle Richtungen dehnte. Wo die Straßen in den Städten gepflastert waren und im Schatten der Bäume Holzhäuser mit Glasfenstern standen. Wo es nicht *Regenzeit* und *Trockenzeit* gab, sondern Jahreszeiten mit Namen wie aus einem Lied: *Frühling, Sommer, Herbst und Winter*. Wo man Stoffe in allen Farben und Süßigkeiten in allen Formen kaufen konnte. *Zivilisation* trägt das Wort *zivil* in sich, und so stellte Lucy sich vor, dass die Kinder schönere Kleider haben und freundlicher miteinander reden, dass die Ladenbesitzer lächeln, dass Türen aufgehalten statt zugeschlagen werden und dass alles *sauber* ist – Taschentücher, Fußböden, Wörter. Ein neuer Ort, an dem zwei Mädchen vielleicht überhaupt nicht auffallen.

In Lucys schönstem Traum, aus dem sie gar nicht mehr aufwachen möchte, kämpft sie nicht gegen Drachen oder Tiger, findet sie kein Gold. Unbemerkt in einer Menschenmenge bestaunt sie Wunder aus der Ferne. Dann geht sie die lange Straße nach Hause, und niemand beachtet sie.

Eine Woche später sind sie fast am Fuß der Berge angekommen, und die Rippe am Himmel ist rund geworden. Ein Wolfsmond der seltensten Art. So hell, dass nach dem Sonnenuntergang und dem Sternenaufgang der Mondaufgang kommt. Silberschimmer dringt durch ihre Lider. Das hohe Gras, Nellies borstige Mähne, ihre verknitterten Kleider – alles leuchtet.

Weit hinten im Gras ein noch hellerer Glanz.

Wie zwei Schlafwandler erheben sie sich von ihren Decken und gehen darauf zu. Sams Hand streift Lucys. War es Absicht? Oder gehen sie nur zufällig im Gleichschritt, weil Sam jetzt größer ist?

Das Licht kommt von einem Tigerschädel.

Er ist makellos. Die gefletschten Zähne unversehrt. Der Schädel liegt nicht zufällig an dieser Stelle, das Tier ist nicht hier gestorben. Drumherum sind keine weiteren Knochen zu sehen. Die leeren Augenhöhlen weisen nach Osten und Norden. Lucy folgt seinem Blick zum Ende der Berge, wo die Planwagenroute in die Ebene biegt.

»Das ist …«, sagt Lucy mit klopfendem Herzen.

»Ein Zeichen«, sagt Sam.

Meistens gelingt es Lucy nicht, in Sams dunklen Augen zu lesen. In dieser Nacht aber ist Sam von Mondlicht durchdrungen, und Sams Gedanken leuchten hell wie die Grashalme. Sie stehen gemeinsam wie vor einer Schwelle und erinnern sich an den Tiger, den Ma in den Eingang jedes neuen Hauses gemalt hat. Mas Tiger war anders als alle Tiger, die Lucy je gesehen hatte, acht Striche, in denen man das wilde Tier nur erkannte, wenn man die Augen zusammenkniff. Ein geheimes Symbol. Ma malte ihren Tiger als Schutz gegen das, was kommen mochte, und sang dabei: *Lao hu, lao hu.*

Ma malte ihren Tiger in jedes neue Zuhause.

Die Melodie schaudert Lucy durch den Kopf, als sie die unversehrten Zähne im Schädel berührt. Eine Drohgebärde oder ein Grinsen. Was war das letzte Wort des Liedes? Ein Ruf an den Tiger: *Lai.*

»Was macht ein Zuhause zum Zuhause?«, fragt Lucy.

Sam wendet sich zu den Bergen und *brüllt*.

WIND

Wind bläst die Hänge hinunter, der Geruch von Veränderung liegt in der Luft. Im hellen Mondlicht bereitet Sam die Begräbnisstätte vor.

Ein Kreis aus Steinen um den Tiger herum. Sam nennt es *Zuhause*. Auf einer Seite des Kreises Topf, Pfanne, Schöpfkelle, Messer, Löffel. Sam nennt es *Küche*. Auf der anderen Seite ihre Decken. Sam nennt es *Schlafzimmer*. Am Rand Äste aufrecht in den Boden gesteckt. Sam nennt es *Wände*. Gewobene Grasmatten über den Ästen. Sam nennt es *Dach*.

Die Mitte bleibt bis zum Schluss leer.

Als Sam fertig ist, geht die Nacht dem Ende zu. Das Grasdach ist unordentlich und löchrig, in der Pfanne kleben Reste vom Haferbrei. Hausarbeit liegt Sam nicht, es fehlt die Übung. Trotzdem durfte Lucy nicht helfen. Jetzt stellt Sam sich vor den Tigerschädel und hält die Schaufel in die Höhe. Zittert die Hand, als das Schaufelblatt in die Erde sticht?

Sam hält inne. Das Zittern ist immer noch da. Vielleicht ist es Schlafmangel. Vielleicht etwas anderes. Sams Augen sind trocken. Starren auf den Schädel, als könnte er eine Antwort geben.

Lucy kommt und nimmt Sams Hand. Heute lässt Sam sich widerstandslos hinlegen und bis unters zitternde Kinn zudecken. Sie haben jetzt keine Eile mehr. Sie werden ihn beerdigen, wenn es hell ist. Lucy bietet an, bis dahin Wache zu halten.

Und den Rest dieser Nacht bläst der Wind unerbittlich. Bläst Sams Haus um, bläst durch Lucys zerschlissenes Kleid und die Decke, bläst ihr den Rachen hinunter und in ihre Leere hinein, bis sie von innen friert. Der Sturm teilt Schläge aus. Schnelle Windstöße gegen die Wangen. Die Regenzeit kommt.

Wobei *kommen* ein zu starkes Wort ist, es sei denn, man meint es so wie Ba, wenn er sagte: *Ich komme heute Abend nach Hause*, aber eigentlich meinte er am nächsten Morgen, am Abend danach, am nächsten Montag, mit roten Augen und nach Whiskey stinkend. Der Regen kommt so, wie Ba kam und gleichzeitig nicht kam. Eine weit entfernte, drohende Wolke. Sam schläft, aber das laute Brausen des Windes hält Lucy wach. Ein anderer Wind als am Tag, ein Wind wie eine tiefe Stimme, die durchs Gras tobt. *Aaa*, brüllt der Wind. Und manchmal *uoooo*. Manchmal *iiiiiiin*, manchmal *aaaaaaan, ben daaaaaan*. Aber dem Wind kann man nicht frech kommen, den Wind kann man nicht anbetteln, deshalb tut Lucy das, was sie gelernt hat: Sie hält still. Sie lässt sich vom Wind schlagen, erträgt sein Brennen in den Augen. Sie lässt den Wind Gaben von weither herbeitragen. Er bringt verwelkte Blätter, langfingrig wie Hände. Feinen Staub, der sich gelblich auf ihre Haare legt. Sind es Gaben oder Warnungen? Feuchte und modrige Gerüche. Zikadenhüllen, die sie beim ersten Hinsehen für Finger und Zehen hält, beim dritten, vierten und fünften Hinsehen für die Geister von Fingern und Zehen. Der Spuk kommt mit dem Wind, der ihr mit rachsüchtiger Gewalt in die Kehle bläst und Worte in die

Ohren flüstert, an die sie sich tagsüber nicht zu erinnern wagt. *Aaaa*, schreit der Wind und packt sie mit seiner Kälte. *Eeeeeer*, schreit der Wind. *Nu eeeeeer*. Der Wind tost, und während Sam schläft, sitzt Lucy still und lauscht. Lauscht. Lauscht.

Und dann ist es Tag.

Sam hat die Schaufel, Lucy die Schöpfkelle.

Ein Begräbnis ist zhi shi ein Rezept, hatte Ma gesagt.

»Kann's losgehen?«, fragt Sam.

Iiiiing, sagt der Wind.

Und Lucy denkt: *Weißt du noch? Wie er uns das Schürfen beigebracht hat. Weißt du noch? Die Brandnarben von den Ölspritzern an seinen Handgelenken. Weißt du noch? Seine Geschichten. Weißt du noch? Seine blutig gekauten Fingernägel. Weißt du noch? Sein Schnarchen, wenn er betrunken war. Weißt du noch? Seine einzelnen weißen Haare. Weißt du noch? Sein Wüten. Weißt du noch? Wie sehr er Schweinefleisch mit Paprika geliebt hat. Weißt du noch? Sein Geruch.*

Sie graben ein Loch. So groß wie ein Revolver. Sie graben weiter. So groß wie ein totes Baby. Sie graben weiter. So groß wie ein Hund. Sie graben weiter. So groß wie ein Mädchen, das sich einfach nur hinlegen und ausruhen möchte. Sie graben weiter, obwohl der Platz schon längst für einen Rucksack ausreicht, für zwei Rucksäcke, für vier. Sie graben weiter, und das Grab nimmt dieselbe Form an wie das Grab in Lucy, eine Leere, die nach Lehm und Mundgeruch riecht. Sie graben weiter, bis die Sonne die Rückseite der Hügel hinunterkriecht und Schatten auf die Kante des Grabes fallen.

Feigliiiiiing, sagt der Wind traurig.

Lucy hütet sich zu widersprechen.

Sam macht den Rucksack auf.

Ba purzelt durcheinander. Unmöglich, ihn ordentlich hinzulegen. Schon jetzt beginnt die trockene, durstige Erde ihn aufzusaugen. Er sinkt ein. Wohin? Wird er sich in einer gemeinsamen Düsternis mit Mas Knochen vermischen, im Grab, das Lucy nie zu Gesicht bekommen hat?

Sam greift in die Hosentasche. Einen Moment lang erinnert die geballte Faust an den Revolver, den Sam in der Bank aus der Tasche zog. Sie haben so viel für diese beiden Silberstücke geopfert – hoffentlich war dieses Grab den Diebstahl wert.

Weißt du noch? Wie er dir das Reiten beigebracht hat. Weißt du noch? Wie man in seinen leeren Stiefeln die Form seiner Füße erkennen konnte. Weißt du noch? Sein Geruch. Nicht als er sich nicht mehr gewaschen hat, nicht wenn er getrunken hat, sondern sein Geruch von früher.

Aber Lucy schweigt noch immer. Und Sam steht noch immer regungslos, die Silberstücke fest in der Hand, bis Lucy merkt: Sam will, dass sie verschwindet.

Wie an so vielen Abenden zuvor lässt Lucy Sam und Ba allein. Sie sieht sie nicht, die letzte Begegnung zwischen Vater und Tochter, zwischen Vater und falschem Sohn.

ERDE

Sie schlafen. Nicht im Grab, sondern auf dem weichen, lockeren Erdhaufen, der übrig geblieben ist. Das Loch ist zugeschüttet, die Erde festgestampft, aber es hat nicht mehr alles hineingepasst. Zum ersten Mal seit ihrer Flucht vor fast zwei Monaten schläft Lucy tief und fest. Traumlos. Sam muss auch irgendwann zu Bett gegangen sein, liegt jedenfalls am Morgen schlafend neben Lucy, verdreckt und nach Leben stinkend.

In der Nacht war der Regen da, die fernen Wolken atmen Feuchtigkeit. Auf Sams Gesicht sind kleine Tröpfchen. Der Dreck auf der Haut ist zu erdigem Brei geworden. Lucy wischt mit dem Finger über Sams Wange, aber es entsteht nur ein Streifen von noch dunklerem Braun.

Sie legt den Kopf schief, nimmt einen zweiten Finger. Malt einen zweiten Streifen parallel zum ersten.

Zwei Tigerstreifen.

»Guten Morgen«, sagt Lucy zum Tigerschädel, der das Grab bewacht. Er ignoriert sie natürlich, genauso wie er die Hügel im Westen hinter sich ignoriert. Sein Blick geht zum Fuß der Berge. An diesem Morgen, als die dunstige Luft von der Vorahnung einer neuen Zeit erfüllt ist, hat Lucy den Eindruck, dass sie weiter sehen kann als zuvor. Wenn sie die Augen zusammenkneift, sieht sie da nicht den Gipfel des letzten Berges? Sehen die Wolken nicht aus wie feine Spitze? Sieht sie da nicht ein neues weißes Kleid, breite Straßen, ein Holzhaus mit Glasfenstern?

Lucy presst die Hände an die Unterarme. An die Schenkel. An die Wangen, den Nacken, die Brust, ohne die neuerdings empfindlichen Stellen zu berühren. Sie ist nicht dicker oder dünner als am Abend zuvor, aber etwas in ihrem Innern hat sich verändert, etwas ist mit Ba begraben worden. Ihre spröden Lippen sind feucht. Sie lächelt, ganz vorsichtig, damit die trockene Haut nicht reißt. Dann breiter. Leckt sich die Lippen.

Das Wasser kehrt in die Welt zurück.

Leise, um Sam nicht zu wecken, baut Lucy das Zuhause ab, das Sam für die Beerdigung errichtet hat. Sie entflechtet die Grasmatten und legt die Halme auf das Grab, damit man es nicht sieht. Sie wirft die Steine wieder in den Fluss. Sie zieht die Äste aus dem Boden und füllt die Löcher mit Erde. Sie packt die Sachen zusammen. Sie sattelt Nellie.

Als Sam aufwacht und sich verwundert umsieht, ist Bas Grab schon wieder Wildnis geworden, so, wie er es mochte.

»Wach auf, Schlafmütze. Wir müssen los.«

»Wohin?«, fragt Sam heiser.

»Weiter. Dahin, wo es warmes Essen gibt. Weißbrot. Fleisch. Ein schönes, langes Bad.« Lucy klatscht in die Hände. »Saubere, neue Sachen. Ein Tuch für dich und eine Hose, die dir passt. Ein neues Kleid für mich.« Sie grinst Sam an, aber Sam blinzelt nur schwerfällig. Lucy zeigt mit dem Finger auf den Tigerschädel. Dann zieht sie den Arm hoch. Peilt über den ausgestreckten Finger wie über einen Gewehrlauf. Sie zielt auf den Horizont. »Wenn wir erst mal über die Berge sind, haben wir genug Zeit, ein neues Zuhause zu suchen.«

Da sagt Sam: »Wir *sind* zu Hause.«

Sam springt auf. Geht gen Osten, wie Lucy es will. Hält aber zu früh an. Pflanzt einen Fuß auf den Tigerschädel.

»Hier«, sagt Sam jetzt mit klarer Stimme.

Einen Fuß hochgestellt, den Kopf stolz erhoben, die Hände in die Seiten gestemmt: Sam ist nicht klar, woran dieses Bild erinnert. Lucys Geschichtsbücher waren voll von Eroberern, die so dagestanden haben. Vor wehenden Flaggen in einem Land, in dem es keine Bisons und keine Indianer mehr gab.

Lucy lässt sich auf die Knie fallen, um Sams Stiefel wegzuschieben. Sam steht felsenfest. Fort ist das ungeduldige Klopfen.

»Sporen!«, sagt Lucy. »In einer richtigen Stadt gibt es richtige Sporen.«

»Brauche ich für Nellie nicht. Und wir brauchen auch keine blöde Stadt.«

»Wir können hier draußen nicht überleben. Hier ist doch nichts. Keine Menschen.«

»Als hätten Menschen uns je geholfen.« Sam streicht mit der Stiefelspitze über die Zähne im Tigerschädel. Eine gespenstische Musik ertönt aus dem toten Mund. »Hier gibt es Tiger. Bisons. Freiheit.«

»Tote Tiger. Tote Bisons.«

»Vor langer, langer Zeit«, sagt Sam, und was kann Lucy schon tun außer zuhören?

Vor langer, langer Zeit war hier alles kahl und öde. Es gab noch keine Hügel. Das Land war flach. Keine Sonne, nur Eis. Nichts wuchs hier, bis die Bisons kamen. Manche sagen, sie sind auf einer Landbrücke über das Westliche Meer gekommen, und die Brücke ist hinter ihnen gesunken.

Die Hufe der Bisons pflügten das Land und ihr Atem wärmte es, und sie trugen Samen in ihren Mäulern und Vogelnester in ihrem Fell. Als sie über das Land zogen, gruben ihre Hufe Rinnen für die Flüsse, als sie sich suhlten, entstanden Täler. Sie wanderten nach Osten und nach Süden, über Berge, durch Ebenen und Wälder. Damals lebten sie in allen Territorien, in fast allen Ecken des Landes, und jede Generation wurde größer als die vorherige, bis sie hoch hinauf in den weiten Himmel reichten.

Aber dann, lange nach den Indianern, kamen aus einer anderen Richtung neue Männer. Diese Männer säten Kugeln statt Samen. Obwohl sie schwächlich waren, drängten sie die Bisons immer weiter zurück, bis sie die letzte Herde in einem Tal nicht weit von hier zusammengetrieben hatten. Es war ein schönes Tal mit einem tiefen Fluss in der Mitte. Die Männer wollten die Bisons mit dem Lasso fangen, statt sie zu töten. Wollten sie zähmen und mit ihrem Vieh kreuzen. Sie zurechtstutzen.

Aber als die Sonne aufging, sahen die Männer, dass sich über Nacht Hügel erhoben hatten.

Diese Hügel waren die Leichen von Tausenden und Abertausenden Bisons, die in den Fluss gegangen und ertrunken waren.

Die riesigen Hügel stanken so schrecklich, dass die Männer fortgehen mussten. Selbst als die Vögel die Bisonknochen saubergepickt hatten und der Fluss wieder strömte, wuchs zwischen den Knochenresten nicht mehr das grüne Gras von früher. Es war gelb, fluchbeladen, ausgedörrt. Das Land war nicht mehr fruchtbar. Niemand kann in diesen Hügeln siedeln, wie es sich gehört, bis die Bisons sich entschließen zurückzukehren.

Lucy hat diese Geschichte schon ein Dutzend Mal gehört. Es war Bas Lieblingsgeschichte. Aber Lehrer Leigh hatte gelacht und ihr in einem Buch die Wahrheit über die letzte Bisonherde gezeigt, die im Garten eines reichen Mannes weit im Osten gehalten wurde. Die Tiere auf dem Bild reichten nicht bis in den Himmel wie die uralten Knochen. In der Gefangenschaft waren sie auf die Größe zahmer Kühe geschrumpft. *Nur eine sentimentale Legende*, hatte der Lehrer getadelt. *Ein hübsches kleines Volksmärchen.*

Danach sah Lucy nie wieder breitschultrige Bisons durchs hohe Gras schreiten oder Tigerstreifen im Schatten, wenn Ba eine Geschichte erzählte. Sie sah nur noch die Lücke in Bas lügnerischem Mund, wo einmal ein Zahn gewesen war.

»Du hast es doch selbst gesagt«, erinnert Lucy Sam. »Dieses Land ist verflucht.«

»Aber vielleicht sind *wir* nicht verflucht? Die Bisons sind übers Meer gekommen – genau wie wir. Und durch die Tigernarbe ist Ba etwas Besonderes gewesen.«

»Du darfst nicht alles glauben, was Ba gesagt hat. Außerdem ist es nicht mehr so wie früher. Das Land ist jetzt zivilisiert, das Leben ist besser geworden. Das ist auch gut für uns.«

Jetzt fletscht Sam Tigerzähne. Diesmal in Lucys Richtung.

FLEISCH

Sam spricht nicht mehr von Hunger oder Kälte. Von den tief hängenden, drohend grauen Wolken am Horizont. Als wollte Sam die Wahrheit wegtrotzen, dass das Haus nicht standgehalten hätte, dass der Tigerschädel, so sehr er die Zähne auch fletscht, sie nicht vor dem Verhungern rettet, denn jetzt ist kein Hafer mehr da, und Revolverpatronen auch nicht. Lucy versucht von ihrer Zukunft zu sprechen. Sam hat nur Worte für die Vergangenheit, die schon lange tot ist.

Obwohl der Himmel dieser Tage bedeckt ist, ist Sams Leuchten noch stärker geworden. Strahlender. Jeden Morgen bewundert Sam ihr Spiegelbild im Fluss, wie alle Mädchen – bloß verdreht. Sie kämmt sich nicht die Haare oder steckt sie hoch. Sondern säbelt sich die kurzen Haare noch kürzer, bis man die Kopfhaut sieht. Freut sich über verlorene Pfunde und immer spitzere Ellenbogen und Wangenknochen.

Und trotz allem erkennt Lucy in diesen Eitelkeiten die Ähnlichkeit mit Ma.

Früher hat Sam Ma so gemustert, wie sie sich jetzt selbst betrachtet. Jeden Morgen, bevor Ma mit Ba ins Bergwerk ging, verwandelte sie sich. Sie verbarg die Haare unter einer Kappe, die weißen Arme in langen Ärmeln. Wenn sie sich hinunterbeugte, um die Stiefel zuzubinden, berührte ihr Gesicht fast die ausgebrannte Glut. Wie im Märchen von der Aschenmagd – nur andersherum. Es war ein Kostüm, hatte

Ma ihnen erklärt. Solange bis sie genug gespart hatten. Als Sam tobte und auch ein Kostüm verlangte, öffnete Ma ihre Truhe mit dem bittersüßen Duft. Sie zerriss ein rotes Kleid und band Sam ein Stück Stoff um den Kopf.

An diesem Tag leuchtete Sam in so wilder Freude, dass Lucy nicht hinsehen konnte.

Von all ihrer ausgeblichenen und abgewetzten Kleidung hat nur das Tuch seine Farbe behalten. Manchmal summt Sam beim Umbinden. Ein Lied, an dessen Text sie sich beide kaum noch erinnern. Die Melodie ist von Ma.

Ausgelaugt und zu hungrig zum Streiten döst Lucy durch die Tage und Nächte. Sie träumt von grünen Bäumen mit schweren Früchten, von Springbrunnen, die Hühnerbrühe spucken. An ihren Armen und Beinen erscheint fahles Fell. Die Zähne schmerzen. Sie zittert und mahlt mit dem Kiefer, träumt von einem Tier am Spieß über dem Feuer, zu lange gebraten, zu stark gesalzen, eingetrocknet wie Dörrfleisch …

Als sie eines Nachmittags blinzelnd aufwacht, verschwindet der Fleischgeruch nicht. Aus einem kleinen Wäldchen am Fuß der Berge steigt ein dünner Rauchfaden zum Himmel.

Spucke schießt Lucy in den Mund. Erst süß, dann bitter vor Angst. Gebratenes Fleisch ist getötetes Fleisch, und das bedeutet Männer mit Flinten und Messern. Sie weckt Sam aus einem Nickerchen. *Weg hier,* flüstert Lucy und zeigt auf den Rauch, Nellie, den Pfad, auf dem sie noch verschwinden können. Sam gähnt träge und rollt mit den Schultern, bis das abgenutzte Hemd fast zu reißen droht.

Dann greift Sam sich die Pfanne. Als führten sie ein unbeschwertes Leben, als hätten sie Speck oder Kartoffeln zum

Braten, als hätte Sam immer noch nicht begriffen, dass sie unmöglich allein hier in den Hügeln leben können.

»Mit dem ganzen Arm ausholen«, sagt Sam und drückt Lucy die Pfanne in die Hand. Sam schnappt sich einen spitzen Fischspeer und marschiert los in Richtung Rauch. Ruft nach hinten: »Wir verteidigen, was uns gehört.«

Das finden sie in der Abenddämmerung zwischen den Bäumen:

Ein verglimmendes Feuer.

Ein angepflocktes Pferd.

Einen toten Mann, halb unter Blättern begraben.

Er stinkt noch nicht, aber die Fliegen summen um seinen Bart. Er trägt einen Mantel aus verschiedenen Pelzarten, wie ein Geschöpf aus einem Märchen. Es ist die Stunde des Schakals, Gestalten werden zu Schemen, die Grenze zwischen Wirklichkeit und Täuschung verschwimmt.

»Sieh mal«, wispert Sam. Schlüpft durch die Büsche zu den Taschen des Toten – und zu dem dicken Vogel, der darauf liegt.

Also muss Lucy den Mann übernehmen. Zum zweiten Mal kniet sie neben einem Toten, diesmal ist es schon leichter. Wenigstens sind seine Augen geschlossen, nicht zusammengekniffen, seine Felle sauber, Bart und Fingernägel allerdings sind verdreckt. Lucy kann nicht anders, sie streicht über das Fell, rauf und runter und rauf und ...

Der Tote packt sie am Handgelenk und sagt: »Nicht schreien, Mädchen.«

Lucy weicht zurück, als der Mann sich aus den Blättern mausert und sich aufsetzt. Neben ihm erhebt sich ein Gewehr. Stunde des Schakals. Die fallenden Blätter verschwinden in der Schattenschwärze. Aber seine Hand um ihr Handgelenk –

die ist Wirklichkeit. Sein Atem, die schimmernde Waffe, die Spucke in seinem Mundwinkel – das ist Wirklichkeit. Und seine Augen. Seltsame, runde Augen mit viel mehr Weiß als Iris. Er lässt sie über Lucy wandern.

»Und du da, bleib stehen.«

Sam erstarrt mit einem Jagdmesser des Mannes in der Hand. Die geplünderten Taschen auf dem Boden offenbaren ihre Absichten.

»Du hast uns reingelegt«, brüllt Sam und stampft mit dem Fuß auf. »Wir sollten denken, dass du tot bist, du hun dan gemeines, lügnerisches …«

»Bitte, Sir«, flüstert Lucy. »Tun Sie uns nicht weh. Wir wollten Ihnen nichts Böses.«

Der Mann wendet den Blick von Sam. Sieht Lucy an. Betrachtet sie lange, ihren Mund, dann ihre Brust, ihren Bauch, ihre Beine. Sein Blick kribbelt auf ihrer Haut. Sie leckt sich über die Lippen, macht den Mund auf, will etwas sagen. Es kommt nichts raus.

Er zwinkert ihr zu.

»Tu nichts, was du bereuen würdest«, ruft der Mann Sam zu. Das sind die falschen Worte. »Pass auf.« Sam brodelt, die kurzgeschorenen Haare gesträubt.

Und dann sagt der Mann: »Junge.«

Sams Augen blitzen in der Dämmerung, heller als das Messer. Lucy muss wieder an Ma in der Asche denken und an Sams hingerissenen Blick. Staunen und Verwandlung.

Sam lässt das Messer fallen.

»Den auch«, sagt der Mann und deutet mit dem Kopf auf den Revolver.

Sam lässt Bas leeren Revolver los. Bleischwer in Lucys Vorstellung, aber er fällt geräuschlos zu Boden.

»Ich will keinem was zuleide tun, außer vielleicht diesen verdammten Fliegen«, sagt der Mann. »Das ist euch klar, oder?« Er spricht zu Lucy, die ihr gefangenes Handgelenk in seinem Griff windet. Er lässt so plötzlich los, dass sie hinfällt. »Sachte.« Sein Blick wandert zu ihren Beinen unter dem hochgerutschten Kleid. »Sachte.«

»Wir wollten dir auch nichts tun«, blufft Sam.

»Klar. Sind wir nicht alle nur auf der Durchreise? Uns Rumtreibern gehört dieses Land sowieso nicht.«

Sam spannt die Muskeln an. Lucy rechnet schon damit, dass Sam ihm entgegenschleudert: *Unser Land.* Aber Sam sagt: »Stimmt. Es gehört den Bisons.«

»Ich bin froh, dass sie es mit uns teilen«, sagt der Mann ernst. »Apropos teilen, ich habe zwei Rebhühner. Falls ihr ohne Salz auskommt.«

»Ich brauch kein Salz«, sagt Sam, und Lucy gleichzeitig: »Wir haben ganz viel.« Sie haben einen Brocken aus der Salzebene zum Essen mitgenommen.

»Alles, was ein Mann braucht und mag.« Der Mann klopft sich auf den Bauch, der so rund ist wie seine Augen. »Gesellschaft zum Beispiel. Es kann ganz schön einsam sein hier draußen. Ich nehme gern was von eurem Salz und danke euch. Ich könnte auch ein Mädchen gebrauchen.«

Seine Augen kullern zu Lucy wie leere Teller.

Sie bietet ihm an, seine Sachen zu waschen. Ihm Essen zu kochen. Seine Augen werden immer größer, und schließlich bricht er in schallendes Lachen aus. Mit dreckigen Fingern wischt er sich Spucke aus den Mundwinkeln.

»Ich könnte ein Mädchen gebrauchen, aber du bist ein *Mädchen*, was?«

Lucy begreift nicht, was er meint, aber sie nickt.

»Du bist groß für dein Alter. Ich hab mich verschätzt. Wie alt bist du? Elf? Zehn?«

»Zehn«, lügt Lucy. Sam widerspricht nicht.

Später wird Lucy die Sprache seines Blickes verstehen. Sie zu sprechen, ist sie noch zu jung. Als sie ums Feuer sitzen, ist sie nervös, obwohl die Rebhühner so fett sind, dass Sam anerkennend pfeift. Lucy rückt nah an das brutzelnde Fleisch und wärmt sich die Hände.

»Ihr seid auch Bergleute«, sagt der Mann und zeigt seine Handflächen. Unter seiner Haut schimmern bläuliche Flecken wie ein Schwarm winziger Fische. Lucy hat nur den einen Fleck, wo Kohlestaub in eine Wunde gekommen ist. »Wie bist du denn so hübsch sauber geblieben?«

»Ich habe nur an den Türen gearbeitet«, sagt Lucy und wendet den Blick ab. Sie schämt sich für ihre Hände. Sams Hände sind voller blauer Stellen wie Bas, und Mas sahen unter ihren Handschuhen genauso aus. Lucy hat nur ganz kurz gearbeitet, dann kam sie in die Schule und Ma starb, und Ba wollte ihre Hilfe nicht mehr.

»Wir sind keine Bergleute«, sagt Sam.

Eines Abends legte Ba im Rausch die Hände auf den Herd, um die Flecken einfach abzubrennen. Es dauerte eine Woche, bis die Brandblasen platzten, eine weitere, bis die tote Haut sich ablöste. Unter der neuen Haut war die Färbung geblieben. Kohle versteckt sich tief im Innern. *Wir sind Goldgräber*, beharrte Ba. *Das hier machen wir nur übergangsweise, zum Geldverdienen. Ting wo.*

»Wir sind Abenteurer«, sagt Sam in einem Singsang. »Wir sind nicht wie andere.« Sam beugt sich vor und verengt die dunklen Augen. »Wir sind Banditen.«

»Klar«, sagt der Mann freundlich. »Banditen sind überhaupt die interessantesten Leute.«

Und dann fängt er an, von diesen interessanten Leuten zu erzählen. Sams Gesicht drüben auf der heißeren Seite des Feuers glüht. Lucy spürt auf ihrer Seite den Wind im Rücken. Der Mann reicht Sam ein Stück Rebhuhn zum Probieren und quittiert Sams Urteil mit ernsthaftem Nicken. Lässt Sam das Fleisch schneiden. Erst als sie mit Essen fertig sind, fragt er: »Und wo kommt ihr her? Was seid ihr für eine Promenadenmischung?«

Sam ballt die Fäuste. Lucy rutscht näher heran, um Sam notfalls zur Beruhigung eine Hand auf die Schulter zu legen. Dieser Mann hat zwar länger gebraucht als die meisten Leute, aber die Frage ist immer dieselbe. Lucy weiß nie, was sie darauf sagen soll. Ba und Ma haben keine klaren Antworten gegeben. Sie haben mit einem Wirrwarr von Märchen darum herumgeredet. Halbwahrheiten, die in keinem von Lehrer Leighs Geschichtsbüchern zu finden waren, vermischt mit einer Sehnsucht, die Mas Worten Flügel verlieh und sie in der Luft auseinanderstieben ließ. *Hier gibt es sonst niemanden wie uns*, sagte Ma mit Trauer und Ba mit Stolz in der Stimme. *Wir kommen von jenseits des Meeres*, sagte sie. *Wir sind die Ersten*, sagte er. *Etwas Besonderes*, sagte er.

Zu Lucys Überraschung gibt Sam die einzig richtige Antwort.

»Ich bin Sam.« Reckt das Kinn hoch. »Und das ist Lucy.«

Es ist frech, aber dem Mann scheint das zu gefallen. »Hey«, sagt er und hebt die Hände. »Hunde sind mir die liebsten Menschen. Ich bin selbst ein Mischling. Hab's nicht so gemeint. Ich war nur neugierig, wo ihr jetzt gerade herkommt. Ihr seht aus, als wärt ihr schon länger unterwegs. Und als hättet ihr Angst.«

Lucy und Sam wechseln einen Blick. Lucy schüttelt den Kopf.

»Wir stammen hier aus den Hügeln«, sagt Sam.

»Seid nie weggewesen?«

»Wir haben hier und da und überall gewohnt. Wir sind schon meilenweit gereist.«

»Dann wisst ihr natürlich, was es hier in den Bergen gibt«, sagt der Mann, und ein Lächeln spielt um seine Lippen. »Ich muss euch nichts von den wilden Tieren erzählen, die sich da oben vor den Bergleuten versteckt haben. Und natürlich wisst ihr auch, wie es hinter den Bergen aussieht, in der Prärie und noch weiter im Osten. Ihr wisst, dass es da noch was Größeres als die Bisons gibt. Zum Beispiel den eisernen Drachen.«

Sam ist gebannt.

»Bauch voller Eisen und Dampf«, flüstert der Mann. Er ist ein genauso guter Geschichtenerzähler wie Ba. Vielleicht sogar besser. »Die Eisenbahn.«

Lucy lässt sich nicht anmerken, wie fasziniert auch sie zuhört. Lehrer Leigh hatte von der Eisenbahn gesprochen. Wenn es stimmt, was dieser Mann aus den Bergen sagt, ist die Eisenbahn in den letzten Jahren noch viel weiter nach Westen vorgedrungen.

»Gleich auf der anderen Seite der Berge ist eine Stadt mit einem Bahnhof. Sie sagen, sie wollen die Strecke über die Berge weiterbauen, aber das glaube ich erst, wenn ich es sehe. So was kann kein Mensch auf diesem Kontinent schaffen. Das sage ich euch.«

Das Feuer ist fast heruntergebrannt. Von den beiden Rebhühnern sind nur noch die Knochen übrig, aber Sam hungert nach etwas anderem. Lauscht mit staunend geöffnetem Mund den Geschichten des Mannes, und er füttert Sam bereitwillig.

Erzählt von Zügen und anderen eisernen Maschinen, die aus Schornsteinen Dampf speien wie riesige Ungetüme. Von wilden Wäldern weit im Osten und Eis hoch im Norden. Als er von Wüsten berichtet, überkommt Lucy plötzlich ein Gähnen. Riesig und unbezähmbar. Der Mann starrt sie zornig an.

»Langweile ich dich, Mädchen?«

»Ich ...«

»Tja, ich hatte gedacht, ihr hört vielleicht gern ein paar Geschichten von einem alten Mann. Im Westen findet man ja weiß Gott kaum Abenteuer. Was für eine Gegend!« Seine Stimme wird schroff. »Wozu sollen diese Hügel nützen? Die Bergleute haben hier alles abgegrast. Man kann keine drei Schritte gehen, ohne in ein Loch zu fallen, das diese unverbesserlichen Dummköpfe gegraben haben.«

Sam schweigt.

»Im Osten gibt es viel mehr zu sehen und zu staunen. Und mehr Platz als in diesem verfluchten Territorium. Nur die übelsten Gestalten sind auf der Suche nach Gold hier in den Westen gezogen.«

»Was für Gestalten?«, fragt Sam.

»Mörder. Vergewaltiger. Ehrlose Männer. Männer, die zu schwach oder zu blöde sind, um zu Hause ihr Brot zu verdienen.«

»Mein Ba hat gesagt ...« Sams Stimme kiekst. »Ba hat gesagt, das Westliche Territorium war mal das schönste Land, das je ein Mensch gesehen hat.«

»Für kein Geld der Welt würde ich noch weiter nach Westen gehen.« Der Mann schmeißt einen Rebhuhnknochen in die Richtung. »Das Land ist tot und voll mit Leuten, die den Kopf in einen Schacht stecken und die Sonne für ein Gerücht halten.«

Leises Lachen rieselt durch seine Stimme. Aber er hat nie auf diesem Land gelebt oder gearbeitet, hat nie gesehen, wie der Morgen die Hügel mit Gold übergießt – wie könnte er sonst so leicht darüber hinweggehen?

»Mein Ba ...«, sagt Sam.

»Vielleicht war dein Ba auch einer von diesen Dummköpfen.«

Manche Männer betrinken sich mit Whiskey. Dieser Mann aus den Bergen scheint betrunken von seinem eigenen Gerede. Sorglos und leichtsinnig. Er hat sein Jagdmesser neben das Feuer gelegt, genau zwischen sich und Sam.

Lucy sieht, dass Sam es sieht.

Eigentlich hatte sie sich Bas Geist fortgewünscht. Aber in diesem Moment möchte sie nichts lieber, als dass der rachsüchtige Giftblick wieder in Sams Augen aufblitzt.

Der Mann aus den Bergen schlägt Sam mit seiner Pranke auf den Rücken und kichert: *War nur ein Spaß*, nennt Sam *Junge*, vergleicht Sam mit einem Indianerjungen, den er einen Winter lang als Hilfe beim Fallenstellen hatte, fragt Sam, ob er davon erzählen soll. Sam lässt das Messer liegen. Ja, sagt Sam. Ja, ja.

Sam hasst Frauenarbeit. Ist auf verdrehte Weise stolz auf lockere Stiche und halb verbranntes Essen. Und doch, am Morgen, als die Sonne gerade eben durch die Bäume scheint, rührt Sam im Frühstückstopf. Ein Anblick wie aus einem schönen Traum – nur, dass der Mann aus den Bergen Anweisungen erteilt.

Die Pampe, die Sam auftischt, sieht aus wie Matsch und schmeckt wie Fleisch. Der Mann nennt es Pemmikan. Wildfleisch und Beeren, getrocknet und gemahlen. Lucy isst so schnell, dass sie sich verschluckt, und würde sich am liebsten trauen, das Essen wieder auszuspucken.

An diesem Morgen füttert Sam den Mann zurück. Breitet ein Festmahl von Geschichten vor seinen großen, tellerrunden Augen aus. Sam erzählt vom Revolver und dem Mann in der Bank, von den zwei Jungen und ihren Vorräten. Der Mann lacht, wuschelt Sam durch die Haare und geht mit ihnen zu ihrem Lager.

Welches Recht hat Lucy, einem Mann zu misstrauen, der Nellies geschwollenes Knie untersucht, der ihnen Pferdehafer und eine Tüte Pemmikan gibt? Der eine Karte auf ein Stück Leder zeichnet und eine Stadt auf der anderen Seite der Berge einkreist?

»Ich wette, da gefällt's dir, Junge. Da ist bald wieder Jahrmarkt, der größte im Umkreis von Hunderten von Meilen. Die Stadt ist so groß, dass man feine Damen genauso trifft wie Indianer, Vaqueros und Banditen – alle möglichen Gestalten, die noch einen Schlag rauer sind als ich.«

Zu ihm sagt Sam nicht: *Wir bleiben hier.* Sam sagt: »Wo gehst *du* hin?«

»Wie heißt die Stadt?«, fällt Lucy Sam ins Wort.

Der Mann sagt: »Sweetwater.«

Oh.

Lucy läuft das Wasser im Mund zusammen. Selbst in den härtesten Jahren hatten sie ab und an Zucker und Salz. Aber sauberes Trinkwasser bekam man in einer Bergwerksstadt für kein Geld der Welt. *Sweetwater* leuchtet in Lucys Vorstellung wie der Tigerschädel, und es ist ihr schon fast egal, dass der Mann die Hand auf Nellies Hals legt, um sie noch einen Moment zurückzuhalten.

»Ich habe euch doch von dem Indianerjungen erzählt, den

ich hatte? Tja, ich hab gedacht, ich könnte vielleicht wieder einen Jungen gebrauchen. Meine Finger ...« – er spreizt sie – »... sind nicht mehr so beweglich wie früher. Ein kleineres Paar Hände wäre eine Hilfe für mich, und ich könnte mein Wissen weitergeben.«

Die Stille drückt wie die Sturmwolken. Gar nicht mehr so weit entfernt.

»Das ist nett von Ihnen«, sagt Lucy, und ihr Magen krampft sich zusammen. »Aber wir haben schon Pläne. Für unsere Familie.«

Der Mann mustert sie ein letztes Mal von oben bis unten. »Dann verzieht euch lieber, bevor der Regen kommt.«

WASSER

Unwettertage. Nachdem sie den Mann aus den Bergen verlassen haben, bricht der Himmel auf. Regen fällt mit solcher Wucht, dass die Tropfen auf der Erde zu weißem Nebel zerbersten und ein Wall aufsteigt, ein zerfetzter Schleier. Zweimal meint Nellie in eine Pfütze zu treten, sackt aber plötzlich bis zur Brust ein und kann gerade noch zurückspringen. Mit einem langsameren Pferd wären sie versunken.

Der einzig feste Untergrund sind Bisonknochen. An diesem Abend schlagen sie ihr Lager vor einem besonders großen Skelett auf. Zuerst berührt Sam den Schädel, als würden sie um Erlaubnis bitten. Dann brechen sie die spröden Rippen von der Wirbelsäule. Die gewölbten Knochen schichten sie zu stabilen Nestern.

Am vierten Tag hört der Regen auf. Sie haben das Ende der Berge erreicht. Nellie stapft einen niedrigen, steinigen Hügel hoch – den letzten –, und unter ihnen liegt die Ebene.

Dichtes, niedriges, grünes Gras überall, als hätte jemand für ihre schmerzenden Füße guten Samt ausgelegt. In der Ferne windet sich das Band eines Flusses, daran ein Klecks, der Sweetwater sein muss. Lucy atmet diese neue Welt tief ein. Ihr Duft liegt feucht und schwer auf der Zunge.

Sie macht einen Schritt nach vorn ...

Wind streift ihre Schulter. Kein starker, wütender Sturm

wie in den letzten Tagen, sondern wehmütig. Weich. Die Traurigkeit in diesem Wind lässt Lucy zurückblicken.

Aus der Entfernung sehen die Hügel ihrer Kindheit hell und sauber aus. Sie hat genügend Regenzeiten erlebt, und immer versank alles im Schlamm. Dünne Erde verwandelte sich in Suppe, jeder Tag durchtränkt und aufgesaugt von den Gezeiten des Lebens. Aus der Entfernung erkennt man nicht, wie gefährlich der Westen ist, wie dreckig. Aus der Entfernung glänzen die nassen Hügel glatt und blank wie Goldbarren – als lägen am westlichen Horizont unermessliche Reichtümer aufgestapelt. Ihre Kehle ist wie zugeschnürt. Ein Kribbeln weit oben in der Nase, hinter den Augen.

Es geht vorbei. Ist wahrscheinlich nur die Erinnerung an den Durst von früher.

Und dann sind sie am Fluss ...

Wasser kannte Lucy ihr Leben lang nur als dünne, verstopfte Rinnsale, die aus Bergwerken liefen. Dieser Fluss ist breit, ein lebendiges Wesen. Er schlägt an die Ufer und *wütet*. Ma hat immer gesagt, Ba sei auch Wasser, und Lucy hat das nie verstanden. Jetzt begreift sie, dass es stimmte.

Abends schlagen sie ihr Lager am Ufer auf. Morgen früh: Sweetwater. Lucy zieht ihre Decke bis übers Kinn und dreht angeekelt den Kopf weg. Die Decke stinkt nach Schmutz und altem Schweiß und dem verkrusteten Leid so vieler Reisemonate. Die Sauberkeit des Flusses wirkt wie ein Tadel.

»Dich lasse ich hier«, sagt sie in den Stoff.

Sam dreht den Kopf. »Was?«

Lucy tritt die Decke weg und steht auf. Sofort fühlt sie sich sauberer. Der Abend ist kühl und feucht.

Wasser ist Läuterung, hat Ma gesagt.

»In der Stadt da«, sagt Lucy und deutet mit dem Kopf auf die Lichter von Sweetwater, »weiß kein Mensch, wer wir sind und was wir getan haben. Und wir müssen es keinem verraten. Wenn sie uns fragen, wo wir herkommen – wir können sagen, was wir wollen. Ich habe nachgedacht. Wir brauchen überhaupt keine Vergangenheit.«

Sam blickt auf.

»Wir können ganz von vorne anfangen. Verstehst du? Wir müssen keine Bergarbeiter sein.« Oder erfolglose Goldgräber. Oder Banditen oder Diebe oder rausgeschmissene Schüler oder Tiere oder Abschaum.

Sam liegt auf dem Rücken, stützt sich auf die Ellenbogen und sagt lässig: »Wenn die uns nicht wollen, können wir ja wieder abhauen. Wir wollen die auch nicht.«

Lucy ist baff. Nicht zu fassen: Sam grinst.

Drei Monate lang sind sie voller Angst von Versteck zu Versteck gezogen, und für Sam war alles ein Spiel. Sam ist sich selbst genug und deshalb überall zu Hause, Sam leuchtet auch in Not und Bedrängnis. Die Karte, die Sam in den Sand gemalt hat, der Weg, den Sam gehen wollte – das sollten nicht Monate oder Jahre sein. Jetzt begreift Lucy: Es war der Anfang eines neuen Lebens.

»Das kann ich nicht«, sagt Lucy. »Ich muss irgendwo bleiben.«

»Du lässt mich allein?« Sam verzieht das Gesicht, aber wer ist denn so rastlos, wer will denn weiterziehen? Das ist doch Sam. »Du lässt mich allein.«

Sam starrt Lucy wütend an. Aber diesmal gibt Lucy nicht nach. Sie streckt den Rücken durch. Sam hat von jeher die Wut als Geburtsrecht beansprucht. Wer hat Sam dieses Recht gegeben?

»Du denkst immer nur an dich«, sagt Lucy, und das Herz klopft ihr bis zum Hals. Trommelt in ihrer Stimme. »Immer zählt nur das, was du willst. Hast du dich mal gefragt, was ich möchte? Du kannst doch nicht erwarten, dass ich mich bis in alle Ewigkeit nach deinen Launen richte.«

Sam steht auf. Früher hat Lucy hinuntergesehen, immer nach unten in das Gesicht ihrer kleinen Schwester. Jetzt ist es auf gleicher Höhe mit ihrem eigenen. Ein Gesicht, das ihr fremd ist. Ein Gesicht, zu dem sie nicht sagen kann:

Dass sie sich natürlich sauberes Wasser und ein schönes Zimmer, Kleider und eine Badewanne wünscht – aber das sind nur Sachen. Weiter weiß sie noch nicht. Was früher die Leere in ihrem Innern ausgefüllt hat, ist fort, so wie die alte Erde, die nicht mehr in Bas Grab gepasst hat. Jeder Bergarbeiter weiß, wenn du zu tief gräbst und zu viel Gutes wegschaufelst, riskierst du, dass alles zusammenbricht. Bas Leiche, Mas Truhe, die Hütte und die Flüsse und die Hügel – sie hat das alles bereitwillig zurückgelassen in der Erwartung, dass wenigstens Sam gemeinsam mit ihr in die Zukunft gehen würde.

Aber Lucy kann nicht fragen. Kann nicht sprechen. Der Gestank ihrer eigenen Verwahrlosung raubt ihr den Atem. Sie zieht sich das Kleid über den Kopf, sperrt Sams Blick aus. Dann schlüpft sie auch aus dem Unterkleid und springt in den Fluss.

Das Wasser schlägt ihr mit Wucht jeden Gedanken aus dem Kopf. Eiskalt und brutal. Eine gnädige Betäubung. Sie taucht nach unten, greift eine Handvoll Sand, schrubbt damit Hals, Schultern, Achselhöhlen, das Handgelenk, das der Trapper gepackt hatte, die Finger, die Bas Finger berührt haben. Sechs Schichten leichter kommt sie wieder an die Oberfläche. Reibt langsamer über ihre Brust, wo die Haut empfindlich und geschwollen ist. An den Rücken kommt sie nicht richtig heran. Sie ruft Sam.

Aber Sam dreht sich weg. Glühende Wangen über dem ausgeblichenen Hemd. Sam ist doch nicht etwa rot geworden? Lucy schwimmt ans Ufer und bittet noch einmal um Hilfe. Noch einmal weigert sich Sam.

»Denkst wieder nur an dich«, sagt Lucy durch das Tosen der Wellen. Sie packt Sam an den Stiefeln.

Dann zieht sie Sam in voller Montur ins Wasser. Sie zerrt an Sams Kragen, rubbelt über verkrusteten Schmutz und ignoriert die Blasen, die aus Sams Mund strömen. Sams ganzer Trotz verwandelt sich hier unten in Schaum. *Jetzt den Rücken*, sagt Lucy und dreht Sam, wie Ma sie selbst im Badezuber gedreht hat. *Du brauchst mal eine feste Hand*, sagt Lucy und zieht Sam schon die Hose herunter, bevor ihr wieder einfällt, wer das gesagt hat – Ba – und warum.

Plötzlich reißt Stoff. Lucys Hand streift etwas unerwartet Hartes. Sie hält nur noch einen Teil von Sams Hose in der Hand, und Sam taucht auf den Grund. Wasser ist Lucys Element. Mühelos ist sie an Sam vorbei und schnappt sich den länglichen grauen Stein, der herausgefallen ist. Aber Sam taucht weiter, als wäre der Stein ganz egal.

Da erst sieht Lucy, was Sam noch verloren hat. Es ist schnell gesunken, schließlich ist Silber schwerer als ein Kieselstein. Zweifaches Funkeln auf dem Grund des Flusses. Nicht begraben, nicht in der Erde, nicht bei einer Leiche.

Bas zwei Silberdollars.

Lucy schwimmt an Sam vorbei an die Oberfläche. Einen Moment lang sind sie sich so nah, dass sie sich berühren könnten. Den Arm ausstrecken und die Bewegung anhalten, zu zweit zwischen Grund und Oberfläche schweben. Aber sie tun es nicht. Sam taucht weiter, während Lucy sich am gegenüberliegenden Ufer hochzieht und keuchend im grünen Gras eines neuen Landes liegt.

Familie geht vor, hatte Ba gesagt, und Ma auch. Trotz seiner Schläge und seines Jähzorns hat Lucy sich Bas Überzeugung bis zum Schluss zu Herzen genommen. Sie ist ihr einziges Erbe.

Aber jetzt?

Endlich taucht Sam wieder auf. Die nassen Haare kleben am Kopf, die Kleider sind so vollgesogen, dass die schmalen Knochen hervorstehen. Im Dunkeln steht ein unbekanntes Wesen vor Lucy, die Hände voll Silber, das den Toten gehört.

BLUT

Am Morgen sitzt Sam aufrecht und ernst neben Lucy und spricht, als wären die Worte kostbare Münzen, gehortet in den letzten drei Monaten.

»Im Grab nützen sie keinem was«, sagt Sam, während Lucy ihre Decke zusammenfaltet.

»Ist doch nur ein blöder Aberglaube«, sagt Sam, während Lucy Grashalme von ihrem Kleid klaubt.

»Ist sowieso egal«, sagt Sam, während Lucy sich mit den Fingern die Haare kämmt und sie so gut wie möglich zu Zöpfen flicht. »Weißt du, was mit deiner toten Schlange passiert ist? Ba hat den Fingerhut wieder weggenommen. Ich hab's genau gesehen. Da ist auch nichts passiert, oder? Oder?«

Noch vor einer Woche hätte Lucy solche Geheimnisse gierig aufgesogen. Jetzt dreht sich ihr dabei der Magen um.

»Er hat mir gesagt, die Lebenden brauchen Silber nötiger als die Toten«, sagt Sam, während Lucy sich bereit macht, in die Stadt zu gehen. »Er hat mir schon vor ganz langer Zeit gesagt, wir sollen ihn nicht so begraben, wie es sich gehört.« Leiser dann: »Meinte, er hätte es nicht verdient. Ich schwör dir, ich wollte ihm die Münzen trotzdem dalassen, aber an dem Abend hatte ich das Gefühl, er redet mit mir und sagt, ich soll sie mitnehmen. Am Grab. Hast du ihn nicht gehört?«

Lucy betrachtet Sam von der einen Seite, von der anderen Seite. Kneift prüfend die Augen zusammen und erkennt trotzdem nicht, wo Sams Geschichten aufhören und Sams Lügen anfangen. Falls es da für Sam überhaupt einen Unterschied gibt.

»Warte«, sagt Sam und hält Lucy am Ellenbogen fest. »Und Ma. Er hat gesagt, dass Ma ...«

Lucy schubst Sam weg. »Sei still. Kein Wort über Ma.«

Sam geht nicht wieder auf sie zu. Lucy macht einen Schritt zurück. Sie starren sich an. Lucy macht noch einen Schritt zurück, und noch einen, und noch einen, und ein bisschen frohlockt sie, ein bisschen ist sie schon in Sweetwater und studiert ihre Waisengeschichte ein – ein verqueres kleines bisschen ist sie erleichtert, dass Sam nicht dabei sein wird, dass sie Sam und Sams Absonderlichkeit niemandem erklären muss.

Lucy dreht sich um.

Ein letztes Mal ruft Sam ihr hinterher. Die Angst unüberhörbar. »Lucy ... *du blutest.*«

Lucy fasst sich hinten ans Kleid. Die Hand ist nass. Sie hebt den Rock und sieht, dass auch die Unterhose blutig ist. Aber die Haut ist unverletzt. Sie spürt keinen Schmerz, nur etwas Glitschiges zwischen den Oberschenkeln. Sie hält die Finger an die Nase, und da, unter dem metallischen Geruch – modrige Schwere.

Ma hatte ihr versprochen, dass sie diesen Tag mit Kuchen feiern würden, mit Salzpflaumen und einem neuen Kleid für Lucy. Sie hatte gesagt, an diesem Tag würde Lucy eine Frau werden. Das sickernde Blut hinterlässt ein hohles Ziehen. Wieder etwas, das Lucy ohne großen Schmerz verliert. Obwohl es keinen Kuchen, keine Feier gibt, spürt sie tief im Innern die Gewissheit, dass Ma recht hatte: Sie ist kein kleines Mädchen mehr.

In Sams Blick steht kindlicher Schrecken, als besäße Lucy

eine neue und beängstigende Macht. Mit ihrem Blut durchströmt Lucy zum ersten Mal Mitleid beim Anblick ihrer kleinen Schwester. Das hier ist noch ein ganz anderer Abschied.

»Ich bin bald wieder da«, sagt Lucy nachgiebig. »Ich bringe was zu essen mit. Wenn ich Arbeit gefunden habe.«

Während Lucy den Fleck herauswäscht, verschwindet Sam. Als der Stoff einigermaßen sauber und ausgewrungen ist, kaum noch feuchter als die ohnehin feuchte Luft, als Lucy Gras in die Unterhose gestopft und den Magen mit einem Schluck kaltem Wasser beruhigt hat, blickt sie sich suchend am Ufer um. Entdeckt die Gestalt auf dem Baum.

»Ich gehe jetzt in die Stadt«, ruft Lucy.

Die Gestalt hebt den Kopf.

»Du wartest hier?«, sagt Lucy.

Es sollte eine Anweisung sein. Aber sie sind so weit voneinander entfernt, dass ihr Tonfall im Brausen des Flusses untergeht. Aus dem Satz wird eine Frage.

TEIL ZWEI

XX59

SCHÄDEL

Ma ist die Sonne, und Ma ist der Mond. Ihr blasses Gesicht wandert über die Schwelle des neuen Hauses, von drinnen nach draußen, vom Licht in den Schatten, während sie dem Tiger seinen Platz bereitet.

Die Familie wartet draußen.

Das Haus ist eher ein Bretterverschlag, einsam am Rand des Tals gelegen, ein langes Stück hügelaufwärts vom Creek. Ritzen in den Wänden, Blech auf dem Dach. Lucy späht ins dämmrige Innere. Ein einziges Fenster – kein Glas, nur ein aufgespanntes Öltuch, gelb und fleckig, nicht mehr als Schummerlicht und Schemen. Nach zwei Wochen Reise wurde Lucy beim Anblick dieser Hütte das Herz schwer, aber der Bergwerksboss, der sie hergeführt hatte, ließ ihnen keine große Wahl. *Wenn ihr's nicht wollt, könnt ihr zum Lumpenpack ins Camp vor der Stadt*, sagte er und spuckte aus. Er hätte noch weitergeredet, aber Ma legte Ba warnend die Hand auf die Brust und sagte: *Es ist in Ordnung*.

In Mas Stimme knistert ein sanftes Feuer, rau und tief. Die Heiserkeit passt nicht zu ihren eleganten Bewegungen, ihrem weichen Gesicht, aber der Gegensatz verleiht ihr eine markante Schönheit. Der Bergwerksboss wurde rot und verzog sich. *Ying gai darauf achten, wie man sich präsentiert*, hatte Ma immer gesagt, wenn sie Lucy in eine aufrechte Haltung drückte, Sams Zöpfe neu flocht und mit Ba schimpfte, weil er durch die Spielhöllen zog und sich in den Indianercamps am Rand der Stadt herumtrieb. *Die Leute behandeln dich nach dem äußeren Eindruck, dong bu dong?*

Aber sobald der Boss weg war, sackte Ma in sich zusammen. In der Hütte greifen die Schatten nach ihr. Die Reise hat ihre Schönheit verschlissen und sie so krank gemacht, dass sie ihr Essen erbricht. Jetzt bedeckt ihre Anmut kaum noch die Knochen. Während sie sich in der Hütte zu schaffen macht, kann Lucy bis auf ihren Schädel sehen.

»Mädchen«, ruft Ma, als sie ein Stück Lehmfußboden glatt gefegt hat. Der Atem pocht hart in ihrem Hals, als wollte die Haut zerreißen. »Sucht mir einen Stock.«

Sam rennt um die eine Ecke der Hütte, Lucy um die andere.

Lucys Seite liegt halb im Schatten einer Hochebene über dem Tal. Sie wühlt mit dem Fuß in einem Dreckhaufen: verdorrtes Gras, verbrannter Draht, angekokelte Zweige. Ganz unten ein vielversprechendes Stück Holz. Sie zieht daran und hält ein Schild in der Hand.

Wischt den Ruß ab und liest: HÜHNERSTALL.

Das sind keine verkohlten Zweige – es sind Federn. Und das hier ist kein Haus. Ma ruft noch einmal, und Lucy tritt das Schild zurück in den Müllhaufen.

»Hao de«, sagt Ma, als Lucy wieder bei den anderen ist. »Jetzt sind wir alle beieinander.«

Trotz der Krankheit lächelt Ma. Sie hält den Stock, den Sam gefunden hat, wie eine Kostbarkeit in der Hand. Über all die Sorgen, die sie hergetrieben haben, weht ein Hauch von Hoffnung, wie immer, wenn sie dieses Ritual beginnen. *Ein Zuhause, wie es sich gehört*, hatte Ba beim Aufbruch gesagt. *Dieses Mal bleiben wir wirklich.*

Ma malt ihren Tiger.

Mas Tiger ist anders als alle anderen. Immer acht Striche: manche gebogen, manche gerade, manche mit einem Haken wie ein Schwanz. Immer in derselben unveränderlichen Reihenfolge. Nur wenn Lucy wegsieht und mit zusammengekniffenen Augen wieder hinsieht, blitzt in Mas gemaltem Tiger einen Moment lang ein echter Tiger auf.

Beim letzten Strich krümmt Ma sich vor Schmerzen, wieder scheint der Schädel durch die Kopfhaut. Der Schutz ist vollendet.

Ohne einen Gedanken an sein schlimmes Bein ist Ba sofort bei Ma und stützt sie. Er ruft nach dem Schaukelstuhl. Als Sam ihn hastig über die Schwelle trägt, gerät der Tellerstapel auf der Sitzfläche ins Rutschen. Lucy macht einen Satz nach vorn, um einen Teller aufzufangen. Dabei verwischt sie mit dem Fuß den letzten Strich des Tigers.

Soll sie es sagen? Aber dann würde Ma darauf bestehen, das ganze Ritual zu wiederholen, und Ba würde wütend werden und *da zui* sagen und dass sie gefälligst ihr freches Maul halten solle. Lucy schweigt, genau wie zum stechenden Geruch nach altem Hühnerdreck, der im Haus hängt. Lernt, ihre eigenen Geheimnisse zu haben.

ERDE

An sechs Tagen in der Woche wacht Lucy als Erste auf. In der völligen Dunkelheit der Stunde des Maulwurfs schlüpft sie an ihrer schlafenden Familie vorbei.

Sam neben ihr im Bett auf dem Zwischenboden, Ma und Ba auf der Matratze am Fuß der Leiter – in der Finsternis findet sie den Weg um sie herum blind, genau wie um die Kleiderhaufen, die Mehlsäcke, die Leintücher, die Besenstiele, die Truhen. Die Luft im Haus ist stickig und dumpf wie im Bau eines Tieres. Letzte Woche ist ein Eimer Creekwasser umgefallen, das hat den Geruch nicht gerade verbessert.

Früher hätte Ma es heimelig gemacht. Mit einem Strauß duftender Gräser, einem schön platzierten Tischtuch. Jetzt schläft sie nur noch. Ihre Wangen sehen eingefallen und abgekaut aus, als würde nachts etwas an ihr nagen. Seit Wochen isst sie nicht mehr richtig. Sagt, sie verträgt nur Fleisch, und dafür ist kein Geld da.

Ba hatte versprochen, beim neuen, großen Bergwerk würde es Fleisch geben, einen Garten, gute Kleidung und Pferde, wie es sich gehört, sogar eine Schule. Aber zu viele Männer waren vor ihnen da. Die Löhne sind niedriger als versprochen. Weil Ma krank ist, schiebt Lucy die Schule auf, um mit Ba ins Bergwerk zu gehen, ist morgens als Erste wach und macht das Frühstück.

Sie stellt eine Pfanne auf den Herd. Zu laut – Ma bewegt

sich im Schlaf. Wenn sie aufwacht, streitet sie unablässig mit Ba. *Die Mädchen haben Hunger. / Ich würde mehr verdienen, wenn wir früher hier gewesen wären. / Waren wir aber nicht. / An mir hat's nicht gelegen. / Was willst du damit sagen? / Ich mein ja nur, ist schon lästig, dass du gerade jetzt krank bist. / Glaubst du, ich mach das absichtlich? / Manchmal, qin ai de, kannst du ganz schön dickköpfig sein.*

Leise, leise drückt Lucy Kartoffeln in die Pfanne. Das heiße Öl spritzt ihr auf die Hand, aber wenigstens zischt es nicht so laut. Zwei Kartoffeln in ein Tuch für sie und Ba, eine auf den Tisch für Sam. Eine hoffnungsvolle vierte lässt sie für Ma auf dem Herd.

Zwei Meilen bis ins nächste Tal. Am Bergwerk trennen sie sich, Ba geht mit den Männern in den Hauptschacht. Lucy muss allein in ihren Stollen.

Sie blickt nach Osten. Der Himmel ist immer noch tiefblau wie ein Bluterguss, aber sie trödelt, als könnte sie es sich leisten, auf den Sonnenaufgang zu warten. Schließlich kriecht sie hinunter. Farben verschwinden, dann Geräusche. Als sie ihre Tür erreicht, ist sie von undurchdringlicher Schwärze umfangen. Lange Zeit geschieht nichts, bis es zum ersten Mal klopft.

Lucy wuchtet die schwere Tür auf und zwängt den Arm davor, um sie zu halten. Bergarbeiter kommen heraus, in den Lichtschlitzen ihrer Laternen tauchen die Wände wieder auf. Die Striemen am Unterarm spürt sie kaum. Sie sind gar nichts im Vergleich zu der schmerzenden Blindheit, wenn die Arbeiter wieder weg sind.

In den langen Zeiten des Nichtstuns reibt sie den Rücken an der Wand des Schachts oder probiert laute Schreie aus. Als sie das Gefühl hat, es ist Mittagszeit, isst sie fünf riesige Bissen Kartoffel. Auch das Essen schmeckt nach Erde.

»Ist nicht für immer«, verspricht Ba am Abend, der genauso gut ein Morgen sein könnte. Es ist schon wieder dunkel. Die immer gleiche Sorge sinkt auf Lucy wie die letzten Sonnenstrahlen auf die fernen Hügel. Andere Bergleute finden sich zu viert oder zu fünft zusammen, klopfen sich gegenseitig auf den Rücken, begrüßen sich, beschweren sich – Ba und Lucy gehen allein. Er streicht ihr über die drahtigen Haare. »Ting wo. Ich habe einen Plan. Wenn du unbedingt willst, kannst du bald zur Schule gehen, nu er.«

Sie glaubt ihm. Wirklich. Aber gerade deshalb tut es weh, so wie ihr im Stollen das ersehnte Licht der Laternen in den Augen schmerzt.

Düsternis auch in der Hütte, bis Ba ein Streichholz an die Lampe hält. Ma döst, Sam rennt draußen in wildem Spiel herum. Während Lucy das Abendessen vorbereitet, zieht Ba sich hinter einem Vorhang um. Wenn er sein Essen hinuntergeschlungen hat, wird er auf der anderen Seite des Creeks für die Witwen der Stadt Brennholz hacken. Sie brauchen den zusätzlichen Lohn. Jede Nacht. Jeden Tag. Ein dünnes Rinnsal an Geld, das niemals reicht, um die leeren Mägen zu füllen.

Aber heute ist irgendwas anders.

Die vierte Kartoffel ist vom Herd verschwunden. Fingerabdrücke im erstarrten Fett der Pfanne. Freude durchflutet Lucy wie die Sehnsucht nach Sonnenlicht: Ma muss etwas gegessen haben.

Aber Ma ist hohlwangig wie immer, ihre Finger sind sauber. Ihr Atem riecht nur nach altem Erbrochenen.

»Hast du es gesehen?«, fragt Lucy, sobald Sam durch die Tür kommt. »Hat sie was gegessen?«

Sam, braun gebrannt, flitzt durchs Haus wie ein wilder Lichtstrahl. Schleifchen und Haube sind im Laufe des Tages abhandengekommen, am Kleidersaum ist ein Stück Stoff abgerissen. Eingetauscht gegen den Duft von Sonne und Gras.

»Schon wieder Kartoffeln?«, fragt Sam und schnuppert am Topf.

»Hast du auf Ma aufgepasst, wie ich es dir gesagt habe?« Lucy schlägt Sams Hand weg. »Es dauert noch zehn Minuten. Warst du bei ihr? Ich hab's dir doch erklärt. Nur diese eine einzige Sache, ist das zu viel verlangt?«

»Hör auf zu meckern!«

Sam weicht Lucy aus und greift nach dem Topfdeckel, der mit lautem Scheppern auf den Boden fällt. Sams Finger glänzen glitschig. Sam riecht nach Sonne, Gras – und Fett.

»Die Kartoffel war nicht für dich«, faucht Lucy. »Sie war für Ma.«

»Ich hatte Hunger«, sagt Sam und sieht Lucy an. Kein Versuch, es zu leugnen. »Ma hätte sie sowieso nicht gegessen.«

Sam lügt nicht, Sam klaut nicht. Sam lebt einfach nach ihrem eigenen Ehrenkodex und ist nicht bereit, sich anderen Regeln zu beugen. Standpauken zerbröseln zu Lachsalven, weil bei Sam selbst die Sturheit bezaubernd ist. An den schlimmsten Tagen fragt Lucy sich manchmal, ob das der wahre Grund ist, weshalb Sam nicht ins Bergwerk muss, ein Grund, der beständiger ist als das Zu-jung-Sein: Dieses Kind ist so hübsch, dass man ihm nicht weh tun kann.

Lucy hält sich den blauen Fleck am Arm. Sie hat noch mehr an Schultern und Rücken, die sie nur im Blechspiegel sehen kann. »Das sag ich Ba.« Aber Ba wird Sam nur in die babyspeckige Wange kneifen. »Ich sag's ihm«, fügt sie nach einer plötzlichen Eingebung hinzu, »und dann sehen wir ja, ob er meint, dass du groß genug zum Arbeiten bist.«

»Nein!«

Lucy verschränkt die Arme.

Mit zusammengebissenen Zähnen sagt Sam: »Meinetwegen, tut mir leid.«

Ma sagt immer, aus Sam bekommt man eine Entschuldigung ungefähr so leicht heraus wie Wasser aus trockenem Brennholz. Lucy kostet ihren Triumph aus, bis ihr der Magen grummelt. »Ich sag's ihm trotzdem.«

»Nein! Wenn du es nicht machst ... zeig ich dir, was Ma gegessen hat.«

Lucy zögert.

»Heute Abend«, fügt Sam grinsend hinzu, saust davon und knallt direkt mit Ba zusammen, der in sauberen Sachen, mit Axt und Revolver am Gürtel, wieder hervorkommt. Wie immer bettelt Sam, mitgenommen zu werden.

Einige Zeit später wankt Ma in träumerischem Halbschlaf aus der Tür.

Lucy hält es für einen Gang zum Klohaus, aber Sam gibt ihr ein Zeichen mitzukommen. Sie legt ihr Buch zur Seite, ohne ein Lesezeichen hineinzulegen. Ihre drei Märchenbücher hat sie sowieso schon so oft gelesen, dass die Bilder verblichen sind, das Gesicht der Prinzessin ein verschwommener Fleck, auf dem sie sich ihr eigenes vorstellen kann.

Funkelnde Lichtpünktchen weit unten im Tal. Ma kehrt ihnen den Rücken zu. Geht in die hinterste Ecke des Grundstücks, wo von menschlicher Gegenwart nichts mehr zu sehen ist. Dort wühlt sie mit bloßen Händen in der Erde, als suchte sie nach Gemüse in einem Garten, den Ba noch gar nicht angelegt hat. Tiefes, animalisches Grunzen – dann zieht sie etwas heraus.

Lucy und Sam ducken sich ins Versteck. Die Nacht ist warm, Schweiß läuft Lucy den Rücken hinunter. Sie sieht den weißen Streifen von Mas Hals und die Flügel der Schulterblätter unter dünnem Stoff. Sonst nichts. Dann hört sie das Kauen. Ma dreht sich zur Seite, sie hält etwas Längliches in der Hand – eine Mohrrübe? Süßkartoffel? Es ist so viel verkrusteter Dreck darauf, dass man es nicht erkennen kann.

»Was ist das?«, flüstert Lucy.

»Erde«, sagt Sam.

Das kann nicht sein. Ma schimpft, wenn Sam Essen vom Boden aufhebt, wischt jeden Teller zweimal ab – einmal, um ihn zu trocknen, ein zweites Mal, damit er glänzt. Aber an Mas Wangen kleben dunkle Krümel. Trotzdem hat Sam nicht ganz recht. Ma leckt an dem Ding in ihrer Hand, bis eine glatte Fläche zu sehen ist und ein helles, rundes Gelenk. Es ist ein Stück Knochen.

»Nein«, sagt Lucy viel zu laut, übertönt von krachendem Kauen.

Sam sieht bis zum Schluss zu, scheint sich mit hochgezogenem Rock und einem aufgelösten Zopf in der Nacht und im Dreck vollkommen zu Hause zu fühlen. Lucy wendet die Augen ab, um nicht sehen zu müssen, was Ma vielleicht noch vertilgt: Regenwürmer, Steinchen, uralte Zweige, vergrabene Eier und verrottete Blätter, kritzekratzige Käferbeine. Wie sie sich labt an den modrigen Geheimnissen der Erde.

Früher hatten Ma und Lucy ihre Geheimnisse miteinander geteilt. Auf dem Treck verschwanden Ba und Sam jeden

Abend in der Dämmerung, um zu jagen oder die Gegend auszukundschaften, und jeden Abend blieben Lucy und Ma in den stillen Hügeln allein. In diesem endlos weiten Schweigen konnte Lucy Ma alles erzählen: dass sie sich vor dem Maultier fürchtete, dass sie Bas Messer geklaut hatte, wie sehr sie Sam beneidete. Ma sog Lucys Worte auf wie ihre Haut die letzten goldenen Sonnenstrahlen. Ma konnte Geheimnisse schweigend bewahren, sie murmelte, sie neigte den Kopf, sie strich über Lucys Hand. Ma *hörte zu*.

Im Gegenzug erzählte Ma Lucy, wie sie sich die Hände mit Fett einrieb, damit sie weich blieben, wie sie den Fleischerjungen beim Feilschen austrickste, wie sie sich ganz genau überlegte, mit wem sie Umgang pflegte. In diesen Momenten spürte Lucy, dass sie Mas Liebling war. Sam hatte vielleicht die Haare und die Schönheit von Ma, aber Ma und Lucy vereinte das Band der Worte.

An diesem Abend jedoch plant Lucy Verrat. Sie bleibt wach, selbst als Sam schon lange schnarcht. Sie kann nicht schlafen. Wenn sie die Augen schließt, sieht sie Mas Zähne im Dunkeln schimmern wie Mondlicht. Als Lucy die Tür knarren hört, winkt sie Ba zu sich hoch.

»Sag das noch mal«, verlangt Ba, als Lucy es ihm erzählt hat. Er steht auf der Leiter, den Kopf auf ihrer Höhe, und flüstert verschwörerisch. »Man man de. Was hat sie gegessen?«

Merkwürdigerweise grinst er nur, als Lucy vorschlägt, an Mas Truhe zu gehen. Es sind Kleiderstoffe und Dörrpflaumen darin, aber vor allem die duftenden, bitteren Arzneien, aus denen Ma heilende Suppen kocht.

»Schlaf jetzt«, sagt Ba und steigt die Leiter hinunter. »Deine Ma ist nicht krank. Da würde ich gutes Geld drauf wetten.«

Lucy wartet, bis er unten ist, dann rollt sie sich von der

Matratze und späht durch ein Astloch im Boden. Ma sitzt unten zusammengekauert auf dem Stuhl. Ba geht zu ihr, um sie zu wecken. Zuerst reißt Ma die Augen auf. Dann den Mund.

Sie wirft ihm Flüche an den Kopf.

Lucy hat Ma noch nie fluchen hören – aber langsam begreift sie, dass die Nacht eine andere Welt ist. Wie viele Jahre und Jahrhunderte hat Ma sich mit diesen Knochen einverleibt? So viele, dass in dieser Nacht etwas anderes aus ihrer Kehle zu steigen scheint. Etwas Unsanftes, Gewaltiges. *Geschichte*, schießt es Lucy durch den Kopf, und sie muss an den Betrunkenen denken, der in der vorletzten Stadt ihren Wagen angespuckt hat. Ba und Ma starrten regungslos nach vorne, während der Besoffene herumschrie, wem das Land gehöre, wer es für sich beanspruche, wer das Recht habe, hier zu sein, und was man begraben sollte. An die genauen Worte des Mannes kann Lucy sich nicht mehr erinnern, aber in Mas wütendem, aufbrausendem Fauchen hört sie dieselbe furchterregende Kreatur. Es muss die Geschichte sein.

Ma fragt, wie spät es ist. Nennt Ba einen Lügner. Fragt, wie viele Witwen es geben kann. Wirft ihm vor, wieder Geld verspielt zu haben.

Als sie kurz Luft holt, sagt Ba: »Du hast Erde gegessen.«

Schnell zieht Ma die Decke hoch, will wahrscheinlich ihre dreckigen Fingernägel verstecken. Raue Hände rascheln über den Stoff wie abgestreifte Schlangenhaut. »Du lässt meine eigenen Kinder mir nachspionieren? Ni zhe ge ...«

»Verstehst du nicht, was das bedeutet?« Ba sinkt auf die Knie. Ma neigt sich überrascht zurück. »Qin ai de.« Ba nimmt Mas zusammengekrampfte Hände in seine, streichelt sie sanft. »Diese Gelüste. Diese Übelkeit. Dieser Streit zwischen uns. Das muss ein Baby sein.«

Ma schüttelt den Kopf. Tiefe Schatten liegen in ihren Wangen. Sie sieht verängstigt aus. Ba spricht so leise, dass Lucy ihn nicht versteht, aber sie erkennt den alten Singsang der Versprechungen. Nach einer Weile beginnt Ma zu lächeln, dann plötzlich wird ihre Miene hart. Viele Jahre später wird Lucy sich an diese Härte erinnern. Wird versuchen zu ergründen, was sich da in Mas Gesicht abzeichnete – Entschlossenheit oder Mut oder Kälte. Wird versuchen, es für sich selbst heraufzubeschwören.

»Ich dachte, wir könnten kein ...«, sagt Ma, aber die Überzeugung ist aus ihrer Stimme gewichen. »Und bei den Mädchen war mir nicht übel. Ich hatte nicht solchen Hunger.«

Ba lacht so laut, dass Sam aufwacht. Zwei helle Punkte im Dunkeln – Sams Blick durchbohrt Lucy. Beide hören, wie Ba sagt: »Es ist ein Junge. Warum sollte es sonst so gierig sein?«

Am nächsten Morgen holt Ba seine alte Goldgräberausrüstung heraus, die er vor zwei Jahren weggepackt hat. Liebevoll schärft er die Spitzhacke, wiegt die Schaufel in der Hand, säubert die kleinen Pinsel, dann zieht er mit dem Werkzeug in die Hügel.

Die Hacke bricht Knochen aus der felsigen Erde, die Schaufel gräbt sie aus. Pinsel fegen, vom größten zum kleinsten, über die ausgegrabenen Stücke. Bis das alte Weiß erscheint. Ba mahlt die Knochen und rührt das Pulver in Wasser.

Ma hat sich im Bett halb aufgerichtet, hält das Glas zitternd in den viel zu dünnen Fingern – und trinkt. Ihre Kehle hebt und senkt sich. Stundenlange Arbeit von Ba und jahrhundertealtes Leben verschwinden im Baby.

Geschichte, denkt Lucy und erschaudert.

FLEISCH

Aber Knochen halten nicht lange vor, sehnsüchtig erwarten sie den Zahltag. Eine Woche später ist es so weit, und in den Stollen vibriert eine Spannung, als braute sich ein unterirdischer Sturm zusammen. Am Abend erscheint der Bergwerksboss auf der Hügelkuppe wie ein verirrter, grimmiger Stern und stellt seinen Tisch auf. Er sortiert Papiere, wühlt in der Kiste mit den Münzbeuteln. Zählt. Zählt noch einmal. Lässt sich Zeit.

Die Schlange der Bergleute windet sich lang und länger, bis man kein Ende mehr sieht. Minuten vergehen, eine Stunde, die Reihe zappelt ungeduldig. Lucy weicht nicht von Bas Seite. Sie will den Beweis ihrer Arbeit in Händen halten.

Als sie endlich vor dem Tisch stehen, leuchten schon die Sterne am Himmel. Der Bergwerksboss sieht Ba kurz an und pfeffert ihm einen Beutel hin, den Blick schon auf den nächsten Mann gerichtet. Ba knotet die Schnur auf und beginnt zu zählen. Der Boss räuspert sich mehrmals.

»Es ist zu wenig«, sagt Ba und wirft den Beutel zurück. Die Männer hinter ihm recken unruhig die Köpfe. Wütendes Gemurmel.

»Miete für euer hübsches Haus.« Der Boss streckt einen Finger in die Höhe. »Kohle.« Noch ein Finger. »Dein Werkzeug.« Noch einer. »Die Lampe, die wir dir zur Verfügung stellen.« Noch einer. »Und Mädchen verdienen ein Achtel vom Lohn. Jetzt hau ab.«

Ba ballt die Fäuste. Die Männer hinter ihm drängeln, rufen. *Kannst du nicht zählen, Junge? Kein Wunder, bei der Visage. Der hat ja die Augen schon zu.*

Einer sagt: *Schlitzauge, sei wachsam.*

Das ruft begeistertes Johlen hervor. Der Spruch verbreitet sich wie ein Lauffeuer, bis er im Dunkeln von allen Seiten ertönt. Ba wirbelt herum, will sehen, woher die Beleidigung kommt. Lucy zittert. Wenn Ba die Wut packt, wird einem angst und bange. Er schlägt sie nicht oft, aber wenn, dann wird er trotz des schlimmen Beins riesengroß. Beherrscht den ganzen Raum.

Die Männer lachen nur noch lauter. *Schlitzauge!*, grölt es aus Dutzenden Kehlen. Das Echo hallt von den Hügeln, bis das Land selbst lacht.

Ba in seiner Wut, die Augen zusammengekniffen, ist für sie nur lächerlich.

Er schnappt sich die Münzen vom Tisch und hinkt mit wilden Schritten davon. Das schlimme Bein schwingt weit zur Seite. Lucy kommt kaum hinterher. Fast könnte man sagen, Ba rennt.

»Mei guan xi«, sagt Ba, als er Ma die Münzen gibt. »Am nächsten Zahltag reicht es für Steaks. Für Salz und Süßigkeiten. Samen für den Garten. Und feste Stiefel für die Mädchen. Ganz bestimmt. Versprochen.«

In der Hütte, weit weg vom Bergwerk und dem Spott der Arbeiter, dröhnt Bas Stimme überlaut. Alte Versprechungen kleben an seinen Worten wie der Dreck an den Wänden.

Ma sagt leise: »Das Baby.«

Obwohl das Baby noch sechs Monate im Bauch vor sich hat, erstarrt Ba. Er betrachtet die Münzen, ein altbekanntes Funkeln in den Augen. »Ich weiß, ich habe versprochen, dass ich nicht mehr spiele, qin ai de, aber diesmal habe ich Glück, das spüre ich einfach. Mehr als je zuvor. Wenn ich nur ein bisschen von dem Geld …«

Ma schüttelt den Kopf. »Das Maultier. Der Wagen.«

Ba liebt den alten Wagen, hegt und pflegt ihn wie ein Familienmitglied. Bei jedem Halt bekommen die Räder einen neuen Anstrich. *Das ist die Freiheit,* sagt er immer. *Hiermit können wir fahren, wohin wir wollen.* Jetzt schießt ihm das Blut ins Gesicht.

Ma legt die Hände auf den Bauch. »Für das Baby.«

Wortlos stürmt Ba hinaus, knallt die Tür. Wagenräder knarren, Hufe klappern, entfernen sich. In letzter Sekunde rennt Sam ihm nach.

Durch den Verkauf des Wagens kommen sie an Fleisch – aber was für welches. Es reicht für das, was beim Fleischer übrig bleibt, Fetzen voll Knochen und Knorpel. Ma kocht sie über Stunden, dicker Schmordunst hängt in der Hütte.

Was andere nicht wollen, gibt es für wenig Geld. Schweinefüße, zu Gelee gekocht, Wirbelknochen, die Ma bis aufs Letzte ablutscht und mit einem Klackern auf ihren Teller spuckt. Sie hat ihren Platz am Tisch wieder eingenommen und bleibt länger sitzen als alle anderen. Abend für Abend kaut sie Fleisch und nagt Knochen ab, stundenlang. Als etwas mit lautem Knacken bricht, hebt Lucy halb entsetzt, halb fasziniert den Blick. Rechnet damit, dass auch Mas Lächeln gebrochen ist.

»Warum essen wir das?«, mault Lucy.

»Das Baby«, sagt Ma, und Lucy stellt sich vor, wie unter Mas Kleid winzige Zähnchen klappern. »Je mehr Fleisch er bekommt, desto mehr Fleisch ist auch an ihm dran. Yi ding macht ihn das stark.«

»Aber warum müssen wir *alle* das essen?«, fragt Lucy, obwohl sie sich damit auf dünnes Eis begibt. Prompt fährt Ba sie an, sie solle ihr freches Maul halten.

Sam, sonst immer trotzig, leert kommentarlos zwei Teller.

Mas Gesicht wird weicher, die hohlen Wangen voller. Sie kümmert sich wieder um den Haushalt. Die Hütte ist zwar noch nicht sauber, aber immerhin nicht mehr verdreckt. Jetzt ist Ma diejenige, die zweimal am Tag fegt, die zum Laden geht und feilscht. Ma mit ihrer Stimme – sie bekommt immer ein paar Cent erlassen, oder der Fleischer packt mit einem Augenzwinkern einen Schweinefuß extra ein.

Und Ma bürstet nach ihren eigenen Haaren auch wieder Sams. Hundert Striche jeden Abend, um zu entwirren, was sich in den paar Wochen Herumstromern verknotet hat. Jetzt rennt Sam nicht mehr den ganzen Tag frei umher, sondern wird unter dem Zwang von Zöpfen und Haube wieder ordentlich. In Mas Nähe wird Sam hübscher. Und stiller.

Im Gegensatz zum Baby. Es hat keinen Mund, aber es spricht mit Mas Stimme. Es bringt Ba zum Schweigen, erstickt Lucys Fragen, macht Sam mürrisch. Das Baby bekommt alles, was es verlangt.

»Seht nur, wie er isst«, sagt Ba eines Abends voller Bewunderung. Mas Mund dehnt sich hinter einem Hühnerhals zu einem aufgeblähten Lächeln. Aber Ba starrt sie an, als hätte er nie etwas Schöneres gesehen. »Er wird mal so stark wie drei Männer.«

»Dui«, sagt Ma. »Nur, wenn wir ihn weiter gut füttern.« Sie spuckt abgekaute Knochen aus. »Das reicht nicht. Ying gai rotes Fleisch. Nicht nur Knochen.«

Wie immer sagt Ba: »Ich habe einen Plan.« Aber es ist ein verschämtes Murmeln, kein lautes Auftrumpfen.

An diesem Abend geht er früher als sonst zum Holzhacken. Ma gibt ihm einen Abschiedskuss, ohne vom Tisch aufzustehen. Sie hat den Blick fest auf das letzte bisschen Eintopf gerichtet. Das wehleidige Kratzen und Schaben ihres Löffels geht Lucy durch Mark und Bein. Anders als früher bietet Ma Sam und Lucy nichts von den Resten an. Lucy fragt, ob das Baby nicht egoistisch sei. Sam und sie hätten Ma schließlich nicht so krank gemacht. Da hört Ma gar nicht mehr auf zu lachen. Erklärt ihnen ganz sanft, dass Jungs immer eine Menge Ärger machen. Das muss so sein.

Ba kommt abends später und später nach Hause. Bei der Arbeit im Bergwerk gähnt er. Jeden Morgen stapft er im Halbschlaf durch die blau übergossenen Hügel, Schritt für Schritt im treibenden Rhythmus: *Das Baby. Das Baby.*

Am Morgen des nächsten Zahltags ist Ba immer noch nicht zurück. Beim Frühstück starren alle drei nervös durch die offene Tür auf das leere Feld, die Hütten der anderen Bergleute, den Creek, den Südhang dahinter. Mas Augen wandern immer wieder zum Revolver, den Ba gestern Abend vergessen hat und der bleischwer am Haken hängt.

Da kommt Ba mit Klimpern und Klirren aus unerwarteter Richtung, leichtfüßig von hinten ums Haus herum. Wirft einen dicken Beutel auf den Tisch.

»Woher ...«, fragt Ma.

»Zahltag. Ich habe es früher abgeholt.« Der Stolz lässt Bas

Stimme anschwellen wie den prallen Beutel. »Habe ich es dir nicht versprochen, qin ai de?«

»Das gibt es doch nicht«, sagt Ma. »Zen me ke neng?« Aber die Wahrheit birst aus dem Beutel. Die Münzen liegen hart und schwer in ihren Händen. Sie zählt. Sie lächelt. Ba streckt die Finger in die Höhe wie der Bergwerksboss und erklärt. Das Haus, das Werkzeug, die Lampe – alles beim letzten Mal abbezahlt.

»Nu er«, sagt Ma zu Lucy. Münzglanz leuchtet auch in ihren Augen. »Schluss mit dem Bergwerk. Morgen geht ihr beiden zur Schule.«

Am nächsten Morgen liegen neue Kleider da. Lucy greift nach dem roten, aber Ma stupst sie zum grünen.

»Das steht dir gut«, sagt Ma und zieht Lucy vor den Blechspiegel. Unbewegt starrt Lucy ihr langes Gesicht an. Das verbogene Metall macht es noch länger. »Die Schule ist das Richtige für dich. Der Lehrer erkennt schon, was in dir steckt.«

Lucy denkt an ihr Achtel vom Lohn. »Auch wenn ich kein Junge bin?«

Normalerweise ist das Feuer in Mas Stimme nur ein schwaches, behagliches Knistern. Aber jetzt lodert es prasselnd auf. »Nu er, das Selbstmitleid kannst du dir sparen. Rang wo dir was erzählen. Als ich in dieses Territorium gekommen bin, hatte ich nichts außer ...« Ma sieht auf ihre Hände. Sie geht niemals ohne Handschuhe vor die Tür, aber hier in der Hütte ist die Haut bloß. Rau und schwielig, blau gefleckt von Kohle. »Auch Mädchen haben Macht. Schönheit ist eine Waffe. Und du ...«

Oben setzt Sam einen Fuß auf die Leiter. Ma spricht leiser, lehnt die Stirn an Lucys Stirn. »Keine Waffe wie die, mit denen deine Schwester spielt. Du musst mir helfen, Lucymädchen. Sam ist ... anders. Ni zhi dao. Familie geht vor. Hab ein Auge auf sie.«

Als wäre es nötig, Lucy das zu sagen. Sie kann die Augen doch sowieso nicht abwenden, als Sam im roten Kleid, das der braunen Haut einen goldenen Schimmer verleiht, vor die Tür tritt. Alle Augen folgen Sam. Auf ihrem Weg über den Creek und die Hauptstraße hinunter halten sie sich an den Händen, aber die Blicke der Leute gleiten an Lucy vorbei direkt zu Sam.

Was ist das für ein Zauber, den Sam hat? Lucy beobachtet ihre Schwester schon so lange und versucht zu sehen, was Fremde sehen: den furchtlosen Blick in alle Richtungen, den quirligen Körper, immer in Bewegung. Wie in einem wilden Tier steckt in Sam eine Energie, die jeden Moment ausbrechen kann. Die Leute verfolgen voll Wonne Sams Schwung durchs wogende Gras.

Die Schule taucht vor ihnen auf wie ein kühler, weißer Leuchtturm. Aber zuerst müssen sie den großen Hof überqueren, schutzlos, auf der ganzen weiten Fläche nur eine tote Eiche. Zwischen den blattlosen Ästen blinzeln die Augen kleiner Jungs, die größeren starren an den Stamm gelehnt herüber. Und im Gras sitzen inmitten der Bögen und Schnörkel der ausladenden Astschatten die Mädchen in Kreisen. Ihre Blicke funkeln eisig.

Lucys Schritte werden kleiner, kleiner, langsamer, langsamer, als könnte sie wie ein Kaninchen im hohen Gras verschwinden. Die anderen, allesamt Bergmannskinder, tragen Sachen aus verblichenem Kattun oder Baumwolle. Mas feine Kleider stechen heraus. Lucy lässt Sams Hand los und verschränkt die Arme über der kostbaren Stickerei auf der Brust.

Geh aufrecht, sagt Ma. *Mach den Mund auf.* Wie oft hat Lucy schon erlebt, dass Ma mit ihrer Stimme die Stille aufbricht?

»Guten Morgen«, sagt Lucy.

Aber Lucy ist nicht Ma. Einige Augenpaare blinzeln gleichgültig. Ein Junge im Baum lacht.

Eines der Mädchen tritt vor. Die anderen trippeln hinterher wie eine Gänseschar. Die Anführerin hat einen stechenden Blick und widerspenstige rote Locken.

»Das ist schön«, sagt sie und zupft am Ärmel von Lucys Kleid, dann an Sams. Das ist das Zeichen für die Mädchen auszuschwärmen, sie streichen über die Stickerei, befingern das Band in Lucys Haaren, spekulieren über den Preis der Stoffe. Die Fragen sind eigentlich gar nicht an Lucy gerichtet, schwirren nur beiläufig um sie herum. Sie versucht zu antworten – *Das ist Brokat. Danke. Danke, danke,* selbst auf die Kommentare, die vielleicht nicht nett gemeint sind. Ihre Stimme wird immer leiser. Die Mädchen warten nicht auf Antworten. Sie brauchen sie nicht. Plötzlich erkennt Lucy, wie sie vielleicht durchkommen kann – anders, stumm.

Eingequetscht zwischen den Mädchen wirft sie Sam ein unsicheres Lächeln zu.

Sam hält noch still, aber die Mundwinkel zucken ungeduldig. *Lass sie,* bittet Lucy stumm. *Bitte lass sie das einfach machen. Es ist nicht so schlimm.* Jetzt bewundern die Mädchen Sam. *Ihre Haut sieht aus wie brauner Zucker, findet ihr nicht? Wer traut sich, dran zu lecken? Seht mal, die Nase! Wie eine Puppe. Und diese Haare ...*

Das erste Mädchen, die Rothaarige, schnappt sich Sams glänzenden, halb gelösten Zopf. »Hübsch«, säuselt sie. Ihre eigenen Haare stehen in wildem Gekräusel vom Kopf ab. Sie hebt Sams Zopf an die Nase und schnuppert daran.

Zwei schnelle Schläge klatschen über den Schulhof. Die Rothaarige steht mit leeren Händen und idiotisch offenem Mund da. Wenn Sam einmal in Fahrt ist, gibt es kein Halten mehr. Ihre Schläge scheuchen den ganzen Schwarm unter Vogelgekreisch davon. Schon ist Sam allein.

»Ihr redet alle zu viel«, sagt Sam.

Und dann kippt es plötzlich. Wie Wasser am ersten kalten Tag des Jahres: Was sie fließend begrüßt hat, friert plötzlich ein. Einen Moment lang hat Sam noch die Chance, sich zu entschuldigen – und Lucy auch. Aber Lucys Zunge ist schwer und unbeholfen. »Du Dummkopf«, flüstert sie. »Du Dummkopf, Sam.«

»Wen kümmern schon die blöden Haare«, sagt Sam verächtlich und schmeißt den Zopf über die Schulter.

Ein Mädchen kommt auf sie zu und spuckt. Daneben. Der Speichel läuft an Sams glänzendem Rock hinunter, eine dunkelrote Spur. Die nächsten Mädchen machen nicht denselben Fehler. Die nächsten Mädchen benutzen Finger und Nägel.

Die Schule ist nicht anders als die Arbeit im Bergwerk. Der gleiche Spott, die gleichen blauen Flecken, die gaffenden Blicke so erdrückend wie die unterirdische Dunkelheit – selbst das Schimpfwort ist dasselbe, das Lucy am Zahltag gehört hat, weitergereicht von den Bergarbeitern an ihre Kinder.

Nicht anders – bis die Glocke ertönt und sie in die Klasse gehen.

Es ist so ordentlich, dass Lucy fast die Tränen kommen. Pulte, Stühle, Dielen, Tafel, Landkarten in paralleler Perfektion. Ein sauberer und luftiger Raum. Keine Spur vom sonst allgegenwärtigen Staub. Im vorderen Teil des Raums strömt helles, buttriges Licht durch echte Glasfenster. Die Kinder sitzen immer zu zweit an einem Pult, ganz vorn und ganz hinten ist ein leerer Tisch. Lucy und Sam bleiben hinten stehen, bis der Lehrer hereinkommt.

Es heißt, er sei den langen, anstrengenden Treck von Osten gekommen. Aber sein dünnes, weißes Hemd wäre auf einer Reise schon nach ein paar Minuten dreckig, seine Goldknöpfe würden verloren gehen oder geklaut werden. Solche Kleidung kann man unmöglich auf dem Treck oder im Bergwerk tragen, sie ist einzig und allein für einen makellosen Ort wie diesen geeignet, an dem man würdevoll umhergeht und die Schüler mit Namen begrüßt. Die Mädchen, die gespuckt und gekratzt haben, himmeln ihn mit gefalteten Händen an. Völlig verwandelt unter seinem Blick. Er bleibt stehen und spricht eine ganze Minute lang mit einem Jungen, der knallrot wird. Dann schickt der Lehrer ihn an das leere Pult in der ersten Reihe.

Es ist ein Siegesmarsch. Vor aller Augen geht der Junge mit langen, stolzen Schritten nach vorne.

Als der Lehrer bei Lucy und Sam angekommen ist, wippt er auf den Absätzen seiner Schuhe, die genauso blank geputzt sind wie die Dielen. »Ich habe schon von euch beiden gehört. Ich hatte gehofft, euch eines Tages hier zu sehen. Willkommen in meiner Schule, die die Grenze der Zivilisation ein Stück nach Westen verschiebt. Ihr sprecht mich bitte mit Lehrer Leigh an. Woher kommt ihr denn?«

Lucy zögert, fasst sich aber beim freundlichen Blick des Lehrers ein Herz. Sie beschreibt den Weg vom letzten Bergwerk, doch der Lehrer schüttelt den Kopf.

»Wo kommt ihr *ursprünglich* her, Kind? Ich habe ausführlich über dieses Territorium geschrieben, aber euresgleichen bin ich noch nie begegnet.«

»Wir sind hier geboren«, sagt Sam bockig.

Lucy wagt einen Versuch: »Unsere Ma sagt, wir kommen von jenseits des Meeres.«

Der Lehrer lächelt. Er setzt sie in die hinterste Reihe und legt ein Buch vor sie aufs Pult. Es ist so neu, dass er die Seiten flachdrücken muss, und Lucy kann nicht anders – sie beugt sich vor, um den Geruch der Druckerschwärze zu atmen.

Als sie den Kopf hebt, sagt der Lehrer sanft: »Das ist nicht zum Riechen oder Essen. Man nennt das *Lesen*.« Er zeigt auf die Buchstaben des Alphabets, halb so groß wie seine Hand, die in Reih und Glied auf dem Papier stehen.

Lucy wird rot. Sie liest die Buchstaben vor, auch die Buchstaben im nächsten Buch, die Wörter im nächsten und übernächsten, und die Bücher werden immer dicker und die Schrift immer kleiner. Zuletzt lässt der Lehrer sich das Buch des Jungen in der ersten Reihe geben. Lucy liest eine ganze Seite; die Wörter, die sie nicht kennt, erschließt sie sich. Der Lehrer applaudiert. Die Klasse macht große Augen.

»Wer hat dir das beigebracht?«

»Unsere Ma.«

»Sie muss ein ganz besonderer Mensch sein. Sicher werde ich sie mal kennenlernen. Nun, Lucy, was würdest du denn am liebsten lernen?«

So etwas ist Lucy noch nie gefragt worden. Es ist so ungeheuerlich, dass sie es gar nicht fassen kann. In der engen, aufgeräumten Schule muss sie plötzlich an die endlose Weite der offenen Hügel denken. An Bas Ermutigung: *Hab keine Angst.* Wie viele Bücher mag es wohl geben? Sie hat noch nie gewagt, sich das vorzustellen. Dann fällt ihr das Wort wieder ein.

»Geschichte«, sagt sie.

Der Lehrer lächelt. »Wer die Vergangenheit niederschreibt,

schreibt auch die Zukunft.‹ Weißt du, wer das gesagt hat?« Er verbeugt sich. »Das war ich. Ich bin nämlich Historiker, und möglicherweise kannst du mir bei meinem neuen Buch behilflich sein. Wie ist es mit dir, Samantha? Liest du auch gerne?«

Sam funkelt ihn trotzig an. Gibt keine Antwort. Das Schweigen simmert auf Sams brauner Haut, wird mit jeder Frage dichter, bis der Lehrer schließlich aufgibt. Er lässt Sam hinten sitzen und reicht Lucy die Hand. Dann schreitet sie unter den Blicken der Kinder – auch Sams – durch den Gang. Tritt in das Rechteck aus Sonnenlicht am vordersten Pult, und der Junge, der dort sitzt, zieht die Schultern hoch, als wollte er ihren Anblick abwehren. Aber das kann er nicht. Hier ist sie sichtbar. Für ihn, für alle. Er rutscht rüber. Macht Platz für Lucy.

»Er sagt, wir sind begabt«, verkündet Lucy am Abend und schiebt ihr Steak auf dem Teller hin und her. Ma hat zur Feier des Tages etwas Besonderes gekocht, aber Lucy ist viel zu beschäftigt mit Erzählen. Dass der Lehrer es nur zu ihr gesagt hat, behält sie für sich. Auch was auf dem Schulhof passiert ist und dass Sam hinten gesessen und geschwiegen hat. »Er möchte dich kennenlernen, Ma. Er hat gesagt, du bist bestimmt auch sehr klug.« Ma hält einen Moment inne, die Schöpfkelle in der Hand. Wird ein wenig rot. »Er möchte uns alle kennenlernen. Und er möchte mir Extrastunden geben. Er sagt, er kennt Leute im Osten, die sich für mich interessieren würden, und er möchte mich vielleicht mitnehmen, wenn er das nächste Mal mit ihnen …«

»Das gefällt mir nicht«, sagt Ba. Auch er hat sein Steak nicht angerührt. Er betrachtet eine angekohlte Ecke. »Dieser Lehrer ist mir zu neugierig.«

»Er schreibt eine Chronik«, sagt Lucy, und Sam sagt: »Wichtigtuer.«

»Was ist so schlimm daran, wenn die Mädchen fragen, wo sie herkommen?«, sagt Ma. »Gao su wo, was hat der Lehrer noch gesagt?«

»*Wir* können die Mädchen unterrichten«, sagt Ba. »Nicht irgendein Fremder mit seinen Lügen. Fei hua. Ich bin kurz davor, sie da wieder rauszunehmen.«

Aber es waren keine Lügen. Es war Geschichte, schwarz auf weiß. Lucy hat den Duft der Druckfarbe noch an den Fingern. Dagegen verblasst sogar der Hühnergestank.

»Wenn sie zur Schule gehen«, sagt Ma, »müssen sie später nicht Bergarbeiter werden.«

Stille dehnt sich schwer. Im Stollen ist Stille bedrohlicher als Erdbeben oder Feuer – Vorbote und einziges Zeichen eines tödlichen Gases, das man nicht sieht und nicht hört.

»Wir sind keine Bergarbeiter«, sagt Ba.

Ma lacht. In ihrer Kehle knistert es gefährlich.

»Wir sind ...« Ba hält inne. Das Wort, das ihm auf der Zunge liegt, ist tabu. Sie haben es vor zwei Jahren aus ihrer Familie verbannt, weil Ma von da an auf einer anderen Arbeit beharrte. Ba spricht es nicht aus, aber alle vier spüren das Gewicht dieses Wortes. *Du spürst es einfach*, hatte Ba Lucy vor vielen Jahren erklärt, als er ihr den Umgang mit der Wünschelrute beibrachte. Als er sich noch Goldgräber nennen durfte.

»Was sind wir denn?« Ma springt auf. »Leute, die zhe yang leben? Und in so was hier wohnen?«

Sie hebt den Fuß und stampft auf den Boden. Kein Klack

eines Schuhs auf Holz. Nur ein dumpfer Seufzer. Staubwolken erblühen, Dreck legt sich auf die Steaks. Lucy muss husten. Sam auch. Aber Ma stampft immer weiter, vernebelt die ganze Hütte, bis Ba sie von hinten festhält.

»Fa feng le«, keucht er und hebt Ma hoch, so dass ihre Füße in der Luft zappeln. »Im Bergwerk verdienen wir Geld. Vorübergehend. Aber wir sind keine Bergleute.« Er setzt Ma vorsichtig wieder ab und legt ihr die Hände auf den Bauch. »Wir sparen was an. Schon vergessen? Ich habe es dir doch versprochen.«

»Der Unterricht ist auch eine Art Ansparen. Nicht wie das, was du machst, diese Zockerei in den Dreckscamps. Glaub bloß nicht, ich wüsste nicht, wo du immer hinschleichst. Dui bu dui, Lucymädchen?« Ma sieht Lucy durchdringend an, als wollte sie ihr ein Geheimnis verraten.

Lucy nickt zögernd.

Ba krallt die Hände in den Stoff an Mas Bauch. Dann lässt er los. Sie rutscht wieder auf ihren Stuhl. Ihr Körper teilt den Staub, bildet eine klare Linie zwischen Lucy und Ba.

»Der Lehrer ist ein Klugscheißer«, sagt Sam.

Ma macht *ts-ts*, aber als Ba verächtlich schnaubt und Sam auf seinen Schoß klettert, um ihm etwas ins Ohr zu flüstern, bleibt sie stumm. An diesem Abend achtet Ma nicht auf Manieren. Als würde sie den Dreck auf dem Steak und das halb gekaute Essen, das aus Sams lachendem Mund spritzt, gar nicht sehen. In Sams und Bas Geflüster hört Lucy immer wieder das Wort *Plateau*.

Ma spült das übriggebliebene Steak mit Wasser ab, brät es an und steckt es zwischen zwei Brotscheiben als Proviant für den nächsten Mittag. Lucy lernt runterzuschlucken, was ihr zuwider ist: den Staub, die Schulhofbeleidigungen, die Spucke, die ihr über das Gesicht und in den Mund läuft, Bas finstere Laune bei der Erwähnung von Lehrer Leigh. Eine neue Aufgabe für ihr freches Maul.

Ba scheint immer mehr Geld zu verdienen. Zwei Monate vergehen, Fleisch lässt die Familie zu Kräften kommen. Mas Bauch wölbt sich, und sie zaubert im Garten die ersten grünen Triebe hervor. Ba übernimmt Extraschichten im Bergwerk und ist jeden Abend lange weg. Lucy und Sam gehen zur Schule, Lucy freudig, Sam widerwillig.

Später wird Lucy dem Fleisch die Schuld für die Sache auf dem Schulhof geben. Das Fleisch lässt Sams Haut und Haare glänzen, und nicht einmal der Staub kann das Leuchten noch trüben. Lucy wird dem Fleisch die Schuld geben, und noch später dem Preis für das Fleisch und den langen, harten Arbeitstagen, die nötig sind, um diesen Preis bezahlen zu können, und den Männern, die diesen Preis festlegen, und den Männern, in deren Bergwerken man so wenig verdient, und den Männern, die die Erde leergraben und die Flüsse zuschütten und die Welt vertrocknen lassen, und den wenigen, die das Land für sich beanspruchen und anderen nur ein staubiges Nichts übrig lassen, – aber wenn Lucy zu lange darüber nachdenkt, wird ihr schwindelig wie unter der sengenden Sonne in den weiten Hügeln. Wo endet dieses unbarmherzige, goldene Land, das sie nicht loslässt?

Doch diese Gedanken kommen erst später. Der Tag, der Sams letzter Schultag sein wird, beginnt mit trügerischem Sonnenschein. Die Schule glüht in der Hitze wie ein Ofen, und am heißesten ist es ganz hinten an Sams Platz. Sam löst ihre Zöpfe, lässt die glänzenden Haare über die Schultern fallen.

Vielleicht hätte Lucy besser aufpassen können, wenn sie am selben Pult gesessen hätten. Vielleicht hätte sie Sam dann wieder Zöpfe geflochten. Aber Lucy geht an diesem Tag als Letzte aus der Klasse, nachdem alle anderen schubsend und drängelnd in die Freiheit gestürmt sind. Den ganzen Tag schon brennt ihnen ein nervöses Kribbeln auf der Haut.

Als Lucy nach draußen kommt, hat sich schon ein Kreis gebildet.

Es sieht aus, als würden sie Cowboy und Bison spielen. Die Cowboys stehen im Kreis. In der Mitte das Kind, das den Bison spielt. Sam.

Der erste Cowboy, der das Lasso wirft, ist das rothaarige Mädchen. Aber statt eines Seils aus Gras hält sie eine Schere in der Hand. Und statt zu werfen, greift sie Sams Haare. Sie dreht sich zu den anderen, um einen Witz zu machen oder etwas zu verkünden. Da lässt Sam ihr indianisches Kriegsgeheul los. Und schnappt sich die Schere.

Der Kreis zieht sich zusammen. Lucy kommt nicht durch. Sieht nicht, was drinnen passiert. Normalerweise liegt der Bison am Ende des Spiels tot auf der Erde.

Aber als der Kreis sich öffnet, steht Sam aufrecht. Ein dickes schwarzes Seil liegt im Dreck. Nein – eine Schlange. Nein – ein Strang von Sams Haaren. Sam hält immer noch die Schere in der Hand. Sam hat ihre eigenen Haare abgeschnitten.

»Ihr könnt sie haben«, sagt Sam. »Wen kümmern schon die blöden Haare?«

Ma hätte aufgeschrien, doch Lucy kann nicht anders – sie muss lachen. Ein ganz normales Spiel, aber Sam reißt es an sich und spielt es nach ihren eigenen Regeln. Wie Sam leuchtet! Wie die Mädchen zu Tode erschrocken ihre eigenen Zöpfe umklammern! Lucy versteht als Einzige, dass Sam gewonnen hat.

Dann kommt Lehrer Leigh mit großen Schritten über den Schulhof. Als die Rothaarige ihn sieht, fällt sie auf den Boden. Sie windet sich im Dreck, hält sich den Bauch, zeigt auf Sam. Auf die speckige Hand mit der spitzen Schere.

Zum ersten Mal sieht Sam unsicher aus. Weicht einen Schritt zurück, aber der Kreis schließt sich wieder. Sam ist gefangen. Jungen klettern auf die tote Eiche. Mit vollen Händen. Sie werfen. Eine fleischige Blüte öffnet sich auf Sams Wange. Keine Früchte: Der Baum trägt Steine.

PFLAUME

Eine Pflaume, sagt Ba zärtlich, als er Sams Gesicht untersucht. Obwohl die blau angeschwollene Platzwunde knapp unter Sams Auge wenig Ähnlichkeit mit der Frucht hat, die Sam so liebt.

Angewidert wendet Lucy sich ab. Ba packt ihr Kinn. Zwingt sie hinzusehen.

»Habe ich's dir nicht gesagt?«, faucht er. »*Familie muss zusammenhalten.* So habe ich dich nicht erzogen. Zu einem Feigling. Zu einem Mädchen, das ...«

Ma drängt sich zwischen sie. Ihr Bauch drückt gegen Ba: *Das Baby.* Aber heute lässt Ba sich nicht den Mund verbieten.

»Ich hab's dir doch gleich gesagt.« Er starrt Ma wütend an. »Sam gehört nicht in die Schule.«

»Bu hui zweimal passieren«, sagt Ma. »Sam ist jetzt ein braves Mädchen. Hörst du, Sam? Ich rede mit dem Lehrer. Es ist wichtig, dass die Kinder in die Schule gehen. Kan kan Lucy. Sie macht sich so gut.«

Ba schert sich überhaupt nicht um Lucy. Er sieht Ma an. Wieder herrscht Totenstille. Sie scheint aus einer tiefen, fernen Vergangenheit aufzusteigen, von der Lucy und Sam nichts ahnen. Aus dieser Tiefe sagt Ba mit seltsam kalter Stimme: »Hast du es immer noch nicht verstanden?« Als wäre Ma nicht Ma, sondern ein kleines Mädchen wie Lucy. »Ich dachte, die

Zweihundert wären dir eine Lehre gewesen, nicht immer zu glauben, du wüsstest alles besser.«

Lucy versteht nicht, was er damit meint, und Sam erwidert ihren verwirrten Blick. Was für eine Bedeutung sollte die Zahl Zweihundert haben? Aber Ma krallt sich am Tisch fest. Obwohl sie inzwischen zugenommen hat, sieht sie plötzlich wieder krank aus.

»Wo ji de«, sagt Ma und vergräbt das Gesicht in den Händen. Drückt zu, als wollte sie die Knochen zerquetschen. »Dang ran.«

Obwohl Ba den Streit gewonnen hat, sieht er noch schlimmer aus als Ma. Er ist kreidebleich. Sein schlimmes Bein zittert. Sam stürzt zu ihm und Lucy zu Ma, und wieder ist das Haus geteilt.

Damit endet Sams Schulzeit.

Sams Wunsch geht in Erfüllung. Das rote Kleid wird weggepackt, ein Hemd und eine Hose werden kleiner geschneidert. *Jungs kriegen mehr bezahlt*, sagt Ba. Ma protestiert nicht, aber kurze Haare gehen ihr zu weit. Sie flicht Sam Zöpfe, so dass man das fehlende Stück nicht mehr sieht, und versteckt sie unter einer Kappe.

Seit dem Streit ist Ma furchtbar schweigsam. Ihr Blick ist abwesend. Lucy sagt etwas zu ihr, und sie zuckt zusammen, als würde sie aus einem tiefen Schacht auftauchen.

»Ich will heute zu Hause bleiben«, wiederholt Lucy.

»Die Schule?«, fragt Ma blinzelnd. Endlich wendet sie sich vom Öltuchfenster ab, durch das sie den verschwommenen Horizont angestarrt hat.

»Lehrer Leigh hat gesagt, wir brauchen nicht zu kommen.« Er hatte sich einen Weg durch die Cowboys gebahnt und gerufen: *Untersteht euch, ihr kleinen Biester!* Er hatte Sam die Schere abgenommen und der Rothaarigen auf die Beine geholfen. *Geht nach Hause,* hatte er zu Lucy gesagt. *Ihr braucht morgen gar nicht wiederzukommen.*

Lucy ist dankbar für die Schulbefreiung. Das Dumme ist nur, dass der Lehrer nicht gesagt hat, wann sie wiederkommen soll. Eine Woche vergeht, ohne dass sie etwas von ihm hört. Sams Pflaume wächst rückwärts: aus Schwarz wird Lila und Blau, dann ein unreifes Grün. Ba würdigt Lucy immer noch keines Blickes. Ma würdigt Ba keines Blickes. Die Hütte ist noch stickiger als sonst. Am Sonntag hält Lucy es nicht mehr aus. Ba und Sam haben eine Zusatzschicht im Bergwerk übernommen, und sie beschließt, beim Lehrer vorbeizugehen. Vor Wochen hat er etwas von Extrastunden gesagt und ihr beschrieben, wo er wohnt.

Zu ihrer Überraschung hellt Mas Blick sich auf. Sie will unbedingt mitkommen.

Sie gehen ein Stück die Hauptstraße entlang, bis am Südende der Stadt ein Schild mit der Aufschrift LEIGH einen schmalen Weg hinaufweist. Der Lehrer wohnt in einer Straße, die ihm ganz allein gehört, anfangs ein festgestampfter Pfad, später ein Schotterweg, auf beiden Seiten gesäumt von einer akkurat gestutzten, schnurgeraden Hecke aus Kojotebüschen. Die staubigen Blätter verbergen die roh gezimmerten Rückseiten der Geschäfte und die andere Seite des Tals, wo die Bergarbeiter wohnen. Und sie verbergen die Leute, die Ma sogar noch argwöhnischer anstarren als Sam.

Dann stehen sie vor dem Haus des Lehrers: zweistöckig, mit einem gemauerten Schornstein, einer Veranda und acht Glasfenstern. Daneben ein Stall mit einem Grauschimmel;

das muss Nellie, das Pferd des Lehrers, sein. Alles ist so ordentlich, dass Lucys Herz rast – und plötzlich wünscht sie sich Ma weit, weit fort.

Es war leicht, dem Lehrer Geschichten von Ma zu erzählen. Aber von Angesicht zu Angesicht lassen sich ihre nackten, speckig glänzenden Füße mit den rissigen Nägeln nicht verbergen. Immerhin versteckt Ma ihren Bauch unter dem Kleid und die rauen Hände in Handschuhen, aber ihre Stimme kann sie nicht verstecken. Rhetorik ist Lehrer Leighs Lieblingsfach gleich nach Geschichte. Ma spricht nicht richtig. Sie hat so einen singenden Tonfall. Außerdem verschluckt sie manche Buchstaben, andere dehnt sie zu lang.

»Ich will allein mit ihm reden«, sagt Lucy. Und bevor Ma protestieren kann: »Ich schaff das schon. Ich brauch dich nicht.«

Mas Lächeln ist eher ein Zähnefletschen. »Kan kan. Du bist groß geworden.« Sie tritt einen Schritt zurück, dann huscht sie plötzlich mit dem Mund an Lucys Ohr und raunt: »Nu er, in deinem Alter war ich genauso.«

Eigentlich hat Lucy ihr Leben lang darauf gewartet, das zu hören. Das Blut rauscht ihr heiß in den Ohren, ihr Herz jubiliert. Wenn sie allein wären, würde sie vielleicht einen Freudenschrei in die Dämmerung brüllen, egal, wer ihn hört. Aber hier, vor den Glasfenstern, in der ehrwürdigen Stille des Kojotebuschwegs, bleibt sie stumm. Sie wartet, bis Ma an die Hauswand zurücktritt und nicht mehr zu sehen ist. Dann erst klopft sie an.

»Guten Tag, Sir«, sagt sie, als die Tür geöffnet wird. »Ich komme wegen der Extrastunden.«

Der Lehrer runzelt die Stirn, als wäre sie schwer von Begriff. »Lucy! Du musst doch wissen, dass es sich nicht gehört, ungebeten zu Besuch zu kommen.«

»Es tut mir sehr leid. Aber das ist es ja gerade, Sir, es gibt so viele Sachen, die ich nicht weiß. Es wäre eine Ehre für mich, wenn Sie mir alles beibrächten.«

»Ich habe dich gern unterrichtet. Du bist ein kluges und sehr ungewöhnliches Mädchen. Wirklich zu schade – du hättest im Osten großes Aufsehen erregt, wenn ich deine Entwicklung in meinem Buch hätte schildern können.« Lucy lächelt zaghaft. Lehrer Leigh legt die Hand an den Türrahmen. »Aber dieser kleine Gewaltausbruch auf dem Schulhof ist nicht hinnehmbar. Die Wildheit liegt euch im Blut, und das kann ich meinen anderen Schülern keinesfalls zumuten. Ich muss an das große Ganze denken.«

Lucys Lächeln wird bleischwer. »Ich hatte damit nichts zu tun, Sir.«

»Lügen passt nicht zu einem intelligenten Mädchen wie dir, Lucy. Ich habe dich doch im Kreis gesehen. Und die anderen Schüler haben mir berichtet, dass die ganze Sache von Samantha ausging. Nein – was du getan hast, ist nicht entscheidend. Deine Absichten waren sonnenklar.«

Der Lehrer will die Tür zufallen lassen, und Lucy sagt: »Ich bin nicht wie Sam. Wirklich nicht.«

Jetzt könnte sie schnell den Arm in den Türspalt schieben, um ihren sehnlichsten Wunsch zu packen und festzuhalten. Aber das würde die Vermutung des Lehrers nur bestätigen.

Da ergreift Ma den Türknauf. Lehrer Leigh blickt empört auf ihren Handschuh, ihren Arm, ihre Schulter. Sieht ihr ins Gesicht.

»Danke, dass Sie Lucy unterrichten«, sagt Ma.

Diese rauchige Stimme, unerwarteter Kontrast zu Mas sanftem Auftreten. Ma, die Kaninchen häutet, wenn sie noch zucken, die das Maultier aus einem Senkloch gezerrt hat. Ma spricht langsamer, als würde sie antworten. Ein Messer durch Honig.

»Wir sind recht weit gelaufen. Dürften wir wohl bei Ihnen ein Glas Wasser trinken?«

Ma wirft Lucy den durchdringenden Blick zu, der ihre Geheimnisse besiegelt. Dann schenkt sie dem Lehrer ein Lächeln, in das sie dieselbe Süße legt wie in ihre Stimme. Nichts ändert sich. Alles ändert sich. Der Lehrer macht einen Schritt nach hinten und hält die Tür weit auf. Ein Teil seiner Macht geht auf Ma über. Sie tritt ein.

Im Wohnzimmer des Lehrers lässt Ma sich in das Rosshaarsofa sinken, als hätte sie ihr Leben lang nirgendwo anders gesessen. Ihre Haut schimmert im milden Licht des offenen Fensters. Sie ist hier ganz und gar zu Hause, verschmilzt mit den Spitzengardinen, dem honigfarbenen Holz, den feinen weißen Teetassen mit goldenem Rand.

Lucy sieht weg, sieht wieder hin. Jedes Mal durchläuft sie ein Schauer der Erregung. Ma thront in diesem Salon wie ein Bild in einem Rahmen. Dem Lehrer steht dieselbe Faszination ins Gesicht geschrieben.

Er schenkt Tee ein und stellt eine Schale mit Keksen auf den Tisch, aus denen eine dickflüssige, dunkle Füllung quillt. »Das ist Mus aus Gewächshauspflaumen. Nicht zu vergleichen mit diesen wild wachsenden, sauren Früchten hier im Westen. Meine Familie schickt mir das Mus per Zug und per Wagen aus dem Osten, aber man schmeckt, dass es seinen Preis sehr wohl wert ist.«

Ma lehnt ab und sieht Lucy scharf an. *Nicht in die Dankbarkeitsfalle gehen,* sagt Ma immer. Ihre Handschuhhände liegen reglos und ordentlich in ihrem Schoß. Enttäuscht lässt Lucy die Kekse liegen.

»Erzählen Sie mir von sich«, sagt der Lehrer.

Das Licht wandert über das Sofa, über Mas Körper, während die Stunden vergehen. Immer etwas anderes im hellen Schein: die weiche Wange, der schmale Hals, eine Falte am Ellenbogen, ein Knöchel, der unter dem Rocksaum hervorlugt. Die Schatten von Sams Wildheit aus dem Raum vertrieben – Ma ist der Beweis, dass in Lucy Anstand steckt. Lehrer Leigh und Ma unterhalten sich darüber, woher sie stammt, über die neuesten Nachrichten aus dem Osten, über Pflanzenzucht und Gartenpflege, über die Bücher, die Lucy liest, und darüber, wie Ma ihr das Lesen beigebracht hat.

»Und Sie?«, fragt Lehrer Leigh. »Wo haben Sie lesen gelernt?«

Lucy hat die Geschichte schon dutzendmal gehört. *Eure Ma war eine schlechte Schülerin,* fängt Ba an. Und Ma fällt ihm ins Wort: *War wohl eher ein schlechter Lehrer. Euer Ba konnte überhaupt nicht still sitzen.* Dann erzählen sie gemeinsam, wie Ba Ma das Lesen beigebracht hat, unterbrechen sich gegenseitig, necken sich, kichern wie Kinder.

Ma lächelt. Senkt den Blick in ihre Teetasse, so dass die Wimpern blasse Schatten auf das Porzellan werfen. »Ich habe es hier und da aufgeschnappt.«

»Und wo genau?«

Mas Lachen ist glockenhell, genau passend zu diesem Zimmer. Ganz anders als sonst, wenn ihr Lachen knistert und brüllt. »Ich glaube, Lucy könnte Ihre Fragen am allerbesten beantworten. Sie ist ein kluges Mädchen. Sie würde sehr gerne wieder zur Schule gehen.«

Wer könnte Ma etwas abschlagen?

Als sie gehen, neigt Ma sich zu Lucy und fragt, ob sie sich freut.

Die Kojotebüsche glänzen im Licht der untergehenden Sonne. Die Welt sieht zum Anbeißen aus. Lehrer Leighs Haare wie Maisfäden, als er ihnen von der Veranda nachwinkt, Mas Lippen dunkles Mark.

»Ja, ich freu mich. Aber Ma – warum hast du ihm nicht gesagt, wie du lesen gelernt hast?«

Das Haus ist außer Sichtweite. Anstelle einer Antwort streift Ma einen Handschuh ab. Sie wühlt in ihrer Tasche und zieht die Hand bekleckert wieder heraus. »Probier mal«, sagt sie und hält Lucy etwas an den Mund.

Süßer Duft steigt Lucy in die Nase. Vorsichtig schmeckt sie mit der Zunge.

»Von weit her aus dem Osten«, sagt Ma und zieht eine Handvoll Pflaumenkekse aus der Tasche. »Fang xin, Lucymädchen. Hast du gesehen, wie viele er gegessen hat? Er merkt das gar nicht. Unter all seinen Rüschen ist er ein guter Mensch. Ying gai zu diesen Extrastunden gehen.«

Ma beißt in einen Keks, aber Lucy mag nicht. Der süße Geschmack im Mund wird sauer. »Aber warum hast du ihn *angelogen*, Ma?«

»Jetzt jammer nicht rum.« Ma wischt sich die Finger ab. »Ni zhang da le. Alt genug, um zu verstehen, was der Unterschied zwischen lügen und verschweigen ist. Ich habe dir doch das mit dem Begraben erklärt. Manchmal muss man eben die Wahrheit begraben.«

Die Kekse und mit ihnen alle Spuren von Mas Gier sind verschwunden. Ma grinst zufrieden wie eine satte Katze. So sauber und glatt, dass Lucy aus lauter Bosheit sagt: »Wie die Zweihundert?«

Später wird Lucy sich fragen, ob es etwas geändert hätte, wenn sie netter gewesen wäre. Weniger egoistisch. Oder so klug, wie Ma immer gedacht hatte, so dass sie das Zittern auf Mas Lippen hätte deuten können. Ganz leise sagt Ma: »Das erkläre ich dir, wenn du älter bist. Xian zai musst du mich unterstützen, Lucymädchen. Sag deinem Ba nichts von unserem Besuch und von deinen Unterrichtsstunden. Hao bu hao?«

Lucy würde gern fragen: *Warum nicht jetzt? Was meinst du mit älter?* Aber Ma lächelt schon wieder – ein Lächeln, das Lehrer Leigh nicht zu sehen bekommen hat, weil es nicht in sein lichtdurchflutetes Wohnzimmer passt. Abermals erkennt Lucy, dass Mas Schönheit in ihrer Widersprüchlichkeit liegt. Raue Stimme und glatte Haut. Ein Lächeln, das sich über Traurigkeit breitet – über diesen seltsamen Schmerz, der Mas Blick in weite, weite Ferne wandern lässt, wenn ihr ein Ozean verborgener Tränen in den Augen steht.

»Ich behalt's für mich«, verspricht Lucy der Frau, die nie ein Geheimnis verrät.

Ma nimmt ihre Hand, und schweigend gehen sie den Hang hinunter, zurück zur Hauptstraße, fort aus dem Kojotebuschland des Lehrers. Die Stadt taucht wieder auf.

Und da sehen sie die Wolken.

Merkwürdige Wolken, zu tief und zu früh – es sind noch Monate bis zur Regenzeit. Aus den Läden und dem Saloon strömen Männer auf die Straße. Fassungslos starren sie auf die schnell aufsteigenden Schwaden, die den Himmel über dem Bergwerk verdunkeln. Ma drückt Lucys Hand so fest, dass sie aufschreit.

Solche Wolken haben sie zuletzt vor einem Jahr auf dem Treck gesehen. Hatten sie für einen Heuschreckenschwarm gehalten, bis der Horizont sich mit einem lauten Knall orange färbte. Drei Tage wütete das Feuer in einem fernen Bergwerk. Und Ma – die durch Sturm und Dürren gegangen war, die einmal ihren gebrochenen Finger selbst wieder gerichtet hatte – verbarg den Kopf zwischen den Knien und zitterte. Sah erst wieder auf, als sie schon lange vorbei waren. *Sie mag kein Feuer,* sagte Ba unwirsch, als Lucy fragte. *Halt dein freches Maul.*

Jetzt rafft Ma den Rock hoch und rennt los, zerrt Lucy hinter sich her. Sie laufen mit anderen Frauen die Straße entlang, alle barfuß, eine Flut von Bergmannsfrauen strömt nach Hause. Wehende Röcke, blitzende Knöchel; gehetztes Keuchen, rasselnder Atem. Nichts mehr damenhaft an dieser Hast. Ma, mit wild aufgerissenen Augen, scheint es gar nicht zu bemerken.

Auf der Brücke über den Creek kommt Ma ins Straucheln. Als sie fällt, sieht Lucy, dass die Wolken vor ihr die Sonne verhüllt haben.

Ma dreht sich im Fallen. Landet auf der Schulter statt auf dem Bauch. Ein dunkler Fleck auf ihrem Kleid – aber es ist nur Pflaumenmus.

»Ni zhi dao, Lucymädchen, was passiert mit Leichen im Feuer?«, sagt Ma, als Lucy sie auf die Füße zieht. Sie kommen an den Hütten der anderen Bergarbeiter vorbei. Lampenlicht aus offenen Türen stanzt gelbe Rechtecke in die falsche Nacht. »Ich weiß.« Vor den Hütten stehen Frauen und Mädchen und blicken zu den Wolken. »Feuer lässt nichts zum Begraben übrig.« Lucy summt, als wollte sie ein panisches Maultier beruhigen. »Die Geister folgen dir yi bei zi. Sie lassen dich niemals los.« Es regnet Asche. Die großen Flocken wie Motten, die Ma schon immer gehasst hat. Sie sagt, es sind die Geister der Toten.

Aber in der Hütte sind keine Geister. Nur Ba und Sam. Der Tisch ist gedeckt und es duftet nach Essen.

»Ihr seid ja ganz dreckig!«, ruft Sam begeistert.

Ba hält zwei Teller in der Hand. »Lai«, sagt er. »Esst erst mal, und wascht euch hinterher.« Sam sitzt am Tisch, baumelt mit den Beinen und summt Mas Tigerlied.

Ma weicht zurück. »Wo wart ihr?«

»Bergwerk.« Ba geht mit einem Teller auf sie zu. Ma weicht weiter zurück. »Stimmt's, Sam? Erzähl es Ma.«

»Wir haben hart gearbeitet«, sagt Sam mit vollem Mund.

»Wann?«, fragt Ma.

»Wir sind noch nicht lange wieder hier. Wahrscheinlich haben wir euch gerade verpasst.« Ba entdeckt den Fleck auf Mas Kleid und runzelt die Stirn. Streckt die Hand aus. Ma dreht sich weg wie im Tanz, aber da ist kein Summen mehr, keine Musik, nur noch Stille. Sam beäugt Ma wie ein misstrauisches Tier. »Was ist passiert?«

Ma schlägt Bas Hand weg. Der Teller fällt, bleibt heil. Anklagend kreiselt und kreiselt er.

»Lass ihn«, zischt Ma, als Ba sich bückt. Seine ausgestreckte Hand ist so sauber wie sein Gesicht, die Nagelbetten sind rosa. Wann waren sie zuletzt schwarz von Kohle? Lucy weiß es nicht mehr. »Wo wart ihr?«

»Im Bergwerk.«

»Fei hua.«

»Vielleicht haben wir noch ein bisschen die Gegend erkundet. Ich weiß nicht mehr genau ...«

»Lügner.« Ma reißt das dreckige Öltuch vom Fenster und macht den Blick auf den gespenstischen Horizont frei.

»Ich kann dir das erklären«, sagt Ba und starrt nach draußen. »Wir haben früher Schluss gemacht. Ting wo ...«

»Ich dachte, ihr seid tot.«

»Wir sind in Sicherheit, qin ai de.« Ba will sie in den Arm nehmen.

Noch einmal sagt Ma: »Ich dachte, ihr seid tot.« Sie weicht zurück. Stößt mit der Schulter an die Tür. Und ihr Blick – zum ersten Mal versteht Lucy, warum andere Kinder Ma boshaft, schroff, gemein nennen. Ma mustert Ba wie verdorbenes Essen. Als würde sie überlegen, was davon noch gut ist und was man wegwerfen muss. »Ich dachte, ihr seid tot.« Dreimal hat sie das jetzt gesagt, seltsam tonlos, wie ein Fluch. »Was ist denn wahr? Na ge da draußen ist wahr. Ni ne? Was bist du dann? Ein Geist oder was?«

»Ich erkläre es dir. Wir wollten dir keinen Schreck einjagen. Wir haben gearbeitet, um ... um dich glücklich zu machen.«

»Mich?« Ma krächzt die Worte hervor. »Willst du *mir* die Schuld geben? Cuo shi wo de? Meine?« Der heil gebliebene Teller hat Scherben verheißen. »Was ist denn wahr? Welche deiner Versprechungen? Ni bu shi dong xi, ni zhe ge ...«

Ma hat ihrem harten Leben Ordnung gegeben. In Wagenbetten und schäbigen Häusern, zwischen Gras und Dreck hat Ma für sie ein Leben voll sanfter Stimmen und sauberer Sprache erschaffen. Ein Leben mit geflochtenen Zöpfen und gefegten Böden, geschnittenen Nägeln und gebügelten Kragen. *Die Leute behandeln dich nach dem äußeren Eindruck,* hat Ma immer wieder gesagt. Jetzt hat sich ihre Frisur in wirre Strähnen und ihre Sprache in Flüche aufgelöst, und irgendwas in ihr ist auseinandergefallen.

Ba geht auf sie zu. Mas einzige Fluchtmöglichkeit ist die Tür. Sie schließt die Hand um den Knauf, da drückt Ba ihr die Faust an den Mund.

Ma verstummt.

Als Ba die Hand zurückzieht, steckt etwas Gelbes zwischen Mas Lippen. Alles Licht rauscht darauf zu.

»Beiß rein«, sagt er.

Ma hat die Hand noch am Türknauf. Eine Bewegung und sie wäre fort.

Sie beißt.

Spuckt einen kleinen Klumpen in die Hand. In der weichen, gelben Oberfläche der Abdruck ihrer Zähne.

»*Das* ist wahr«, sagt Ba. »Ich musste erst sicher sein. Ich wollte es dir nicht sagen, bevor ich wusste, ob es reicht.«

»Du hast geschürft«, sagt Ma. Das verbotene Wort wabert durch die Hütte. Heißer, verbrannter Geruch. »Du hast versprochen, damit aufzuhören. Die Witwen? Das Brennholz?«

Ba schüttelt den Kopf. »Kan kan, ich zeige dir, was ich vom Goldschürfen halte.«

Ma steckt sich das Klümpchen in den Mund und schluckt es hinunter. Wie die Knochen und die Erde gleitet ein weiteres Stück des Landes in sie hinein. Sam heult auf. Ba sieht schockiert aus. Aber dann grinst er.

»Mei wen ti«, sagt Ba. »Da gibt's noch genug.«

»Ich habe es verschluckt«, sagt Ma und sackt plötzlich zusammen. Ihr Bauch drückt sich nach vorn, rund wie die Hügel.

»*Er* hat es verschluckt«, sagt Ba, und jetzt lässt Ma sich von ihm berühren. »Das ist gut, dann wird er später reich. Komm her, Sam. Zeig es deiner Ma.«

Sam zieht ein verdrecktes kleines Säckchen heraus. Das Säckchen, in dem Lucy immer einen alten Lappen und einen Kerzenstummel mit ins Bergwerk genommen hat. Aber als Sam es öffnet, ergießt sich goldener Glanz. Lucy muss an das Märchen denken: die gute und die böse Schwester. Eine trat durchs Tor und wurde mit Pech übergossen. Es blieb ein Leben lang an ihr kleben. Die andere ging hindurch und glänzte hell.

Jemand sagt: »Gold.«

Bis zu Lucys siebtem Lebensjahr war Ba Goldgräber. Sieben Jahre lang lebten sie wie vom Wind getrieben, zogen von Stätte zu Stätte, wenn es hieß, dort sei Gold gefunden worden.

Vor zwei Jahren hatte Ma ein Machtwort gesprochen. Eines Abends ließ sie Lucy und Sam allein im Wagen und verzog sich mit Ba in die Hügel, wo sie stundenlang redeten. Gesprächsfetzen wehten herüber, Ma sprach von Hunger und Unvernunft, Stolz und Glück. Ba schwieg. Am nächsten Morgen wurde die Schürfausrüstung weggepackt. Ba war einen Monat lang mürrisch, spielte und trank. Und irgendwann erwähnte Ma die Kohlengruben.

Von da an spielte und trank Ba kaum noch. Er schwadronierte vom Reichtum, den die Kohle ihnen bringen würde, so wie er früher von anderem Reichtum schwadroniert hatte. Das verbotene Wort wurde nicht mehr in den Mund genommen – bis jetzt.

An diesem Abend, während die Asche eines brennenden Bergwerks durch ihr Fenster hereinweht, erzählt Ba ihnen vom Gold.

Wie er von alten Goldgräbern und indianischen Fährtenlesern Gerüchte über diese Hügel gehört hatte, über einen ausgetrockneten See auf einem Hochplateau und einsame, tollwütige Wölfe. Wie Ba sich überlegt hatte, dass durch ein Erdbeben vor einem Jahr und den Bau eines großen Bergwerks etwas an die Oberfläche gekommen sein könnte, das jahrelang in der Tiefe geschlummert hatte. Unter dem Vorwand, er würde Holz hacken, schürfte er heimlich im Dunkeln.

»Ich bin ziemlich schnell auf Gold gestoßen«, erzählt Ba. Er kniet sich hin und beginnt den Dreck von Mas Füßen zu waschen. »Der zweite Zahltag – das war schon das Gold. Ich bin zehn Meilen nach Süden gelaufen, um es in einer kleinen Siedlung in Münzen umzutauschen – deshalb war ich die ganze Nacht weg. Habe ich dir nicht versprochen, dass wir reich werden? Jetzt können wir alles kaufen, was du möchtest, qin ai de. Alles, was *er* verdient. Wir sind etwas Besonderes.« Ba grinst Sam und Lucy an. »Mädchen, was in diesem Territorium ist mächtiger als eine Waffe?«

»Tiger«, sagt Sam.

»Die Geschichte?«, sagt Lucy.

»Eine Familie«, sagt Ma und fasst sich um den Bauch.

Ba schüttelt den Kopf. Schließt die Augen. »Ich will hier draußen in den Hügeln ein großes Stück Land kaufen. So groß, dass wir keine Menschenseele sehen müssen. Wir haben allen Platz der Welt, um zu jagen und zu atmen. In so einem Zuhause soll er aufwachsen. Stellt euch das vor, Mädchen. So gehört sich das. Das ist Macht.«

Alle schweigen und malen es sich aus. Bis Ma den Bann bricht. Sie sagt nicht ja und sie sagt nicht nein. Sie sagt: »Das ist das letzte Mal, dass du mich anlügst.«

SALZ

Eine neue Art von Morgen.

Das Öltuch, das Ma vom Fenster gerissen hat, wird nicht ersetzt, ohne den Stoff vor der Sonne ist die Hütte viel heller. Sie frühstücken wieder als Familie, vier Menschen, die gemeinsam essen, sich necken, teilen, zanken, planen, träumen. Im Licht – jede Geste hell erleuchtet von der Verheißung eines neuen Morgens. Schließlich ziehen Ba und Sam die Stiefel an und holen ihre Schürfausrüstung, versteckt in einem Geigenkasten. Um nicht aufzufallen, gehen sie zur selben Zeit wie die anderen Bergleute aus dem Haus und schlendern zum Goldfeld. Ist es nicht leichter, sagt Ba, ohne Geheimnisse?

Jeden Sonntag, wenn Ba und Sam weg sind, bricht Lucy ebenfalls auf. Nur Ma weiß, dass sie bei Lehrer Leigh Extraunterricht bekommt.

Unterricht in Höflichkeit. Lucy lernt, wie man Tee trinkt und dass man vorgibt, satt zu sein. Dass man Essen ablehnt – Kekse, Kuchen, Sandwiches ohne Rinde. Dass man nicht das Salz anstarrt, das in einem silbernen Fässchen auf den Tisch gestellt wird. All dies glänzende Weiß. Dass man sich nicht sein klares Brennen auf der Zunge wünscht.

Lucy lernt, Fragen zu beantworten.

Was esst ihr in eurer Familie?

Kannst du mir die Medikamente beschreiben, die deine Mutter in ihrer Truhe hat?

Wie lange warst du mit deiner Familie auf dem Treck?

Wie sieht eure Körperpflege aus? Wir oft badet ihr?

In welchem Alter hast du deinen ersten bleibenden Zahn bekommen?

Das Beantworten der Fragen gefällt Lucy lange nicht so gut wie das, was danach kommt, wenn der Lehrer ihre Antworten aufschreibt. Der Geruch der frischen, kostbaren Tinte. Auf leeren Magen wird Lucy davon schwindelig.

Was trinkt dein Vater? Und wie viel?

Ist er gewalttätig? Wie äußert sich das?

Würdest du sein Verhalten als unzivilisiert bezeichnen?

Was für eine Erziehung hat deine Mutter erhalten?

Ist sie vielleicht von adliger Abstammung?

Der Lehrer bessert Lucys Antworten nach. Mit gerunzelter Stirn streicht er durch, schreibt neu, hält inne und bittet Lucy, etwas zu wiederholen. Auf dem leeren Blatt Papier sortiert er die Geschichte ihrer Familie mit Worten, so ordentlich wie das Klassenzimmer, wie sein Salon, wie die Kojotebuschhecken, die ihn vor dem Blick auf die unschönen Dinge bewahren. Lucys Geschichte schwarz auf weiß, als Teil seiner Chronik des Westlichen Territoriums. Eines Tages würde sie dieses Buch, schwerer selbst als Jims Kassenbuch, in den Händen halten. Würde es vor Ma auf den Tisch legen. Die Seiten glattstreichen und den Buchrücken knacken lassen, als wäre es ein lebendiges Wesen.

Lucy lernt, ihre eigene Geschichte auszubessern.

Abends zählt Ma. Jedes Körnchen, jedes Klümpchen geht durch ihre Hände. Sie legt sie auf die Waage und notiert den Wert in Münzen. Dann hortet sie das Gold in Säckchen –

großen und kleinen, dicken und dünnen – und versteckt sie überall im Haus.

Trotz des Überflusses wird Ma knauserig. Sie verkündet, dass jetzt Schluss sei mit Steaks und Salz und Zucker. Ab sofort wieder Fleisch mit Knochen. Nur ein einziges neues Kleid für Lucy. Praktische Stiefel für Ba und Sam. Sam kriegt einen Wutanfall, weil es die versprochenen Cowboystiefel und das Pferd nicht gibt.

»Wir sparen«, sagt Ma mit so starkem Knistern in der Stimme, dass Sam mitten im Protestgeschrei verstummt.

Säckchen im Ofenrohr und hinter dem Blechspiegel. Im Kohleneimer und im Absatz eines alten Schuhs. Ein neuer Glanz in der Hütte, die mal ein Hühnerstall war. Schimmerndes Licht legt sich wie eine Ahnung auf Lucys Träume. Mas Blick scheint auf etwas gerichtet zu sein, das hinter dem Horizont liegt. Sie sitzt oft untätig am Fenster, das Kinn in die Hand gestützt. Den Kopf traumversunken geneigt.

Ba küsst Ma in den Bogen zwischen Schulter und Hals. »Woran denkst du, mein Goldschatz?«

»An das Baby«, sagt Ma genießerisch mit halb geschlossenen Augen. Sie sind seit drei Monaten hier, und selbst die weitesten Kleider spannen inzwischen über Mas Bauch. »Ich stelle mir vor, wie er aufwächst.«

An manchen Sonntagen, wenn die Schreibhand des Lehrers zu verkrampft ist, erzählt er die Geschichte seiner Jugend, die in so weiter Ferne spielt, dass sie schon ein Märchen ist.

Weit im Osten. Ein altes, zivilisiertes Territorium. Sieben Brüder, eine liebevolle Mutter, der Vater ein distanzierter König, Herrscher über ein Reich von duftenden Zedernholzstapeln, die in alle Welt verschifft werden. Lehrer Leigh war ein besonderes Kind. Klug. Der Einzige unter seinen leichtlebigen Brüdern, der in größeren Dimensionen dachte. *Manche Männer sind nur geneigt, herumzureiten und zu jagen, ich bin geneigt, Gutes zu tun. Es ist meine Berufung, Bildung in dieses Territorium zu bringen.* Monatelang ist er gereist, mit dem Schiff und mit dem Zug, zu Pferd und im Wagen, um diese Schule zu erbauen. Eine strahlende neue Schule auf einem Hügel. Eine Armenschule für die Kinder der Bergleute.

Lehrer Leigh sitzt aufrecht, wenn er von sich spricht. Seine sonore Stimme lässt das dünne, zarte Glas der Fensterscheiben vibrieren. Er betrachtet sein Publikum – Freunde, die sich sonntags um ihn scharen. Und dann sieht er liebevoll auf Lucy herab.

Stellt euch meine Freude vor, als ich Lucy entdeckte. Sie und ihre Familie spielen eine ganz besondere Rolle in meinem Buch, und ich trage die Verantwortung dafür, ihre Geschichte korrekt zu dokumentieren.

Lucy spürt ein Kribbeln, senkt den Blick auf das Salzfässchen.

Die Bergleute wollen nichts als trinken und ihr Geld verspielen. Und diese Indianercamps erst, unmöglich zu zivilisieren ... Aber diese Familie ist ganz anders! Lucys Mutter ist unverkennbar von edler Abstammung.

»Wir sind keine Bergleute«, sagt Lucy ganz leise, um Lehrer Leigh nicht ins Wort zu fallen.

Ladenbesitzer und Bergwerksbosse, reiche Ehefrauen und Rancher, die von ihren Farmen in die Stadt geritten kommen, betreten plaudernd den Salon, dessen Tür weit geöffnet ist, wenn Lehrer Leigh nicht an seiner Chronik arbeitet. *Ist es wirklich schon ... Kommen Sie, Leigh, das muss ich Ihnen erzählen ... Wie geht es Ihrer Stute? Ich habe gehört ...*

Lucy lernt, wie andere Leute leben.

Aus der Entfernung hatte sie es nie begriffen. Von weitem konnte sie beobachten, wie die Bergmannsfrauen von einer Hütte zur anderen huschten und sich gegenseitig Waschbretter, Fingerhüte, Rezepte, Seife ausliehen. *Sie kommen alle nicht allein zurecht,* sagte Ba mitleidig. Er brachte Lucy bei, dass Schweigen besser ist als Schwatzen. Er brachte ihr bei, unter dem unendlichen Himmel zu stehen und auf den Wind im Gras zu lauschen. *Hör genau hin, dann hörst du das Land.*

Aber jetzt hört Lucy, wie der Bäcker über den Fleischer redet, der über das Mädchen in Jims Laden redet, das über die Frau eines Bergmanns redet, die mit einem Cowboy durchgebrannt ist. Ihr Geschwätz ein glänzender Faden, der die ganze Stadt zu einem Bild zusammenheftet, bunt wie der Wandteppich, den Lucy ausgebreitet über einem Verandageländer gesehen hat. Der Besitzer räumte ihn eilig weg, als wollte sie ihn klauen. Dabei wollte sie ihn nur ansehen. Kurz anfassen vielleicht und sich einmal darin einhüllen, wie in diese honigsüßen Sonntage mit den Glasfenstern, dem Gerede, den Menschen und ihrer Wärme im Zimmer.

Die Worte, die Lucy zu dieser Unterhaltung nicht beitragen kann, lassen ihr das Wasser im Mund zusammenlaufen, und unbemerkt streckt sie den Finger aus. Leckt heruntergefallene Salzkörnchen auf. Wie hell sie auf der Zunge glimmen. Wie flüchtig.

An einem dämmrigen Abend in der Hütte wartet Lucy, bis sie mit Ma allein am Herd steht. Wieder einmal zusammengekochter Brei aus Kartoffeln, Mark und Knorpel. Die Woche ist erst halb vorbei, der Sonntag noch in weiter Ferne, aber

Lucy ist das alles jetzt schon leid: den braunen Geschmack des ungesalzenen Fleischs, den nackten Lehmfußboden, der ihre Hacken rau macht, das Knausern und Knapsen, obwohl das Gold sie aus allen Ecken anstarrt.

»Ma? Wie lange dauert es, bis wir genug für das Stück Land gespart haben?«

Aber selbst Lucy gegenüber hüllt Ma sich in Schweigen. Lächelt ihr Geheimnislächeln.

Lucy lernt, sich zu wünschen, was sie nicht haben kann.

Das Beste an den Sonntagsgesellschaften sind die echten Damen. Nicht die Frauen aus der Stadt, sondern die, die aus dem früheren Leben des Lehrers zu Besuch kommen, ohne Furchen von der Sonne des Westens in den Gesichtern. Sie berichten von samtbezogenen Sitzen in Zugabteilen und von den Blumen in ihren grünen Gärten. Diese Damen winken Lucy manchmal zu sich heran. *Erzähl mal*, sagen sie.

Für diese Frauen spielen Lehrer Leigh und Lucy ein Spiel. Er fragt, und sie antwortet, sie werfen Lucys Wissen hin und her wie einen farbenfrohen Ball. *Was ergibt vierzehntausendachthundertsechzehn geteilt durch achtunddreißig? Dreihundertneunundneunzig Rest vierunddreißig. Vor wie vielen Jahren wurde die erste Siedlung in diesem Territorium gegründet? Vor dreiundvierzig Jahren.*

An diesem Sonntag sitzt eine alte Dame auf dem Rosshaarsofa.

»Lucy, das ist meine frühere Lehrerin«, sagt der Lehrer. »Miss Lila.«

Miss Lila mustert Lucy von oben bis unten. Strenger Blick, die Lippen mit hartem Rot umrandet und eine noch härtere Stimme. »Sie scheint klug zu sein. Du hattest schon immer ein Auge für diese Kinder. Aber das ist nicht alles. Charakter und Moral sind viel schwerer beizubringen.«

»Lucy hat auch davon eine Menge.«

Lucy verwahrt das Kompliment, um später Ma davon zu erzählen. Miss Lilas Blick liegt auf ihr wie die Blicke in der Schule, wenn sie zur Tafel geht. Blicke, die nur auf ihr Scheitern warten.

»Ich werde es Ihnen beweisen«, sagt Lehrer Leigh. »Lucy?«

»Ja?« Sie sieht auf. Vertrauen spricht aus dem schmalen Gesicht des Lehrers, lässt es schön aussehen.

»Stell dir vor, wir beide sind zusammen auf einem Treck. Zu Beginn haben wir dieselbe Menge an Vorräten. Aber nach einem Monat verlierst du bei der Durchquerung eines Flusses deinen Proviant. Es ist mitten im heißesten Sommer. Der Fluss ist schmutzig, das Wasser nicht trinkbar. Bis in die nächste Stadt sind es noch mehrere Wochen. Was tust du?«

Fast muss Lucy lachen. So eine leichte Frage. Die Antwort kommt schneller als in Mathematik oder Geschichte.

»Ich schlachte einen Ochsen. Ich trinke sein Blut und ziehe weiter, bis ich an frisches Wasser komme.«

Eine Lektion, die sich Lucy für immer eingebrannt hat. Sie hat am Ufer dieses Flusses gestanden, den Gestank des fauligen Wassers in der Nase. Hat Ma und Ba streiten gehört, während ihr die Zunge am Gaumen klebte. Aber Lehrer Leigh sitzt da wie versteinert, und Miss Lila hat die Hand vor den Mund geschlagen. Alle beide starren Lucy an, als hätte sie Essen im Gesicht.

Sie leckt sich über die Lippen. Schmeckt Schweißtröpfchen.

»Die Antwort«, sagt der Lehrer, »muss natürlich lauten, dass du um Hilfe bittest. Ich würde dir die Hälfte meiner Vorräte anbieten und auf diese Weise mein Wohlwollen zeigen. Damit ich später, wenn mir vielleicht selbst ein Unglück widerfährt, im Gegenzug von dir Hilfe erhalte.«

Der Lehrer schenkt Miss Lila Tee ein und überredet sie zu ein paar Keksen. Lucy wendet er steif vor Enttäuschung den Rücken zu. Sie hört die beiden kauen. Muss daran denken, was sie an jenem Abend auf dem Treck gekaut haben, als Ma das letzte Mehl durchsiebte und kleine, zappelnde Käfer darin fand. Sie buken trotzdem Kekse und aßen sie nach Einbruch der Dunkelheit, um nicht sehen zu müssen, was zwischen ihren Zähnen knirschte. Über all die Meilen hinweg hatte kein einziges Mal ein anderer Wagen ihnen Hilfe angeboten.

Unbemerkt streckt sie die Hand nach dem Salz aus.

Lucy lernt, wie man sich einigt.

Lucy lernt zu tricksen.

Sie wartet, bis Ma den Blick vom Herd abwendet. Dann greift sie mit einer schnellen Bewegung in ihr Taschentuch und streut ein wenig Salz in den Topf.

Ba verkündet, dass der Ochsenschwanz an diesem Abend besonders gut schmeckt. Sonntag Ochsenschwanz, Montag Haferbrei, Dienstag Kartoffeln, Mittwoch Schweinefüße, Kartoffeln, Kartoffeln und noch mal Kartoffeln. Lucy gibt nicht viel hinein. Nur eine Spur. Das Salz lässt den müden Geschmack des Essens aufblühen. Sie kaut mit geschlossenen Augen, und auch die Hütte blüht auf zu einem Haus mit vielen Zimmern. Ein Geschmack, der sie bis zum nächsten Sonntag trägt.

»Lucy«, sagt Ma und schnappt ihre Hand kurz vor der Herdglut. Das Taschentuch lugt zwischen Lucys Fingern hervor. Ein paar Salzkörner rieseln heraus. »Woher hast du das?«

»Er hat es mir geschenkt.« Der Lehrer reicht doch jeden Sonntag das Salzfässchen herum. Lucy lernt, die Wahrheit zu dehnen. »Und außerdem hast du die Kekse genommen.« Lucy reißt das Taschentuch an sich. »Das ist ungerecht. Du ... du ... Das ist *ungerecht*!«

Sie kauert sich auf den Boden, zittert ein bisschen vor Angst. Ma ist seltener wütend als Ba, aber ihr Zorn tut weh. Sucht sich die wunden Punkte. Ma kann Lucy an der dünnsten Stelle ins Ohrläppchen kneifen und ihr genau das verbieten, was sie am liebsten mag.

Aber Ma rührt sich nicht. »You shi«, sagt sie, und ihre Augen huschen über Lucy hinweg, »manchmal frage ich mich, ob es besser gewesen wäre, nicht von zu Hause wegzugehen.«

Lucy folgt Mas Blick, aber da ist nur die nackte Wand. Sie versucht das Zuhause zu sehen, das Ma sieht. Aus der trockenen Erde der Erinnerung gräbt sie raschelndes Gras, Streifen von staubigem Licht. Einen Pfad, den sie kennt, Bas Schatten mit der Wünschelrute, Mas Stimme, die von ferne nach ihr ruft, Essensgeruch in der Luft ...

»Damals hatten wir immer Salz«, sagt Ma. »Mei tian. Und Fisch aus dem Meer, Lucymädchen. Wo ma de – deine Großmutter – keiner konnte ihn so dünsten wie sie ...«

Ach so. Ma meint gar nicht ihre Camps von früher, als sie noch Goldgräber waren. Sie meint ein Zuhause, das Lucy nicht sehen kann. Jenseits des Meeres.

»Du bist ein braves Mädchen, Lucy. Du verlangst nicht viel. Versuch mich zu verstehen. Dong bu dong, wir sparen, so viel wir können. Manchmal denke ich trotzdem ... du und Sam, ihr hättet es dort vielleicht besser gehabt. Und *er* auch.«

Lucy versucht sich Mas Mutter vorzustellen, Mas Vater, die ganze Familie, von der Ma erzählt, zusammengedrängt in einem Zimmer. Aber sie sieht nur Lehrer Leighs Salon, erfüllt vom sonntäglichen Stimmengewirr.

»Ma ... Bist du einsam?«

»Shuo shen me. Ich habe dich, Lucymädchen.«

Aber nicht tagsüber. Zum ersten Mal überlegt Lucy, wie Ma allein zu Hause all die langen, dämmrigen Stunden im Schaukelstuhl am Fenster verbringt, während Lucy in der Schule liest und Ba und Sam Gold schürfen. Wie still es sein muss, wenn nur hin und wieder ein paar Gesprächsfetzen der anderen Frauen von weither über das Tal wehen.

Ma tätschelt das Taschentuch in Lucys Hand. »Tu ruhig was ins Essen, nu er. Ich nehm mal an, er hat's dir tatsächlich geschenkt.«

Diesmal streut Lucy unter Mas Blicken Salz ins Essen. Diesmal sagt Ma nichts von einer Dankbarkeitsfalle, als sie sich über den Topf beugt. Mit jähem Schreck erkennt Lucy in Mas Gesicht ihren eigenen Hunger.

Es rutscht ihr aus. Ein weißer Haufen landet auf dem Eintopf, löst sich auf. Bestimmt ist es zu viel. Aber niemand scheint es zu bemerken. Sie schlingen ihr Abendessen hinunter und kratzen die Schüsseln aus, bitten immer wieder um Nachschlag. Ma hat einen dunklen Soßenkranz um den Mund. Sie isst hastig, ohne ihn abzuwischen.

Lucy legt nach zwei Bissen den Löffel hin. Ihre Zunge brennt. Das Salz mischt sich mit einem anderen Geschmack, widrig und bitter.

Lucy lernt, was Scham ist.

GOLD

Dann kommt der Tag, an dem Ba Lucy zum Goldfeld mitnimmt.

Sie gehen am Morgen los, wenden sich aber von der Sonne ab und bleiben im Schatten des Hochplateaus. Lucy schlurft trotzig. Sie sollte in der Schule sein und nicht durch die Hügel streunen – Sam gehört hierhin. Aber Sam ist krank und Ma, die immer nur Geld zählt, hat darauf bestanden, dass Lucy mitgeht.

Am Ende des Tals geht das Gras in Fels über, und ein steinerner Grat ragt drohend vor ihnen empor wie die aufgestellten Nackenhaare eines Tieres: *Nehmt euch in Acht. Kehrt um.*

Ba klettert hinüber.

Das Plateau ist kahl und grau. Nicht einmal die völlig verzweifelten Bergarbeiter wagen sich hier rauf – nicht einmal diejenigen, die durch das Feuer ohne Job dastehen und rastlos wie hungrige Hunde um Essen betteln, um Arbeit, um irgendeine Beschäftigung. Ba lässt die Schürfausrüstung trotzdem im Geigenkasten.

Rechts und links ragen die Felswände immer höher, lassen die Sonne verschwinden. »Diesen Weg hat der Fluss gegraben«, sagt Ba, das Gesicht schon halb im dichten Schatten, und Lucy muss über die dreiste Lüge fast lachen.

Der Pfad wird sichtbarer, breiter, steiler. Als sie oben sind, sieht Lucy, dass das Plateau nicht flach ist. Es ist eine Senke. Sie stehen auf dem Grund einer leeren Schüssel. Hoch oben ein runder Himmel. Lucys Beine zittern. Hier wollten sie hin? In dieses felsige Nichts?

Ba deutet auf einen grünen Fleck in der Ferne. Je näher sie kommen, desto mehr kann Lucy erkennen. Schwarzpappeln, Schilf, blaue Iris, weiße Lilien. Allesamt durstige Pflanzen. Aber kein Wasser weit und breit.

»Siehst du«, sagt Ba mit glänzenden Augen. »Das ist der See.«

———

Vor langer Zeit, Lucymädchen, gab es in dieser Gegend einen Fluss. Genau hier war der See, aus dem er entsprang. Ja, vor hundert mal hundert mal hundert Jahren hättest du hier mehr als eine Meile tief tauchen können, durch riesige Unterwasserwälder, höher als jeder Wald an Land, und Fische dicht an dicht haben die Sonne verdunkelt. Dieser See war der Geburtsort des Creeks unten im Tal.

Guck nicht so überrascht. Vieles in diesem Land war früher gewaltiger, denk nur an die Bisons.

War eine kalte Zeit damals. Fast das ganze Jahr über lag Schnee. Aber ich glaube, es ist nach und nach wärmer geworden, und die Tiere wurden kleiner. Auch der See ist geschrumpft und mit ihm die Fische, und die große Wasserschüssel mit dem ganzen Salz und Dreck und Metall war nur noch eine kleine Wasserschüssel.

Ja, das Gold war auch da drin. Von Anfang an.

Das alles war lange, bevor es hier Menschen gab, deshalb

weiß keiner, warum der See irgendwann verschwunden ist. Wenn du mich fragst, ich glaube, es war ein großes Erdbeben. Der Boden ist hochgeschnellt wie deine Ma beim Anblick einer Klapperschlange, und als er wieder runterkam, entstand ein Riss. Der See ist ausgelaufen.

Das meiste Salz und Gold und die meisten Fische sind mit dem Fluss ins Tal geflossen, genau den Weg entlang, den wir raufgekommen sind. Der Fluss lief mitten durch die Stadt. Deshalb gibt es die überhaupt. Bevor das Bergwerk kam, war es eine Goldgräberstadt. Die Männer haben das Gold bis zum letzten Fitzelchen aus dem Fluss gewaschen, so wie deine Ma das letzte Fleisch vom Knochen nagt. Und sie haben das Wasser verpestet. Glaub mir, früher war der Creek breit und sauber und voller Fische. Das war nicht richtig, wie sie da gewütet haben. Wie kann man behaupten, dass einem das Land gehört, und es dann so schlecht behandeln? Man kommt auch an das, was man haben will, ohne wie eine Meute Wildhunde das Land zu verwüsten – aber das ist eine andere Geschichte.

Indianische Händler haben mir vom verschwundenen See erzählt, und da habe ich nachgedacht: Gold ist doch schwer. Das Wasser im Tal muss von irgendwo gekommen sein, und wenn es von da oben gekommen ist, dann ist vielleicht nicht alles Gold weggespült worden. Vielleicht ist was liegen geblieben. Deine Ma kann es nicht haben, wenn ich mich mit Indianern abgebe; aber so klug sie auch ist, sie kapiert nicht, wie gut die Indianer dieses Land kennen.

Der See jedenfalls ist der Grund, warum es hier Gold

gibt, Lucymädchen, und warum man versteinerte Fische findet, wenn man die Augen aufmacht. Du kannst ihn heute noch sehen, überall um dich herum. Manchmal, wenn ich nachts hier bin und der Wind kräftig bläst, dann höre ich es rauschen, und ich drehe mich um, weil ich denke, da ist Sam. Aber da ist keiner. Manchmal streicht mir das Blatt einer Wasserpflanze über die Wange, oder ich höre ein glucksendes Geräusch, obwohl der Boden trocken ist. Manchmal denke ich, Blätter und Fische und Wasser können einen genauso verfolgen wie andere Geister ... Aber das sind Spukgeschichten. Die Sache ist die, hier in den Hügeln gibt es schon seit jeher Gold. Man muss bloß daran glauben.

Wie nennt man dieses Gefühl? Ausgedörrt und durchströmt zugleich. Lucy hat einen trockenen Mund, aufgesprungene Lippen. Aber in ihrem Innern ergießt sich ein Schwall – Ma sagt, sie ist Wasser – und sie spürt die Nähe dieser Welt, von der Ba spricht. Eine schnelle Bewegung, und sie könnte die hauchdünne Haut des Tages durchstechen. Könnte spüren, wie der urzeitliche See sie durchflutet.

Denn dieses Land, in dem sie leben, ist ein Land der verschwundenen Dinge. Ein Land, dem man sein Gold genommen hat, seine Flüsse, seine Bisons, seine Indianer, seine Tiger, seine Schakale, seine Vögel, sein Grün, seine Lebenskraft. Wenn man durch dieses Land zieht und Bas Geschichten glaubt, wird jeder Hügel zu einem Grab mit einer eigenen Knochenkrone. Wer kann daran glauben und trotzdem weiterleben? Wer kann daran glauben und nicht wie Ba und Sam nur in die Vergangenheit blicken? Sie schleppen das alles mit sich herum. Es macht sie zu Narren.

Deshalb hat Lucy Angst vor dieser ungeschriebenen Geschichte. Es ist leichter, Bas Erzählungen als Märchen abzutun – denn wo führt es hin, wenn man sie glaubt? Wenn sie glaubt, dass es Tiger gibt, glaubt sie dann auch, dass Indianer gejagt und getötet werden? Wenn sie an Fische von der Größe ausgewachsener Männer glaubt, glaubt sie dann auch, dass ausgewachsene Männer andere aufhängen wie einen guten Fang? Es ist leichter, dieser Geschichte aus dem Weg zu gehen, die nirgends geschrieben steht als im Rauschen des Windes durch trockenes Gras, in den Überresten verlorener Pfade, im Gemunkel gelangweilter Männer und gemeiner Mädchen, in den zersplitterten Spuren der Bisonknochen. Viel leichter, sich an die Geschichte zu halten, die Lehrer Leigh ihnen beibringt, Namen und Zahlen, ordentlich aufeinandergestapelt wie Ziegelsteine zum Bau einer Zivilisation.

Trotzdem. Lucy kann dieser anderen nie ganz entkommen. Der wilden. Sie lauert am Rand ihres Blickfelds, ein Tier im Schatten, gerade eben außerhalb des Lichtscheins am Lagerfeuer. Diese Geschichte spricht nicht mit Worten, sondern mit Gebrüll und Schlägen und Blut. Sie hat Lucy erschaffen wie der See das Gold. Hat Sams Wildheit erschaffen und Bas Hinken und die Sehnsucht in Mas Stimme, wenn sie vom Meer spricht. Aber wenn Lucy in diese Geschichte hineinblickt, wird ihr schwindelig, als würde sie sich ein Fernglas falschherum ans Auge halten und Ba und Ma sehen, kleiner als sie selbst, mit ihren eigenen Bas und Mas jenseits eines riesigen Meeres, viel größer als der verschwundene See.

Lucy holt Atem und sieht nach oben. In den kreisrunden, wasserblauen Himmel. Sie hört auf, sich zu wehren. Stellt sich die glitzernden Fische und das baumhohe Seegras vor. Wenn sie Wasser ist, dann soll es so sein. Soll es sie durchströmen.

Ba wandert über das Grün, und Lucy folgt ihm. Wo der felsige Grund aufbricht, kommt Schlamm zum Vorschein, und zwischen urzeitlichen Flusskieseln leben Pflanzen von den letzten Resten des Seewassers. Ba und Lucy füllen Erde in ihre Goldwaschpfannen. Schwenken sie und starren hinein in der Hoffnung auf ein Glitzern.

Sengende Sonne. In kürzester Zeit ist Lucy ausgetrocknet. Wo ist all das verschwundene Wasser hin? Kann ein See, der nicht begraben wird, wie es sich gehört, zu einem Geist werden? Kann ein Ort Erinnerungen haben und Schmerz empfinden und Wut auf das, was ihm den Schmerz zugefügt hat? Vielleicht schon. *Ich war das nicht, denkt sie. Ich habe dir nicht weh getan. Hilf mir.*

Sie entdeckt einen versteinerten Fisch. Sie entdeckt einen großen Klumpen Quarz. Sie entdeckt, dass es umso mehr weh tut, je mehr man hofft. Ba kommt viel schneller voran als sie – ob Sam da mithalten konnte? In der Eile stolpert Lucy und fällt hin. Der Inhalt ihrer Pfanne liegt verstreut um sie herum, ein Bild des Versagens direkt vor Bas Augen.

Sie nimmt den wertlosen Quarz, schleudert ihn gegen einen Baum. Er zerbricht in zwei Hälften und versinkt im Schlamm.

Ba hebt ihn auf. Wischt ihn ab. Klopft mit dem Meißel dagegen, schlägt Stückchen ab. »Lucymädchen.«

Sie unterdrückt ein Schluchzen. Aber sein Arm kommt sanft auf sie zu. Der Quarz in seiner Handfläche hat einen gelben Kern.

»Woher hast du das gewusst?«, flüstert Lucy. Sie hätte ihn noch hundert Jahre in der Tiefe schlummern lassen.

»Na, Lucymädchen, du spürst, wo es verborgen ist. Du spürst es einfach.«

Er gibt ihr das Gold.

Das Nugget ist schwer und sonnenwarm. So groß wie ein kleines Ei. Sie dreht es. In der Mitte hat es ein Loch. Passt auf ihren Mittelfinger.

»Probier ein Eckchen«, sagt Ba und kneift Daumen und Zeigefinger zusammen, um zu zeigen, wie viel. Lucy starrt ihn ungläubig an. »Trau dich, mein Mädchen.«

Es schmeckt nach nichts. Trocken. Trotzdem schießt ihr das Wasser in den Mund. Sie war ausgedörrt und durchströmt und ist jetzt nur noch durchströmt. Verändert sie sich durch das Körnchen, das sie schluckt? Schimmert es unter ihrer Haut, nistet es sich ein zwischen Magen und Herz? Jahre später wird sie sich im Dunkeln betrachten und sich fragen, ob man es sieht.

»So gehört sich das für eine echte Goldgräberin. Das Gold in dir lockt weitere Reichtümer an. Ting wo.«

Als sie am Abend wieder hinuntergehen, hebt Ba Lucy auf den Felsgrat und zieht sich hinter ihr hoch. Er zeigt ihr die Berge im Osten und das Meer im Westen. An klaren Tagen, behauptet er, könne man den Nebel über dem Meer sehen. Schiffssegel, die wie Flügel in der Luft schweben.

»Deine Ma meint, es gibt nichts Schöneres als ein Schiff. Ich bin mehr für echte Vögel. Da, die beiden Habichte.«

Zwei Flecken am Himmel kreisen und stoßen herab, landen auf einer Eiche.

»Und siehst du das da?«

Lucy kann nichts erkennen. Sam hat gute Augen vom Leben im Freien; wenn Lucy von ihren Büchern aufsieht, sind die Ränder der Welt verschwommen. Schon wieder etwas, das sie nicht hinkriegt.

Zu ihrer Überraschung bückt sich Ba, bis sein Kopf auf ihrer Höhe ist, sein stoppeliges Kinn an ihrem reibt. So nah beieinander fühlt es sich an, als wäre sein Geruch auch ihrer: Tabak und Sonne, Schweiß und Staub. Er dreht ihren Kopf zusammen mit seinem, und da sieht Lucy das Nest mit zwei kleinen, weit aufgerissenen Schnäbeln.

»Sobald die Küken groß genug sind, klettere ich rauf und hole sie für euch zwei. Ihr könnt sie für die Jagd abrichten, dann braucht ihr weder Gewehr noch Messer. Hast du das gewusst?«

In Bas Stimme schwingt Begeisterung. An diesem Tag versteht Lucy, was er sieht: zwei Küken, die flügge werden, frei, größer als ihre Eltern. Bevor Ba den Kopf wegnimmt, fragt sie: »Ich habe das heute gut gemacht, oder?«

»Und wie.« Gemeinsam betrachten sie das Nugget in Lucys Hand. Sie haben allen Dreck abgewischt, sauber sieht es noch größer aus. »Dafür arbeiten wir sonst bestimmt drei oder vier Monate. Deine Ma wird sich freuen. Aber weißt du, was eine große Hilfe wäre?« Ba rückt von ihr ab und sieht sie scharf an. »Erzähl keinem was von dieser Stelle. Ting wo? Was wir hier machen ... na ja, es ist nicht verboten. Auf diesem Land ist kein Claim. Aber viele Leute wären damit nicht einverstanden. Sie sind neidisch auf uns, dong bu dong? Von Anfang an gewesen. Weil wir Abenteurer sind. Was sind wir, Lucymädchen?«

»Etwas Besonderes«, sagt sie. Hier oben glaubt sie es sogar.

Als sie nach Hause kommen, ist Ma schon im Bett. Fünf Monate sind um, sie hat geschwollene Knöchel und ständige Rückenschmerzen vom Baby. Normalerweise behandelt Ba sie, als wäre sie selbst aus Gold. Aber heute springt er mit so viel Schwung auf die Matratze, dass sie federt. Neben Ma stöhnt Sam im Fieber.

Ma schiebt Ba weg. Zerrt ihr Kleid zurecht und setzt sich auf. »Der Bergwerksboss war hier. Er hat gesagt, wenn du nicht arbeitest, können wir nicht mehr auf seinem Land wohnen. Lei si wo, dieser Zwerg.«

Nachts flüstern Ba und Ma manchmal über den Bergwerksboss. Aber nie reden sie laut wie jetzt und nie vor Lucy und Sam. Ma blickt grimmig. Ein bisschen wie die Habichte.

»Hat er gesagt, wann?«, fragt Ba.

»Ich habe ihn beschwatzt.« Ma verzieht das Gesicht, als würde sie auf etwas Vergammeltes beißen. »Angebettelt, besser gesagt. Er gibt uns noch einen Monat. Dan shi nächstes Mal müssen wir das Doppelte zahlen.«

»Was hast du ihm gesagt?«

»Bie guan ...«

»Was hast du ihm versprochen?«

»Ich habe gelächelt und Süßholz geraspelt. Habe gesagt, wir bezahlen mehr.« Ma schüttelt ungeduldig den Kopf. »Mit Männern wie dem wird man leicht fertig.« Ba ballt die Fäuste hinter dem Rücken. Er will etwas erwidern, aber Ma redet einfach weiter, genau wie bei Sams Wutanfällen. »Das ist nicht wichtig. Gao su wo, was machen wir jetzt? Wir haben nicht genug gespart. Und das Baby ist unterwegs. Wie soll es weitergehen?«

Wie soll es weitergehen? Mas Frage bei jeder Schürfstätte, bei jedem Bergwerk, wenn am Ende Geld und Hoffnung zur

Neige gehen. Mal wird Ba wütend, mal missmutig, mal stürmt er aus der Tür, um den Kopf frei zu kriegen, und kehrt am nächsten Morgen nach Reue und Alkohol stinkend zurück. Nie antwortet er direkt. Bis jetzt.

»Wir gehen weg«, sagt er und steckt Ma das Nugget an den Finger.

Unter dem Gewicht sinkt Mas Hand nach unten. Zitternd hebt sie sie wieder.

»Unsere Lucy hat einen Riecher für Gold«, sagt Ba. »Wenn wir schnell genug arbeiten, sind wir in einem Monat hier weg. Und können uns mit ehrlichem Geld ein eigenes Stück Land kaufen. Für uns fünf.«

Ma wiegt das Nugget in der hohlen Hand, und jetzt sieht es mehr denn je aus wie ein Ei. Sie bewegt die Lippen, sie rechnet.

»Ich habe ein Stück Land acht Meilen Richtung Küste im Auge. Es liegt zwischen zwei Hügeln, vierzig Acres, jede Menge Reitwege und ein hübscher kleiner Teich ...«

»Wir kriegen Pferde?«, fragt Sam und rappelt sich hoch.

»Auf jeden Fall. Und ...« Ba wendet sich an Lucy. »Nah genug, um zur Schule zu reiten, wenn du früh aufstehst und ein schnelles Pferd nimmst. Obwohl ich nicht wüsste, warum ...« Er hält inne. Sagt nur: »Wenn du möchtest.«

Lucy weiß, wie viel Überwindung ihn das kostet. Sie greift nach seiner Hand.

»Und für deine Ma ...«

Ma hebt ruckartig den Kopf. Sie ist fertig mit Rechnen. »Gou le. Es reicht.«

»Na, warte mal. Ich weiß, dass du dich freust, qin ai de, aber ein paar Wochen müssen wir schon noch arbeiten. Ich habe mich nach dem Preis erkundigt ...«

»Nicht das Land, von dem du redest.« Das geheime Lächeln spielt um Mas Mund, ihr Grinsen wird breiter, als Lucy es je gesehen hat. Die Lippen öffnen sich. Blitzendes Weiß. »Ein viel besseres. Hiervon bekommen wir fünf Fahrkarten fürs Schiff.«

Fürs Geschichtenerzählen war immer Ba zuständig. Ma erteilte Anweisungen, ermahnte, fragte ab, rief zum Essen, sang Schlaflieder, sagte, was Sache war. Aber sie erzählte keine Geschichten von sich selbst. Jetzt endlich versammelt sie alle um sich herum auf der Matratze.

Die Geschichte, die Ma in sich trägt, ist größer als das Baby, größer als der Westen, größer als die ganze Welt, die Lucy kennt. Ma bewahrt in ihrem Innern einen Ort voll breiter, gepflasterter Straßen und niedriger, roter Mauern, voll Nebelschwaden und Steingärten. Einen Ort, an dem Bittermelonen wachsen und die Chilischoten so scharf sind, dass sie das trockene Gras hier in Brand setzen würden. *Zuhause*, so heißt dieser Ort. In Mas Akzent liegt eine solche Sehnsucht, dass Lucy sie kaum verstehen kann. *Zuhause* klingt wie ein Märchen aus einem geheimen vierten Buch, das in Mas geschlossenen Lidern geschrieben steht. Sie erzählt von Früchten in der Form eines Sterns. Von grünen Steinen, härter und seltener als Gold. Sie nennt den unaussprechlichen Namen des Berges, an dem sie geboren wurde.

Lucy bekommt feuchte Hände. Das altbekannte Gefühl der Verlorenheit. In Bas Geschichten erkennt sie das Land, in dem sie aufgewachsen ist. Die Hügel in Bas Geschichten sind diese Hügel, nur grüner; es sind diese Pfade, nur voller Tiere.

Mas Ort ist unergründlich. Nicht einmal die Namen kann Lucy aussprechen, ohne dass ihre Zunge ins Stolpern gerät.

»Und die Schule?«, fragt sie.

»Mei guan xi.« Ma lacht. »Dort gibt es auch Schulen. Größer als in diesem Provinznest.«

Ma fordert Ba auf, auch zu erzählen. Von einer Frucht namens Drachenauge, vom Nebel in den Bergen, vom Fisch, der im Sommer am Hafen gegrillt wird.

Stattdessen sagt Ba: »Qin ai de, wir hatten doch beschlossen, dass wir hierbleiben wollen. Ein Stück Land kaufen.«

Ma schüttelt den Kopf, bis ihr das Blut in die Wangen schießt. »Es gibt Sachen, die man mit Gold nicht kaufen kann. Das hier wird nie wirklich *unser* Land sein. Ni zhi dao. Ich will, dass unser Junge bei seinem eigenen Volk aufwächst.« Sie presst das Nugget an ihre Brust, als wäre es wirklich ein Ei, das sie mit der Wärme ihrer Überzeugung ausbrütet. »Zhe ge bedeutet, dass wir weggehen können, sobald er auf der Welt ist. Dann sind wir da, bevor er abgestillt ist. Xiang xiang: Das Erste, was er isst, wird den Geschmack der Heimat haben. Du hast es versprochen.« Das Knistern in ihrer Stimme wird lauter. »Cong kai shi hast du versprochen, dass wir zu unserem Volk zurückkehren.«

Sam fragt mit fiebriger Stimme: »Was für ein Volk?«

»Leute wie wir, nu er«, sagt Ma und streicht Sam die Haare aus dem verschwitzten Gesicht. »Die Überfahrt wird wie … wie … ein Traum. Eine Reise übers Wasser ist viel leichter als mit dem Wagen, bao bei. Ihr fallt in einen verzauberten Schlaf wie zwei Prinzessinnen. Und wacht an einem besseren Ort auf.«

Aber für Lucy ist diese Geschichte ein Albtraum. Sie fragt noch einmal nach der Schule. Sam fragt nach Pferden. Lucy fragt nach Unterricht und Eisenbahnen und Sam nach Bisons. Ma krümmt sich, als hätte sie sich geschnitten.

»Mädchen«, sagt sie. »Es wird euch gefallen.«

»Wenn dieses Land so toll ist«, sagt Lucy, »warum bist du dann weggegangen? Warum bist du mutterseelenallein hierhergekommen?«

Mas weit offenes Gesicht ist plötzlich wieder verschlossen. Sie zieht die Arme an die Brust, so schnell, dass sie mit dem Ellenbogen Lucys Schulter streift. »Das reicht für heute. Lei si wo.«

»Au«, sagt Lucy, mehr aus Verwunderung als aus Schmerz. Aber Ma entschuldigt sich nicht.

Es gefällt Lucy nicht, wie Ma sich bei der Erinnerung an die Sternfrucht, die Lucy nicht kennt, die Lippen leckt. Es gefällt ihr nicht, wie Ma von den Dachziegeln auf dem Haus ihrer Kindheit schwärmt und damit das Dach von ihrem Haus schlecht macht. Das Trommeln des Regens auf Blech oder Plane kann genauso Musik sein wie die Töne der zweisaitigen Fiedeln, von denen Ma erzählt. Der Staub, den Ma so sehr hasst, kann sich auf die Hügel legen wie zartes Gold. Lucy will wissen, was an Mas Straßen hübscher, an Mas Regen angenehmer, an Mas Essen leckerer sein soll. Sie fragt und fragt, lauter, drängender, und bekommt keine Antworten, denn mit jeder Frage zieht Ma sich weiter in ihre Kissen zurück. Als würde Lucy ihr mit den Worten Gewalt antun.

Da sagt Ba *da zui*, nimmt Lucy auf den Arm und trägt sie weg. Wild strampelnd schreit sie gegen seine Schulter, während er sie die Leiter hochschleppt. Als er auch Sam nach oben getragen hat, fängt das, was Lucy auf dem Plateau durchströmt hat, in ihr an zu kochen.

»Ich geh da nicht hin«, sagt Lucy zu ihm. »Ich will nicht bei den Schlitzaugen leben.«

Es schmeckt sofort falsch. Wie auf dem Schulhof, als die Jungs Lucy gezwungen haben, den Matschkuchen zu essen. Sie müsste eine gewischt kriegen. Aber Ba sieht sie nur traurig an. Der Geschmack im Mund bleibt.

»Das ist kein Wort für dich, Lucymädchen. Vielleicht hat deine Ma doch recht, und wir sollten hier weg. Das hier ist das richtige Wort.«

Er sagt es ihnen.

Lucy lässt es sich auf der Zunge zergehen. Sam ebenso. Es schmeckt fremd. Es schmeckt richtig. Es schmeckt so, wie Ma das Essen in der Heimat beschrieben hat: sauer und süß, bitter und scharf zugleich.

Aber sie sind Kinder. Neun und acht. Unachtsam mit ihren Spielzeugen, ihren Knien, ihren Ellenbogen. Sie lassen die richtige Bezeichnung durch die Ritzen ihres Schlafes fallen, im kindlichen Vertrauen darauf, dass am nächsten Morgen alles wieder neu vorhanden ist: neue Liebe, neue Worte, neue Zeit, neue Orte, an die der Wagen mit den Eltern sie bringt, während das Schaukeln und Knarren der Reise sie in den Schlaf wiegt.

WASSER

Als Lucy mit ausgetrocknetem Mund aufwacht, hört sie Wasser. Prasselnde Tropfen hallen vom Blechdach: Der erste Regen ist da. Mit pochender Blase klettert sie die Leiter hinunter. Das Wassergeräusch lutscht und klatscht, als wäre die ganze Hütte überschwemmt. Der Mond ist schmal, bald geht der Monat zu Ende, und das Blech reflektiert das Licht in seltsamen Formen, so dass silberne Wellen plätschernd an den Wänden tanzen. Das Haus ist ein Meer. Und das Schiff? Auf der untersten Sprosse erstarrt sie. Das Schiff ist eine Matratze, und darauf sitzt ein grauenvolles vielarmiges Seeungeheuer mit glitschiger, feuchter Haut. Ihre Kehle ist so trocken, dass sie nicht schreien kann. Dann erkennt sie: nicht ein Wesen, sondern zwei. Ma sitzt rittlings auf Ba, ihr Bauch erdrückt ihn. Ihr Nachthemd fällt über beide, und sie hat ihn mit den Beinen in der Zange, presst ihn auf die Matratze. Sie tut ihm weh. Er atmet hektisch und zitternd. *...arten*, sagt Ma. Sie bewegt sich hoch, drückt ihn nieder. Er stöhnt unter ihrem Gewicht. *Fahrkarten.* Ba legt ihr eine Hand auf die Brust, damit sie aufhört. *Schönheit ist eine Waffe,* hat Ma gesagt, und so langsam versteht Lucy. Mas Macht liegt im Reich der Nacht. Lucy bricht der Schweiß aus, wo Haut an Haut reibt: in den Ellenbeugen, zwischen den Oberschenkeln. Feuchte Hitze, die Regenzeit ist da. Ba verdreht die Augen. Aber Ma tut ihm immer weiter weh, bis sein Kopf nach hinten fällt und ihm ein einzelnes Wort entfährt: *Ja.* Da erst lässt Ma von ihm ab. Beißender Uringeruch, Lucys Beine sind nass. Beschämt klettert sie die Leiter wieder hoch. Den Weg zum Klohaus kann sie sich sparen.

ERDE

Früher hütete Ma ihre Truhe wie ihren Augapfel. Der Inhalt wurde streng rationiert und der Geruch noch strenger. In der Truhe lebte ein Moschusduft, bitter und süß. Ein Duft aus einem anderen Land. Jedes Mal, wenn der Deckel angehoben wurde, ging etwas davon verloren.

Jetzt steht die Truhe weit offen, Kleider und Medikamente kommen ans Tageslicht. Kein Grund mehr, etwas zu horten, denn nächste Woche brechen sie zum Hafen auf, und die Truhe wird hierbleiben. Mas Bauch ist riesig, in ein paar Wochen kommt das Baby, sie wollen so wenig wie möglich schleppen. Bald werden sie in einem Land leben, in dem dieser Geruch ganz alltäglich ist.

»Hao mei«, sagt Ma und reicht Lucy ein Paar zierliche, perlenbesetzte, langersehnte weiße Schuhe. »Die stehen dir gut.«

Auf Mas Geheiß dreht Lucy sich, dann streift sie die Schuhe schnell wieder ab. Würdigt die hübschen Perlen keines Blickes. Läuft barfuß in den Regen hinaus.

»Denk daran, ihm danke zu sagen«, ruft Ma ihr hinterher.

Früher hat Mas Lob einen Durst in Lucy gestillt. Jetzt prasselt es auf sie ein wie der erste Regen in diesem Jahr: zu viel und zu früh. Das Bergwerk ist überschwemmt. Noch mehr Männer haben ihre Arbeit verloren. Im Strudel der braunen Wassermassen brodeln Gerüchte und Wut. In der letzten Woche tauchte überraschend der Bergwerksboss auf, um die Miete zu kassieren. Er platzte ins Haus, schnüffelte mit Blicken herum. Lucy war froh, dass Ma die Säckchen so gut versteckt hatte. Ba hielt die Hand am Revolver, aber Ma ließ sich nicht beeindrucken. Sie lächelte den Boss an und machte später einfach einen Schritt über die Pfütze, die er hinterlassen hatte. Sagte nur, sie sollten sich ruhig schon mal an Nässe gewöhnen, wenn sie bald ablegen wollten.

Auch die Ordnung rund um Lehrer Leighs Haus ist vom Sturm ramponiert. Der Wind biegt die zerzausten Kojotebüsche in alle Richtungen. Vor der Veranda schwappt eine Pfütze. Nellie wiehert ängstlich, und Lucy bleibt kurz stehen, um der Stute über die Nüstern zu streicheln. Abschiedsübungen.

Im Salon ist die Stimmung gereizt, das Licht gedämpft. In einer Ecke liegt eine zerbrochene Lampe, und vor ein zersplittertes Fenster sind Holzbretter genagelt worden. Die anderen Gäste – der Fleischer und Miss Lila, die ihre Rückkehr in den Osten wegen des Wetters verschieben musste – unterhalten sich über den neuesten Unfall im Bergwerk. Einströmendes Wasser hat mehrere Stützstreben weggeschwemmt und drei Stollen zum Einsturz gebracht. Acht Männer sind tot.

»Solche heftigen Regenfälle hat es hier noch nie gegeben«, sagt der Lehrer. »Ich bin sogar schon von einigen Bergarbeitern um Hilfe gebeten worden.« Er schüttelt traurig den Kopf. »Ich musste sie natürlich abweisen.«

»Die armen Leute«, sagt Miss Lila und häuft sich Zucker in den Tee. »Ich habe gehört, es sind noch Arbeiter unter Tage eingeschlossen. Angeblich kann man von oben Schreie hören. Stellt euch vor, so leben zu müssen, den Launen des Schicksals völlig ausgeliefert.« Sie sieht Lucy an. »Deine arme Familie!«

»Wir sind keine Bergarbeiter.« Bas Worte rutschen Lucy heraus.

»Du brauchst dich nicht zu schämen, mein Kind.« Miss Lila tätschelt Lucys Arm. »Was sollte dein Vater auch sonst tun?«

Alle starren sie an, ihre Freundlichkeit so beklemmend wie das Wetter. Am liebsten würde Lucy ihnen erzählen, wie sie mit der kleinen goldenen Sonne in der Hand auf dem Plateau gestanden hat. Sie presst die Lippen zusammen, und während sie noch überlegt, was sie sagen soll, betritt der Bergwerksboss das Haus und begrüßt den Lehrer. Dann entdeckt er Lucy.

»Du«, sagt er und kommt auf sie zu. »Habt ihr immer noch nicht zusammengepackt? Deine Mutter hat mir erzählt, ihr wollt so schnell wie möglich hier weg.«

»Das muss ein Missverständnis sein«, sagt Lehrer Leigh und hält schützend einen Arm vor Lucy. »Lucy ist meine beste Schülerin. Sie geht nirgendwohin. Ich stehe in Kontakt mit ihrer Mutter.«

Lucy schluckt und sagt: »Sir, ich muss Ihnen etwas sagen. Könnte ich Sie bitte unter vier Augen sprechen?«

Sie mussten Ba Stillschweigen geloben, aber Ma hat Lucy erlaubt, dem Lehrer zu sagen, dass sie nächste Woche aufbrechen. Nur vom Gold darf sie nichts erzählen. Als sie auf der Veranda von der Schiffsreise berichtet, verzieht der Lehrer das Gesicht.

»Ich dachte, deine Mutter wüsste deine Bildung mehr zu schätzen. Wir vollbringen hier große Taten, Lucy.«

»Sie ist Ihnen sehr dankbar.« Was Ma über die besseren Schulen jenseits des Meeres gesagt hat, lässt Lucy lieber weg.

»Eine Woche reicht nie und nimmer aus, um meine Forschungen zu Ende zu bringen. Du weißt doch, wie wichtig diese Chronik ist. Falls deine Mutter allerdings noch einmal kommen würde, um mir ebenfalls ein paar Fragen zu beantworten, dann könnte ich vielleicht ...«

Lucy schüttelt den Kopf. Ma lebt nur noch für ihren Traum vom Land auf der anderen Seite des Meeres. Als der Lehrer sich über den unbesonnenen Entschluss ereifert, beißt Lucy sich auf die Lippen. Sie ist ja seiner Meinung. Aber sie kann es ihm nicht erklären, ohne das Gold zu erwähnen.

»Du kannst gehen«, sagt der Lehrer schließlich. »Unsere ganze Arbeit war umsonst.« Er klingt verbittert. »Ich muss dich natürlich aus der Chronik entfernen – ein halbfertiges Kapitel ist nutzlos. Ach, und Lucy? Zur Schule brauchst du diese Woche auch nicht mehr zu kommen. Wenn du gehen willst, dann geh.«

Die ganze Woche über wirbeln sie durch die Hütte, um alles vorzubereiten, das Chaos draußen spiegelt sich drinnen. Kleider und Medikamente liegen auf dem Boden verstreut, dazu Sams Spielzeug, Bas Ausrüstung, Decken für das Baby, aus alten Stoffresten zusammengenähte Windeln und die drei abgenutzten Märchenbücher, die Lucy unbedingt mitnehmen will, obwohl Ma gesagt hat, dass sie bald neue, bessere Geschichten bekommen.

Ba stapft mit Mehl- und Kartoffelsäcken herein. Vorräte für die Reise zum Hafen, wo das Baby geboren werden soll, und Proviant für das Schiff.

»Bu gou«, sagt Ma. »Wo ist das Pökelfleisch?«

»Wir kaufen den Rest an der Küste. Hier ist es zu teuer geworden. Ein paar Straßen im Landesinnern sind überflutet. Jim verlangt ein Vermögen.«

»Das können wir uns schon leisten«, sagt Ma und legt die Hände an den Bauch. »Wir haben genug Geld. Das Baby ...«

»Die Leute fangen an, Fragen zu stellen.«

Das bringt sie zum Schweigen.

»Ich weiß nicht, warum«, sagt Ba und spielt mit dem Revolver. Obwohl es zu nass zum Jagen ist, putzt er jeden Abend den Lauf, oft sogar zweimal. Sitzt dabei an der Tür und hält bei jedem Geräusch inne. »Heute bin ich gefragt worden, wo ich hinwill ...«

»Xiao xin«, sagt Ma und legt ihm die Hand auf den Unterarm. Sie neigt den Kopf zu Lucy und Sam. Ba verstummt. Spät am Abend huscht Geflüster durch die Hütte, gurgelt durchs Dunkel wie der Regen auf dem Blechdach.

Nicht die kleinste Spur soll von ihnen bleiben. Sie werden ihre Fußabdrücke vom Lehmboden fegen, ihre Wäscheleine abnehmen, der Garten wird überflutet werden oder verrotten. Andere Bergarbeiter werden in dieser Hütte wohnen oder vielleicht wieder eine Hühnerschar. Es war sowieso nie wirklich ihr Haus oder ihr Land. Die Regenzeit wird alles wegschwemmen, Schuhabdrücke, Haare, Fingernägel, Kratzer und Flecken, abgekaute Bleistifte, verbogene Pfannen, gemalte Tiger, Stimmen, Geschichten.

Als Lucy dem Regen lauscht, der das Land aufweicht, die Flüsse anschwellen lässt und die Luft abkühlt, packt sie plötzlich die Angst. Immer wieder stellt sie sich vor, dass ihre Familie zur Tür hinausgekippt wird wie Mas schmutzig braunes Abwaschwasser. Was beweist dann noch, dass sie jemals in diesen Hügeln existiert haben?

Sie muss doch irgendwas hinterlassen. Etwas, das bleibt.

Und so schleicht Lucy sich am Tag der Abreise frühmorgens allein aus dem Haus. Ein langer Tag: Ma und Lucy wollen die restlichen Sachen einpacken, Ba und Sam ein letztes

Mal nach Gold suchen. Am Abend, im Schutz der Dunkelheit, werden sie zum Hafen aufbrechen. Ist sicherer, hat Ba seltsamerweise gesagt, dabei steht das Wasser auf den Straßen gefährlich hoch.

Lucy will noch einmal an den Ort, den sie vor Ba und Sam geheim hält – und heute auch vor Ma. Mit einem kleinen Gegenstand fest in der geballten Faust rennt sie über den reißenden Creek zum Haus des Lehrers hinauf. Ein heller Fleck im ganzen Grau. Ein winziges Stückchen Gold.

Es ist nicht geklaut. Sie will es ihrem Lehrer nur zeigen. Reichtum ist ihm sowieso egal – er hat freiwillig auf den Wohlstand seiner Familie verzichtet. Er ist ein gebildeter Mann, der nur auf wissenschaftliche Erkenntnisse Wert legt. Mit diesem Stückchen Gold wird sie ihm neue Informationen für seine Chronik schenken, ein kleines Stück des Westlichen Territoriums, das in keinem anderen Buch zu finden ist. Er kann den toten See – und ihre Familie – schwarz auf weiß bewahren.

Am Ende des Weges bleibt sie stehen. Über Nacht ist ein Mohnblumenfeld aufgeblüht.

Goldmohn, so wird die Sorte genannt, aber Lucy kennt echtes Gold, und diese Blumen sind viel kostbarer. In den Blütenblättern leuchtet ein ganzer Sonnenuntergang. Sie pflückt eine, dann noch eine. Ein Strauß für den Lehrer, bestimmt wird er sie für diese Aufmerksamkeit loben. Als sie durch das Feld wandert, stürzt plötzlich eine Gestalt mit wütenden, ungelenken Schritten aus Lehrer Leighs Haus – nicht der blonde Lehrer selbst, sondern ein dunkelhaariger Mann, den Hut tief ins Gesicht gezogen, vielleicht der Bergwerksboss oder Jim oder sogar ein bettelnder Bergmann. Schnell huscht Lucy hügelabwärts, um sich hinter einem

Kojotebusch zu verstecken. Rutscht auf einem Stein aus, den sie zwischen all den Blumen nicht gesehen hat.

Sie fällt – langsam, langsam erst, dann schnell. Kollert bergab, rollt sich ein wie ein Igel, ein schwacher Schutz. Ein Fausthieb Erde, das Atmen plötzlich eine Qual. Dann bleibt sie liegen. Flammender Schmerz im Mund, am Kinn. Sie rollt sich auf den Rücken, alles schwankt. Kommt die Gestalt auf sie zu? Um ihr aufzuhelfen? Das Letzte, was sie sieht, sind die Blütenblätter, sie schwanken unbekümmert neben ihrer Wange im Wind.

Nach einer Weile kommt sie wieder zu sich. Metallischer Geschmack. Kinn und Zunge taub. Sie dreht den Kopf nach links, nach rechts. Sieht ihre eigene Hand am ausgestreckten Arm.

Leer.

Lucy wühlt durch die Mohnblumen, ohne sich darum zu kümmern, wie viele Wurzeln und Stängel sie ausreißt. Als sie sich endlich schwer atmend in die Hocke setzt, ist das Feld nur noch Matsch. Aus einer Wunde an ihrem Kinn tropft Blut. Zerfetzte Blütenblätter zwinkern ihr zu, aber das Gold ist weg. Das Gold ist weg. Aus der Hand gefallen ist es ihr bestimmt nicht. Beim Sturz hat sie die Faust so fest zusammengepresst, dass sich die Fingernägel in die Handfläche gebohrt haben. Es kann ihr gar nicht aus der Hand gefallen sein.

Jemand muss es ihr weggenommen haben.

Benommen schleppt sie sich zu Lehrer Leighs Veranda.

»Es tut mir leid«, nuschelt sie, als er die Tür aufmacht. »Ich wollte ... ich wollte es Ihnen zeigen ... für Ihre Forschungen ... Es ... es ist weg. Ich weiß aber, wo es herkommt ... vom Plateau. Es hat eine Geschichte. Wir haben es entdeckt.

Das Wasser. Sie können das in Ihr Buch schreiben ... bitte. Wir gehen weg, aber ... Sie können das in Ihr Buch schreiben.«

»Wovon sprichst du?«, fragt der Lehrer. Sie ist halb auf ihn gefallen, und er macht einen entsetzten Schritt nach hinten. Ihr Blut auf seinem sauberen, weißen Hemd. Sie lacht gurgelnd. Noch mehr hellrote Tröpfchen. Es stimmt. In diesen Kleidern würde er niemals einen Treck überstehen.

»Das Gold«, lallt sie. Hoffentlich versteht er sie mit all der Erde und dem Blut im Mund. »Ich ... also, wir. Sie können das in Ihr Buch schreiben ...«

Erschöpft und wortleer streckt sie ihm immer wieder die flache Hand entgegen, als könnte er darauf den kostbaren Abdruck erkennen.

Als sie wieder aufwacht, ist sie von Mas Geruch umgeben. Das Licht ist anders. Draußen vor dem schmalen Fenster hat es aufgehört zu regnen.

Sie liegt auf Mas Matratze, das Gesicht ins Kissen gedrückt, wo normalerweise Mas Kopf ruht. Von ihrem Mund geht ein Fleck aus. Hellrosa, an den Rändern bräunlich. Die Stunde des Schakals, Farben verschwimmen und verschmutzen. Schwer zu sagen, was Wirklichkeit, was Illusion ist. Wie ist sie hergekommen? Sie erinnert sich, dass der Lehrer sie hochgehoben hat, graues Fell, Nellies breiter, warmer Hals – der Lehrer muss sie nach Hause gebracht haben.

Sie hört seine Stimme, die präzise und klar das Dämmerlicht in der Hütte durchschneidet.

»... Sorgen«, sagt er. »Um Sie alle.«

»Ich danke Ihnen für das Angebot«, sagt Ma, Arme verschränkt, Hände in den Achselhöhlen. Die bloßen Handflächen mit den Schwielen und Narben verborgen. Sie geht nie ohne Handschuhe aus dem Haus. »Aber ich kann Ihnen nicht zumuten, uns aufzunehmen. Wir kommen schon zurecht.«

»Aber wie soll es weitergehen?« Seltsam, Mas Satz aus dem Mund des Lehrers zu hören. »Sie und Lucy haben mehr verdient als das hier.« Er sieht sich um – ein kurzer Blick reicht, um die enge Hütte zu überblicken. »Lucy hat mir erzählt, dass sie in ärmsten Verhältnissen aufgewachsen ist. Ich kann zwischen den Zeilen lesen. Ihr Einfluss ist nicht zu übersehen. Ich habe kaum jemals einen so edlen und moralischen Menschen wie Sie kennengelernt, erst recht nicht vom schönen Geschlecht. Lucy hat Ihnen möglicherweise schon von meiner Chronik erzählt. Ich habe es mir zur Lebensaufgabe erkoren, Außergewöhnliches zu erforschen und zu dokumentieren. Ihre Tochter ist beeindruckend, aber ich beginne zu ahnen, dass ich mich bei meinen Untersuchungen auf die falsche Person konzentriert habe.«

Nein, will Lucy sagen. Aber ihr Mund ist schmerzhaft zugeschwollen.

»Ich bin nichts Besonderes«, sagt Ma. »Ich tue das für meine Kinder. Deshalb müssen wir abreisen, bevor das nächste kommt.«

»Auf den Straßen ist es zweifellos zu gefährlich. Bleiben Sie noch ein wenig länger. Unterstützen Sie mich bei meiner Arbeit. Sie müssen nichts weiter tun, als ein paar Fragen zu beantworten. Ich kann es Ihnen vergüten. Drei Monate würden ausreichen, denke ich. Und sollten Sie jemals um Ihre Sicherheit fürchten – nun, meine Tür steht Ihnen offen. Ich habe ein Gästezimmer. Vielleicht nicht gerade für Sie alle, das wäre wohl ein wenig eng, aber für Sie und eventuell für Lucy. Und wenn das Baby kommt – der Arzt in der Stadt ist ein guter Freund von mir.«

Der Lehrer sieht Ma ernst an. Macht einen Schritt auf sie zu. Sie dreht den Kopf weg, lässt wie er den Blick durch die Hütte wandern. Nicht zu den Goldverstecken, sondern zum engen Fenster, zum rußgeschwärzten Blechdach, zum halb abgewaschenen Geschirr. Lucy weiß, was Ma sieht – genau das, was auch Lucy sieht, wenn sie aus dem sauberen Klassenzimmer oder dem sonnendurchfluteten Salon kommt. All ihre dunklen und dreckigen Ecken. All ihre Schmach.

»Sie sind noch immer wunderschön«, sagt der Lehrer. Mas Blick kehrt zurück, sie sieht ihm in die Augen. Er räuspert sich. Er ist ein Mann, der auf Genauigkeit besteht. »Sie *sind* wunderschön.«

Lucys blutiger Mund wird trocken. Sie spürt den Durst – nicht ihren eigenen. *Einen* Durst hier in der klammen Hütte.

Ist Ma rot geworden? Schwer zu sagen im Dämmerlicht. »Danke. Ich muss noch packen, und Sie haben bestimmt auch viel zu tun. Es war sehr freundlich von Ihnen, Lucy nach Hause zu bringen, aber wir sind heute nicht in der Lage, Besuch zu empfangen. Sie sehen ja, was hier los ist ...«

Ma deutet mit den Händen auf den halb eingepackten Hausstand und erstarrt. Man sieht die blauen Flecken auf ihren Handflächen, wie die seltsame Fellzeichnung eines Tieres. Rasch zieht sie die Hände zurück und presst ein nervöses Lachen hervor, das Lucy noch nie gehört hat.

»Sie möchten jetzt sicherlich nach Hause«, sagt Ma, und der Lehrer fragt gleichzeitig: »Darf ich mal ...?«

Ma greift nach dem Türknauf, der Lehrer streckt die Hand

aus. Ein Durcheinander von Armen und Beinen. Über die Schulter des Lehrers fällt Mas Blick endlich auf Lucy. Sie öffnet überrascht den Mund – wegen der Berührung des Lehrers oder weil sie sieht, dass Lucy wach ist? Die Stunde des Schakals, unscharfe Umrisse und verschwommene Schatten. Der Lehrer fasst Mas Hand, da ist Lucy fast sicher, Mas Hand auf Mas Bauch – aber einen Moment lang könnte es auch eine andere weiche Berührung sein.

Nachdem der Lehrer weg ist, bringt Ma die Waschschüssel und tupft Lucys Kinn ab. Verkrustetes Blut löst sich vom Schnitt, mischt sich mit Lucys Tränen. Ma beugt sich hinunter, um den Lappen auszuwringen, und Lucy sieht sich im Spiegel. Ihr unansehnliches Gesicht ist noch zusätzlich verschandelt.

Ma richtet sich auf und erscheint neben Lucy. Ihr weißer Hals, ihre geschmeidigen Haare wie ein Vorwurf.

Lucy sagt: »Der Lehrer mag dich.«

»Guai«, sagt Ma und wischt Lucy eine Träne von der Wange. »Es tut bald nicht mehr weh.«

»Er hat recht. Du bist wirklich wunderschön.« Sie sieht weder Ma ähnlich noch Sam. Ma und Sam leuchten.

»Hast du uns gehört?«

Lucy nickt.

»Er ist ein netter Mensch. Und er ist begeistert von dir. Zhi yao wir uns willkommen fühlen.«

Aber letzte Woche hat er Lucy weggeschickt. »Du meinst, er will, dass *du* dich willkommen fühlst.«

»Und was glaubst du, wer sich hier um euch kümmert?

Ni de Ba?« Ein Spuckefaden spritzt aus Mas Mund. »Fei hua. Er würde euch neben sich verhungern lassen, während er in den Hügeln euer Grab gräbt.«

»Er hat Gold gefunden«, sagt Lucy und versucht, ihren Schock zu verbergen.

»Mei cuo. Aber kann er es auch behalten? Lucymädchen, ich habe deinen Vater sehr lieb, aber das Glück ist nicht auf unserer Seite. Nicht hier in diesem Land. Das ist mir schon lange klar.«

Mas Blick springt schon wieder durchs Haus, schnell wie die Vögel, die draußen im Sonnenuntergang singen und nie zu sehen sind – immer nur die zitternden Grashalme, von denen sie aufgeflogen sind. Zum Ofenrohr mit dem Säckchen, zum Bett mit dem Säckchen, zum Küchenschrank mit den zwei Säckchen, so klein und dünn, dass sie in die Scharniere passen. Zuletzt sieht Ma an sich selbst herunter. Sie legt die Hand an etwas zwischen ihren Brüsten: ein Säckchen, von dem Lucy bisher nichts wusste. Es muss ein großes Stück darin versteckt sein.

»Vielleicht brauchen wir die Hilfe deines Lehrers gar nicht. Aber ich halte mir diese Option offen. Ni zhi dao, Lucymädchen, was wahrer Reichtum ist?« Lucy deutet auf das Säckchen, das Ma tiefer in ihren Ausschnitt steckt. »Bu dui, nu er. Wenn ich dieses Gold morgen ausgebe, gehört es jemand anderem. Nein – wahrer Reichtum bedeutet, dass uns alle Möglichkeiten offenstehen. Das kann uns niemand nehmen.« Ma seufzt lang und tief, ein Seufzer, an den Lucy sich später immer erinnern wird, wenn der Wind klagend durch eine zu schmale Öffnung streicht. »Mei guan xi, das verstehst du, wenn du älter bist.«

Das hat Ma schon öfter gesagt. »Ich glaube nicht«, sagt

Lucy beleidigt. »Ich glaube, ich würde es verstehen, wenn ich hübscher wäre.«

Ma lächelt. Lippen, weiße Zähne. Doch plötzlich verändert sich das Lächeln. Ma entblößt das Zahnfleisch und zwei Eckzähne, von einem ist ein Stück abgebrochen, dazwischen die Zungenspitze. Sie krümmt sich zusammen, kneift die Augen zu – immer noch ein Lächeln, aber ganz und gar verändert.

Dann entspannt sich ihr Gesicht. Wird wieder so, wie Lucy es kennt.

»Ting wo, Lucymädchen. Was ich dir damals sagen wollte: Schönheit ist eine Waffe, die nicht so lange hält wie andere. Wenn du sie nutzen willst – mei cuo, das ist keine Schande. Aber du hast Glück. Du hast auch das hier.« Sie klopft gegen Lucys Stirn. »Xing le, xing le. Nicht weinen.«

Aber Lucy kann nicht anders. Wie das Hochwasser im Creek hat es sich wochenlang, monatelang in ihr angestaut. Die Tränen strömen immer schneller. Im Spiegel sieht sie, dass kein Blut mehr an ihrem Kinn ist, und nun wird es von neuem nass. Ein Tropfen fällt auf Mas Hand. Lucy sieht nicht aus wie Ma. Ist nicht so schön wie Ma. Und doch ist da, verzerrt im welligen Spiegelbild, eine Ähnlichkeit. Derselbe Kummer in Mas Gesicht, obwohl sie keine Tränen weint. Ma hebt Lucys Salz zum Mund und leckt es auf.

WIND

Auf Mas Anweisung sagt Lucy, sie habe sich beim Packen am Ofen gestoßen. Es ist sowieso ziemlich egal – als Ba und Sam abends nach Hause kommen, sind sie viel zu beschäftigt damit, das neue Maultier aus dem Versteck hinter dem Geräteschuppen zu holen und den neuen Wagen zu beladen.

Als Sam Mas Schaukelstuhl aus dem Haus trägt, schießt ein wütender Windstoß zur Tür herein. Wirft Sam fast um. Ein Sturm aus dem Landesinnern, ein Brausen wie Wellenschläge.

Sie brechen trotzdem auf, gebeugt gegen die Böen. An der Hauptstraße stehen die Bergarbeiter zwischen ihren Hütten und starren sie unverhohlen an. Endlich erreichen sie die Straße, die aus der Stadt hinausführt. Sie ist überflutet. Schlammiges Wasser, breit wie ein Fluss. Ein Meer.

Seit Wochen schon gehen Gerüchte um, dass im Landesinnern ganze Täler überflutet sind, dass das trockene Land hundert mal hundert Seen hervorgebracht hat. Jetzt hat der Sturm das braune Wasser hierher geblasen und die Stadt von der Außenwelt abgeschnitten. Sie sind gefangen.

»Morgen geht das Wasser zurück«, sagt Ba beruhigend, als sie wieder in der trostlosen Hütte sitzen. Ein Kerzenstummel wirft flackerndes Licht auf den nackten Tisch – Tischtuch und Teller haben sie wie die meisten ihrer Habseligkeiten eingepackt auf dem Wagen gelassen. »In einer Woche«, sagt er am nächsten Tag. »Wir haben nur gerade kein Glück mit dem Wetter. Das geht vorbei.«

Ma starrt ins Leere wie ein gefangenes Kaninchen. Beim Wort Glück wendet sie den Kopf ab.

Nach dem Regen kommen die Schakale. Sie streichen um die Stadt herum, ihr Geheul mischt sich in den Wind. Die Leute sagen, es ziehe die Tiere zu den Bergwerken, von denen manche Teile wieder brennen, obwohl andere Teile überschwemmt sind. Es riecht verkohlt. Ba ist der Einzige, der nicht den Schakalen die Schuld gibt. Er schimpft, dass man die Flüsse zuschüttet, die Bäume abholzt, das Kleinwild ausrottet und nach Bodenschätzen in den Hügeln wühlt, bis die Erde wegfließt wie Tinte. *Bi zui*, faucht Ma. *Hör auf, Unruhe zu stiften.*

Lucy kann nicht schlafen. Wenn sie endlich doch wegdämmert, träumt sie vom verlorenen Goldkörnchen. Es taucht jede Nacht woanders auf: im aufgerissenen Maul eines Schakals, am Hut des Bergwerksbosses, über einer Zeichnung ihres eigenen Gesichts mit der Aufschrift WANTED, als Schmuck an Mas Hals, als blitzende Füllung eines blutenden Einschusslochs an der Stelle, wo vorher Bas Auge war. Wimmernd wacht sie auf und lässt bis zum Morgen die Tür nicht mehr aus den Augen.

Aber es kommen keine Menschen aus Fleisch und Blut. Aus Angst vor den wilden Tieren verlässt keiner mehr sein Haus. Das Bergwerk wird auf unbestimmte Zeit geschlossen, in allen Stollen steht mittlerweile das Wasser. Ba und Ma streiten darüber, wie es weitergehen soll. Ba will aufbrechen und mit dem Wagen über die überflutete Straße schwimmen – aber Ma entgegnet, dass der Sturm schon mehrere Eichen entwurzelt hat und sie es nicht durchs Wasser schaffen würden. Ma sagt: *Das Baby, das Baby, das Baby.* Der Kleine kann jeden Tag geboren werden.

Also bleiben sie und warten, wie alle anderen auch. Im Talkessel beginnt die braune Brühe zu schäumen.

Plakate werden aufgehängt.

WANTED

SCHAKALFELLE

$ 1 BELOHNUNG

Nachts ziehen die Männer in Rudeln durch die Hügel, arbeitslose Bergarbeiter, die dringend Geld brauchen. Sam will unbedingt mit auf die Jagd, bettelt und fleht, bis Ma Sam an den Armen packt und ruft: *Kannst du nicht endlich mal ein braves Mädchen sein?*

Obwohl die Männer auf die Jagd gehen, werden die Schakale immer mehr. Ihr Geheul hallt in den Ohren. Die windgepeitschten Wolken sind so dunkel, als wären Stücke aus dem Himmel geschnitten, die Luft ist zum Zerreißen gespannt wie das Fell einer Trommel – aber immer noch kein Regen. Niemand schickt seine Kinder mehr vor die Tür.

In der Hütte ist es stickig und feucht. Sam kann das Eingesperrtsein kaum noch ertragen und stampft in plötzlichem Bewegungsdrang mit Wucht gegen die Wand oder jagt stundenlang sinnlos im Kreis herum. Ma gibt es auf zu schimpfen – Sam kann sowieso nicht stillhalten, und das Baby tritt auch. Ma verbringt die Tage im Bett und spricht mit ihm. Redet auf den Kleinen ein, er solle noch schlafen. Drinbleiben.

Ba berichtet, dass die Lebensmittelpreise in die Höhe schießen und die ersten Leute vom dreckigen Flusswasser krank werden. In trostlosen Schlangen warten Bergarbeiter vor dem Hotel, dessen Besitzer das Plakat mit der Belohnung aufgehängt hat. Niemand hat bisher für seine Felle Geld bekommen.

Und dann verschwindet ein Kind.

Ba und Ma flüstern. Verraten nichts Genaueres. Sie sagen, das sei nichts für Kinder, Lucy und Sam sollen keine bösen Träume bekommen. Lucy verschweigt, dass ihre Träume schon böse genug sind.

In dieser Nacht weint und schreit ein Mann, und die Schakale stimmen ein. Ihr Geheul so voller Trauer, dass man denken könnte, sie wären diejenigen, die verloren haben.

BLUT

Lucy weiß, dass sie die Schakale überleben, denn das haben sie schon einmal geschafft.

Eines Nachts, als sie von einer Stadt zur nächsten, von einem Bergwerk zum nächsten unterwegs waren, lag plötzlich ein Kothaufen vor ihnen auf dem Weg wie eine Botschaft. So frisch, dass er dampfte. Das alte Maultier stolperte. Der Knochen brach mit einem Knall in der Stille der Nacht.

Aus der Kehle des Maultiers stieg ein hoher Schrei. Seit drei Jahren hatten sie das sanfte Tier, aber noch nie hatte es geschrien. Mit rollenden Augen sah es Lucy an.

Sie gingen weiter. Das übrig gebliebene Maultier keuchte, lief schneller aus Angst und dank der leichteren Last. Alle Vorräte, die sie nicht unbedingt brauchten, hatten sie weggeworfen. Das Geheul der Schakale kam immer näher, dann war es plötzlich weg. Grauenvolle Stille. Die Familie eilte weiter.

Als die Schakale schließlich doch in die Hütte kommen, am ersten Tag des Unwetters, als der Regen beginnt und der rauschende Creek die Knochen eines Kindes anspült, sind es nicht die Schakale, die Lucy erwartet hat.

Sie sehen eigentlich wie Männer aus. Einer hat einen braunen Bart, der andere einen roten, rot wie die Haare des Mädchens, das verschwunden ist. Sie kommen Lucy bekannt vor – wahrscheinlich hat sie sie schon zigmal im fahlen Frühlicht am Bergwerk gesehen. An die wilden Tiere erinnern nur die nach muffiger Feuchtigkeit stinkenden Felle auf ihren Schultern.

Wie Männer tragen sie Gewehre.

Sie stürmen durch die Tür herein, bevor Ba sich seinen Revolver schnappen kann. Das Trommeln des Regens hat ihr Kommen übertönt. Der braune Schakal befiehlt Ba, sich auf einen Stuhl zu setzen. Der rote treibt Lucy und Sam an den Ofen. Ma, die unter einem Haufen von Decken auf der Matratze liegt, bleibt unentdeckt.

»Wir würden gerne einen Happen essen«, sagt der Braune.

Seltsam, dass etwas Wildes so höflich spricht. Er klingt wie ein Gast in Lehrer Leighs Salon. Ba flucht, als der Rote Töpfe und Teller vom Herd pfeffert. Er taucht die Hände in den kalten Eintopf, kaut krachend auf Knorpeln herum und spuckt einen langen Knochensplitter auf den Boden. Brocken spritzen von seinen Lippen auf Lucy und Sam.

Ein warnendes Grollen aus Sams schmaler Brust. Lucy umklammert Sams Arm. Will Sams Ungestüm halten.

»Sieht so aus, als hättet ihr mehr als genug«, sagt der Braune und stöbert in ihren Vorräten. Die Kartoffeln, das Mehl, das Fett, alles verrät sie. »Ist irgendwie nicht gerecht, wenn die meisten von uns hungern. Ist irgendwie nicht gerecht, dass ihr hier in eurem Reichtum gemütlich rumsitzt, während alle anderen keine Arbeit mehr haben. Um an Essen zu kommen, mussten wir sogar unsere Frauen und Kinder zum Goldsuchen schicken. Damit scheint ihr euch ja auszukennen.«

Bas Fluchen verstummt.

»Mein kleines Mädchen ist da draußen gewesen«, kreischt der Rote mit einer Stimme wie berstendes Glas. Aufgebracht zeigt er auf die halb offene Tür. Das lang erwartete Unwetter peitscht grauen Regen, spuckt wütende Tropfen wie die Kinder auf dem Schulhof. Wie das rothaarige Mädchen, das Lucy angespuckt hat, bis ihm irgendwann die Lust am Quälen verging. Der rote Schakal durchbohrt Lucy mit Blicken, als könnte er ihre Gedanken lesen.

»Wirklich eine Schande«, sagt der Braune und drückt den Lauf seines Gewehrs in Bas schlimmes Bein. »Das wär alles nicht passiert, wenn wir gewusst hätten, wo das Stückchen Gold herkam, das wir gefunden haben. Dann hätte die Tochter meines Bruders nicht überall suchen müssen.«

Bas Lippen bleiben verschlossen. Die Sturheit, die er Sam vererbt hat – er wird es ihnen niemals verraten.

»Ich finde einen Tausch nur gerecht«, sagt der braune Schakal. Verwirrtes Schweigen, dann versteht Lucy. Der Rote starrt mit irrem Blick auf Sam. Das Kind, das leuchtet.

Lucy bringt keinen Ton heraus, aber ihre Beine bewegen sich. Es war ihre Schuld. Sie hat die Kostbarkeit nach draußen getragen. Sie macht einen Schritt nach vorn – einen halben, steif vor Angst. Es reicht. Der Rote packt sie statt Sam.

Wut und Angst kämpfen in Bas Gesicht, als der rote Schakal Lucy zur Tür zerrt. Sie fragt sich, was gewinnt. Ob Ba etwas sagen wird. Sie erfährt es nicht. Denn Sam stürzt sich auf den roten Schakal und sticht mit dem ausgespuckten Knochensplitter auf ihn ein.

Der Schakal heult auf und lässt Lucy los. Greift nach Sam.

Sam ist klein und schnell, braun und stark von den Tagen auf dem Goldfeld. Der rote Schakal sticht mit seinem Messer, Sam duckt sich tänzelnd weg. Der braune Schakal zielt mit dem Gewehr, kann nicht schießen, sein Partner ist im Weg. Sam wirft Lucy einen Blick zu. Kaum zu glauben – Sam grinst.

Und dann schnappt der Rote zu. Packt nicht Sams Arm, sondern Sams wieder lang gewachsene Haare.

Ba schreit auf. Lucy kreischt. Aber eine dritte Stimme lässt die Schakale innehalten. Eine Stimme wie eine heiße Stichflamme im kalten Haus.

»Stopp«, sagt Ma und steht stockend auf. Eine Decke nach der anderen fällt von ihr ab. Ihr riesiger Bauch erhebt sich wie ein lebendig gewordener Hügel. Dann spricht sie zu Ba, und nur zu Ba. »Ba jin gei ta men. Ni fa feng le ma? Yao zhao gu hai zi. Ru guo wo men jia ren an quan, na jiu zu gou le.«

Es ist eine Sprache, die die anderen nicht verstehen. Ma spricht so schnell, dass ihre Worte sinnlos prasseln wie der lärmende Regen. Zum ersten Mal geht Lucy auf, dass die Sprache, die Ma ihnen in kleinen Häppchen beigebracht hat, nur ein kindliches Spiel war.

Bas Miene erschlafft und seine Schultern sacken zusammen. Der rote Schakal stürmt zu Ma und schlägt so fest zu, dass ihre Lippe aufplatzt.

»Sprich vernünftig«, zischt er.

Mit größter Ruhe greift Ma sich an die Brust. Sie zieht ein zerknittertes Taschentuch aus dem Säckchen in ihrem Ausschnitt und drückt es sich an den Mund. Als sie das blutige Tuch weglegt, sind ihre Lippen verschlossen, die rechte Wange vom Schlag geschwollen wie eine Hamsterbacke.

Von da an spricht Ma nicht mehr. Weder als die Männer fragen, wo das Geld versteckt ist, noch als sie androhen, Ba die Zunge rauszuschneiden, und auch nicht, als sie die Bündel aufschlitzen, die Kleider zerreißen, die Medizinfläschchen in der Truhe zertrümmern. Der bittersüße Geruch mischt sich mit dem Gestank der Schakale. Selbst als sie das erste versteckte Säckchen finden und auf der Suche nach dem Rest die

Hütte und den Wagen bis in die hinterste Ecke durchwühlen, schweigt Ma. Sie sieht die Schakale nicht an, sie sieht Ba und Sam und Lucy nicht an. Ihr Blick geht zur offenen Tür hinaus.

Ganz am Schluss treiben die Schakale die Familie zusammen und durchsuchen ihre Kleider nach Gold. Entblößt und betatscht ist Ma noch einmal die Sonne und der Mond, ihr nackter Bauch wirft ein grausiges Licht, um das der Tag sich dreht. Die Schakale nehmen das Säckchen, das zwischen ihren Brüsten war, drehen es auf links – leer. Ba schließt die Augen, als könnte der Anblick ihn blenden.

»In den Hügeln ist noch mehr«, sagt Ba an diesem Abend, als sie in ihrer Zerstörung sitzen. Keine Matratze ist heil geblieben, keine Decke, kein Kissen, keine Medizin, kein Teller, es ist kein Essen und kein Gold mehr da. Das neue Maultier und der neue Wagen sind weg. Fast sechs Monate in dieser Stadt, und sie sind ärmer als bei ihrer Ankunft. »Wir finden noch was. Wir brauchen nur etwas Zeit, qin ai de. Vielleicht noch mal sechs Monate. Vielleicht ein Jahr. Dann ist er immer noch klein.«

Ma schweigt.

In dieser Nacht schlafen sie alle vier zusammen auf zwei kaputten, zusammengeschobenen Matratzen. Lucy und Sam klammern sich in der Mitte aneinander, Ma und Ba liegen außen. Ma dreht Lucy den langen, abweisenden Rücken zu. In dieser Nacht hört man kein Flüstern.

Am nächsten Tag wird der Sturm heftiger. Lucy repariert und flickt, was sie kann, sammelt Essensreste auf – ein Stück

Schweineschwarte aus einer dunklen Ecke, mühsam zusammengekratztes Mehl, das nach dem Backen sandig schmeckt.

Sam hilft. Beginnt ungefragt zu putzen, zu stapeln, zu wischen und zu ordnen. Robuste, kräftige Geräusche. Ansonsten ist es still. Ma liegt da und schweigt, obwohl ihre Wange abgeschwollen ist. Ba geht nervös hin und her.

Wieder ein Hämmern.

Diesmal öffnet Ba mit dem Revolver in der Hand. Aber da hängt nur ein Zettel am Türknauf. Dunkle Gestalten eilen im Regen davon.

Lucy liest vor, was auf dem Zettel steht. Mit jedem Satz wird ihre Stimme dünner.

Es ist die Bekanntmachung eines neuen Gesetzes. In der Stadt gilt es schon, bald soll es auf das ganze Territorium ausgeweitet werden. Während sie liest, zerreißt und zerschlägt Ba in hilfloser Wut noch einmal, was sowieso schon zerstört ist.

Die Macht der Schakale liegt nicht im Gold, das sie gestohlen haben, oder in ihren Gewehren. Ihre Macht liegt in diesem Blatt Papier, das der Familie die Zukunft raubt, bevor sie sie überhaupt ausgraben kann. Die Hügel könnten noch so voller Gold sein, nichts davon würde ihnen gehören. Sie könnten es in Händen halten, sie könnten es essen, es wäre trotzdem niemals ihres. Mit diesem Gesetz wird allen Menschen, die nicht in diesem Territorium geboren sind, das Besitzrecht auf Gold oder Land aberkannt.

Wie haben sie vor all den Jahren den Angriff auf ihren Wagen überlebt?

Haben sie nicht. Jedenfalls nicht alle. Sie ließen das Maultier zurück, ohne es zu erschießen oder zu begraben. Von Silber oder Wasser sagte Ma in jener Nacht kein Wort.

»Bie kan«, befahl sie, als sie wegliefen. Lucy sah sich trotzdem um. Die Meute kam immer näher, ein Dutzend stechender Augen in der Dunkelheit. Das lebende Maultier eine Ablenkung. Ein Opfer. All das konnte Lucy ertragen – sie hatte schon so viele tote Dinge gesehen. Was sie erschaudern ließ, war Mas unbeirrter Blick nach vorn. Der Rest der Familie sah sich zum treuen Maultier um. Ma befolgte als Einzige ihre eigene Anweisung. Sie biss sich auf die Lippen, bis das Blut lief. Wahrscheinlich tat es ihr weh. Aber Ma ließ sich den Schmerz nicht anmerken und warf keinen Blick zurück.

WASSER

In der dritten Sturmnacht wird er geboren.

Der kleine Creek, entsprungen aus einem uralten See, erinnert sich an seine Geschichte und schwillt an. Als das Wasser an den Häusern leckt, träumen alle, die im Tal schlafen, denselben Traum: von Fischen, dicht an dicht, die die Sonne verdunkeln. Von Seegras, höher als die Bäume.

Am Rand des Tals, weit den Hang hinauf, wälzt sich Ma auf einer zerstochenen Matratze. Sechs Monate lang hat Ba den starken Willen des Babys gerühmt. Ein echter Junge. Jetzt verflucht er ihn. Er hält Mas Hand. Aus ihren glänzenden Augen starrt der Schmerz, als wäre es Hass.

Ba geht los, um den Arzt zu holen. Sam wirft einen Blick auf Mas pulsierenden Bauch und verschwindet ebenfalls. Angeblich um Werkzeug aus dem Schuppen zu holen.

»Lucymädchen«, stöhnt Ma, als sie allein sind. Rollende Augen, schmerzverzerrtes Gesicht. Es sind ihre ersten Worte, seit die Schakale weg sind, obwohl die Wange so schnell geheilt ist, als wäre nie etwas gewesen. »Erzähl mir was. Lenk mich ab. Egal, was.« Ihr Bauch bewegt sich. »Shuo!«

»Es war meine Schuld«, sagt Lucy, bevor sie den Mut verliert. »Ich habe das Gold genommen ... nur, um es dem Lehrer zu zeigen, für seine Forschung ... Ich wollte es wieder zurückbringen ... Es war nur ein kleines Körnchen ... und ... und ich bin hingefallen, und dann habe ich es verloren.«

Wie schon unzählige Male zuvor schweigt Ma und bewahrt Lucys Geheimnis.

»Das heißt ...«, flüstert Lucy in die schreckliche Stille, »... ich glaub, die Männer, die hier waren, haben es mir geklaut. Da war jemand. Als ich hingefallen bin. Es ist alles meine Schuld, Ma.«

Da bricht Ma in Lachen aus. Ein Lachen, näher an Wut als an Freude, ein Lachen, das verwüstet. Es erinnert Lucy wieder an Feuer. Aber was wird hier verbrannt?

»Bie guan«, sagt Ma. Langsam kommt sie wieder zu Atem, keucht und schnappt nach Luft wie am Anfang, als ihr vom Baby übel war. »Ist nicht schlimm, Lucymädchen. Es ist egal, wer es war. Sie hassen uns alle. Bu neng dir die Schuld für unser Unglück geben. Das nennt man Gerechtigkeit in diesem verdammten gou shi Land.«

Ma zeigt auf die zerstörte Tür und weit hinaus – auf die Hügel, wo in jedem Haus, hinter jedem erleuchteten Fenster gesichtslose Männer lauern. Mas Hass ist groß genug für all das.

»Es tut mir leid«, wiederholt Lucy.

»Hen jiu yi qian habe ich ungewollt schon Schlimmeres getan. Früher habe ich gedacht, ich wüsste genau, was für alle das Beste ist. Du bist genau wie ich, als ich jung war. So viel Wut im Bauch.«

Aber das ist doch Sam. Lucy ist nicht wütend. Sie ist brav.

»Gao su wo, Lucy, mein kluges Mädchen, warum hat dein Ba nicht auf mich gehört, als die Männer hier waren? Ich verstehe das nicht. Zhi yao er diesen Männern ein paar Säckchen gegeben hätte, hätten sie uns in Ruhe gelassen. Ich kenne solche Leute. Faulpelze. Du hast doch gehört, wie ich es ihm gesagt habe, dui bu dui?«

Ma hält Lucys Hand fest umklammert. Bedrückt erwidert Lucy: »Du hast zu schnell gesprochen, Ma. Ich hab nicht verstanden, was du gesagt hast.«

Ma blinzelt. »Du hast es ... nicht verstanden? Wo de nu er. Meine eigene Tochter versteht nicht, was ich sage.«

In einer neuen Welle von Schmerz krümmt Ma sich zusammen wie eine Faust. Als sie sich wieder entspannt, ist ihre Stimme unsicher.

»Mei wen ti«, keucht sie. »Du kannst es immer noch lernen. Yi ding dich in eine anständige Schule schicken. Wenn wir wieder zu Hause sind.«

»Oder ... Ma, wir könnten doch auch in den Osten gehen? Lehrer Leigh sagt, da gibt es bessere Schulen. Zivilisation. Und ein paar von den Schulbüchern habe ich ja schon durch ...«

Blitze zucken. Einmal, zweimal in schneller Folge. Lucy blinzelt geblendet. Danach ist die Hütte düsterer, Mas Gesicht auch. Keine Wut mehr. Nur noch die Traurigkeit, die sich über Mas Schönheit legt. Ihr Sehnsuchtsschmerz.

»Es hat dich in seinen Klauen«, sagt Ma. Sie bohrt die Finger in Lucys Hand. »Dieses Land hat von dir und deiner Schwester Besitz ergriffen, shi ma?«

Das sagt Ba auch immer. Die Schakale und ihr Gesetz sagen etwas anderes. Woher soll Lucy wissen, wer recht hat, wenn sie nie woanders gelebt hat? Sie kennt die Antwort nicht.

»Du tust mir weh, Ma.« Mas Hände sind kleiner als Bas. Schmal und zart, wenn sie in Handschuhen stecken. Aber Ma packt fester zu. »Du tust mir weh!«

»Ni ji de, was du gesagt hast, als wir bei deinem Lehrer waren?« Ma lässt Lucys Hand los. Sie fasst nach dem Säckchen in ihrem Ausschnitt. Obwohl es jetzt leer sein muss, obwohl die Schakale nichts darin gefunden haben, scheint es sie irgendwie zu trösten. »Du wolltest allein reingehen. Du hast gesagt, du brauchst mich nicht, du schaffst ...« Ma bricht die Stimme weg. Sie streicht Lucy über die Wange. Eine so vertraute Berührung, dass Lucy noch Jahre später nur die Augen schließen muss, um sie wieder zu spüren. Ma nimmt Lucy einen langen Moment in den Arm, dann lässt sie los. Aus dem Schuppen ertönt Gerumpel.

»Geh und hilf Sam«, sagt Ma. »Li kai wo, nu er.«

Das ist das Letzte, was sie zu Lucy sagt.

Als Ba ohne den Arzt zurückkommt, hat Ma schon alle Worte verloren. Lucy und Sam knien neben der von Schweiß und seltsamem Wasser getränkten Matratze, aber Ma sieht sie nicht.

Ba tobt. Er zerrt Lucy und Sam raus in den Schuppen und befiehlt ihnen, sich nicht von der Stelle zu rühren. Eng umschlungen gegen die Kälte schlafen sie ein. Der Wind kreischt und heult durch ihre Träume, und auch Ma ...

Es kann nicht sein: Als sie aufwachen, scheint die Sonne.

Lucy steht auf. Das Dach vom Schuppen fehlt. Weiter unten hat das Tal einen See geboren. Der Creek – verschwunden, die Hütten der Bergarbeiter – verschwunden. Am Südhang ragen nur noch Dächer aus dem Wasser. Obendrauf Menschen, dicht an dicht. Ihre Hütte, abgeschieden am Rand des Tals, wo keiner hinwill, ist als einzige verschont geblieben.

Und dann kommt Ba zu ihnen, beugt sich hinunter. Seine Brust: ein roter Geruch. Erde. Und Blut.

»Das Baby ist tot zur Welt gekommen. Ich habe ihn begraben. Und eure Ma ...«

Lucy macht den Mund auf. Diesmal nennt Ba sie nicht *da zui*. Sagt nicht, sie solle die Klappe halten. Er drückt ihr die Hand auf die Lippen. Beide werden still wie das Wasser des Sees. Seine Schwielen kratzen auf ihren Zähnen.

»Kein Wort. Keine von deinen verdammten Fragen. Ting wo?«

Ba führt Lucy und Sam ans Ufer. Mit grobem Griff stößt er die beiden ins Wasser. Panik in Sams Blick, wildes Strampeln und Spritzen. Lucy ist schwerelos im Wasser, ihr Inneres ist leer. Sie hilft Sam. Ba beachtet die beiden überhaupt nicht. Er bleibt lange, lange unter Wasser, will irgendeine Lektion erteilen. Übers Überleben wahrscheinlich. Oder über die Angst. Oder übers Warten. Er verrät es nicht.

Der Ba, der endlich wieder auftaucht, triefend nass, ist nicht mehr derselbe. Aber das begreift Lucy erst ein paar Wochen später, als die Fäuste herauskommen.

Was sie in den drei Unwettertagen verlieren:
Das Schuppendach.
Die Kleider.
Das Baby.
Die Medikamente.
Die drei Märchenbücher.
Bas Lachen.
Bas Hoffnung.
Die Schürfausrüstung.
Das Gold im Haus.
Das Gold in den Hügeln.
Jede Erwähnung von Gold.
Ma.
Und obwohl es ihnen erst Jahre später klar wird, verlieren

sie Sam als Mädchen. Fortgespült, weggewischt. Verschwunden wie Mas Leiche. Sam steigt aus dem See und wringt die langen Haare nicht aus, bürstet sie nicht voller Sorgfalt hundertmal. Sondern schneidet sie ab. *Aus Trauer*, sagt Sam, aber mit leuchtenden Augen. Die blankgewaschene Sonne unerbittlich auf dem geschorenen Kopf.

Einen Bruder verloren, einen anderen gewonnen: In dieser Nacht wird Sam geboren.

TEIL DREI

XX42/XX62

WIND WIND WIND WIND WIND

Lucymädchen.
Die Sonne versinkt hinter den Hügeln, und du gehst hier auch so langsam unter. Ich kann mir vorstellen, wie die Erschöpfung dir und Sam auf eurer Flucht in die Knochen kriecht. Ich weiß genau, wie es sich anfühlt, vor einer Vergangenheit wegzurennen, die im Dunkeln keuchend die Krallen nach einem ausstreckt. Ich bin kein grausamer Mann, auch wenn du das vielleicht denkst.

Lucymädchen, ich hätte dir das Leben wirklich gern leicht und bequem gemacht. Aber dann würde die Welt dich zerfressen, bis du abgenagt bist wie die Bisonknochen.

Die Nacht ist die einzige Zeit, die mir bleibt, und der Wind die einzige Stimme. Bis zum Sonnenaufgang kann ich zu dir sprechen. Noch ist es nicht zu spät.

Lucymädchen, es gibt nur noch eine einzige Geschichte, die erzählt werden muss.

Jedes Kind in der Gegend hier weiß, in welchem Jahr das erste Gold aus dem Fluss geholt wurde und das ganze Land die Luft anhielt, um dann mit einem Stoßseufzer Scharen von Wagen in den Westen zu pusten. Dein ganzes Leben lang haben sie dir erzählt, dass die Geschichte 48 anfing. Aber hast du dich jemals gefragt, warum?

Sie haben es erzählt, um dich auszuschließen. Sie haben es

erzählt, um es für sich zu beanspruchen, damit es ihres ist und nicht deins. Sie haben es erzählt, um zu beweisen, dass wir zu spät gekommen sind. Diebe haben sie uns genannt. Sie haben gesagt, dieses Land kann niemals unser Land sein.

Ich weiß, du hast die Sachen gern schwarz auf weiß und vom Lehrer vorgelesen. Ich weiß, du hast gern alles hübsch ordentlich. Aber es ist höchste Zeit, dass du die wahre Geschichte hörst, und wenn es weh tut – tja, dann macht es dich wenigstens stark.

Also hör zu. Von mir aus red dir ein, es ist nur der Wind, der dir in den Ohren pfeift, aber bis ihr meine Leiche begraben habt, gehören die Nächte ja wohl noch mir.

Was in deinen Geschichtsbüchern steht, ist eine glatte Lüge. Nicht ein Mann hat das erste Gold gefunden, sondern ein Junge, der so alt war wie du. Zwölf. Und das war nicht 48, sondern 42. Ich weiß das, denn dieser Junge war ich.

Na ja, in den Fingern hatte das Gold eigentlich Billy als Erster. Billy war mein bester Freund. Er war erwachsen, bestimmt vierzig oder so, aber das war schwer zu schätzen, und für ihn war es sowieso kein Thema. Heute würde man einen wie ihn Mischling nennen: Seine Ma war Indianerin und sein Ba so ein kleiner, dunkler Vaquero von jenseits der Südlichen Wüste. Sie hatten Billy zwei Namen vermacht – einen, den fast niemand aussprechen konnte, und einen, mit dem die meisten Leute klarkamen – und dazu eine Hautfarbe wie frisch abgeschälte Bärentraubenrinde. Seine Arme glänzten im Wasser, wenn er im Fluss Fische fing.

Einmal leuchtete vor Billys dunkelroter Haut etwas auf, heller als die Schuppen. Ich rief ihm zu.

Billy gab es mir, es war ein hübscher, gelber Stein. Zu

weich, um ihn für irgendwas zu gebrauchen, und fürs Sachensammeln war ich zu alt. Ich ließ ihn durch die Finger gleiten. Als er auf den Grund sank, fiel die Sonne drauf, und ein Lichtstrahl schoss mir ins Auge wie ein Splitter. Minutenlang sah ich Punkte vor den Hügeln.

Ich schwöre dir, das Gold hat mir zugezwinkert, als hätte es ein Geheimnis vor mir.

Das war 42, obwohl wir im Camp, wo ich aufgewachsen bin, nicht 42 gesagt haben. Genau wie wir unsere Hügel nicht den Westen genannt haben. Westen von was denn? Es war einfach unser Land, und wir waren einfach Leute, die zwischen dem Meer auf der einen und den Bergen auf der anderen Seite lebten.

Im Camp, in dem ich groß geworden bin, gab es lauter Billys. Alte, schweigsame Männer, von denen viele mehr als einen Namen hatten. Sie redeten nicht gern von der Vergangenheit. Nach allem, was ich so mitgekriegt hatte, waren sie die zusammengewürfelten Reste von drei oder vier Stämmen, alte und verkrüppelte Kerle, die irgendwann zu stur oder zu erschöpft gewesen waren, um mit den anderen in bessere Jagdgebiete aufzubrechen. Als die meisten von ihnen noch Kinder waren, hatte ein Priester ihnen neue Namen verpasst – und die Pocken dazu, an denen die Hälfte ihres Volks eingegangen war. Außerdem hatte der Priester ihnen eine gemeinsame Sprache beigebracht, die sie an mich weitergaben. Nichts als Außenseiter und Verlorene in diesem Camp: schlechte Gesellschaft, hätte deine Ma gesagt. Keiner von denen besaß auch nur so was wie ein sauberes Taschentuch, aber sie waren freundlich, oder vielleicht einfach so müde, dass es fast auf dasselbe rauskam. Zu viele von ihnen hatten Zerstörung erlebt.

Trotzdem gab es noch so vieles in den Hügeln, als ich ein Kind war. Mohnblumen in der Regenzeit, in der Trockenzeit fette Kaninchen. Bärentrauben, Sauerampfer und Tellerkraut, Wolfsspuren in den Flussbetten. Grün in Hülle und Fülle. Wie ich dort gelandet bin? Über mich selbst wusste ich auch nicht mehr als über die Alten. Sie hatten mich auf der Jagd an der Küste gefunden: ein kleines Baby, wenige Stunden alt, das neben seinen toten Eltern lag und schrie. Auf ihren Kleidern waren Salzflecken.

Irgendwann habe ich Billy mal gefragt, woher er wusste, dass es meine Ma und mein Ba waren, denn sie waren ja tot, und Tote reden bekanntlich nicht. Er berührte meine Augen. Dann zog er seine eigenen Augenwinkel nach außen.

Tja, Lucymädchen, die Sache ist die: Ich bin genau wie du unter Leuten aufgewachsen, die anders aussehen als ich. Aber das ist keine Entschuldigung, merk dir das. Wenn ich einen Ba hatte, dann war es die Sonne, die mich an den meisten Tagen wärmte und an manchen schwitzen ließ, bis ich wund war; wenn ich eine Ma hatte, dann war es das Gras, in dem ich geborgen war, wenn ich mich zum Schlafen auf die Erde legte. Ich bin in diesen Hügeln aufgewachsen, und sie haben mich großgezogen: die Bäche und Felsen, die Täler, in denen die Straucheichen so dicht standen, dass sie undurchdringlich schienen, aber ich war schmal und flink und konnte zwischen den Stämmen durchschlüpfen bis in den leeren Raum in der Mitte, über dem die Zweige sich zu einem grünen Dach verbanden. Wenn ich ein Volk hatte, dann sah ich es in den kristallklaren Seen, die mir ein genaues Abbild dieser Welt spiegelten: Hügel und Himmel und einen Jungen mit denselben Augen wie ich. Ich habe immer gewusst, dass ich hierher gehöre, Lucymädchen. Und du und Sam genauso, ganz egal, wie ihr ausseht. Lass dir nie von irgendeinem Kerl mit einem Geschichtsbuch erzählen, dass das nicht stimmt.

Aber genug davon. Kein Grund mehr, rosigen Geschichten nachzuhängen, wie ich sie dir früher immer erzählt habe, weil du noch klein warst.

Tja, die Zeiten sind vorbei. Du fandst mich hart? Jetzt siehst du, dass die Welt noch viel härter ist. So ungerecht es ist, ihr bekommt keine Zeit mehr zum Erwachsenwerden. Ihr habt vielleicht nur noch diese paar Nächte. Nur noch das, was ich dir erzählen kann.

Die Jahre vergingen, und ich hab kaum noch an den gelben Stein gedacht. Bis wir 49 eines Tages von einem Knall geweckt wurden und eine Staubwolke in den Himmel stieg, und dann wurde der Fluss in unserem Camp erst braun und später schwarz. Plötzlich tauchten Wagen voller Männer auf, Bäume fielen und Häuser wuchsen. Die Alten verschlossen die Augen, bis es zu spät war. Bis es nichts mehr zu fischen, zu jagen, zu essen gab. Sie haben nicht gekämpft, sie sind einfach verschwunden. Manche gingen nach Süden, manche über die Berge, manche legten sich ins kühle Gras und warteten auf den Tod. Zu viel Zerstörung, weißt du.

Nur Billy blieb bei mir. Wie schon 42 wateten wir durch die Flüsse, aber diesmal wollten wir das Gold rausholen.

Aber zu spät. Die einfachen Fundstellen waren längst abgegrast. Um an den Rest zu kommen, brauchte man viele Männer und Wagenladungen voll Dynamit. Wir arbeiteten im Saloon, wuschen Teller und fegten den Boden. Zum Glück hatte Billy mir Lesen und Schreiben beigebracht.

Ich bin vielleicht erst 49 aufgewacht, aber von da an habe ich nur noch vom Gold geträumt: dieses eine Aufblitzen, das mir sieben Jahre zuvor durch die Finger geglitten war. Ich schürfte, sooft ich konnte. Fand nur ein paar Körnchen, die nichts wert waren.

Ich sah, wie die Goldmänner ihre Minenarbeiter schindeten. Manche verloren ein Bein bei einer Sprengung oder wurden unter Gestein begraben, andere schossen sich gegenseitig über den Haufen. Es gab Diebstähle und Messerstechereien und in mageren Wochen Hungertote. Jeden Monat schmissen Dutzende hin und gingen zurück in den Osten. Aber Hunderte anderer ersetzten sie. Ein paar von ihnen schafften es und wurden selbst Goldmänner.

Und dann, das war 50, rief eines Abends der Goldmann mit den größten Minen – der fetteste und reichste von allen – quer durch den Saloon.

»Hey, du. Komm her. Nein, nicht du. Der Junge – du mit den komischen Augen.«

Billy wollte nicht mit. Ich ging allein.

»Was hast du für Augen, Junge? Bist du irgendwie schwachsinnig?«

Von nahem sah ich, dass der Goldmann unter all dem Fett kaum älter war als ich. Ich ballte die Fäuste hinterm Rücken und sagte, ich sei nicht schwachsinnig. In dem Jahr hatte ich gelernt, die Fäuste sprechen zu lassen, wenn die Leute mich komisch ansahen. Das ersparte mir lange Erklärungen. Aber der Goldmann war nicht allein. Hinter ihm stand einer seiner Handlanger, ganz in Schwarz und mit einem Revolver.

»Du kannst lesen und schreiben? Lüg mich nicht an.«

Ich sagte ihm, dass Billy es mir beigebracht hatte. Ich rief nach Billy, aber der Goldmann beachtete ihn überhaupt nicht. Sagte nur, er hätte einen Job für mich. Jung und naiv, wie ich war, kam ich gar nicht auf die Idee zu fragen, warum er gerade mich wollte. Lass dir das eine Lehre sein, Lucymädchen. Frag immer, warum. Du musst immer wissen, was genau sie von dir wollen.

Der Goldmann erklärte mir, dass die Hügel irgendwann leergegraben wären. Dass die Männer dann ihre Familien holen würden. Und dann würden sie jede Menge Sachen brauchen. Häuser. Essen. Der Goldmann wollte hier im Westen eine Eisenbahn bauen, um die Prärie mit dem Meer zu verbinden. Dafür brauchte er billige Arbeitskräfte. Und gerade hatte er eine ganze Schiffsladung davon bekommen.

Klar, habe ich ihm gesagt, kann ich zur Küste reiten und seine Arbeiter anlernen. Klar kann ich in seinem Auftrag mit ihnen reden.

In Wahrheit hatte ich kaum die Hälfte von dem kapiert, was der Goldmann gesagt hatte. Ich hatte noch nie eine Eisenbahn gesehen und kannte weder den Weg zum Meer noch hatte ich eine Ahnung, woher die Arbeiter kamen. Aber ich kapierte, dass er Macht hatte. Ich stellte keine Fragen. Er hatte zwischendurch eine goldene Uhr rausgezogen, so groß wie meine Hand. Er war so fett, dass ich mich wie eine Zecke an seinen Reichtum klammern konnte. Durch ihn würde ich kriegen, was mir als Junge durch die Finger geglitten war, aber von Anfang an mir gehörte – schließlich hatten Billy und ich das Gold als Erste entdeckt.

Ich bat den Goldmann, Billy mitnehmen zu dürfen. Ich erklärte ihm, dass Billy loyal, umsichtig und kräftig war, die Gegend kannte und Fährten lesen konnte. Ich hatte ihn schon fast überzeugt – aber Billy machte seine Chance selbst zunichte. Meinte, er würde lieber hierbleiben.

Keine Ahnung, warum. Billy redete nicht viel. Er sagte nur, er würde nicht weggehen. Dass es besser wäre, wenn ich allein ginge. Als ich ihn fragte, wieso, berührte er meine Augen. An dem Abend habe ich ihn zum letzten Mal gesehen.

Lucymädchen, ich hab's dir gesagt. Ich hab's schon vor langer Zeit gelernt: Familie geht vor. Scher dich nicht um die anderen.

Zwei Handlanger des Goldmanns ritten mit mir los, um das Schiff in Empfang zu nehmen. Ich saß zum ersten Mal in meinem Leben auf einem Pferd, Lucymädchen, und tat so, als könnte ich reiten. Es hat tagelang geblutet, bis ich genug Hornhaut hatte.

Hinter uns setzte sich in langsamerem Tempo eine Wagenkarawane mit Eisenbahnschienen in Bewegung. Sie sollten ein paar Wochen später an der Küste zu uns stoßen. Der Goldmann sagte, während der Wartezeit sollte ich den Zweihundert schon mal was beibringen. Was ich ihnen beibringen sollte, habe ich nicht gefragt.

Die Handlanger trugen Schwarz und redeten fast nur untereinander. Abends schlugen sie ihr Lager in einiger Entfernung von mir auf und luden mich auch nie zu sich ein, aber das war mir egal – ich schlief gern allein. Ansonsten erinnere ich mich kaum noch an die zwei Wochen bis zur Küste; ich hatte nur meinen zukünftigen Reichtum vor Augen. Ich war so davon geblendet, dass ich zweimal hinsehen musste, bis ich erkannte, was da vom Schiff kam:

Zweihundert Menschen, die aussahen wie ich.

Augen wie ich, Nasen wie ich, Haare wie ich. Männer und Frauen in komischen Kleidern, manche fast noch Kinder, beladen mit Truhen und Taschen. Ich fing an, sie zu zählen.

Und dann sah ich deine Ma.

Du kennst deine Ma. Ich muss dir nicht beschreiben, wie

sie aussah. Aber ich beschreib dir, was für ein Gefühl in mir aufstieg, als sie an mir vorbeiging – als würde man auf eine Quelle stoßen, wenn man den ganzen Tag durch die Hitze gelaufen ist und der Durst einem das Messer an die Kehle hält. Die Gewissheit, dass ein Verlangen gestillt wird. So, wie du dich vielleicht als Kind gefühlt hast, wenn du den ganzen Tag draußen gespielt hast und abends nach Hause kommst, und da steht noch ein Teller warmes Essen für dich. Wenn du sicher sein kannst, dass jemand deinen Namen ruft – dieses Gefühl hatte ich, als deine Ma mich ansah. Ich wusste, dass ich fast zu Hause war.

Aber ich riss mich zusammen und zählte weiter. Bei hundertdreiundneunzig war Schluss. Die beiden Handlanger sahen mich an, ich sah den Seemann an. Der Seemann ging unter Deck und schubste noch sechs auf den Landungssteg. Eine war angeblich auf der Überfahrt gestorben.

Die letzten sechs waren uralt, krumm wie Bäume im Wind. Weiß der Himmel, welchen Nutzen der Goldmann sich von denen versprach. Eine Alte fiel auf dem Steg hin. Und jetzt rate mal, wer sofort zu ihr lief und ihr aufhalf?

Na klar. Deine Ma.

Sie sah mir direkt in die Augen. Unter ihren Blicken forderte ich einen der Seemänner auf, die sechs Alten auf einen der Wagen mit den Truhen und Säcken der Zweihundert zu laden. Mit einer Münze aus dem Geldbeutel, den der Goldmann mir für die Vorratsbeschaffung gegeben hatte, kriegte ich ihn rum.

Sie wollten auch deine Ma auf den Wagen laden, aber sie ist mit den anderen zu Fuß gegangen. Als die beiden Handlanger auf ihre Pferde stiegen, saß ich ab und ging auch zu Fuß.

Lucymädchen, du hast immer gedacht, dein alter Ba hätte die Familie angetrieben und nie genug kriegen können. Aber am Anfang kam der Druck von deiner Ma. Denn an dem Tag, als sie vom Schiff kam, hat sie mich falsch eingeschätzt. Sie hielt mich für den Goldmann, der andere Männer rumkommandierte. Sie hielt mich für jemanden, der ein Schiff gekauft hatte und Arbeiter bezahlte. Sie hielt mich für mehr, als ich war. Als ich das endlich kapiert hatte, war es zu spät, ihr die Wahrheit zu sagen.

An diesem ersten Abend merkte ich, dass wir nicht dieselbe Sprache sprachen.

Der Goldmann hatte für die Zweihundert eine Scheune organisiert. Ich hielt die erste Wache vor der Tür und hörte sie drinnen aufgeregt durcheinanderbrabbeln. Einige hämmerten wütend an die Tür und schrien mich durch die Ritzen an. Sie hatten wohl nicht mit Schlössern und Strohbetten gerechnet.

Die beiden Handlanger hatten schon weit unten am Strand ihr Lager aufgeschlagen, aber bei dem Aufruhr kamen sie noch mal zurück.

»Was ist los mit denen?«, fragte der größere. »Sag ihnen, sie sollen Ruhe geben.«

Ich war jünger als er, und damals hatte ich auch noch zwei gesunde Beine. Ich hätte ihm eine Abreibung verpassen können. Aber er hatte einen Revolver und ich nicht.

»Na los«, sagte er. »Mach, wofür du bezahlt wirst.«

Da ging mir ein Licht auf. Ich schluckte meine Fragen runter. Ich verriet keiner Menschenseele, dass ich die Sprache der Zweihundert nicht verstand. Versteckte dieses Geheimnis tief, tief in mir drin, wo es mich immer noch schmerzte, dass mir als dummer kleiner Junge das Gold durch die Lappen gegangen war.

Ich ging in die Scheune und läutete eine Kuhglocke.

Weißt du, was einen guten Lehrer ausmacht, Lucymädchen? Nicht kluge Worte oder hübsche Kleider. Ein guter Lehrer muss streng sein. Ting wo. Als Erstes brachte ich ihnen bei, dass sie die Sprache, die sie mitgebracht hatten, nicht benutzen durften. Hier nicht. Dem Ersten, der was sagte, hielt ich den Mund zu. Lange und grob. Wenn man sich durchsetzen will, muss man hart durchgreifen, Lucymädchen.

Mund, hab ich gesagt und draufgezeigt.

Hand, hab ich gesagt und draufgezeigt.

Nein, hab ich gesagt.

Ruhe, hab ich gesagt. Und so fingen wir an.

Am ersten Abend: Lehrer. Reden. Scheune. Stroh. Schlafen. Mais. Nein. Nein. Nein.

Am ersten Tag: Pferd. Straße. Schneller. Baum. Sonne. Tag. Wasser. Gehen. Stehen bleiben. Schneller. Schneller.

Am zweiten Abend: Mais. Dreck. Runter. Hand. Fuß. Nacht. Mond. Bett.

Am dritten Tag: Stehen bleiben. Ausruhen. Weitergehen. Entschuldigung. Arbeit. Arbeit. Nein.

Am dritten Abend, als wir an der Stelle waren, wo wir die Eisenbahntrasse bauen sollten: Mann. Frau. Baby. Geboren.

Als ich an diesem dritten Abend nach meiner Wache allein war, kam plötzlich deine Ma zu mir. Keine Ahnung, wie sie das geschafft hat; ich habe sie später mal gefragt, aber da hat sie nur gelacht und gesagt, eine Frau hat eben ihre Geheimnisse. Ich weiß nicht, wie sie an der Wache vorbeigekommen ist. Tja, sie hat – hatte – so ihre Methoden. Charmante Methoden. Damals habe ich mir nichts dabei gedacht, aber später habe ich oft darüber nachgegrübelt.

Auf einem hübschen Stück Land nicht weit von der Küste hatten wir unser Lager aufgeschlagen, um auf die Wagen zu warten. Der Wind roch nach Salz, und in der Ferne standen windschiefe Zypressen. Die Zweihundert schliefen, eingesperrt in einem alten Steinhaus auf einer Anhöhe. Obendrauf ein Turm mit einer verrosteten Glocke, davor ein Fluss. Eine halbe Meile weiter hatten die Handlanger ihr Lager in den grasbewachsenen Hügeln aufgeschlagen. In der anderen Richtung gab es einen hübschen kleinen See. Die Mücken und das sumpfige Gras störten mich nicht, und so hatte ich den See zu meinem Revier gemacht.

Als deine Ma auftauchte, stand ich gerade am Ufer und starrte ins Wasser. In der Hoffnung, ein Glitzern zu entdecken.

»Lernen?«, fragte deine Ma. Ich war so überrascht, dass ich fast in den See geplumpst wäre. Sie hatte nicht *Entschuldigung* gesagt, wie ich es ihnen beigebracht hatte. Sie lächelte mich verschmitzt an.

Deine Ma war begierig zu lernen. Nicht wie so ein paar andere von den Zweihundert, die mich mürrisch anglotzten und in mir den Feind sahen. Ihr Hass auf mich war sogar größer als auf die Handlanger, obwohl die ihnen mit grünen Zweigen die Knöchel peitschten. Wahrscheinlich hielten sie mich für einen Verräter – ich sah aus wie sie, und deshalb hassten sie mich umso mehr. Sie tuschelten über mich. Aber ich konnte sie ja nicht verstehen. Darum musste ich sie für alles bestrafen, was sie sagten. Für jedes Wort. Sonst hätte ich meine Autorität völlig verloren.

Weil mich also nicht nur die Handlanger genau beobachteten, sondern auch die Zweihundert, ließ ich mein Gesicht zu einer Maske erstarren. Niemand durfte wissen, wie wenig ich verstand.

»Du«, sagte deine Ma. Sie zeigte auf mich. Dann legte sie die Hände auf den Bauch. Immer wieder. Ich schüttelte den Kopf. Sie grummelte frustriert und packte meine Hand.

Ich hatte sie für liebevoll und sanft gehalten. Sie ging freundlich mit den Alten um. Lachte oft. Hatte eine hohe, klare Stimme wie ein kleiner Singvogel. Aber die Hand, die nach meiner griff, konnte weit mehr als Eisenbahnschwellen hämmern. Ich musste daran denken, was die Handlanger beim Wachwechsel zueinander sagten: *Dreh ihnen bloß nicht den Rücken zu. Das sind Wilde.*

Deine Ma packte kräftig zu, aber dann legte sie meine Hand an ihre Taille, und so was Weiches hatte ich nicht mehr angefasst, seit ich meine Kaninchenfellmütze von Billy verloren hatte. Sie führte meine Hand um ihre Taille herum und zog mich eng an ihre Seite. Dann fuhr sie mit der Hand die Linie entlang, wo unsere Körper sich berührten. Legte wieder die Hände auf den Bauch. Zeigte auf mich.

Ich kapierte es immer noch nicht.

Deine Ma legte eine Hand auf meine Brust und die andere auf ihre. Sie ließ die Hand meine Brust hinuntergleiten, über meinen Bauch. Bis zur Hose. Bestimmt hat sie gemerkt, dass ich rot wurde.

»Wort?«, fragte sie und klopfte sich leicht auf die Brust. »Wort?«, fragte sie wieder und berührte leicht meine Hose.

Ich brachte ihr *Mann* bei. Ich brachte ihr *Frau* bei. Sie legte die Hand auf den Bauch, und ich brachte ihr *Baby* bei. Als sie wieder auf mich zeigte, kapierte ich endlich, was sie von mir wissen wollte.

»Ich bin da geboren worden«, sagte ich. Ich hatte immer noch einen heißen Kopf, und mir war ein bisschen schwindelig, aber ich deutete auf meine Hügel. Deine Ma strahlte.

Erst als sie weg war, kam ich wieder zu Sinnen, und da ging mir auf, dass ich in die falsche Richtung gezeigt hatte. In Richtung Meer. Sie dachte, ich wäre auch von dort. Und ich konnte ihr nicht erklären, dass sie sich täuschte.

Lucymädchen, ich weiß, du hältst mich für einen Lügner. Aber halt mich ja nicht für dumm. Glaub ja nicht, ich hätte deine Blicke nicht mitgekriegt, wenn ich nachts besoffen nach Hause gekommen bin. Diese maßlose Arroganz, mit der du mich angestarrt hast, als wüsstest du alles besser. Als wärst du enttäuscht.

Diese Blicke – wie von deiner Ma.

Deine Ma war dir in vieler Hinsicht ähnlich. Sie hat geglaubt, dass man die Welt schon geradebiegen kann, wenn man sich nur ordentlich kleidet und anständig redet. Sie hat mich und die Handlanger ganz genau beobachtet. Hat nach den Wörtern für *Hemd* und *Kleid* gefragt, wollte wissen, was die Frauen in diesem Land tragen. Sie wollte immer vorwärtskommen.

Weißt du, deine Ma hatte den Plan, hier reich zu werden. Wie all die Zweihundert. Ihr Ba war tot und ihre Ma hatte ihr Leben lang Fisch ausgenommen und sich damit die Hände ruiniert. Deine Ma sollte mit einem alten Fischer verheiratet werden, und da ist sie auf das Schiff.

Goldene Berge, sagte sie an dem Abend, als sie mir von ihrer Mutter, dem Fischer und dem Mann am Hafen erzählte, der ihnen versprochen hatte, dass sie im Land auf der anderen Seite vom Meer reich werden würden. Wir lagen im Gras neben meinem See. Ich habe mich fast totgelacht, als ich das hörte: Irgendein armseliger Lehrer hatte das falsche Wort für *Hügel* genommen.

Lucymädchen, dieses Lachen habe ich mein Leben lang bereut.

Ich konnte deiner Ma natürlich nicht erklären, wieso ich gelacht hatte. Konnte ihr nicht sagen, warum die Vorstellung, dass die Zweihundert hier reich werden würden, so verdammt komisch war. Sie glaubte immer noch, dass ich ihnen das ermöglichen konnte. Dass das Schiff mir gehörte, dass der Mann am Hafen ihr in meinem Auftrag das Blaue vom Himmel versprochen hatte, dass wir meine Eisenbahn bauen würden, wenn die Wagen kamen.

Deshalb habe ich was Dummes gesagt. Nämlich dass ich gelacht hätte, weil sie *Gold* so komisch ausgesprochen hatte: zäh wie Sirup und tief in der Kehle. Deine Ma wurde rot, verschwand und kam den ganzen Abend nicht wieder.

Später kriegte ich mit, wie sie das Wort übte. *Gold Gold Gold Gold Gold.*

Am Schluss hat deine Ma schöner gesprochen als ich. Sie sah auch schöner aus. Die Leute hielten mich für hart und sie für weich. Wir waren ein gutes Team. Hatten ein Gleichgewicht, wie du und Sam. Aber glaub mir, Lucymädchen, deine Ma war noch begieriger als ich, reich zu werden.

Deine Ma hat dafür gesorgt, dass die Zweihundert mir vertrauten. Die Leute haben auf sie gehört, obwohl sie noch jung war und eine Frau. Sie konnte … na ja, Sam würde sagen, rumkommandieren. So wie du, Lucymädchen. Sie war schlau und überzeugt davon, immer alles besser zu wissen. Meistens stimmte das auch, und die Leute nahmen es ihr ab.

Deine Ma bestand drauf, dass ich zusammen mit den Zweihundert aß, und so saßen sie alle um mich rum und quatschten in ihrer Sprache. Ich tat so, als würde ich es nicht hören. Solange sie mich nicht ansprachen, ließ ich es durchgehen.

Wir hatten ja auch jede Menge Zeit zum Plaudern. Die Wagen mit dem Baumaterial für die Eisenbahn verspäteten sich. Sie kamen nicht durch, weil am Horizont die schlimmsten Feuer wüteten, die man in diesen Hügeln je gesehen hatte.

Tja, wenn man Bäche ausschaufelt und Flüsse zuschüttet, wenn man Bäume fällt und Wurzeln rausreißt, die die Erde festgehalten haben, dann trocknet diese Erde eben aus. Bröselt weg wie altes Brot. Als würde das ganze Land veröden. Die Pflanzen gehen ein, das Gras verdorrt – und wenn die Trockenzeit kommt, kann ein einziger Funken alles in Brand setzen.

Die Handlanger liefen fluchend auf und ab. Polierten ihre Revolver, als wollten sie das Metall durchscheuern. Aber wir konnten nichts tun. Wenigstens waren wir in der Nähe der Küste, die Luft war feucht. Die Feuer würden schon nicht bis zu uns kommen. Wir warteten.

Eines Tages kamen Tiere. Sie flitzten über den Fluss und am Steinhaus vorbei in Richtung Küste. Dürre, verschreckte Kaninchen, Mäuse, Eichhörnchen, Opossums. Vogelschwärme verdunkelten die fahlrote Sonne. Einmal sprang ein junger Hirsch mit loderndem Geweih direkt über mich. Danach war es eine Weile still, dann folgten die langsameren Tiere: Schlangen, Eidechsen. Einen Tag und eine Nacht lang setzte keiner mehr einen Fuß ins Gras aus Angst, gebissen zu werden. Selbst die Handlanger brachen ihr Lager ab und schliefen im Haus.

Und zuletzt, ungesehen, der Tiger.

Eines Morgens habe ich am sumpfigen Ufer des Sees Pfotenabdrücke entdeckt. Zu groß für einen Wolf. Schwer zu sagen bei dem roten Lichtschein am Himmel, aber ich hätte schwören können, ich sah Orange im Schilf aufblitzen.

Deine Ma kam gähnend zu mir rüber. Ihre Haare waren verstrubbelt, aber morgens war sie einfach bezaubernd, umhüllt vom Duft nach Schlaf und nach dem, was wir nachts sind. Ich bekam sie nur selten so zu Gesicht. Durch das Feuer zum Nichtstun gezwungen, hatte sie angefangen, sich mit ihren Haaren zu beschäftigen. Sie flocht sich Zöpfe, steckte sie hoch, machte sich Locken und fragte andauernd, welche Frisuren die Frauen hierzulande trugen. Mit den Kleidern ging es genauso. Sie holte Nadel und Faden aus ihrer Truhe und stichelte an ihrem langen Kleid herum, bis es eine andere Form hatte. Die anderen Frauen brachte sie dazu mitzumachen. Ich traute mich nicht, ihr zu sagen, dass die Kleider nutzlos sein würden, wenn die Wagen kämen und sie den ganzen Tag beim Gleisbau schuften müssten.

Deine Ma wollte, dass ich mich mit den Zweihundert anfreunde. Sie machte sich über mich lustig, weil ich so schweigsam war und immer allein blieb. Aber manche Menschen sind Einzelgänger und deswegen nicht weniger glücklich – ich bin so einer, und ich vermute mal, du auch, Lucymädchen, aber das hat deine Ma nicht verstanden. Sie löcherte mich mit Fragen über meine Familie, bis ich ihr gesagt habe, dass meine Eltern tot sind. Ich musste mit den Frauen über Kleider diskutieren und mich zu den Männern setzen, um Glücksspiele mit Strohhalmen zu spielen. So hat sie mich rumkommandiert.

Ehrlich gesagt bin ich mit den Zweihundert nicht warm geworden. Das Geplapper in ihrer Sprache war mir fremd, und sie hatten merkwürdige Angewohnheiten, beschimpften sich als dick und zupften sich gegenseitig lose Fädchen von den Ärmeln. Was hieß es schon, dass wir gleich aussahen? Ich kam aus den Hügeln, und die Zweihundert erschraken beim Geheul der Schakale. Das waren verweichlichte Leute, die einem Haufen Lügen aufgesessen waren, und ich brauchte sie nicht. Ich setzte mich nur deiner Ma zuliebe zu den Männern, und da ich meistens gewann, vermute ich mal, dass sie mich auch nur deiner Ma zuliebe mitspielen ließen. Bestimmt hatte sie auf der Überfahrt einen Verehrer gehabt. Einer von den Zweihundert stritt sich ständig mit ihr, ein anderer steckte ihr immer wieder Essen zu. Sie verriet es mir nicht, und ich fragte nicht; für mich zählte nur, dass sie ihre Truhe an den See gebracht hatte und die meisten Nächte bei mir schlief.

Lucymädchen, das war alles, was zählte: dass deine Ma damals nur Augen für mich hatte.

Ich habe in meinem Leben vieles vergessen: Billys Gesicht, die Farbe von Mohnblumen, wie man so sanft schlafen kann, dass man nicht mit geballten Fäusten und schmerzenden Schultern aufwacht, das Wort für den Geruch von Erde nach dem Regen, den Geschmack von sauberem Wasser. Und jetzt im Tod vergess ich noch andere Sachen: wie es sich anfühlt, die Fäuste zu schwingen, wie die Knöchel krachen, wie Schlamm zwischen den nackten Zehen rausquillt, wie es ist, Finger und Zehen und Hunger zu haben. Irgendwann kommt wohl der Tag, an dem ich alles vergesse. Wenn ihr mich begraben habt – nicht nur meine Leiche, sondern auch das bisschen, was von mir noch in eurem Blut und eurer Sprache ist. Aber trotzdem. Selbst wenn ich eines Tages nur noch Wind in diesen Hügeln bin, wird dieser Wind sich immer an eines erinnern und es jedem Grashalm zuflüstern: wie es war, als deine Ma nur Augen für mich hatte. Was für ein Glanz! Schwache Männer hätte er das Fürchten gelehrt.

An dem Morgen jedenfalls betrachtete deine Ma den Pfotenabdruck. Ich legte den Arm um sie, bestimmt hatte sie Angst. *Tiger*, sagte ich und fing an, ihn ihr zu beschreiben.

Lachend schüttelte sie meinen Arm ab. »Weißt du nicht?«, fragte sie spöttisch. Sie bückte sich, legte die Hand in den Abdruck der Tigerpfote und blickte mich herausfordernd an. Ob du es glaubst oder nicht, Lucymädchen, dann hat sie die matschige Erde geküsst.

»Glück«, sagte sie. »Zuhause.« Sie malte mit dem Finger ein Wort in den Morast. Dabei sang sie eine Melodie – das Tigerlied, wie ich später gelernt hab. *Lao hu, lao hu.*

Deine Ma grinste mich spitzbübisch an. Furchtlos. Sie hatte nicht gegen mein Verbot, ihre Sprache zu sprechen, verstoßen, sie hatte sich nur so nah wie möglich herangeschlichen, wie der Tiger an den See. Sie hatte sie geschrieben, sie hatte sie gesungen. Während ich noch überlegte, was ich jetzt machen sollte, lachte sie mir ins Gesicht.

Da stand sie vorm heißen Feuerhimmel, in einer brennenden Welt, Matsch um den Mund, die Haare zerzaust, neben dem Abdruck eines Raubtiers, das uns in der Nacht hätte töten können – und lachte! Wilder als all das zusammen.

Etwas rührte sich in meiner Brust. Als Kind war ich manchmal nachts von einem Beben in den Knochen aufgewacht. Billy hatte gesagt, das war das Brüllen eines Tigers: Von weitem kann man es nur spüren, nicht hören. An diesem Morgen am See spürte ich ein Brüllen in meiner Brust. Was seit der Ankunft des Schiffes um mich herumgeschlichen war, was mir in manchen Nächten, wenn ich deine Ma im Arm hielt, Angst machte, sprang mich an diesem Tag an. Grub seine Krallen in mein Herz. Nach Wochen des Verbots sagte ich die ersten Worte in der Sprache deiner Ma.

Ich hatte den Zweihundert zugehört. Die Flüche waren am einfachsten. Aber ich hatte auch Liebespaare belauscht.

Qin ai de, sagte ich zu deiner Ma. Es war eine Vermutung. Ich war mir erst sicher, was es bedeutete, als ich es in ihren Augen sah.

Ich wurde weich wie die von Fäule befallenen Eichen in meiner Kindheit. Das sah aus wie ein harmloser Flaum, aber es schwächte die Bäume von innen. Jahre später brachen sie auseinander und waren tot.

Ich hatte immer allein gelebt und brauchte nichts als Schatten, einen Bach und ab und zu ein Pläuschchen mit einem der Alten. So war ich stark genug geworden, um zu überleben.

Aber deine Ma – sie strich mir über die Stirn, nahm meinen Kopf in den Schoß und säuberte mir die Ohren von Schmalz. Sie betrachtete meine Augen, die heller waren als die der Zweihundert, und erklärte, die Farbe sei verwässert. Also war ich Wasser und nicht Holz, wie sie zuerst gedacht hatte.

Nach und nach erlaubte ich mir mehr Worte in der Sprache deiner Ma. Kosenamen, Flüche. Ich überreichte sie ihr wie kleine Geschenke. Aber nur ich durfte sie sagen – ihr erlaubte ich die Sprache nicht. Und bei den Zweihundert blieb ich auch streng. Es war ihnen verboten, frei zu reden, und sie durften nur morgens und abends in der Dämmerung eine Stunde allein nach draußen.

Diese Regeln waren auch zu ihrem Schutz. Die Handlanger wurden immer unruhiger, je länger die Feuer uns festhielten. Die Revolver saßen locker.

Und dann kam ich eines Abends von meinem See zurück, Hand in Hand mit deiner Ma. Wir hatten ein Eichenwäldchen entdeckt, in dem die Bäume eine grüne Höhle bildeten, fast wie der Lieblingsplatz aus meiner Kindheit. Deine Ma tanzte um mich herum und sang die letzten Worte des Tigerlieds: *Lai, lai, lai.* Rief nach mir, wie sie mich auf der Lichtung zu sich gerufen hatte.

Am Steinhaus herrschte eine unheimliche Stille.

Die Handlanger zerrten einen Toten um die Ecke. Ich kannte den Mann vom Glücksspiel, er war immer schlau genug gewesen, nicht den kürzeren Strohhalm zu ziehen. Tja, jetzt hatte sein Glück ihn verlassen. Seine Brust bestand nur noch aus einem blutigen Loch.

»Er wollte abhauen«, sagte der größere Handlanger und streifte die blutverschmierten Handschuhe ab.

Aber die Kugel war vorne eingetreten.

Deine Ma stürmte auf die Handlanger zu und holte mit der Hand aus. »Er nicht abhauen! Du abhauen!«

Der Handlanger duckte sich, und deine Ma verfehlte nur knapp sein Ohr. Sie hätte ihn genauso gut erwischen können. Wie er sie ansah!

Sofort packte ich deine Ma. Ziemlich ruppig, weil die Handlanger danebenstanden.

Die Sache war die, es stimmte, was deine Ma gesagt hatte: Die Handlanger verließen oft ihren Posten, und zuweilen wanderte eine Frau von den Zweihundert hinter ihnen her. Aber allzu oft ist die Wahrheit nicht das, was richtig ist, Lucymädchen – manchmal hängt die Wahrheit davon ab, wer sie ausspricht. Oder aufschreibt. Die Handlanger hatten Revolver, und ich habe ihnen nicht widersprochen.

»Sag es ihnen«, forderte deine Ma. »Deine Männer. Sag es ihnen.«

Der größere befahl mir, sie in den Griff zu kriegen, und ging zum Fluss, um sich sauber zu machen.

Als ich deine Ma zu unserem See zurückführte, weinte sie an meiner Schulter. Ihre heißen Tränen rührten mich, und nach all den Monaten holte ich die tief verborgene Wahrheit ans Licht.

Ich erklärte ihr, dass das nicht meine Männer waren. Dass ich kein Schiff und keine Eisenbahn besaß. Dass der Eisenbahnbau höllisch anstrengend sein und keinen von ihnen reich machen würde. Als Kind habe ich mal einem Vogelküken die kleinen, frisch gewachsenen Federn ausgerissen, bis es nur noch ein nacktes rosa Etwas war und ich mich ins Gras übergeben habe. Bei meinem Geständnis wurde mir genauso übel.

Deine Ma erstarrte. Schob mich weg. Sie hatte eine solche Kraft in den Armen – konnte mich zerbrechen, als wäre es nichts.

»Lügner«, sagte sie. Das Wort hatte ich ihnen in der ersten Woche beigebracht. »Lügner.«

Deine Ma verabscheute mich für mein Verhalten. Sie sprach zwei Tage lang kein Wort mit mir, während sie das Begräbnis vorbereitete. Und selbst danach war es nur ein knapper Dank, weil ich ihr zwei Silberstücke für die Augen von dem Toten gab und die Handlanger dafür bezahlte, dass sie die Leiche im Fluss waschen durfte.

Und dann bin ich ...

Nein.

Nein, nein. Okay, Lucymädchen. Ich habe dir eine wahre Geschichte versprochen, und vielleicht ist schon nicht mehr genug Zeit. Also, das ist die Wahrheit. Manchmal bezahlt man mit Geld. Manchmal bezahlt man mit seiner Würde.

Wir waren allein vor dem Haus, die Zweihundert eingesperrt und der Tote der einzige Zeuge, und da bin ich auf die Knie und habe den Handlangern die Stiefel geküsst. So wie deine Ma den Pfotenabdruck des Tigers. Ich habe die beiden angefleht, sie die Leiche begraben zu lassen. Ich habe gefleht, sie nicht dafür zu bestrafen, dass sie zuschlagen wollte. Kannst du dir das vorstellen, Lucymädchen? Dass ich so was getan habe?

Später habe ich auch deiner Ma die Füße geküsst. Dann die Knöchel, die Schenkel. Ich habe um Vergebung gefleht. Sie blieb kerzengerade sitzen und sah auf mich runter.

Dann sagte sie: »Hao de.«

Diese Worte haben uns verändert. Sie hatte gegen mein Verbot verstoßen, ihre Sprache zu sprechen, und ich konnte nichts dagegen tun. Von da an benutzte sie sie immer öfter, und ich versuchte mich durchzumogeln, die Wörter nachzuahmen und mir die Bedeutung zu erschließen. Es war so ähnlich wie Vogelstimmen zu imitieren, das konnte ich gut; und wenn ich einen Akzent hatte, lag es eben daran, dass ich so lange allein gewesen war. Aber von nun an lebte ich in Angst.

»Lüg mich nie wieder an«, warnte mich deine Ma.

Da war mir klar: Ich würde ihr niemals die ganze Wahrheit sagen können. Sonst würde sie mich verlassen. Ich versteckte meine Geschichte, meine wahre Geschichte, ganz unten in meinem tiefsten Innern, wo ich noch immer ein Junge war, der frei durch die Hügel streifte. Ich schwor mir, ihr niemals zu sagen, woher ich kam. Wenn ich es verschwieg, war es ja wohl keine Lüge.

Was hätte ich denn tun sollen, Lucymädchen?

Komischerweise war es nicht schwer, mit der Lüge durchzukommen. Niemand schöpfte Verdacht, weil bei meinem Gesicht sowieso keiner glaubte, dass ich hier geboren war. Du hast das doch selbst erlebt, Lucymädchen. Diese Schakale mit ihren Urkunden und Gesetzen. Die Wahrheit war ihnen vollkommen egal. Sie hatten ihre eigene Wahrheit.

An jenem Abend musste ich deiner Ma unzählige Fragen beantworten. Über die Eisenbahn und den Goldmann. Wie schwer er seine Arbeiter schuften ließ, wie viel er ihnen bezahlte, wo sie wohnten, wie groß ihre Häuser waren, ob sie gutes Essen bekamen. Wie viele von ihnen starben. Und am Schluss fasste sie einen Plan.

Weißt du noch, Lucymädchen, als du das Nugget gefunden und deiner Ma gegeben hast und von ihr wissen wolltest, wie es früher war?

Ich habe dich damals nicht ohne Grund ins Bett gesteckt. Erinnerungen können weh tun. Bei mir war das Bein der Beweis, und bei deiner Ma – na ja, bei ihr sah man zwar keine Narbe, aber trotzdem hatte sie eine. Vom Feuer. Jeder von uns hat eine Geschichte, die er nicht erzählen kann. Für deine Ma war es die Geschichte vom Feuer, die sie ganz tief in ihrem Innern verborgen hielt.

Die Sache ist die, das Feuer war ihre Idee.

Deine Ma und ich hatten von Anfang an denselben Sinn für Gerechtigkeit. Als ein Mädchen von den Zweihundert in der ersten Woche versuchte, sich heimlich eine zweite Portion Essen unter den Nagel zu reißen, brachte ich ihnen *Lügner* bei. Niemand anders als deine Ma hatte das Mädchen bei den Haaren gepackt und zu mir geschleift.

Die Strafe, die ich erließ, quittierte deine Ma mit einem Nicken: Das Mädchen würde am folgenden Tag zwei Portionen weniger bekommen. Deine Ma fand das fair.

Weißt du noch, Lucymädchen, wie aufmerksam sie dir und Sam zuhörte, wenn ihr euch gestritten habt? Wie sie jedes eurer Worte auf die Goldwaage legte, bevor sie ein Urteil fällte? Wie hoch sie ehrliche Arbeit schätzte? So war es auch an dem Abend, als sie das Feuer plante, sie wog die Überfahrt von zweihundert Menschen gegen den Tod des Mannes, den sie am Fluss beerdigt hatte. Sie wog in einem fernen Hafen gegebene Versprechungen gegen das wahre Vorhaben des Goldmanns. Und sie kam zu dem Schluss, dass es nur gerecht war, die Zweihundert von ihrer Arbeitsverpflichtung beim Eisenbahnbau zu befreien. Schließlich basierte die Absprache auf einer Täuschung.

Sie konnte so gut reden. Sie war so klug. Und vielleicht habe ich auch nur mitgemacht, weil ich solche Angst hatte, sie zu enttäuschen.

Ihr Plan war ganz einfach. Um zu entkommen, mussten wir die Handlanger loswerden.

Um die Handlanger loszuwerden, würden wir ein Feuer legen.

Lucymädchen, ich bin kein Angsthase. Und ich habe mir bestimmt einiges zuschulden kommen lassen. Habe mich oft genug mit anderen geprügelt, wenn mir das Blut in den Adern kochte. Aber wie deine Ma damals geredet hat, das war was ganz anderes. Kalt. Ein Leben gegen ein Leben, hat sie gesagt, und die alte Frau, die auf dem Schiff gestorben war, zu dem Erschossenen dazugezählt. Deine Ma hat – hatte – wirklich eine Leidenschaft für Zahlen. Hat Kummer aufgerechnet wie Münzen und ihn, ohne mit der Wimper zu zucken, zurückgezahlt. Deshalb hat sie auch in den Monaten vor dem Unwetter unser Gold verwahrt. Deshalb hat sie in der Nacht, als der Sturm getobt hat …

Aber das kommt später.

Als deine Ma das Feuer plante, fragte sie mich nach einem neuen Wort. *Gerechtigkeit.*

Nachdem wir unseren Plan gemacht hatten, konnte ich nicht einschlafen, so weich war ich inzwischen durch deine Ma geworden. Dass die Handlanger sterben sollten, lag mir schwer auf der Seele, und ich habe mich hin und her gewälzt. Deine Ma schlief schon längst, ihr Gesicht friedlich wie der See, und so beschloss ich, ein Stück zu laufen. Der kleinere Handlanger hielt Wache – der jüngere, nicht der, der den Mann erschossen hatte – und ich nickte ihm im Vorbeigehen zu.

Er hob die Pfeife zum Gruß, dann hielt er sie oben. Als Einladung.

Lucymädchen, was bringt die Menschen dazu, etwas zu tun oder zu lassen? Ich habe so oft über diesen Moment nachgedacht, aber ich kapiere es immer noch nicht. Hatte er irgendeine Wette mit seinem Partner geschlossen? Wollte er seinen Tabak loswerden, weil er ihn nicht mehr mochte? War es Instinkt wie bei einem dummen Tier, das einen Schritt vor der Falle erstarrt, von plötzlicher Angst gepackt? War er ein in die Ecke getriebener Schakal, der listig die Ohren hängen lässt und weint wie ein Menschenbaby? War er einsam? War er naiv? War er einfach nur freundlich? Was geht in den Köpfen dieser Leute vor, wenn sie uns anglotzen, warum nennen sie uns einmal *Schlitzauge*, und beim nächsten Mal ignorieren sie uns, und wieder ein anderes Mal haben sie Mitgefühl? Ich habe keine Ahnung, Lucymädchen. Bin nie dahintergekommen.

An jenem Abend nahm ich die Pfeife an, um den Handlanger nicht misstrauisch zu machen. Er wirkte unruhig. Wollte unbedingt reden. Sagte, wie hübsch der Mond sei, was stimmte, und dass die Feuer schon schwächer würden, was auch stimmte. Erzählte was von einer kleinen Schwester, die zu Hause auf ihn wartete, und mein Magen zog sich zusammen, bis ich kurz davor war, deine Ma aufzuwecken, mein Versprechen zurückzunehmen, ihr die Wahrheit über mich zu sagen und ihr Urteil über mich ergehen zu lassen, aber da sagte der Handlanger plötzlich:

»Wo kommst du her? Von da, wo die her sind?«

All die versteckten Wahrheiten hatten mich an dem Abend schon halb verrückt gemacht. Irgendwas ritt mich, es ihm zu sagen. »Ich komme hier aus der Gegend. Bin ganz in der Nähe groß geworden.«

Und da hat dieser Mann gelacht.

Ich steckte seine Pfeife in den Mund. Ich rauchte seinen Tabak. Der Horizont brannte über dem glimmenden Pfeifenkopf. Tiere flüchteten und würden vielleicht nie mehr zurückkommen. Ich paffte und glühte und war kurz davor zu sagen, wie komisch es doch war, dass er und tausend andere vor einem Jahr hier aufgetaucht waren, das Land geplündert hatten und es jetzt zu ihrem Eigentum erklärten, obwohl es mein Land und Billys Land und das Land der Indianer und Tiger und Bisons war, das da brannte – aber dann kam mir das Wort deiner Ma in den Sinn. *Gerechtigkeit.* Ich sagte dem Mann gute Nacht.

Deine Ma und ich führten ihren Plan ganz allein aus. Die Zweihundert saßen im Haus fest, und deine Ma meinte, wir müssten sie nicht einweihen. Es würde nur ihr Gewissen belasten. Wir sollten sie lieber in Ruhe schlafen lassen. Sie wüsste schon, was das Beste für die Zweihundert wäre, sagte sie mit ungeduldigem Kopfschütteln. Später würden sie es ihr danken.

Sie fragte mich nach dem Wort. Nicht *Lüge* oder *Lügner*. Das gute Wort. Ich brachte ihr *Geheimnis* bei.

Hand in Hand schlichen wir los. Nickten dem Mann, der Wache hielt, zu. Wir gingen in die Hügel hinter dem Lager der Handlanger. Dort rissen wir jede Menge trockene Pflanzen aus und verwoben sie zu einem Strang, den das Feuer entlanglaufen sollte. Dann legten wir einen Ring aus Gestrüpp rund ums Lager, aus dicht verknoteten Gräsern, die lange brennen würden, und bedrohlich knisternden Distelköpfen. Verborgen im hohen Gras bauten wir einen Kreis, eine Mauer, ein brennendes Gefängnis. Ein einziger Funke würde haushohe Flammenwände entfachen.

Wie wir unseren tödlichen Plan ausführten? Flach auf dem Bauch. Leise flüsternd. Aus der Ferne hätten die Handlanger nur das Wogen des hohen Grases über dem Liebespaar gesehen.

Als es Zeit für meine Wache war, bezog ich Posten am Haus. Die Handlanger gingen zurück in ihr Lager und kochten ihr Abendessen. Gut versteckt am Ende eines langen Strangs Zunder schlug deine Ma einen Feuerstein.

Lucymädchen, es ist nicht leicht, dir diese Geschichte zu erzählen. Selbst für mich. Hab kein Fleisch mehr und sollte eigentlich keinen Schmerz mehr spüren, aber die Erinnerung tut trotzdem weh.

Zwei Leben für zwei Leben, das war unser Plan. Aber das Feuer hatte seinen eigenen Willen. Es bäumte sich auf, als wäre es kein Feuer, sondern ein lebendiges Wesen: ein riesiges

Raubtier, das sich in den Himmel erhob, flammendes Orange und schwarze Rauchstreifen. Ein Geschöpf der Hügel, ein Geschöpf des Zorns, den dieses Land empfinden sollte. Wild und ungezähmt. Hast du jemals ein Tier in die Enge getrieben, Lucymädchen? Selbst eine Maus dreht sich um und beißt zu, wenn sie dem Tod ins Auge sieht. Dieses Prasseln, dieser Rauch – Lucymädchen, ich schwöre dir, die Hügel erschufen einen Tiger.

Ich sah, wie sich das Feuer bergab fraß. Ich sah die dunklen Silhouetten der Handlanger rennen. Zu langsam. Die Flammen erreichten den trockenen Kreis, den wir ausgelegt hatten, und verschluckten das Lager der Männer.

Ich stieß einen Jubelschrei aus. Sah deine Ma aus ihrem Versteck zu unserem See rennen.

Als das Feuer mit dem Lager fertig war, lief es wie geplant zum Fluss. Dort sollte es im Wasser verlöschen. Ein stiller Tod.

Aber es kam ein böiger Wind auf, stärker, als wir erwartet hatten. Er schürte die Flammen. Das Raubtier hob eine lange, brennende Pranke – und sprang über den Fluss.

Das Feuer spaltete sich auf. Ein Teil raste brüllend auf mich und das Haus mit den Zweihundert zu. Der andere Teil preschte zur Seite, fraß sich durchs Gras und jagte hinter deiner Ma her.

Ich glaube an Gerechtigkeit, genau wie deine Ma. Aber mehr noch glaube ich an Familie. Ting wo, Lucymädchen. Familie geht vor. Familie muss zusammenhalten. In einer Familie darf man sich nie im Stich lassen.

Ich bin nicht grausam, Lucymädchen. Vor dem Haus waren drei Pferde angebunden, und ich habe zwei dagelassen. Ich habe die Tür aufgeschlossen und die Zweihundert angeschrien, um ihr Leben zu rennen. Das war die Chance, die ich ihnen geben konnte, und dann bin ich zu deiner Ma geritten.

Aber das Haus war nicht ganz aus Stein. Wer auch immer es gebaut hat, war faul, und zwischen den Steinen bestand es aus Stroh und Dung. Ein verborgenes Herz, das über viele Jahre in der Sonne getrocknet war. Und lichterloh brannte.

Ich stand eine halbe Meile entfernt bis zum Bauch in unserem See, hielt deine Ma in den Armen und sah das Haus in Flammen aufgehen.

Das Feuer loderte so hoch und hungrig, dass man die Hitze selbst aus der Ferne noch spürte. Es schnappte sich alle, die wegzulaufen versuchten. Deine Ma war bewusstlos vom Rauch; ich hatte sie zu mir aufs Pferd gezerrt und war direkt ins Wasser galoppiert. Sie hat es nicht gesehen, und sie hat auch nicht den furchtbaren Gestank von verbranntem Fleisch gerochen. Aber ich schon. Ich sah den Tod der Zweihundert mit an, weil ich wusste, sie würde es so wollen.

Seitdem habe ich mir nichts mehr aus Fleisch gemacht, aber deine Ma hat es immer gern gegessen.

Eine Frage hat mich jahrelang verfolgt: Kann man einen Menschen lieben und gleichzeitig hassen? Ich glaube schon, Lucymädchen. Ich glaube schon. Als deine Ma im Ascheregen wieder zu sich kam, lächelte sie mich an. Nein – sie grinste. Das dreiste Grinsen eines Mädchens, das mit einem bösen Streich davongekommen ist. Sie war tollkühn. Fest davon überzeugt, dass wir recht getan hatten. Dass sie allen ein Schnippchen schlagen konnte.

Dann musste sie husten, setzte sich auf – und sah, was hinter uns lag. Unser Feuersee, in dem der Himmel sich spiegelte. Das Pferd, das ich gerettet hatte, verängstigt und mit Schaum vor dem Mund. Die letzten Flammen, die auf der Anhöhe aus der Ruine des schwarzen, verkohlten Hauses schlugen.

Deine Ma schrie wie ein Tier. Sie wiegte den Oberkörper im flachen Wasser vor und zurück, warf den Kopf in den Nacken und heulte auf. Bis in die Nacht hinein fiel sie kratzend und zähnefletschend über mich her, wenn ich ihr zu nahe kam. Was da in ihrer vom Rauch zerrütteten Kehle knisterte und fauchte – das waren keine Worte.

Lucymädchen, ich habe dir viele Geschichten von Verwandlungen erzählt. Männer wurden zu Wölfen. Frauen zu Seehunden oder Schwänen. In dieser Nacht verwandelte sich auch deine Ma, obwohl sie ihr Gesicht und ihren Körper behielt.

Zweimal lief sie zum Ende des Sees und starrte auf die Überreste der Zweihundert. Sie zitterte am ganzen Körper, aber sie wandte sich ihnen zu. Weg von mir. Ich sah die Wildheit in ihr. Das Verlangen wegzulaufen. Ich ließ das Pferd, wo es war. Sollte sie gehen, wenn sie wollte.

Und dann, in der schmierig grauen Morgendämmerung, grub sie sich in meine Seite. Mit ihren kräftigen Fingern hätte sie meinen Bauch, meine Eingeweide zerfetzen können. Ich hätte es geschehen lassen. Aber sie zerriss nur mein Hemd, meine Hose. Nach und nach flauten ihre Schreie zu einem Wimmern und Ächzen ab. Zuletzt rollte sie sich an meiner Seite ein und beschwor mich immer und immer wieder mit ihrer kratzigen, vom Rauch zerstörten Stimme, sie nicht allein zu lassen.

In den nächsten Wochen warteten wir darauf, dass die Feuer erloschen und der Rachen deiner Ma heilte. Manchmal starrte sie mich hasserfüllt an. Manchmal voller Liebe. Ich war der letzte Mensch, den sie noch hatte. Ich musste wohl beides tragen. Sie tobte und schlug mir mit den Fäusten auf die Brust, und sie hielt ganz still, wenn ich ihr Halswickel anlegte.

Ihre Stimme ist nie wieder so geworden wie früher. Genau wie deine Nase, Lucymädchen. Dieses Kratzen und Knistern in der Stimme deiner Ma – das kam von damals.

Ich habe dir oft erzählt, dass ich mein schlimmes Bein einem Tiger verdanke. Du hast mir das nie geglaubt. Ich habe es in deinem Blick gesehen. Manchmal hat mich das wütend gemacht – meine eigene Tochter hält mich für einen Lügner –, aber manchmal hat mir das auch gefallen. Habe ich es dir nicht gesagt, Lucymädchen? Dass du dich immer fragen solltest, warum einem die Leute ihre Geschichte erzählen?

Also, die Wahrheit: So bin ich dem Tiger begegnet.

Ein paar Wochen waren vergangen, und wir zwei waren immer noch ganz allein in einer schwarzen, rußigen Welt. Kein Tier und kein Mensch war über die verbrannten Hügel gekommen – und schon gar keine Wagen mit Baumaterial. Falls der Goldmann von dem Feuer gehört hatte, hat er wohl gedacht, wir wären auch umgekommen.

Als der Boden abgekühlt war, wollte deine Ma nachsehen.

Zuerst gingen wir zum Lager der Handlanger. Deine Ma wühlte mit dem Fuß durch die Asche, aber die verkohlten Knochen der Männer und die Überreste ihrer Revolver ließ sie liegen. Wir suchten nur ihr Gold und Silber. Zu klobigen Brocken zusammengeschmolzene Münzen. Am Schluss spuckte sie auf das Lager.

Dann brachten wir unsere Funde zur Ruine auf der Anhöhe.

»Wie sagt man?«, wollte deine Ma wissen und bedeckte ein Stück Knochen mit der Hand.

Ich brachte ihr *Begräbnis* bei, und sie zeigte mir, was man braucht. Silber. Fließendes Wasser. Ein Andenken an Zuhause. Sie hatte Stoff aus ihrer Truhe geholt – ein kleines Wunder, dass der Inhalt noch duftete und nicht nach Rauch stank. Deine Ma wickelte die Knochen in Stoffstücke. Legte das Silber darauf.

»Besser?«, fragte sie mich.

Ich sagte, dass die Zweihundert jetzt wohl wirklich an einem besseren Ort waren. Stimmte ja irgendwie auch. Was für ein Leben hätten sie in diesem Land schon haben können?

Deine Ma schüttelte den Kopf. Zum ersten Mal hörte ich Zweifel in ihrer Stimme. »Besser, wenn nicht wir?«

Ich besänftigte sie. Erklärte ihr immer und immer wieder, dass es nicht ihre Schuld war.

Mit der Zeit heilte ihre Stimme ein wenig, und sie gewann wieder genug Selbstvertrauen, um euch Kindern später beibringen zu können, was richtig und was falsch ist. Aber ich sage dir, Lucymädchen, an diesem Tag hat sie inmitten der Asche ihre Überzeugung verloren. Die Schuld und die Fragen nagten mehr an ihr als die Flammen.

Und deshalb wartete ich, bis sie eingeschlafen war, bevor ich zum Haus zurückging.

Die Nächte in den verbrannten Hügeln waren gespenstisch. Dunkler als alle Nächte zuvor oder danach. Nichts, worin der fahle, rauchverschleierte Mond sich hätte spiegeln können: unwandelbares Dunkel. Ich stahl mich in das verbrannte Haus. Ich ging zu den Knochenbündeln. Und ich holte das Silber zurück.

Wir brauchten es dringender als die Toten, Lucymädchen.

Auf dem Rückweg hatte ich das Gefühl, dass mich irgendwas beobachtete. Ich lief schneller. Blieb stehen. Es blieb ebenfalls stehen. Setzte die Schritte genau wie ich. Da fing ich an zu rennen, und die Erde bebte unter schwerem Gewicht. Hinter mir brüllte es lauter als Feuer oder Sturm. Schneidende Schärfe barst aus dem Dunkel und fuhr mir ins Knie. Blutüberströmt stolperte ich weiter, ohne mich in meiner Todesangst auch nur ein einziges Mal umzusehen.

Das ist meine Geschichte, Lucymädchen. Meine Wahrheit. Es stimmt, ich habe den Tiger, der mich angefallen und mir mein Hinken verpasst hat, nicht gesehen. Aber ich habe ihn im tiefsten Innern gespürt, wirklich und wahrhaftig. Am nächsten Morgen hat deine Ma die Wunde gesäubert und verbunden. Ich wollte ihr nicht noch mehr Schuld aufladen – sie war zu der Zeit sehr wacklig – deshalb habe ich ihr erzählt, ich hätte mich auf dem Weg zum Pinkeln geschnitten. Einfach nur Pech.

Aber war es das wirklich? Der Schnitt war zwar nicht tief, aber er hatte die Sehne durchtrennt, und deshalb konnte ich nie wieder normal laufen. Die Wunde heilte, aber etwas Wesentliches war mir genommen worden. Hatte der Zufall mir diesen sauberen Schnitt zugefügt? Oder die Krallen eines listigen Raubtiers, das noch immer die Hügel bewachte, nachdem alles andere tot und verschwunden war? War es eine Strafe für das heimlich erschlichene Silber, das in meiner Hosentasche klimperte? Ich habe das Gesicht des Tigers nicht gesehen, aber ist meine Geschichte deswegen weniger wahr?

Viel mehr gibt es nicht zu erzählen, Lucymädchen. Bald ist es Morgen.

Ich versprach deiner Ma, dass wir es schaffen konnten, reich zu werden. Dass es noch Gold in den Hügeln gab, man musste nur gut suchen. Gleich hinter dem Horizont. Dass der nächste Ort besser sein würde. Und wenn sie nachts bis zur Erschöpfung weinte, versprach ich ihr, dass wir zurückgehen würden, wenn es nicht klappte. Zurück übers Meer.

Sie redete viel weniger als früher, weil ihr der Hals so weh tat. Wir zogen von Schürfstätte zu Schürfstätte, und manchmal kroch sie mitten in der Nacht aus dem Bett. Dann stellte sie sich neben das Pferd und starrte in die Ferne, weg von mir, mit dieser Wildheit.

Aber sie ging nicht weg. Und ging nicht weg. Und ihr Hals heilte ein bisschen, und bald bist du in ihrem Bauch gewachsen. Sie schlief die Nächte wieder durch. Ab und zu lächelte sie. Als du auf die Welt kamst, Lucymädchen, wurdest du unser Anker: Mit dir haben wir festgemacht, wie das Schiff von deiner Ma. Du hast uns miteinander verbunden, uns in diesem Land gehalten. Dafür bin ich immer dankbar gewesen.

Nach dem Feuer war deine Ma nicht mehr das Mädchen, das vom Schiff gekommen war, die Zweihundert rumkommandiert und Pfotenabdrücke geküsst hatte. Sie wurde argwöhnisch – du weißt ja, wie unheimlich ihr das Goldschürfen war. Welche Angst sie hatte, das Glück herauszufordern.

In der neuen Ma lebte beides, Liebe und Hass. Sie sang euch Lieder vor und nähte euch Kleider und rieb mein schlimmes Bein ein und neckte uns. Aber sie stritt auch mit mir über das Gold, über eure Erziehung, über meine Abneigung gegen reiche Männer und meine Schwäche für Glücksspiel und

Tauschhandel in den Indianercamps – darüber, wer wir sein und wie wir leben wollten. Am Anfang hatte sie sich getäuscht und mich für einen mächtigen Mann gehalten, und seitdem achtete sie genau darauf, wer Macht hatte, mit wem man reden, wem man aus dem Weg gehen musste. Wenn ich ein Spieler war, war sie eine Buchhalterin. Der Hass in ihr ließ sie immer abwägen, was gerecht war. Rechnete alle meine Sünden gegen meine seltenen Erfolge auf.

Aber sie blieb bei mir. Ich glaube, letzten Endes war es doch wegen der Zweihundert. Da hatte sie zum ersten Mal an sich selbst gezweifelt, und ich war feige genug, das auszunutzen. Ich bin bestimmt nicht stolz drauf, aber manchmal habe ich deine Ma aus reiner Gehässigkeit daran erinnert, was mit ihnen passiert ist.

Und dann das Unwetter.

Klar, als sie in jener Nacht unser Gold geklaut haben, war ich in den Augen deiner Ma weniger wert als je zuvor. Und ja, wir haben unser Hab und Gut verloren. Aber ich glaube, den Ausschlag hat für sie das Baby gegeben.

Wir hatten uns diesen Sohn so sehr gewünscht. Als du geboren wurdest, als Sam dazukam, da habt ihr uns zusammengeschweißt, und ich denke mal, das haben wir uns auch von ihm erhofft. Aber dann wurde er tot geboren, und als ich die Nabelschnur an seinem winzigen, blauen Körper durchtrennte – da wurde noch etwas anderes durchtrennt. Deine Ma sah ihn mit demselben Blick an wie die Knochenbündel in der Asche. Es waren dieselben Schuldgefühle. Sie ging alle Entscheidungen durch, die wir über die Jahre getroffen hatten – die langen Zeiten ohne Fleisch, das Rütteln des Wagens, den Kohlestaub in ihrer Lunge –, und sie sah das Baby als Urteil über unser Leben.

Vor all den Jahren im abgebrannten Haus hatte sie eigentlich sagen wollen, dass diese Leute ohne uns besser dran gewesen wären. Vielleicht dachte sie, dass auch du und Sam und das tote Baby ohne sie besser dran wären.

Sie ist nicht gestorben, Lucymädchen. Ich habe deinen Bruder begraben, und als ich zurückkam, war das Haus leer. Deine Ma war schon immer stark. Ich wollte nie wissen, wo sie hingegangen ist. Die Fragen habe ich im Whiskey ertränkt. Hab sie weggespült, wie das Unwetter fast alles andere weggespült hat.

Lucymädchen, wenn du älter bist, wirst du verstehen, dass Wissen manchmal schlimmer ist als Nichtwissen. Ich wollte nicht wissen, was mit deiner Ma war. Weder, was sie machte, noch mit wem, noch was sie empfand, wenn sie einen anderen Mann ansah. Ich wollte gar nicht wissen, wo auf der Landkarte der Punkt war, der mir weh tun könnte.

Aber zur ganzen Geschichte gehört dann wohl auch die Wahrheit, die ich mir gewünscht hätte.

Es ist wahr: Bevor deine Ma in jener Nacht abgehauen ist, war ich überzeugt, dass sich unter meiner harten Schale ein weicher Mann verbarg. Ich habe geglaubt, wir würden eines Tages reich und zufrieden in einem Haus auf einem eigenen Stück Land leben, so groß, dass wir keiner Menschenseele begegnen, und deine Ma müsste nicht den ganzen Tag schuften und erst recht nicht übers Abhauen nachdenken. Dann hätte ich glänzende Nuggets vom Regal genommen und sie dir und Sam und dem Jungen in die Hände gelegt. In die weichen Hände. Und ich hätte euch eine Geschichte erzählt. Wie ich als Kind zusammen mit Billy in den Hügeln das erste Gold gefunden habe.

Tja, Lucymädchen. Das war's, was du immer wissen wolltest. Sam habe ich das schon vor Jahren erzählt. Warum dir nicht? Na ja, vielleicht habe ich mich geschämt. Vielleicht hatte ich Angst, dass du deiner Ma hinterherrennst. Ich weiß, dass du sie mehr geliebt hast als mich. Am Schluss hast du mich genauso angesehen wie deine Ma früher: liebevoll und hasserfüllt zugleich.

Das tat weh, Lucymädchen. Denn um die Wahrheit zu sagen, ich habe dich genauso lieb gehabt wie Sam, und ich habe es Sam nur deswegen erzählt, weil Sam stark genug war, sich das alles anzuhören. Vielleicht habe ich dich sogar mehr geliebt, obwohl es schändlich ist, das zu sagen. Schändlich, dich nur deshalb zu lieben, weil du so schwach warst, dass du es mehr gebraucht hast. Ich erinnere mich noch genau an den Morgen, als du auf die Welt gekommen bist und die Augen aufgeschlagen hast. Du hattest meine Augen. Hellbraun, fast golden. Nicht wie deine Ma und Sam. Du hattest zu viel von meinem Wasser.

Vielleicht war ich so hart zu dir, weil du ihr immer ähnlicher wurdest.

Kann gut sein, dass du mich nach dieser Geschichte hasst. Falls du dich morgen früh noch daran erinnern kannst, würde es mich nicht wundern, wenn du meine Knochen einfach auf die Erde kippst und mich den Schakalen überlässt.

Lucymädchen.

Bao bei.

Nu er.

Ich wollte reich werden und dachte, der Reichtum wäre mir aus der Hand geglitten, aber vielleicht habe ich ja doch etwas aus diesem Land gemacht – dich und Sam. Du bist doch schließlich ganz in Ordnung, was? Ich habe dir beigebracht, stark zu sein. Ich habe dir beigebracht, hart zu sein. Ich habe dir beigebracht zu überleben. Wenn ich dich jetzt so sehe, wie du dich um Sam kümmerst und versuchst, mich zu begraben, wie es sich gehört – dann bin ich froh, dass ich dir das alles beigebracht habe. Ich muss mich für nichts entschuldigen. Ich wünschte nur, ich hätte noch länger bleiben und dir mehr beibringen können. Jetzt musst du mit dem bisschen, was du hast, zurechtkommen, aber das kennst du ja nicht anders. Du bist ein kluges Mädchen. Denk immer daran: Familie geht vor. Ting wo.

TEIL VIER

XX67

ERDE

Der Sommer ist da und mit ihm Gerüchte über einen Tiger.

Die Luft steht schwül und schwer. Zikaden, Grillen, Seufzer, dunkles Schnarren. Zeit zum Verweilen, wenn die Lampen leuchten, Fensterflügel sich überall öffnen – in gewöhnlichen Zeiten eine wohlige, träge Hitze, ein Loslassen.

Aber dieses Jahr drücken die Klauen des Tigers der Stadt die Kehle zu, und ganz Sweetwater zittert. Vor drei Tagen sind ein paar Hühner und eine Rinderhälfte verschwunden. Einem Wachhund wurde die Gurgel aufgeschlitzt. Gestern fiel eine Frau beim Wäscheaufhängen in Ohnmacht und faselte danach von einem wilden Tier hinter den Bettlaken. Von einem Pfotenabdruck auf der Erde. Angst ist in diesem Sommer der letzte Schrei, so wie Trudelreifen im letzten und Bruchteis mit Sirup im vorletzten.

Anna will natürlich nichts verpassen.

»Meinst du nicht auch«, fragt sie und legt den Kopf in den Nacken, damit Lucy ihre Locken entwirren kann, »dass ein Tigerbaby ein fabelhaftes Haustier wäre? Ich könnte ihm beibringen, auf seinen Namen zu hören. Vielleicht sollte ich mir eins wünschen.«

Lucy klopft mit dem Kamm auf Annas Stirn. »Ich meine, du solltest mal ruhig sitzen bleiben. Dreh dich um.«

»Oder vielleicht ein Wolfsjunges. Oder einen kleinen Schakal. Den kann Papa problemlos auftreiben.«

Lucy hat die Schakale nicht vergessen und weiß genau, wozu sie mit ihren Zähnen fähig sind. Aber sie lächelt nur freundlich.

Anna plappert vom Tiger, während Lucy die dreißig Perlmuttknöpfe am Rücken von Annas Leinenkleid zuknöpft. Sie plappert, während sie das Gleiche bei Lucy macht: die gleichen Knöpfe, das gleiche Kleid, die gleichen Schuhe, nur dass Lucys Absätze sieben Zentimeter höher sind, damit sie genauso groß ist wie Anna. Am meisten Zeit brauchen sie für Lucys Frisur – ihre Haare müssen mühsam zu Locken gewickelt und heißgemacht werden. Endlich wird Anna still und schiebt nur noch die Zunge aus dem Mund vor Konzentration.

Als sie sich auf den Weg zum Bahnhof machen, streicht Anna im Garten über einen orangefarbenen Blütenkelch. »Die nenne ich ab jetzt Tigerlilien«, sagt sie mit begeistertem Strahlen in den grünen Augen. Letzte Woche hat der Bäcker eine zweifarbige Brotsorte *Tigerbrot* genannt, der Schneider empfiehlt gestreifte Stoffe. »Ist das nicht genial?«

Die Blume auf ihrem Stängel nickt wie Lucy.

In Annas Viertel sind die Straßen gespenstisch leer, langgestreckt und träge dösen die Villen vor sich hin wie Katzen in der Sonne. Nur ab und an tauchen ein paar Leute auf, zusammengedrängt zu nervösen Grüppchen. Wenn man mindestens zu dritt unterwegs ist, heißt es, wagt der Tiger sich nicht heran.

Ein Grollen auf der Straße lässt alle zusammenzucken. Angespannte Schultern, aschfahle Gesichter. Es ist nur ein Fuhrwerk, das mit einem Rad stecken geblieben ist. Die Erstarrung löst sich in nervösem Lachen.

Anna drückt sich eng an Lucy. »Vielleicht ... vielleicht ist es heute zu gefährlich, zum Bahnhof zu gehen.«

Einen solchen Sprung hat Lucys Herz selbst beim Tigergerücht nicht gemacht. Sie bändigt es, sie ist inzwischen darin geübt, so vieles zu bändigen. »Sei nicht albern, Anna. Deinen Verlobten musst du doch wohl abholen.«

Und dann beschwatzt Anna sie, lockt und drängt, es ist verblüffend, wie sie reden kann – ein endloser Strom, der alle Hindernisse umfließt. Obwohl sie siebzehn ist wie Lucy, wirkt sie manchmal wie ein Kind. Sie möchte unterwegs unbedingt Halt machen.

Sie hören es, lange, bevor sie es sehen: das Haus der Frau, die angeblich Besuch vom Tiger hatte. Eine schnatternde Menschenmenge hat sich im Garten versammelt. »Er stand direkt vor mir«, sagt die Frau. »Ich habe ihn knurren gehört.«

Anna zieht Lucy ganz nach vorn. Zwei schmale Mädchen, und trotzdem machen die Leute ihnen Platz, weil sie in Wirklichkeit zu dritt sind. Annas Handlanger folgt ihnen. Man munkelt, dass alle Handlanger von Annas Vater – wortkarge, undurchsichtige Männer ganz in Schwarz – Revolver unter den Mänteln tragen. Normalerweise verdreht Anna dazu nur die Augen.

Heute ist sie viel zu fasziniert, um daran zu denken. Sie hockt auf der Erde, als wollte sie den Abdruck küssen oder ihn um einen Segen bitten. So durchdrungen von Hoffnung und Erwartung, dass der Neid Lucy mit den kalten Zähnen eines Fangeisens packt. Was würde sie darum geben, so etwas zu empfinden.

Sie geht näher heran. Es ist nur ein halber Abdruck. Zwei Zehen, ein Stück vom Pfotenballen, kaum größer als eine

Untertasse. Das war keine besonders große Katze – ein Luchs vielleicht oder auch nur ein fetter Hauskater.

Anna faselt irgendwas von Herzklopfen, und Lucy plappert es nach, als wäre ihr Herz nicht schlaff und träge, als würde nicht die alte Enttäuschung an ihr nagen. Sie könnte den verblüfften Leuten die Wahrheit über diesen Pfotenabdruck verraten. Aber – sie hat Sweetwater ihre Geschichte aufgetischt. *Waise. Findelkind. Weiß nicht, wer meine Eltern sind. Ganz allein.* So ein Mädchen kennt keine Tiger.

»Ich glaube, wenn du ein Tier wärst«, sagt Anna, »dann wärst du ein Tiger. Aber ein ganz lieber, bildhübscher.«

Lucy drückt Anna einen Kuss auf die Haare. Blüten, warme Milch. Ein beruhigender Kinderduft. Sie streckt die Hand aus, um Anna hochzuhelfen.

»Allerdings«, sagt Anna und ergreift Lucys Hand, »müssten wir dir die Krallen ziehen.«

In der Hitze steigt der Saft in den Bäumen und das Blut zu Kopf. Die Finger der Freundin in Lucys schweißnasser Hand – wen würde es wundern, wenn sie an so einem heißen Tag abrutscht? Nicht einmal der Handlanger würde es merken, wenn Lucy Anna losließe, ein Plumps in den Matsch, das reine Weiß des Stoffes braun besudelt.

Lucy zieht Anna so ruckartig hoch, dass sie mit den Schultern aneinanderstoßen. Anna windet sich zurück durch die Menge, aber Lucy bleibt noch stehen, wischt sich die nasse Hand ab. In einiger Entfernung ist noch ein zweiter Abdruck. Keine Pfote – ein spitzer Stiefel.

»Deine Schwester hat's eilig«, sagt ein Mann neben ihr nach einem flüchtigen Blick. Dann noch ein Blick, länger. Er nimmt Lucy auseinander, Augen, Nase, Mund, Haare. Registriert die Unterschiede. Aber da ist Lucy schon an ihm vorbeigeschlüpft, hakt sich bei der Freundin ein. Von hinten sehen sie ganz und gar gleich aus.

Und so kann kein Tiger, keine Angst und kein Schrecken das abwenden, was Lucy schon die ganze Woche mit Schaudern erwartet hat. Pünktlich rattert der Zug heran. Ein schriller Pfiff. Räder rumpeln, Pappeln werfen lose Blätter ab. Anna sagt etwas, das im Kreischen der Bremsen untergeht.

Lucy formt mit den Lippen die Worte, auf die sie hofft: *Ich habe beschlossen, doch nicht zu heiraten.*

Wie bitte?, liest sie Anna von den Lippen ab, als sich plötzlich der Gestank von Hühnerdreck im Bahnhof ausbreitet.

Und da steht Lucy nicht mehr nur auf dem Bahnsteig neben einem Güterwaggon, aus dessen Ritzen Federn stieben. Sie taumelt auch zurück in eine düstere Hütte am Rand eines Tals. Anna packt zu und stützt sie, fragt, ob ihr unwohl sei.

Lucy schluckt Galle. *Es geht mir bestens. Dieser Zug hat mich nur daran erinnert, dass ich mal in einem Hühnerstall gewohnt habe. Bestimmt habe ich Hühnerscheiße im Essen und im Bett gehabt.* »Ich habe nur Durst.«

Anna bietet an, einen Wagen zu rufen. Aber in der Sommerhitze dieses Tages wird Lucy selbst Annas Fürsorge gammlig und sauer. Den Sommer kann sie von allen Jahreszeiten am wenigsten leiden. Wie schwer er sich dahinschleppt. Wie drückend. Nach fünf Jahren in dieser Stadt sehnt sie sich immer noch nach der klaren Zweiteilung: Trockenzeit und Regenzeit. Sie lehnt Annas Angebot ab. Sagt, sie gehe allein zurück.

»Auf gar keinen Fall!«, ruft Anna entsetzt. »Liebes, der Tiger. Ich würde mir furchtbare Sorgen machen, wenn du gehst. Nein … Auf keinen Fall.«

Es ist zu heiß, um zu protestieren, und außerdem zwecklos,

denn Anna setzt sowieso ihren Kopf durch. Lucy lässt sich auf eine Bank fallen. »Na gut. Einverstanden. Ich warte hier.« Sie widersteht dem merkwürdigen Drang zu schnurren.

Trotz der Menschenmassen im Bahnhof schafft Anna es, ganz vorne zu stehen, als die Wagentür sich öffnet.

Charles' helle Haare passen zu Annas dunklen Locken, sein Kinn passt auf ihren Kopf, seine goldene Uhr passt zu ihren goldenen Ringen, sein Handlanger passt zu ihrem. Sie sind eine perfekte Kombination, erst recht im Auftreten. Mitten im Getümmel, mit unbekümmert weiten Gesten, ohne Platz zu machen, ohne einen einzigen Gedanken an die Fahrgäste, die sich um sie herumdrücken müssen. Anna wirft lachend den Kopf in den Nacken, und eine Frau weicht hastig den tanzenden Locken aus – die, wie Lucy weiß, mit Rosenwasser besprüht sind.

Bald stehen Anna und Charles ins Gespräch vertieft ganz allein auf dem leeren Bahnsteig, nur Lucy und die Handlanger warten noch. Die Zeit kriecht. Sonnenstrahlen fallen schräg auf die Bank. In die Falten von Lucys Kleid zieht der Schweiß.

Ein letzter, einsamer Wagen rattert heran. Der Fleischerjunge will seine Hühner holen. Als er mit erhitztem Gesicht und schiefem Kragen an der Tür des Güterwaggons rüttelt, kommt er Lucy viel zu nah. Sie rutscht zur Seite, will nicht zu ihm gehören – und da knallt die Tür auf. Ein staubiger Windstoß fegt über ihr Kleid.

Hinten auf dem Bahnsteig hat Charles die Hand auf Annas Taille sinken lassen. Keiner von beiden bemerkt den Aufruhr.

Lucy klopft sich ab, aber es ist zu spät. Dreck und Schweiß vermischen sich auf dem weißen Stoff zu einer erdigen Schmiere. Ihr Kleid ist so schmutzig, wie sie sich vorhin Annas vorgestellt hat. Bestimmt sieht sie genauso verdreckt aus wie der Fleischerjunge. Anna redet und redet, und außer den Handlangern bemerkt niemand, dass Lucy geht.

WASSER

Als Lucy in den Fluss watet, versinkt eine aufgeblähte orange Sonne am Horizont.

Wegen des Gerüchts ist das Ufer leer gefegt. Niemand sieht zu, als sie den Rock anfeuchtet, dann kurz überlegt. Sich ganz vorsichtig verdreht und die dreißig Perlmuttknöpfe aufmacht. Nackt lässt sie sich neben ihrem Kleid treiben. Das Wasser umspült Körper und Stoff in leidenschaftsloser Läuterung.

Die Freundschaft mit Anna ist Lucys zweite in Sweetwater. Die erste hat sie mit dem Fluss geschlossen.

Vor fünf Jahren hat sie ihn zum ersten Mal durchquert, als sie in die Stadt kam. Sie lief vor Fuhrwerke und irrte durch Menschenmassen. War verloren. Vom Himmel keine Rettung – wenn sie hinaufsah, wie sie es in den Hügeln gelernt hatte, versperrten die Häuser ihr die Sicht. Die Wolken drehten sich nicht. Sie stand in keiner Mitte, und das Land schwieg. Sie war niemand.

Irgendwann landete sie in der Küche eines Restaurants. Wohltuend vertraut: fettige Teller, niedrige Decken, Nackenschmerzen vom ewig gesenkten Kopf. Noch drei andere Mädchen standen an den Spülbecken. Eines hell, zwei dunkel. Lucy murmelte: *Waise. Findelkind. Weiß nicht. Ganz allein.* Das helle Mädchen verlor das Interesse. Die dunklen waren hartnäckiger, flüsterten miteinander, kamen schließlich in der Gasse hinter dem Restaurant auf Lucy zu.

»Wer bist du?«, fragte die Größere.

»Ein Waisenkind.«

»Nein«, sagte die Kleinere und kam näher. Lucy sah ihnen ins Gesicht: wahrscheinlich Indianerinnen. In den Straßen von Sweetwater liefen viele Indianer jeder Couleur herum. »Zu welchem Volk gehörst du?« Die Kleinere legte die Hand auf die Brust und sagte den Namen ihres Stammes.

Ein anderer Name aus alten Zeiten, gehört auf einem Zwischenboden, wirbelte durch ihre Erinnerung und zerfiel zu Staub. *Das hier ist das richtige Wort.* Verschwunden. Die Zunge trocken. Wenn sie jemals zu einem Volk gehört hatte, kannte sie nicht einmal mehr seinen Namen. Das größere Mädchen legte auch die Hand auf die Brust, und Lucy begriff, dass die beiden Schwestern sein mussten.

Die Mädchen ließen Lucy nicht aus den Augen, hörten nicht auf zu fragen, boten ihr immer wieder von ihrem merkwürdigen mitgebrachten Essen an. Löcherten und drängten sie, bis Lucy ihnen eines Tages ein paar Sachen ins Gesicht sagte, die mit Haut zu tun hatten. Mit Wasser. Mit Schmutz.

Danach redeten die Indianerinnen nicht mehr mit ihr. Scham nagte, fraß an ihr, gefolgt von einer Leere, die sie irgendwann als Leichtigkeit nahm. Sie ließ den Namen des Stammes, den die Mädchen genannt hatten, durch die Ritzen ihrer Erinnerung fallen, diesmal mit Absicht, und er verschwand dorthin, wo auch die Bezeichnung für sie selbst war. Wenigstens ließen sie sie in Ruhe.

Sie war nicht ganz allein, noch nicht. Mittags und abends kehrte sie mit Resten aus der Küche zum Fluss zurück, bei deren Anblick Sam die Nase rümpfte. Sam bot ihr die zwei Silberdollars an, Lucy stellte sich taub, bis Sam zurückzog. Sie redeten kaum noch. Sam wurde immer wählerischer, immer unruhiger, immer abwesender. War oft stundenlang verschwunden und besorgte sich irgendwo anders Essen.

Dann kam der Jahrmarkt, den der Mann aus den Bergen angekündigt hatte. Cowboys, Trapper und Viehtreiber, Spiele und Vorführungen fegten durch Sweetwater wie ein Wirbelsturm. Als der Jahrmarkt weitergezogen war, war Sam fort – und Nellie auch.

Lucy wartete noch eine Woche lang allein mit dem Fluss. So klar an der Oberfläche. So viel Schutt auf dem Grund. Schließlich schmiss sie ihre Habseligkeiten – abgewetzt, verbeult, zerfleddert und eklig, von der Sonne verblichen und stinkend von der langen Reise aus dem Westlichen Territorium – ins Wasser. Nur mit dem Kleid, das sie am Leib trug, bezog sie ein Zimmer in einem kleinen Boardinghouse.

Im ersten Jahr wanderte ihr Blick forschend über die Gesichter in Sweetwater. Tausende unterschiedlicher Menschen, mehr, als sie je gesehen hatte. Keiner von ihnen vertraut.

Im zweiten Jahr suchte sie nicht mehr nach der Enttäuschung, eilte mit gesenktem Kopf durch die Straßen. Manchmal rief ihr jemand etwas zu. Unbekannte Stimmen. Meistens Männer, und meistens im Dunkeln.

Im dritten Jahr hatte sie so oft *Waise, Findelkind, ganz allein* gesagt, dass die Worte sich wie eine Lackschicht über die Wahrheit legten. Ihre Geschichte war ein leeres Blatt Papier, passend zu dieser Stadt, in der sie erkannte, was Zivilisation tatsächlich bedeutete: keine Gefahr, kein Abenteuer, keine Ungewissheit an einem Ort, der so viel von seiner Wildheit eingebüßt hatte, dass ein falscher Tiger schon ein Ereignis war.

Drei Jahre lang Spülwasser, Schrumpelfinger, gepflasterte Straßen, saubere Ecken, grüne Blätter dann braune dann keine dann wieder grüne, gebügelte Kleider, über die Ladentheke geschobene Münzen, weiße Gardinen, gestärkte Laken, Salz, sauberes Wasser, schwüle Luft, Straßenlaternen, ein steifer Nacken, Waschwasser statt Spülwasser, eine neue Arbeit im Hotel, besser bezahlt, während die Indianerinnen noch acht weitere Jahre lang in der Küche Schulden abzuarbeiten hatten, Salz, sauberes Wasser, schmerzende Hände, die Luft zu schwer zum Atmen, Glanz von Messer und Gabel neben einem einsamen Teller und die einzige Berührung auf der Haut die des Flusswassers.

Und dann, zu Beginn des vierten Jahres, lernte Lucy am Fluss Anna kennen.

»Was machst du damit?«, fragte eine Stimme hinter ihr. Ein Finger zeigte über ihre Schulter auf den Stock in ihrer Hand. Ein fremdes Mädchen trat neben sie ans Ufer. Genau wie Lucy hielt es eine Wünschelrute in der Hand.

»Ich bin Anna«, sagte sie. Ihre Stimme zerriss die Einsamkeit.

Bis dahin war Lucy allein zum Fluss gegangen. Wenn sie frei hatte, schwamm sie oder schrubbte sich ab oder versuchte im Wasser einen kurzen Blick auf ihr Gesicht zu erhaschen: eine hohe Wange, ein Schwung Haare, die schmale Kontur eines Auges. Sie sammelte Sachen – längliche, graue Steine, revolverkugelschwarze Kiesel, einen Y-förmigen Zweig, der wie eine Wünschelrute aussah – und hielt sie sich ans Ohr, als könnten diese Dinge zu ihr sprechen, wie es sonst niemand tat.

Und dann Anna.
Morgen soll es regnen.
Du hast schöne Haare.
Du hast schöne Sommersprossen.

Kannst du mir beibringen, so zu schwimmen?
Wie alt bist du?
Sechzehn.
Ich auch.

Schon bald vermutete Lucy, dass ihre neue Freundin auch etwas zu verbergen hatte. Sie redeten nie von der Vergangenheit. Anna interessierte sich nur für die Zukunft. Für einen Zug, mit dem sie fahren wollte, für ein Kleid, das sie sich nähen lassen wollte, für Früchte, die sie im Herbst essen wollte. Ein Leben aus knospenden Möglichkeiten, die nur darauf warteten aufzublühen.

Eines Sonntags lag weißer Raureif auf den Ufern, und Anna brachte drei der Herbstäpfel mit, von denen sie schon seit Wochen erzählt hatte – so rot, dass es Lucy in den Augen weh tat. Einen ungewöhnlich schweigsamen Augenblick lang spielte Anna mit ihrer Wünschelrute herum, dann sagte sie plötzlich: »Mein Vater war Goldgräber.«

Saft füllte Lucys Mund. Die Süße löste ihr die Zunge. »Meiner auch.«

Zu ihrer Überraschung ließ Anna die Worte nicht einfach zwischen ihnen niedersinken wie sonst. »Wusste ich's doch«, sagte sie und packte Lucys Hände. Lucy versuchte zurückzurutschen. Versuchte zu erspüren, was dieses Mädchen wusste und woher. Der Revolver, die Bank, die Schakalmänner? »Wusste ich's doch, du bist genau wie ich. Papa hat gesagt, ich darf es niemandem erzählen, er meint, ich bin zu naiv, er mag es auch nicht, wenn ich ohne meinen Handlanger herkomme – aber ich habe gewusst, dass ich dir vertrauen kann. Ich habe es von Anfang an gewusst. Wir werden bestimmt allerbeste Freundinnen.«

Anna ist die Tochter eines Goldgräbers, aber dann ist es auch schon vorbei mit den Gemeinsamkeiten. Denn Annas Vater hat das Gold aus den Hügeln behalten. Er hat Urkunden, die sein Anrecht darauf beweisen, und Männer, die für ihn arbeiten. Er hat Minen gehortet, Hotels, Geschäfte, Eisenbahnen, er hat ein Haus in Sweetwater, weit entfernt von den geplünderten Hügeln, und eine Tochter.

In Sweetwater hat Lucy gelernt, was *Narrengold* ist. Wertlose Steine, von denen ungeübte Augen sich täuschen lassen. *Narrengold* sagt man, wenn etwas nur scheinbar echt ist. Anna mag die Tochter eines Goldgräbers sein, aber in Lucy hat sie sich getäuscht.

Lucy ergänzte ihre Lüge. *Waisenkind. Weiß nicht. Ganz allein. Aber ich vermute, dass mein Vater Goldgräber war.* Anna verzieh ihr. Anna verzeiht leicht, lacht leicht, weint leicht, und Lucy, der das alles schwerfällt, staunt, hat sie doch das Grab ihrer Kindheit so festgetrampelt, dass kaum noch Gefühle herausflattern. Und trotzdem bleibt Anna dabei: *Ganz tief drinnen sind wir genau gleich.*

Annas Villa besitzt einundzwanzig Zimmer und zwei Küchen, dazu drei Springbrunnen und fünfzehn Pferde. Samt und Damast, Silber und Marmor. Und im größten Zimmer, in dem die Decke sich so hoch wölbt, dass die blauen Kacheln wie heller Himmel aussehen, hängt eine gerahmte Urkunde. Der Rahmen ist aus massivem Gold. Die Urkunde ist nur ein Stück Papier. Angestaubte Kanten, eine eingerissene Ecke. Am unteren Rand eine Schlange: die Unterschrift von Annas Vater. Dies ist sein wertvollster Besitz, der Claim auf seine erste Schürfstätte. *Tut dir etwas weh?*, hatte Anna gefragt, als sie Lucy die Urkunde zum ersten Mal zeigte. *Du siehst so ...* Vermutlich hatte Anna wenig Übung mit dem Wort *verzwei-*

felt. Dennoch verhätschelte sie Lucy, fütterte sie mit Süßigkeiten, führte sie über die Marmorfußböden, drängte ihr Samtkleider und Silberdöschen voll Salz auf. Und sagte immer wieder: *Genau gleich.* Die Worte hallten durch die Villa, in der trotz der Dienstmädchen und Stallburschen und Gärtner die Leere lauerte – Annas Mutter tot, ihr Vater immer auf Reisen – und Lucy glaubte zu hören, was dahinter mitklang.

Als hätte Anna einen Zauberstab über ihrer Freundin geschwenkt – nur dass der Zauberstab eine Wünschelrute war, die Annas Vater gehalten hatte, und der Zauber war das Gold. Verwandlung in das gleiche Mädchen.

Eine Weile lang funktionierte es. Den halb blinden Gärtner konnten sie sogar vollends täuschen. Das gleiche Kleid, die gleichen Locken. Lucy ahmte Annas Worte und ihr sorgloses Lachen nach. Anna war alles, was Lucy sah, so dass sie beim zufälligen Blick in den Spiegel erschrak – kein rundes Gesicht mit grünen Augen. Ein merkwürdiges, ernstes Gesicht, schiefe Nase, misstrauischer Blick.

Der Gärtner sagte: *Ja, kleine Madam.* Und schnitt die Blumen, um die Lucy gebeten hatte.

Aber vor zwei Monaten erlosch der Zauber, um Mitternacht, als Lucy länger als je zuvor in Annas Zimmer geblieben war. Sie hatten kalte Biscuits aus der Küche stibitzt, obwohl die Köchin ihnen im Handumdrehen einen Schmaus hätte zaubern können, und futterten bei Kerzenschein. Berauschender Duft von einem Strauß Rosen. Eng nebeneinander auf Annas Bett, das riesige Haus dunkel, bedeutungslos. Plötzlich hörte Anna auf zu kichern. Sie wandte Lucy das erhitzte Gesicht zu. Fragte, ob sie in einem der einundzwanzig Zimmer leben wollte. Sagte: *Du bist wie eine Schwester für mich.*

Zum ersten Mal seit ihrer Rückkehr an ein verlassenes

Flussufer dachte Lucy an dieses Gefühl beim Aufwachen – die Gewissheit, nicht allein zu sein. Der animalische Geruch eines anderen Körpers. Trübe stieg die Wahrheit in ihr auf. Sie war bereit, es zu sagen.

Da flammte das Gaslicht auf. In der Tür stand ein Mann und fragte: »Wer bist du?«

Annas Vater war von seiner Geschäftsreise zurückgekehrt. Lucy fegte die Krümel vom Kleid, senkte den Kopf, um die Nase zu verbergen.

Anna war in diesem weichen, grünen Nest geboren, aber Annas Vater stammte aus den Hügeln. Er erkannte echtes Gold und ließ sich nicht täuschen. Als Anna ihm um den Hals fiel, fragte er, wo Lucy herkam. Sagte, seine Kollegen hätten ihm schon mal von solchen Leuten berichtet. Er hörte sich die Lügengeschichte an – *Waisenkind – weiß nicht – ganz allein –*, dann bat er Anna um ein Gespräch unter vier Augen. Lucy sammelte ihre Sachen zusammen und ging. Niemand rief sie zurück.

Seitdem spricht Anna nicht mehr von ihrer gemeinsamen Zukunft. Vom Zug, mit dem sie bis zur Endstation im Osten fahren würden, von den Picknicks in den Obstgärten ihres Vaters, von den Flüssen, in denen sie schwimmen, und den Kleidern, die sie vom Geld ihres Vaters kaufen würden. Kein Wort mehr davon, dass Lucy in einem der einundzwanzig Zimmer wohnen kann.

Nach diesem Abend wurden Verehrer in die Villa geschickt. Anna verspottete sie, beschwerte sich über sie, verglich sie mit Tieren und Möbelstücken. Aber sie suchte sich einen Mann aus, der selbst eine Familienvilla, Gold und Reichtümer besaß.

Jetzt spricht Anna von einem Haus mit Charles, einem Garten mit Charles, Reisen mit Charles. Selbstverständlich ist Lucy auch eingeladen. Begeistert drapiert Anna ihre beste Freundin und ihren Verlobten um sich herum und bemerkt nicht, dass Charles' Hand Lucys Taille streift, dass er Lucy *unsere engste Freundin* nennt, dass er Geschenke zum Hotel schickt, in dem Lucy als Wäscherin arbeitet, dass er nach Saloon stinkend vor Lucys Fenster auftaucht.

Lucy wird zum Dinner eingeladen, an einen Tisch mit drei Tellern. Sie lobt das köstliche Essen. Die Blumen. Die Freundlichkeit. Erwähnt mit keinem Wort, dass Charles, sobald Anna das Zimmer verlässt, sie flüsternd zu einem Spaziergang zu zweit auffordert. Der Platz neben Anna – der vorher für eine Schwester gereicht hat – ist geschrumpft.

Und so taucht Lucy in den Fluss, allein, wie früher. Ihre Haut weicht zu feuchten Runzeln auf. Schwerelos lässt sie sich weiter treiben. Malt sich aus, wie sie in vielen Jahren, wenn sie an Land genauso runzlig ist wie im Wasser, immer noch lächelnd neben ihrer Freundin sitzt. Wie sonst sollte ihre Zukunft aussehen? Sie ist geworden, wozu sie sich gemacht hat: *Waisenkind. Ganz allein.* Kein Reichtum, kein Land, kein Pferd, keine Familie, keine Vergangenheit, kein Zuhause, keine Zukunft.

FLEISCH

Tropfnass geht Lucy zurück. Es dämmert, und die Leute zucken zusammen, als sie mit wirren Haaren barfuß vorbeiplatscht. Auf der Treppe zum Boardinghouse begegnen ihr drei Mädchen. Die Furcht vor dem Tiger hat sie schreckhaft gemacht. Eine weicht bei Lucys Anblick ängstlich zurück, und plötzlich spürt Lucy den instinktiven Drang, nicht zur Seite zu gehen, sondern *vorwärts* diese Dummheit direkt anzuspringen. Sie könnte ihnen etwas über wahre Furcht erzählen, die einem das Rückgrat brechen kann.

Lucy lächelt, macht ihnen Platz. Die Luft ist zu still. Nervöses Zucken um die Mundwinkel. Vielleicht wird sie ruhiger, wenn sie etwas isst.

Die Vermieterin fängt sie direkt hinter der Haustür ab und kündigt Besuch im Salon an. Bestimmt die besorgte Anna. Seufzend dankt Lucy der Frau.

»Ein *Mann*«, sagt die Vermieterin und versperrt ihr den Weg. Wütende Spucketröpfchen fliegen. Nach fünf ruhigen Jahren im Boardinghouse überrascht Lucy diese Entrüstung. »Die Tür hier bleibt offen, verstanden? Und er geht auf keinen Fall mit nach oben. Ich sehe alles.«

Dunkelheit ist hereingebrochen. Bedrängend. Es muss Charles sein.

Bei ihrer ersten Begegnung mit Charles war es ebenfalls dunkel. Vor drei Jahren, lange vor Anna. Als Lucy noch nachts aufwachte, mit kribbelnden Füßen, die Einsamkeit ein trockenes Kratzen im Hals, das nicht mit Wasser zu stillen war. Also lief sie quer durch die Stadt.

Tagsüber mieden anständige Leute die Straßen um den Bahnhof, schmuddelige Ecken mit Saloons und Spielhöllen, wo sich Vaqueros, Spieler, Indianer, Säufer, Cowboys, Scharlatane, ehrlose Frauen und andere anrüchige Gestalten herumtrieben. Nachts lockten diese Straßen Lucy. Ein vertrauter Menschenschlag, Gescheiterte allesamt. Ihr Anblick beruhigte Lucy, während ihr dreizehntes und vierzehntes Jahr vorüberzog. Die Schlaksigkeit wuchs sich aus, ihre Haare wurden weich und glatt, und sie zog Blicke auf sich. Besonders von Männern.

Bei Einbruch der Dunkelheit brachen diese verrufenen Straßen auf wie knackende Buchrücken. *Das verstehst du, wenn du älter bist*, hatte Ma immer gesagt. Lucy lernte, Mas Eleganz, Sams Stolz in ihren Gang zu legen. Ein Spiel zu spielen, das aufregend und beängstigend zugleich war. Sie lernte zu ignorieren und zu reagieren, sie konnte spucken und ungestraft entkommen. Arme Männer, verzweifelte Männer, raue Männer – und dann ein Mann, der nichts von alldem war.

Er lief Lucy in die Arme, als er aus einer Spielhölle geworfen wurde. Verfolgt von lauten Flüchen, die teuren Kleider zerrissen – aber er lachte nur. Versprach, mit mehr Geld zurückzukehren. *Wo kommst du denn her?*, fragte er Lucy. Anders als die anderen quittierte er ihre Abfuhr nicht mit Zorn oder Stottern. Er behielt sein Lächeln. Und kam immer wieder.

Arme Männer gaben auf, verschwanden, büßten ihr Geld und ihren Stolz ein. Er besaß die Arroganz der Reichen. Eines

Nachts bot er Lucy eine Handvoll Münzen an, und sie wandte sich zitternd ab. Nicht aus Angst – eher so, wie einem Mann nach dem Abfeuern eines Revolvers die Hände zittern. Sie betrachtete ihre Arme, ihre Brüste, ihren Bauch. Versuchte zu erkennen, wo in dieser Weichheit ihre Waffe lag.

Danach kehrte sie nicht mehr in das Viertel zurück. Sie hatte gelernt, die Haube zurechtzurücken, den Gang zu kontrollieren, die Haare ins Gesicht fallen zu lassen. Konnte die Geister verscheuchen, die ihr erschienen, wenn sie einen gebrochenen Mann durch eine Seitengasse hinken sah oder einen Blick auf einen langen, schmalen Frauenhals am Zimmerfenster über einem Saloon erhaschte – konnte wie ein normales Mädchen erscheinen, das sich mit Anna anfreundete.

Und dann tauchte er neben Anna wieder auf. Gepflegt, immer noch lächelnd, mit einem Namen. *Charles*, sagte Anna, als sie ihren Verlobten vorstellte, *dieses Mädchen liegt mir sehr am Herzen. Du darfst sie nie vergessen.* Charles zog Lucy zur Begrüßung eine Winzigkeit zu nah heran, so dass zwischen ihnen nicht mehr als die schmale Gasse, die dunkle Nacht, das Geheimnis Platz hatte, das Anna nicht kannte. *Wie könnte ich dich je vergessen?*, sagte er.

Der Mann im Salon hat schwarze Haare und braune Haut. Mit schmalem Blick dreht er sich zu Lucy.

Ihre Hand fliegt an die Nase. Es ist Ba.

Obwohl an seinem roten Hemd keine Graberde klebt, aus seinen Stiefeln keine Maden kriechen, bricht etwas tief Verschüttetes auf. Lucy ist von Hitze, von erstickendem Staub umgeben. All die Jahre und die Entfernung und die Sauberkeit ihres Lebens sind wie weggefegt, als Ba auf sie zukommt.

Im Salon steht nicht die Lucy aus Sweetwater. Sondern eine junge Lucy, schmächtig und mit nackten Füßen, das Innere bloßgelegt. Eine Lucy, die sie eigentlich im Westlichen Territorium begraben hatte.

Sie will weglaufen, aber das enge Kleid schnürt ihr die Brust zusammen. Sie bekommt keine Luft. Und Ba wäre sowieso zu schnell – sein Geist ist in jüngerer Gestalt erschienen. Kein Hinken, keine Zahnlücke. Lange Beine, scharfkantige Wangenknochen. Grinsend steht er vor ihr.

Und sagt: »Peng.«

Diese Stimme. Nicht so tief wie Bas. Rauchig wie Mas. Von nahem kann das Gesicht seine sechzehn Jahre nicht leugnen.

»Deine Haare«, sagt Lucy mit brüchiger Stimme. »Die sind lang geworden.«

Als sie Sam das letzte Mal gesehen hat, waren die Haare bis zur Kopfhaut abgeschnitten. Jetzt fallen sie in die Augen, reichen bis über die Ohren. Ihr halbes Leben lang hat Lucy diese Haare zu Zöpfen geflochten. Sie streckt die Hand danach aus. Dann fällt es ihr wieder ein.

»Was willst du hier?« Sie zieht den Arm zurück. »Du hast mich allein gelassen.«

Sams Lächeln verschwindet. Das Kinn hebt sich. »Du warst doch fast nie da. Du hast mich zuerst allein gelassen.«

»Ich habe jeden Tag nach dir gesehen. Und ohne ein Wort – hast du denn überhaupt kein Mitgefühl? Ich habe gedacht, du bist verletzt oder tot. Ich habe dich nicht gebeten zurückzukommen. Nicht zu fassen ...«

Manche Sachen katapultieren sie in Sekundenschnelle zurück. Der Gestank von Hühnerdreck. Das Gesicht eines Toten. Und diese Sturheit, die Sam auch nach all den Jahren nicht verloren hat. Ma hat es Trotz genannt. Ba hat es *Junge* genannt. Lucy hat es mit einer Mischung aus Bewunderung und Neid Sams Leuchten genannt.

Die Tür knarrt auf. Es ist die Vermieterin, sie kreischt ihre Missbilligung heraus. Lucy beruhigt sie mit höflichen Worten, hinter denen sie die Kränkung einer Zwölfjährigen verbirgt.

Als sie Sam wieder ansieht, ist sie nur noch müde. Wie soll sie beschreiben, was sie nach Sams Verschwinden empfunden hat? Da war etwas fort aus der Welt. Sie hat etwas von sich selbst so tief begraben und festgestampft, dass niemand in Sweetwater es sehen kann. Sie hat sich verändert. Ist nicht mehr die Schwester, die Sam gekannt hat.

»Du solltest lieber wieder gehen«, sagt Lucy.

Da sagt Sam: »Es tut mir leid.«

Die Entschuldigung jagt Bas Geist aus dem Zimmer. Nur noch Sam steht da und streckt die Hand aus.

»Frieden?«

Eine Hand wie jede andere. Rau, schwielig und zitternd, und Lucy fragt sich, wie viel Sam wohl begraben hat. Sekunden vergehen, die Hand bleibt ausgestreckt. Zum ersten Mal scheint Sam etwas von Lucy zu wollen. Wie lange wird Sam bleiben, um es zu bekommen?

Sie lässt die Hand in der Luft hängen. »Lass uns was essen gehen. Du bezahlst.«

Lucy wählt eine Gegend, in der sie nicht auf Anna stoßen werden. Sie landen in einem schmierigen Diner in der Nähe des Bahnhofs, wo Sam ohne einen Blick auf die Karte bestellt. Zwei Steaks, eine griesgrämige Köchin, aber Sam schenkt ihr ein so breites Lächeln, dass die Frau völlig perplex kehrtmacht, die Mundwinkel scheinbar unfreiwillig nach oben gezogen. Lucys Appetit hat sich beim Anblick der Fliegenfänger aus dem Staub gemacht. Sie will nur ein Glas Wasser. Sam sieht, wie sie ihre dreckige Gabel an der Serviette abwischt, und ruft quer durch den Raum.

»Miss?« Ein paar Gäste drehen sich zu ihnen um. »Miss, Sie mit den schönen Locken.« Die Köchin mit ihrem Wust grau melierter Haare sieht überrascht von ihren Zwiebeln auf. »Könnten wir vielleicht neues Besteck haben? Wenn das geht. Vielen Dank, Miss.«

»Mach keinen Aufstand«, zischt Lucy und zieht sich die Haare ins Gesicht.

»Die glotzen doch sowieso alle.«

Das stimmt, Sam sorgt wie immer dafür. Lümmelt sich auf dem wackligen Stuhl, als wäre es ein Sessel in Annas Salon. Wenn Lucy gelernt hat, sich unsichtbar zu machen, hat Sam in den fünf Jahren dem angeborenen Leuchten noch mehr Glanz verliehen. Verwegener Gang, gestraffte Schultern. Ein neues Tuch um den Hals versteckt den fehlenden Adamsapfel. Bei genauem Hinsehen erkennt Lucy Spuren des hübschen kleinen Mädchens: lange Wimpern, glatte Haut. Aber es ist, als sähe man ein Tier in der Stunde des Schakals durchs Gras schleichen. Unsicher, ob man seinen Augen trauen kann.

Die meisten Menschen sehen einen Mann. Gut aussehend, wie Ba es gewesen sein muss, bevor das Leben ihn gezeichnet hat. Voller Charme und Anmut wie Ma. Wahrscheinlich kommen deshalb die beiden Steaks so schnell, lässt die Köchin deshalb noch ein hölzernes Lächeln aufblitzen.

Gierig wie früher stürzt Sam sich auf das Essen. Lucy dreht ihr Wasserglas, erinnert sich an die Hungerzeiten. Zu den feuchten Fingern kommen feuchte Augen. Sie will das nicht, was Sam hier aufwühlt. Es ist zu trübe.

Sam missversteht Lucys Blick. »Willst du das zweite Steak doch?«

»Lieber nicht. Ich ruiniere mir das Kleid.« Lucy streicht über das weiße Leinen, Spezialimport von Annas Vater. Sie will nicht erklären müssen, was es mit dem teuren Stoff und mit Anna und ihrem Vater auf sich hat. Sie wechselt das Thema. »Erzähl mal, was du so gemacht hast.«

Sam nimmt noch einen Bissen und lehnt sich zurück. Spricht in rhythmischem Singsang, erstaunlich tief für sechzehn Jahre. In der Hitze kann man sich leicht vorstellen, wie diese Geschichten am Lagerfeuer erzählt werden. Sie klingen eingeübt, wie Lucys Waisengeschichte. Es sind – Lucy blinzelt – Geschichten, die Sam Fremden erzählt.

Sam hat mit einer Gruppe Cowboys eine große Viehherde nach Norden getrieben. Hat mit Abenteurern eine verlorene Indianerstadt im Süden erkundet. Ist mit einem einzigen Gefährten auf einen Berg geklettert, um die Welt vom Gipfel aus zu betrachten. Sam kaut und redet, schluckt und prahlt, und Lucy spürt bohrenden Hunger. Nach wilden Gegenden, nach gewundenen Pfaden, deren Ende man nicht sieht, nach einer Angst, die in Sweetwater genauso verloren gegangen ist wie die Wildnis. Nach dem Leben auf dem Treck, wo ungesalzener Haferbrei und kalte Bohnen ein Festmahl sind und die Trockenheit den Körper lebendig macht, anders als in dieser trägen, geordneten Stadt, in der alle Straßen wohlbekannt und auf einem Plan notiert sind.

»Wohin gehst du als Nächstes?«, fragt Lucy, als Sam fertig ist. Im Diner ist es still geworden, aber ein Echo bleibt – und klingt in Lucy weiter, als hätte ein Glas ein zweites angestoßen und in Schwingung versetzt. Erst nach einer Weile erkennt sie, dass der Klang Hoffnung ist. »Mit wem?«

Sam kratzt mit der Gabel über den leeren Teller. »Diesmal gehe ich allein. Bin lange genug mit anderen unterwegs gewesen. Ich will ziemlich weit, und ich glaube, ich komme nicht zurück. Deshalb ... deshalb wollte ich mich verabschieden.«

Der Hunger in Lucy ist jetzt so überwältigend, dass sie Angst hat, sie könnte sich darin auflösen. Sie bestellt auch ein Steak. Will eigentlich nur ein paar Happen. Aber das Fleisch nimmt ihren Mund und ihre Augen in Anspruch, und sie muss Sam nicht ansehen und nichts sagen, muss nicht befürchten, dass ihre tiefe Enttäuschung zu erkennen ist. Sie hebt den Teller, versteckt sich dahinter, leckt den blutigen Fleischsaft ab.

Sam schiebt ihr die anderen beiden Teller hin. Lucy leckt auch die sauber. Erst dann blickt sie hinunter auf ihr Kleid. Es ist ruiniert, voller winziger rosa Spritzer.

Sam sagt: »Steht dir gut.«

Wut macht alles klarer. Sam rauscht einfach so in die Stadt, spöttelnd wie eh und je, und bringt alles durcheinander – denkt wieder mal nur an sich selbst. Inzwischen ist die Rechnung gekommen, und Lucy greift zu. Das wird ihr Abschiedsgeschenk.

Aber Sam ist schneller. Knallt die braune Hand wie bei einem Zaubertrick auf den Tisch, hebt sie wieder hoch – und da liegt ein Klümpchen reines Gold.

Hastig deckt Lucy es mit beiden Händen, mit dem Unterarm zu. »Hast du geschürft?« Sie bebt vor Furcht. Sieht sich um, aber keiner der anderen Gäste hat sich gerührt. Der ganze Raum scheint erstarrt innezuhalten. »Du weißt, dass du das nicht darfst. Das Gesetz ...«

»Ich habe nicht geschürft. Ich habe für einen Goldmann gearbeitet, und das ist meine Bezahlung.«

»Für einen Goldmann? Warum?«

»Ist dir das denn nie aufgegangen?« Der prahlerische Ton ist verschwunden. Zum ersten Mal spricht Sam leise, achtet auf die anderen Gäste. »Nicht nur uns ist Unrecht angetan worden, auch anderen. Indianern, Braunen, Schwarzen. Wir alle wissen, dass wir bestohlen wurden. Hast du dich nie gefragt, was die Goldmänner mit dem Reichtum gemacht haben, den ehrliche Leute ausgegraben haben?«

Aus dieser Nähe erkennt Lucy, was bisher hinter Sams Charme verborgen war. Dieselbe Mischung aus Gewalt, Verbitterung und Hoffnung, die Ba umgebracht hat. Diese ferne Vergangenheit, die Lucy getilgt und gegen eine Waisengeschichte eingetauscht hat.

»Die Goldmänner glauben wirklich, ihnen gehört dieses Land«, sagt Sam verächtlich. »Ist das nicht der allergrößte Witz?«

Ein Lachen kann Lucy nicht heraufbeschwören. Wohl aber das Bild einer Urkunde an der Wand der größten Villa der Stadt, in einem Rahmen, mit dem man, würde man ihn einschmelzen und verkaufen, hundert Familien ernähren könnte. Sam mag nur Verachtung dafür übrig haben, aber dort hängt sie, in einem Haus, das Sam sich nicht einmal vorstellen kann. Lucy tut, als würde sie ihr Kleid abtupfen. Sie kennt die Antwort auf Sams Frage, und sie schämt sich dafür. Sie weiß, wo der Reichtum gelandet ist. Sie ist zu Gast in seinem Haus, sie trägt seine Geschenke, sie ist seine Freundin und geht Arm in Arm mit ihm durch Sweetwater.

Als sie aus dem Diner auf die dunkle Straße treten, springt etwas auf sie zu. Lucy zerrt Sam zurück. Es ist nur ein Junge, der sie im Vorbeilaufen anrempelt. Nackte Beine huschen durchs orange Licht der Straßenlaternen. Ein paar zerlumpte Kinder, die meisten in verschiedenen Schattierungen von Braun, spielen Tiger.

Der Kleinste, die Hände wie Klauen vor dem Gesicht, jagt die anderen. Sie lachen über sein dünnes Jaulen und flitzen davon. Schon steht er alleine da, verzieht das Gesicht.

Da ertönt hinter Lucy ein markerschütterndes Knurren. Ein drängendes, brodelndes Geräusch, das anschwillt und abschwillt, anschwillt und abschwillt, bis die Luft um sie herum vibriert. Durch die schwüle Nacht zieht der kalte Hauch des Schreckens. Die kichernden Kinder erstarren. Am Ende der Straße erhebt sich ein Betrunkener und hämmert an die nächstbeste Tür. Nur der Kleine äugt mit begeistertem Staunen in die Dunkelheit.

Lucy dreht sich um. Furcht im Herzen und noch mehr. Das Knurren hat etwas in ihr zum Klingen gebracht.

Es steht kein wildes Tier hinter ihr. Nur Sam im Schatten. Aus dieser langen, zitternden Kehle ertönt das Geräusch, viel tiefer als überhaupt möglich. Nach und nach wird Sam leiser.

Als Lucy wieder sprechen kann, sagt sie: »Es gehen Gerüchte über einen Tiger um.«

»Ich weiß.« Sam bleibt im Schatten. Nur Augen und grinsende Zähne sind zu sehen. »Und dieser Tiger liebt Fleisch.«

Lucy sieht auf Sams Stiefel. Sie sind vorne spitz, genau wie der zweite Abdruck im Garten der Frau. »Du bist doch nicht etwa ...«

Sam zuckt die Achseln. »Doch.«

Die Kinder haben sich davongemacht, der Betrunkene ist in den Saloon gelassen worden. Die Straße ist wieder still – aber etwas ist anders. Ein Funken ist verschwunden. Es gibt keinen Tiger. Der Sommer hat Lucy lethargisch und dumm gemacht. Wie kindisch sie war. Hier würde nie und nimmer ein Tiger auftauchen. Tausende von Gesichtern, aber keines lässt sie zittern. Nur dieses eine, und das will wieder fort.

»Sie würden einen Tiger nicht überleben, was?«, sagt Lucy.

»Nicht wie wir.« Sams Worte sind Singsang. »Keiner ist wie wir.«

Jetzt greift Lucy nach Sams Hand. Sie ist größer als früher. Ungewohnt. Aber da, weiter oben im Ärmel, ist das zarte Handgelenk. Ein Rhythmus kehrt zu Lucy zurück, als sie gemeinsam die Hände schwingen. Das alte Tigerlied.

Lao hu, lao hu.

Sam stimmt ein. Es ist ein Kanon, die Stimmen jagen sich wie die beiden Tiger im Lied. Beim Singen klingt Sams Stimme viel höher als beim Sprechen. Fast zart. Als Lucy mit ihrer Strophe fertig ist, wartet sie, und mit einem Satz landen sie gemeinsam auf dem letzten Wort.

Lai.

Wie heraufbeschworen steht plötzlich Anna vor ihnen. »Lucinda? Bist du das?«

Mit Anna kehrt Lärm in die Straße zurück. Sie fällt Lucy um den Hals, ihr Geplapper ergießt sich in Lucys Ohren und schwappt durch die Gassen und Winkel. Sie redet und redet, ist furchtbar erleichtert, Lucy in Sicherheit zu wissen, schimpft mit ihr wegen der Tigergefahr, erzählt, was sie erlebt hat – dass Charles sie ohne ihre Handlanger zum Spaß in einen Spielsalon mitgenommen hat, wie schrecklich und wunderbar und herrlich es da drinnen war.

»Rate mal, wie viel Geld ich verloren habe«, sagt Anna kichernd. Sie flüstert Lucy den Betrag ins Ohr.

Sams Blick brennt auf Lucys Rücken wie die heiße Sonne

des Westens. Sie weiß, was Sam jetzt denkt. Sie hat ihren Namen verlängert – na und? Aus Samantha ist schließlich auch Sam geworden. Beides nicht gerade das, was ihre Eltern geplant hatten. Warum dann diese Scham? Lucy wünscht sich die Stille zurück. Möchte Anna loswerden. Sie will nachdenken.

»Und wer ist dein Freund hier?«, fällt es Anna plötzlich ein.

Sam tritt ins Licht der Straßenlaterne, und Anna schnappt nach Luft. Ihr Blick wandert zwischen Sam und Lucy hin und her. Nimmt wie alle anderen Lucys Gesicht auseinander – sieht nicht Lucy, sondern Augen und Wangenknochen und Haare.

Anna sagt: »Du bist sicher ...«

»Sam.« Galant ergreift Sam Annas Hand. »Freut mich.« Schon wäre es unhöflich, wenn Anna die Frage wiederholen würde. Sam grinst voll Schalk und Charme.

Anna lacht. »Freut mich auch.«

Sie drücken sich immer noch die Hand, da fragt Charles: »Und woher kennst du Lucinda?«

»Wen?«, fragt Sam übertrieben verblüfft. »Ach, *Lucinda*. Wir haben uns eben erst getroffen.«

»*Hier?*« Charles' Blick wandert zu der Spielhölle, an der Lucy ihn vor Jahren kennengelernt hat. »Heißt das ...«

»Nein«, sagt Lucy. »Sam und ich sind im selben Waisenhaus groß geworden. Ich habe Sam gerade Sweetwater gezeigt.«

»Eine hübsche Stadt«, sagt Sam. »Sehr ... sicher.«

»Dann seid ihr gar nicht ...?« Anna sieht von Lucy zu Sam. »Wir dachten ...« Sie lächelt irritiert. Ihr Blick huscht zu Sams herunterhängender Hand.

Eine peinliche Stille entsteht. Die Straßenlaterne flackert

Streifen auf ihre Gesichter. Anna, Charles, Lucy – alle schweigen betreten. Nur Sam grinst immer noch. Als wäre das alles ein Spiel nach Sams Regeln. Im orangen Licht schimmern die Wangenknochen, die dunklen Augen. Es ist nicht schwer, sich Sam in einigen Jahren vorzustellen. Breiter, wohlgenährt durch Steaks, immer mehr genau der Mensch, der Sam sein will. Mit elf hat Sam verkündet: *Ein Abenteurer. Ein Cowboy. Ein Bandit. Wenn ich groß bin.* Nach fünf fehlenden, fünf verlorenen Jahren, in denen Lucy Sam in keine Schublade stecken konnte, wirkt Sam fast vertrauter als früher – ist noch mehr *Sam*.

»Ich habe eine Idee«, bricht Anna das Schweigen. »Wir zeigen Sam ein schöneres Stadtviertel. Charles und ich wollten gerade nach Hause gehen und uns von meiner Köchin heißen Kakao machen lassen. Wollt ihr nicht mitkommen? Lucinda, ich weiß doch, wie sehr du Süßes magst.«

Lucy sehnt sich einfach nur nach der leeren Straße und dem Nachhall von Sams Brüllen, das immer noch in ihr klingt und wie ein schmaler, verwilderter Pfad. Aber Sam sagt ja.

SCHÄDEL

Der Kakao ist eisgekühlt und mit Obst aus Annas Garten garniert. Daneben stehen Kekse, Schlagsahne und ein Porzellanschälchen mit noch mehr Zucker. Lucy dreht sich der Magen um. Die Zähne tun ihr weh. Sam häuft Löffel auf Löffel in den Kakao.

Charles zieht ein Fläschchen Whiskey aus der Tasche. »Der ist so gut wie Gold«, sagt er und zeigt damit auf Anna. »Wie meine Verlobte.«

Sam dreht den Kopf, späht mit Habichtblick.

Lucy lehnt als Einzige den Whiskey ab, aber Charles drängt sie, bis Anna schließlich sagt, er solle sie in Ruhe lassen. Für Lucy bedeutet Alkohol Zerstörung. Sie erwartet Lallen oder Jähzorn von Sam. Aber Sam wird nur noch bezaubernder. Zupft am Tuch um den langen, goldbraun leuchtenden Hals und erzählt von der Jagd auf einen schlauen Silberfuchs. Mit vom Whiskey heißen Wangen schnappt Anna nach Luft, als Sam einen Sturz in eine verborgene Höhle beschreibt.

»Und da drinnen«, sagt Sam und greift in die Tasche, »habe ich das hier gefunden.«

Auf Sams Finger steckt ein winziger Schädel, so blank gerieben, dass er glänzt wie eine Perle. Anna lehnt sich nah heran.

»Von einem Drachen«, sagt Sam und lässt den Schädel in Annas Handfläche gleiten. Sie protestiert: zu klein, zu rund,

und wo sind die Zähne? »Von einem Drachen*baby*. Der kleinste aus dem Wurf.«

Dabei ist es ein Eidechsenschädel. Jedes Kind, das auf dem Treck groß geworden ist, erkennt das, aber Anna lässt sich täuschen. Lucy kann ihre Ausrufe ehrfürchtigen Staunens kaum ertragen. Sam zwinkert Lucy über Annas Schulter zu.

»Kann man ihm wirklich trauen?«, fragt Charles, der sich neben Lucys Stuhl gehockt hat. Seine Whiskeyfahne streicht ihr übers Ohr, gefolgt von seinen feuchten Lippen. Sie zieht den Kopf weg. Der Alkohol macht ihn nachlässig. Normalerweise schafft sie es, ihm aus dem Weg zu gehen, aber dieser Tag hat auch sie aus dem Gleichgewicht gebracht. »Du weißt, was Annas Vater von Fremden hält.«

»Ja«, sagt Lucy.

»Dafür, dass ihr euch eben erst wiedergetroffen habt, wirkt ihr zwei ganz schön vertraut.«

Sam tischt die nächste Lügengeschichte auf. Anna verschluckt sich vor Lachen, und Sam schlägt ihr auf den Rücken. Zu viert fühlt sich der Salon viel beengter an als zu dritt. Lucy steht auf. Sie bittet Charles, ein paar Schritte mit ihr zu gehen.

Seiner Tochter zuliebe hat Annas Vater Pflanzen aus ihrer heimischen Erde gerissen. Riesige Territorien wurden geplündert, um den Garten zu bestücken. Manche Pflanzen hatten Namen, die aber schnell entsorgt wurden. Anna taufte sie nach Lust und Laune neu. *Tigerlilie, Schlangenschwanz, Löwenmähne, Drachenauge* – eine Menagerie wilder Tiere mit abgeschnittenen Dornen und sicher vergrabenen Wurzeln. Der Garten wird als Triumph gefeiert, aber die Pflanzen, die nicht anwachsen, sieht niemand.

Letzte Woche war das Grün übersät von Blüten. In dieser

Woche welken sie. Auf ihrem Weg in die Mitte des Gartens zertreten Lucy und Charles überall Blütenblätter. Die Pflanzen stehen dicht an dicht, ersticken jedes Geräusch.

»Sei nicht albern«, sagt Lucy. »Es ist jedenfalls nicht so, wie du denkst.« Hier kann sie Charles mit etwas Abstand betrachten und überlegen, wie sie am besten mit ihm umgeht.

Hinter seinem vom Whiskey aufgedunsenen Gesicht, den glänzenden Wangen kommt das verwöhnte Kind zum Vorschein, das hinter Lucy her ist wie hinter einem neuen Spielzeug, nur um es am nächsten Tag wieder wegzuwerfen. Wenn er erst mal verheiratet ist und Anna bei sich im Bett hat, wird seine Unruhe sich schon legen. Muss sie einfach. Bis dahin ist er Annas Verlobter, während Lucy zusieht – und Lucys Bürde, wenn Anna nicht zusieht.

»Du hast mir gar nichts zu sagen.« Charles hat schlechte Laune. Manchmal kann Lucy ihn abblitzen lassen oder ihm mit einer spitzen Bemerkung den Wind aus den Segeln nehmen. Aber heute sieht er gereizt aus. Er will unbedingt etwas von ihr ergattern – einen Gefallen, ein Kompliment, einen Blick auf ihren Knöchel. Es ist leichter, ihm etwas zu gewähren, als tagelanges Schmollen und Gewitterblicke zu ertragen und einen Ausbruch zu fürchten. Immerhin muss er ihre Geheimnisse ebenso bewahren wie sie seine, und so gibt sie ihm eine Wahrheit.

»Ich bin Sams Schwester.«

»Du hast also doch gelogen, was ihn angeht.« Charles boxt triumphierend mit der Faust in die Handfläche. »Irgend so was hatte ich schon vermutet.«

Lucy seufzt. »Du hattest recht, Charles.«

»Wir können also immer noch Freunde sein?«

»Ja.«

»Dann gib mir einen Kuss.« Lucy gibt ihm ein flüchtiges Küsschen auf die Wange. Er dreht den Kopf, sucht ihre Lippen, aber damit hat sie gerechnet. Sie ist schon einen Schritt zurückgetreten.

»Lass das.« Als er mault, neckt sie ihn, versucht den Missmut zu vertreiben. »Komm schon, benimm dich. Keine Ausflüge in die Spielhölle mehr mit Anna.«

Charles greift in den Busch in der Mitte des Gartens. Ein riesiges Ding mit fleischigen, fünffingrigen Blättern. Annas liebste und durstigste Pflanze, die sie *Mutterherz* nennt. Trotz der Armee von Gärtnern pflegt sie diesen Strauch selbst. Lucy traute ihren Augen kaum, als sie zum ersten Mal sah, wie Anna gurrend zu den Blättern redete. Nur, wer so reich war wie sie, konnte eine Pflanze mit Liebe überschütten, die in einer Woche so viel Wasser benötigte wie eine ganze Familie in der Trockenzeit. Und nur, wer so reich war wie Charles, konnte sie zermalmen wie Schmierpapier.

»Ich hatte eine alte Schuld zu begleichen«, sagt Charles steif. »Ich wollte allein hin, aber du kennst ja Anna. Ich habe ihr gesagt, es ist für einen Freund. Ich hoffe, du bestätigst ihr das, falls sie fragt.«

»Natürlich. Ich möchte nur das Beste für euch zwei.« Der nächste Satz ist bleiern, aber Lucy bekommt ihn heraus. »Ich freue mich auf die Hochzeit.«

Die Schmeichelei soll ihn besänftigen, aber Charles antwortet überraschend grob: »Jetzt tu bloß nicht so, als würden meine Gefühle dir noch was bedeuten. Wir haben doch gesehen, wie ihr Händchen gehalten habt. Sag mir die Wahrheit. Das ist das Mindeste, was du mir schuldig bist.«

Immer undurchdringlicher wird Charles' Stimme, wird der schwüle, zugewachsene Garten. Lucy versucht mit einem

Lachen eine Bresche zu schlagen. »Ich finde nicht, dass ich dir irgendwas schuldig bin.«

Er packt sie. Das ist nicht die leichte, kokette Berührung, die verweht, sobald Anna herübersieht. Er gräbt die Finger tief in Lucys Arm. Die Haut wird rot. »Zier dich nicht so. Habe ich dir nicht schöne Geschenke geschickt? War ich nicht immer gut zu dir? Erst spielst du die Sittsame, und jetzt das? Warum er? Warum nicht *ich*?« Charles jammert wie ein kleines Kind. Er lässt den Kopf auf Lucys Brust fallen. Stöhnt: »Ein Mädchen wie dich habe ich noch nie kennengelernt. Bitte, Lucinda, du weißt nicht, was du mir antust.«

Doch, das weiß sie. Sie hat schon ähnliche Sätze von anderen Männern gehört, und danach oder davor immer *Wo kommst du her?* Mal voller Verwunderung, mal voller Zorn, aber das ist ihr gleich. Sie löst Charles' Finger, drückt seinen Kopf weg. Lässt ihm noch kurz Zeit. Eigentlich fühlt sie sich nicht wohl dabei, aber dann wieder doch. Was sie ihm antut, ist das Einzige, was sie hat, und das gibt sie nicht aus der Hand. Anna hat alles andere.

»Ihm liegt sowieso nichts an dir«, schreit Charles Lucy hinterher, als sie ihn stehen lässt. Sie geht einfach weiter. »Er benutzt dich doch nur, um an sie ranzukommen. Genau wie deine Schneider und Bäcker und all die anderen, die um dich herumscharwenzeln – sie beachten dich doch nur wegen Anna.«

Ganz tief unter einer dicken Dreckschicht schlummern die kalten Stahlzähne des Neids in Lucy.

Sie dreht sich um. Lässt Verzweiflung und Scham durchscheinen. Senkt den Blick, damit er nicht sieht, wie ihre Augen sich verengen. »Du hast recht, Charles. Wieso habe ich das bloß nicht erkannt?«

Allein kehrt Lucy in die Villa zurück. Sie drückt die Hand gegen die Stelle, wo Charles sie am Arm gepackt hat, und spürt einen stechenden Schmerz. In ihrer Kindheit hat sich die Tür eines Bergwerks an derselben Stelle ins Fleisch gebissen. Jetzt quetscht sie, bis die Haut knallrot ist. Zum ersten Mal, seit Annas Vater sie aus dem Haus gejagt hat, sieht sie wieder eine Zukunft vor sich.

Möglichkeiten.

Charles stellt sich in seiner Arroganz nur eine dumme, eifersüchtige, verängstigte Lucy vor, die Anna eine Geschichte einflüstert, und schon wird Sam fortgejagt.

Lucy sieht etwas anderes vor sich:

Wenn Anna hört, was Charles Lucy angetan hat, und ihren Arm sieht, wirft sie ihn raus. Charles verliert den Halt, stürzt ab – Charles, der Ausrangierte. Es versetzt Lucy einen Stich, als sie erkennt, wie verzweifelt Anna sein wird. Eine Zeitlang. Aber irgendwann wird sie wieder den Kopf heben, wenn Lucy einen Scherz macht. Ihr perlendes Lachen wird zurückkehren. Und Anna und Lucy werden mit dem Zug in weite Ferne reisen. Wenn Charles und Sam schon lange weg sind, werden Anna und Lucy ihr eigenes Abenteuer erleben. Und wenn das gezähmte Land entlang der Strecke von harmloser Schönheit ist, keine Krallen mehr hat – das macht nichts, es wird reichen.

Seltsamerweise sind die Türen zum Salon geschlossen. Lucy zieht sie auf.

Die beiden stehen ineinander verschlungen an der Wand. Anna wimmert wie im Schmerz, in der rechten Hand noch immer den Eidechsenschädel. Den anderen Arm hat Sam gepackt, wie Charles Lucy gepackt hatte. Annas Haut ist gerötet, am Arm, an der Brust, am Hals – bis zu den Lippen, die Sams Mund verschließt.

Lucy entschlüpft ein Laut.

Die beiden lösen sich voneinander, der Schädel fällt zu Boden. Unversehrt, bis Anna noch tiefer errötend einen Schritt nach hinten macht. Ohne es zu merken, zermalmt sie den Knochen zu Staub. Sam wird nicht rot. Sam grinst.

PFLAUME

Für Anna war Lucy immer süß. *Zuckermäulchen, süßer Schatz, meine süße Freundin.* Letzte Woche hat Anna Lucy eine Kiste mit den ersten Pflaumen dieses Sommers geschenkt. So reif, dass die Schale aufplatzte. Allein bei ihrem Anblick wurde Lucy schlecht.

Die Farben eines Blutergusses.

Anna hatte sich offenbar an eine Geschichte von Lucy erinnert, vom Pflaumensammeln in ihrer Kindheit. Aber das war Sams Geschichte gewesen, Sam liebte alles Süße. Zu spät, jetzt konnte Lucy Anna nicht mehr erklären, dass sie Pflaumen nur getrocknet und gesalzen mochte. Einen klebrigsüßen Bissen nach dem anderen zwang sie in sich hinein.

Als sie Annas Haare hält, muss sie an die ekligen Pflaumen denken, die sie erbrochen hatte. Anna speit ihren Mageninhalt in eine Kristallglasschüssel. Sam haben sie zu Charles in den Garten geschickt.

»Sch«, sagt Lucy.

»Bestimmt denkst du jetzt furchtbar schlecht von mir«, schluchzt Anna und hebt den Kopf, um sich streicheln zu lassen. »Es tut mir leid.«

»Du kannst nichts dafür. Es war Sams Schuld.« Um Sam kümmert sie sich später.

Annas Schluchzen verebbt, dann schwillt es noch viel stärker an. »Ich weiß nicht, was über mich gekommen ist. Ich hätte nicht so viel Whiskey trinken dürfen. Es ist nur ... Es ist ... Lucinda? Wünschst du dir manchmal, du könntest jemand anderes sein?«

Lucys Hand erstarrt. Die Stahlzähne streifen ihr Herz. Sie streichelt weiter. Antwortet: »Nein.«

»Manchmal wünschte ich, ich könnte *du* sein.«

Lucy beißt sich auf die Zunge. Schmeckt Salz.

»Ich würde mein halbes Vermögen dafür geben, wenn Papa mir nicht bei allem, was ich tue, über die Schulter sehen würde. Du kannst hingehen, wo du willst, und es kümmert niemanden. Wenn du willst, könntest du morgen mit Sam die Stadt verlassen. Du hast so ein *Glück*!«

Wenn Sam nicht allein gehen würde. Wenn Lucy nicht wüsste, dass Sam sie nicht mitnehmen würde. Sie will es schon aussprechen, aber der Neid, den Charles im Garten bloßgelegt hat, schnappt wieder zu. Lucy sagt: »Dann tauschen wir. Ich bleibe bei dir zu Hause und du läufst weg.«

Anna lächelt schwach. Putzt sich die Nase. »Deine Späße sind ein echter Trost. Ich weiß ja, dass es albern von mir ist. Bestimmt ist es nur Lampenfieber wegen der Hochzeit. Wo steckt Charles denn eigentlich?«

Lucy sagt: »Ich muss dir etwas anvertrauen.« Dann erzählt sie. Wie sie Charles vor drei Jahren vor der Spielhölle kennengelernt hat, von seinen Händen und seinen Angeboten. Sie zeigt die rote Druckstelle an ihrem Arm. Sie spricht sanft und verschweigt ein paar Einzelheiten – zum Beispiel, dass sie einmal einen überraschenden Kuss von Charles einen Moment lang erwidert hat, während ihr das Herz hämmernd bis zum Hals schlug. Sie will ihre Freundin nicht verletzen. Vielleicht nur kratzen. Nur, bis es anfängt zu bluten, als Beweis, dass in Annas Adern doch noch etwas anderes fließt als Gold.

Aber Anna jammert nicht und schnappt nicht nach Luft wie bei der Nachricht vom Tiger. Eine einzelne Falte erscheint auf ihrer Stirn und verschwindet wieder.

»Ich verzeihe dir«, sagt Anna.

Lucy starrt sie an.

»Papa hat mich schon gewarnt, dass Menschen sich seltsam verhalten, wenn sie eifersüchtig werden. Du brauchst keine Lügen über Charles zu erzählen, meine Süße. In unserem Leben ist ganz bestimmt noch genug Platz für dich, wenn wir verheiratet sind.«

Lucys Stimme ist so verklumpt, dass sie kaum sprechen kann. »Aber ich ... ich will nicht ...«

»Und außerdem«, sagt Anna und lacht ihr perlendes, unbeschwertes Lachen, »was würde Charles schon von *dir* wollen?«

Metallischer Geschmack. Lucy hat die ganze Zeit auf ihrer Zunge herumgebissen.

Anna lächelt sie an.

Lucy könnte etwas sagen, könnte schreien, könnte ihre blutige Zunge auf den Teppich spucken, und trotzdem würde Anna nur sehen, was sie sehen will. Anna, die meint, dass Tiger Haustiere sind oder als wunderschöne, glasig blickende Dekoration an die Wand genagelt werden können, direkt neben eine Urkunde, die dem Land, auf das sie Anspruch erhebt, in Wahrheit seinen Wert nimmt. Anna möchte eine zahme Lucy neben sich auf dem dritten Sitz im Zugabteil ihrer Ehe, eine Lucy, die Annas Kleider trägt, Annas Kakao schlürft und ganz in der Nähe ihres Ehebettes schläft, die sich nachts vielleicht sogar von Charles kraulen lässt. Anna will ein harmloses Haustier – Annas Tiger unterscheiden sich von Lucys Tigern wie Annas Charles von Lucys Charles.

Anna tut Lucys Geschichte zu Recht ab. Sie hat von Charles

nichts zu befürchten. Ihr kann nichts geschehen, ihr Handlanger und das Gold ihres Vaters beschützen sie.

Lucy weicht zurück, bis sie mit der Schulter an die Salontür stößt. Sie legt die Hand auf den Knauf.

»Komm schon, Liebes«, sagt Anna. »Kein Grund, böse zu sein.«

Lucy sieht an sich herunter. Ihr weißes Leinenkleid ist ganz nach der Mode hochgeschlossen und liegt eng am Hals an. Die Rippen sind fest eingeschnürt. Am Rücken dreißig Knöpfe, ohne Hilfe dauert das Ausziehen eine gute Viertelstunde. Es sei denn. Sie greift nach hinten und zieht mit aller Kraft.

Die abplatzenden Perlmuttknöpfe rasseln mit fröhlichem Klackern gegen die Tür.

Lucy tritt aus dem zerstörten Kleid. Aus den hochhackigen Schuhen. Nur im Unterkleid steht sie in der Tür, sieben Zentimeter kleiner. Schon ist ihr weniger heiß, ist die Luft weniger drückend. Soll Anna es sehen: Sie ist nicht mehr genau gleich, nicht mehr Annas minderwertiges Spiegelbild. Sie ist Lucy, barfuß wie am Tag, als sie nach Sweetwater kam.

Die Treppe hinunter und in den Garten. Hämmernde Schritte, hämmerndes Herz. Blumen streifen ihre Wangen, Pollen machen das Atmen schwer, die fünffingrigen Blätter zerren ihre Haare glatt. Nie wieder wird sie sich Locken drehen. *Lai*, ruft sie in das stinkende Grün auf der Suche nach Sam. Würden die Pflanzen doch nur allesamt verdorren. Sie sehnt sich nach der Ehrlichkeit trockenen Grases.

Das Gesicht aus dem Dunkel ist wild. Dann blinzelt Sam überrascht die völlig zerzauste Lucy an.

»Hast du was mit deinen Haaren gemacht?«, fragt Sam und kneift die Augen zusammen. »Steht dir gut. Du siehst aus wie früher.«

Vor kurzem hätte sich alles in Lucy gesträubt. Jetzt versteht sie, wie Sam es wirklich meint: als Kompliment. Ein Rascheln, sie erschaudert. »Hast du Charles gesehen?«

»Wir haben uns unterhalten. Er ist abgehauen. Mir reicht's jetzt hier. Können wir gehen?«

Mit Mühe bringt Lucy heraus: »Willst du dich nicht … von Anna verabschieden?«

»Kann ich drauf verzichten.« Sams Stimme sickert im Weggehen durch die Blätter. »Ich hatte sie mir interessanter vorgestellt bei all dem Reichtum. Sie ist enorm langweilig.«

Lucy muss so sehr lachen, dass sie gegen Sams Arm stolpert. Sie schmiegt sich an den Arm, an den kräftigen Rücken, und langsam verwandelt sich ihr Lachen in einen Schluckauf, den sie in Sams rotes Hemd hickst. Früher haben sie so aneinandergeschmiegt auf Nellies Rücken die halbe Welt gesehen. Vorsichtig fragt Sam: »Was ist so komisch?«

»Wusstest du«, sagt Lucy in das Hemd, »dass sie einem Tiger die Krallen ziehen will?«

»Idiotin«, sagt Sam verächtlich. »Ich hoffe, es gefällt ihr, bis in die siebte Generation verflucht zu sein. Was ist das hier bloß für eine Stadt? Haben die denn keine Ahnung …«

»… von den Geschichten? Sie kennen keine einzige. Komm, wir gehen zurück … ins Boardinghouse.«

Fast hätte sie gesagt: *nach Hause.*

WIND

Auf dem Weg bleibt Sam an der verlassenen Wasserpumpe stehen. Die abendlichen Straßen sind menschenleer, nur erfüllt vom Quietschen des Schwengels. Ein Schwall Wasser. Sam hält die Faust hinein, beißt die Zähne zusammen, atmet zischend ein. Das Wasser wäscht etwas Dunkles von Sams Knöcheln.

Die Farbe ... in der Düsternis kaum zu erkennen. Lucy berührt einen kleinen Fleck oben auf Sams Ärmel. Ihr Finger ist feucht. Ein unruhiger Geruch.

Es ist Blut.

»Nicht meins«, beschwichtigt Sam. »Ich habe nur seine Nase erwischt.«

»Du hast gesagt, du hast dich mit Charles *unterhalten*.«

»Er hat was über dich gesagt, was nicht nett war. Ich habe dich beschützt.« Sam hebt das Kinn. »Ich war im Recht.«

»Du kannst doch nicht ...«, fängt Lucy an. Aber Sam hat schon. Hat wie immer einfach die Regeln der Welt gebeugt, statt sich ihnen zu beugen. Ist in die Stadt gekommen als der unmögliche Tiger. »Hoffentlich hast du sie ihm gebrochen.«

Sam zuckt nicht mal zusammen bei dieser Rohheit. Sagt nur: »Und sie ist übrigens auch nicht deine Freundin. Egal, wie reich oder hübsch sie ist.«

»Ich weiß«, sagt Lucy leise.

»Ich hoffe, bei der Wahl deiner anderen Freunde warst du klüger.«

»Da mach dir mal keine Sorgen.« Erschöpft setzt Lucy sich hin, einfach auf das nasse Steinpflaster. Feuchtigkeit kriecht ihr ins Unterkleid. Sie streckt die Beine aus, legt sich auf den Rücken, drückt die Hand auf die Augen. Sie spürt mehr, als dass sie sieht, wie Sam sich vorbeugt, kurz zögert, sich zu ihr legt. Einen Moment lang ist alles still.

»Wird es dir hier nicht langweilig?«, fragt Sam. Lucy erstarrt. Aber der Vorwurf verschwindet, als Sam hinzufügt: »Bist du nicht einsam?«

Den ganzen Tag über hat drückende Hitze geherrscht. Jetzt spürt Lucy einen schwachen Hauch. Einen Wind, wie er in den Hügeln des Westens vom Meer herüberweht. Als würden sie im hohen, gelben Gras liegen und in die Sterne blicken. Das Beste an den Sternen ist, dass man in ihnen die Dinge sehen kann, die man möchte. Die Geschichten, die man möchte. Und es ist umso besser, wenn der Mensch neben einem etwas anderes in ihnen sieht.

Lucy setzt sich auf. »Nimm mich mit auf dein nächstes Abenteuer.«

»Es wird anstrengend.«

»Ich habe mich fünf Jahre lang ausgeruht.«

»Deine Füße sehen enorm zart aus.«

»So was würdest du nicht sagen, wenn du in Schuhen mit sieben Zentimeter Absatz laufen müsstest.«

»Wenn du mitkommst ... kannst du nicht so einfach zurück.«

»Warum nicht?«

Und Sam sagt: »Ich will übers Meer.«

Als sie sich dem Boardinghouse nähern, um Lucys Sachen zu holen, sehen sie einen Mann in Schwarz die Veranda auf und ab gehen.

Ignorier sie einfach, hatte Anna gesagt, als Lucy beim ersten Anblick ihrer Handlanger vor Schreck erstarrte. *Papa und seine Freunde haben sie als Vorsichtsmaßnahme, aber sie tun dir nichts. Sie tun niemandem was – zumindest anständigen Leuten nicht –, meine Handlanger schieben höchstens mal einen Betrunkenen zur Seite oder erinnern einen Schuldner ans Geld. Das sind nur bessere Laufburschen. Hier, ich zeige es dir. Ich sage ihm, er soll mir den Tee reichen.* Und weil Anna lachte, lachte Lucy auch.

Mit der Zeit wurden diese schweigsamen Männer für Lucy genauso unsichtbar wie die Revolver, die sie angeblich trugen. Und tatsächlich erlebte Lucy nie, dass sie Schlimmeres taten, als jemandem zu drohen. Aber an diesem Mann ist irgendetwas anders – und plötzlich wird es ihr klar. Sie hat nie einen Handlanger ohne Anna als Boss gesehen. Er ist so unheimlich wie ein Schatten ohne Körper.

Der Mann dreht sich um. Schnell zieht Sam Lucy hinter eine Ecke und drückt ihr fest die Hand auf den Mund.

»Das muss ein Missverständnis sein«, flüstert Lucy, um Sam zu beruhigen. »Anna würde niemals … Es ist nicht so, wie du denkst. Wahrscheinlich bringt er eine Nachricht von ihr.« *Laufburschen.* »Ich rede mit ihm.«

Sam lässt einen halblauten Schwall fremdartiger Worte los. Lucy versteht nur den letzten Fluch. »Ben dan. Der kommt nicht von Anna.«

Lucy will Sam schon korrigieren. Aber da hört sie es – die Schritte des Mannes klopfen in unerschütterlichem, erbarmungslosem Rhythmus. Tief in ihrem Inneren erwacht ein alter Instinkt: *Er ist auf der Jagd.* Sie denkt an das Blut auf

Sams Ärmel, das sich nicht rauswaschen ließ. »Du meinst, Charles hat ihn geschickt?«

Sam wirft ihr einen wohlbekannten Blick zu. In einem früheren Leben hat sie Sam so angesehen – wie ein Kind, das einen zur Verzweiflung treibt.

»Hier geht's nicht um irgendwelche Eifersüchteleien«, sagt Sam. »Der sucht mich.«

Jetzt bebt echte Angst in Lucy. Der Wind hat ein Stück ihrer alten Welt hereingeweht. Ein gefährliches Stück.

»Aber wieso ...«

»Er meint, ich bin noch Geld schuldig.«

Anna hat Lucy erzählt, dass die Handlanger manchmal auch Schulden eintreiben. Sie atmet erleichtert auf. »Das ist alles? Dann zahl es ihm doch zurück. Ich habe ein paar Ersparnisse ...«

»*Nein*«, faucht Sam, und Lucy zuckt zusammen. Wie eine geballte Faust lauert die Aggression in Sams Stimme. Langsam beginnt Lucy die Geschichten zu glauben, die Sam im Diner erzählt hat. Sieht den Cowboy in Sam, den Bergsteiger, den Grubenarbeiter. Einen gestählten Mann, den sie nicht kennt. »Ich schulde niemandem was. Kümmere dich nicht darum. Wenn ich allein weggehe, hast du nichts zu befürchten.«

»Aber *warum*?« Lucy kann fragen, so viel sie will, es ist umsonst. Stur wie eh und je reckt Sam das Kinn. In all den Jahren hat sich nichts geändert – schon als kleines, pummeliges Kind hat Sam stets dichtgehalten.

Lucys Blick fällt auf die geschwollenen Knöchel. Zeichen von Sams Mut. Es gibt kein Zurück mehr nach alldem, was an diesem Abend passiert ist: Sams verletzte Hand, Charles' blutige Nase, Anna. Wo, so scheint der Wind zu fragen, ist Lucys Mut?

Ihr Herz hämmert, aber das kann Sam nicht hören. Lucy setzt ihr geübtes Lächeln auf. Wirft den Kopf, als hätte sie noch wippende Locken. »Ist mir ganz egal, ob ich was zu befürchten habe. In dieser Stadt hat man angeblich nichts zu befürchten, und jetzt sieh dir das an. Ich komme mit.«

»Du verstehst das nicht. Das ist kein Spaß. Es ist ...«

»Es ist ein Abenteuer. Und außerdem, wenn du irgendwo im Schuldgefängnis landest, brauchst du doch jemanden, der dir beim Ausbruch hilft.«

Es sollte ein Scherz sein, aber Sam starrt nur auf den Mann in Schwarz, der sich mit seinem Auf und Ab langsam ihrer Ecke nähert. Sam wird immer unruhiger.

»Bitte«, sagt Lucy. »Die blöden Schulden sind mir egal – ich stelle auch keine Fragen mehr. Hauen wir ab, jetzt!«

»Und deine Sachen?«

»Sind nur Sachen.« Und Lucy wird klar, dass das stimmt. Sie muss an die dreißig Perlmuttknöpfe denken, verstreut auf Annas Teppich. Das Klackern an der Tür wie von sanften Krallen. »Was macht eine Familie zur Familie?«

Nicht einmal das entlockt Sam ein Lächeln.

BLUT

In sicherer Entfernung von Sweetwater macht Sam Halt. Die ganze Nacht und bis weit in den Tag hinein sind sie gelaufen. Wie Sam vorhergesagt hat, sind Lucys Füße voller Blasen. Sand und Staub klebt ihr in den Augen. Sie döst fast vor sich hin, träumt von ihrem Federbett. Sehnt sich nach einer Pause, nach etwas zu essen. Aber Sam hockt sich an den Fluss, dem sie gefolgt sind, und drückt die Hände in den Schlamm.

»Für Kriegsbemalung ist es jetzt wirklich nicht der richtige Moment«, sagt Lucy. Sams Wangen sind schlammbeschmiert.

»Das verschleiert unseren Geruch. Wegen der Hunde.«

Helle Sonne scheint auf die Entscheidung, die Lucy im Dunkeln gefällt hat. Über ihren Köpfen jagen die Wolken dahin. Ohne Gebäude, die den Himmel einengen, fühlt Lucy sich vollkommen ungeschützt. Hier ist das Land seinem Rahmen entrissen, losgelöst aus Urkunden, eine riesige, pfeifende, unbändige Weite. Lucy ist Wind und Wetter ausgeliefert. Fühlt sich längst nicht mehr mutig oder wild wie in der Nacht zuvor, sondern unbedeutend, sonnenversengt, müde, hungrig. Sie hastet hinter Sam her, während Sams Schritte immer freier werden, je weiter sie Sweetwater hinter sich lassen.

Fünf Jahre lang hat Lucy mehr und mehr von ihrem alten Ich begraben. Ist im trägen Leben von Sweetwater versunken wie ein Maultier im Treibsand, das in seiner Dummheit erst bemerkt, was passiert, wenn es schon fast untergegangen ist. Sam dagegen ist herumgezogen und nur immer mehr Sam geworden. Hat gelernt abzuhauen, zu überleben, Hunden zu entkommen, zu erkennen, wer ihnen schaden will.

»Du kannst immer noch zurück«, sagt Sam.

Mit wütendem Blick klatscht Lucy die Hände in den Matsch. Ein vertrauter Geruch umhüllt sie: Flüsse im Bergbaugebiet. Früher hat er sie angewidert. Jetzt atmet sie ein, so tief sie kann. Dieser Matsch ist ihre Entscheidung, genau wie dieses Leben ihre Entscheidung ist. Sie kann den harten Wahrheiten nicht mehr länger aus dem Weg gehen.

Sie fragt: »Hast du wirklich absichtlich an dem Mann in der Bank vorbeigeschossen?«

»Nein.«

»Warum hast du gelogen?«

»Ich dachte, du haust ab, wenn ich es dir sage.«

Jetzt ist es an Lucy zu sagen: »Es tut mir leid.« Aber Worte allein reichen irgendwie nicht aus. Sie erinnert sich, was Sam im Boardinghouse gemacht hat, und streckt die Hand aus. »Partner?«

Es ist halb scherzhaft gemeint, aber Sam blickt ernst, erwachsen. Greift über Lucys Hand hinaus an ihr Handgelenk, legt die Finger auf die Pulsader. Und Lucy berührt Sams Puls. Wartet, bis das Blut ruhig fließt, ihre Herzen im Einklang schlagen. Sie fangen noch einmal neu an.

»Ich verspreche dir, dass ich dich nicht allein lasse«, sagt Lucy.

»Das weiß ich jetzt. Es ist nur ...« Sam schluckt. »Ich dachte, du würdest auch abhauen. Weil du ihr so ähnlich siehst.«

»Wem?« Lucy hat plötzlich ein sonderbares Pfeifen in den Ohren, obwohl sich kein Windhauch rührt. Eiskalte Hände und Füße. Sie lässt Sam los.

»Ich habe es dir damals versucht zu sagen. Am Fluss. Ba hat es mir erzählt, und ich dachte, du solltest es auch wissen. Ma ist abgehauen.«

Lucy lacht. Unbeschwert wäre gut, aber das kriegt sie nicht hin. Das alte *Haha* ihrer Kindheit kommt wieder hoch, der Klang brüchiger Hitze. Sam sagt etwas, aber Lucy hält sich die Ohren zu und geht flussabwärts.

Allein wirft Lucy Steine ins Wasser, bis sie nicht mehr kann. Als sie auf der glatten Wasseroberfläche ihr Spiegelbild sieht, fängt sie wieder an.

Sie sieht ihr ähnlich.

Dass Bas Seele seit dem Unwetter tot war, hatte Lucy von Anfang an gewusst. Jetzt weiß sie auch, was ihn letzten Endes umgebracht hat, ebenso sicher wie der Whiskey und der Kohlestaub in seiner Lunge. Ma hatte ihm eine Wunde geschlagen, die drei Jahre lang eiterte.

»Tut mir leid«, sagt Lucy. Falls Bas Geist es hört, bleibt er stumm.

Schönheit ist eine Waffe, hatte Ma gesagt. *Nicht in die Dankbarkeitsfalle gehen*, hatte Ma gesagt. *Mein kluges Mädchen*, hatte Ma gesagt. *Alle Möglichkeiten*, hatte Ma gesagt. Ma hatte nicht nur das Gold auseinanderdividiert, sondern auch die Familie. Lucy fällt das Säckchen ein, das Ma zwischen ihren Brüsten versteckte. Als die Schakale es entdeckten, war es leer – aber vorher nicht.

Mit idiotischer Langsamkeit und acht Jahre zu spät geht Lucy auf, warum Ma am Abend, als die Schakale kamen, ein Taschentuch aus diesem Säckchen nahm. Warum sie es sich an den Mund hielt. Warum ihre rechte Wange geschwollen war und sie den Mund von da an nicht mehr aufmachte. Warum die Beule so schnell wieder abgeschwollen war – eine Beule so groß wie ein kleines Ei, so groß wie ein Stück Gold in der Wange einer Frau, die klug genug war, es dort zu verstecken. Die Schakale hatten Lucys Nugget damals nicht gefunden, und es war mehr als genug für eine Fahrkarte.

All die Jahre hat Lucy Mas Liebe wie einen Schutzzauber gegen alles Schwere in sich getragen. Jetzt ist sie eine Bürde geworden. Kein Wunder, dass Sam manche Wahrheiten unausgesprochen lässt. Lucy schiebt den Kopf zwischen die Knie. Warum hat Sam es ihr gerade jetzt erzählt?

Und da, als ihr das Blut in den Ohren rauscht und der Kopf schwer heruntersackt, muss sie plötzlich an Mas Truhe denken. Diese schwere Last, und Sam hatte sie ganz allein auf Nellies Rücken gehievt. Hatte auch noch die Bürde von Bas Liebe getragen – und Lucy hatte nicht geholfen, sie zu schultern. Sie hätte es tun müssen. Sie hätte bleiben und Sam beistehen müssen – damals und auch vor fünf Jahren am Flussufer und heute. Sie hätte immer bei Sam bleiben müssen. Sie steht auf. Wirft einen letzten Stein ins Wasser und zertrümmert ihr Spiegelbild. Es ist nur Wasser. Sie rennt den Weg zurück, den sie gekommen ist.

Fast kommt sie zu spät. Sam packt das Lager zusammen.

»Ich dachte …«, sagt Sam, und schon sind die alten Vorwürfe, die alten Schuldgefühle, die alten Geheimnisse, die alten Geister wieder da. Wie kann man sie jemals begraben?

Lucy zieht ein Messer aus Sams Rucksack. Bittet Sam, ihr die Haare abzuschneiden.

Als Lucy kniet, den Rücken zu Sam, hat sie Angst. Nicht vor dem Messer – vor sich selbst. In den letzten Jahren sind ihre drahtigen Haare endlich geschmeidig und glatt geworden, wie Ma es ihr versprochen hatte. Was, wenn sie doch so eitel ist wie Ma? So egoistisch?

Sie schließt die Augen, will es nicht sehen. Als die Strähnen fallen, wird ihr Nacken frei. Schwerelos.

Langsam begreift sie, dass es einen Ort zwischen den Welten gibt, denen Ba und Ma nachgejagt sind. Zwischen Bas verlorener Welt, in der Gegenwart und Zukunft keine Chance hatten, und Mas enger Welt, die nur Platz für einen bot. Ein Ort, an dem Lucy und Sam vielleicht gemeinsam ankommen können. Fast so etwas wie ein neues Land.

Plötzlich hält Sam inne. »Soll ich aufhören? Ich kann nichts mehr sehen.«

Völlige Dunkelheit. Die Stunde des Schakals, die Stunde der Ungewissheit, ist vorbei. Lucy hat vergessen, welchem Tier diese Stunde gehört.

»Mach weiter.«

Als Sam fertig ist, steht Lucy auf. Ihr Kopf ist leicht. Eine letzte Haarsträhne gleitet von ihrem Schoß. Da fällt es ihr wieder ein: Dies ist die Stunde der Schlange.

Ihre Haare liegen in verschlungenen, schlaffen Strähnen am Boden, längst nicht so wichtig, wie sie immer gedacht hatte. Sie will sie wegtreten. Sam hält sie zurück.

Und fängt an zu graben.

Da versteht Lucy und hilft mit. Ma hatte nicht unrecht, aber Ma hatte auch nicht recht. Schönheit ist eine Waffe, die ihren Besitzer erdrücken kann. Das hat nicht nur Sam zu spüren bekommen, sondern auch Lucy. Sie legen die langen, glänzenden Haare, die Ma sich für ihre beiden Töchter gewünscht hatte, hinunter ins Grab. Bevor sie Erde daraufschütten und sie festklopfen, wirft Sam ein Silberstück hinein.

Lucy wacht früh auf. Fasst sich sofort an den Nacken. Geht zum Fluss, beugt sich zögerlich vor.

Die Haare reichen ihr bis knapp über die Ohren, rundherum dieselbe Länge. Keine Männerfrisur, keine Frauenfrisur. Nicht mal eine Mädchenfrisur. Ein Schnitt wie eine umgedrehte Schüssel. Diese Frisur hatten Lucy und Sam, bis sie fünf waren und Zöpfe bekamen.

Sie lächelt. Ihr Spiegelbild lächelt zurück. Ihr Gesicht hat andere Proportionen, das Kinn wirkt kräftiger. Es ist eine Kinderfrisur, androgyn, mit einer offenen Zukunft. Sie versteht, warum Sam es so gemacht hat.

Sie schüttelt die Haare und fängt an, Frühstück zu machen. In Sams Rucksack findet sie Fleisch, Knollenfrüchte und getrocknete Beeren. Ein paar Zuckerstangen. Und zwei Überraschungen.

Die erste ist ein Revolver, der Bas so ähnlich sieht, dass sie ihn fast fallen lässt. Sie zwingt sich, damit zu zielen. Unerwartet kühl und beruhigend schmiegt er sich in ihre Handfläche. Vorsichtig legt sie ihn wieder zurück.

Die zweite Überraschung kocht sie.

Sam zieht beim Anblick des Pferdehaferbreis eine Augenbraue hoch, protestiert aber nicht. Sie reichen den Topf mit der geschmacklosen Pampe hin und her.

»Ich habe noch mal über das Land auf der anderen Seite vom Meer nachgedacht«, sagt Lucy, als sie fertig sind. »Was macht ein Zuhause zum Zuhause? Erzähl mir eine Geschichte zum Träumen.«

Wäre Lucy eine Spielernatur, würde sie jetzt wetten, dass ihr Blut im selben Rhythmus pocht wie Sams.

»Da gibt es Berge«, sagt Sam stockend. »Nicht so wie hier. Wo wir hingehen, sind die Berge sanft und grün, alt und voll Nebel. Drumherum liegen Städte mit niedrigen roten Mauern.«

Sams Stimme wird leicht und schwebend. Als würde man Fenster in einen Raum schneiden, der bisher keine hatte. Lucy muss an das Musikinstrument denken, das Anna mal von ihrem Vater geschickt bekommen hatte. Ein langes, dünnes Rohr mit Klappen und Löchern, das sich am Ende zu einer Blüte öffnete. Lucys erster Ton kreischte grell wie die Eisenbahn. Aber der zweite – nachdem Anna an den Klappen gefummelt und einen Staubpfropfen herausgezogen hatte – klang frei und hoch und singend. Und so klingt Sams Stimme jetzt. *Offen.*

»Die Laternen sind aus Papier und nicht aus Glas. Deshalb schimmert das Licht in den Straßen immer rötlich. Alle tragen lange, geflochtene Zöpfe, sogar die Männer. Es gibt auch Bisons, aber kleine, zahme, mit denen wird Wasser transportiert. Und Tiger. Genau die gleichen wie bei uns.«

So hell und süß spricht Sam. Durch einen Schorf aus Schneid bricht nach fünf Jahren wieder ein Kind.

»Warum versteckst du das?«, fragt Lucy.

Sam hustet. Zupft am Halstuch. Redet wieder tief und rau: »*So* ist meine echte Stimme. Sonst nehmen die Männer mich nicht ernst.«

»Aber es ist schade. Du solltest dich nicht verstecken müssen – bestimmt nicht alle Männer, die guten …«

»Es gibt keine guten.«

»Und die Männer, mit denen du unterwegs warst? Die Cowboys, die Abenteurer, oder der Mann aus den Bergen, den wir getroffen haben?«

»Der auch nicht. Zumindest nicht mehr, nachdem er es rausgefunden hatte.«

»Sam?«

»Er hat nur getan, was Charles auch mit dir vorhatte.« Sam zuckt die Achseln. »Was Männer eben mit Mädchen machen. Der Fehler passiert mir nicht noch mal.«

Lucy hat nicht vergessen, wie hungrig der Mann aus den Bergen war. Wie er ihren Körper mit Blicken durchbohrt hat. Sie berührt Sam an der Schulter. Aber die Fenster, die sich bei den Geschichten über das neue Land aufgetan haben, sind längst wieder zu. Ein winziger Schauder durchläuft Sam, versteckt im hastigen Wegräumen der Frühstückssachen.

»Ist auch egal«, sagt Sam und setzt mit lautem Scheppern die Pfanne ab. »Wir gehen weit weg. Ich bin jahrelang rumgezogen und habe einen Ort gesucht, an dem ich bleiben kann, aber ich habe keinen gefunden. Hat lange gedauert, bis ich kapiert habe, wieso. Ich will ein Stück Land, das uns gehört. Aber keins, auf dem uns jemand im Nacken sitzt, keins, das den Bisons oder den Indianern gehört, das gestohlen oder ausgebeutet ist. Diesmal gehen wir dorthin, wo niemand unser Recht, Land zu kaufen, in Frage stellt.«

Sam knöpft das rote Hemd ein Stückchen auf. Kurz ist die bandagierte, schmale Brust zu sehen – dann zieht Sam einen Geldbeutel hervor. Schüttet ihn aus.

Wie alle Geheimnisse ihrer Familie ist auch Sams Geheimnis Gold.

Ein paar Körnchen wie das, mit dem Sam in Sweetwater

bezahlt hat. Zwei Nuggets, fast so groß wie Lucys vor all den Jahren. Und alle möglichen Zwischengrößen. Sam hat mehr als genug für zwei Fahrkarten. Den meisten würde dieses Gold das reine Glück bedeuten. Lucy weicht schaudernd zurück. Sie weiß es besser.

»Woher hast du das, Sam?«

»Habe ich doch gesagt. Ich habe gearbeitet.«

Aber sie haben ihr halbes Leben lang gearbeitet. Sie tragen die Spuren noch auf der Haut. Die Schwielen, die blauen Kohleflecken. Den Schmerz. Das haben sie für ein halbes Leben Arbeit bekommen.

»Sam, ich weiß, wir haben gesagt, keine Fragen, aber das hier ... Ich muss wissen ...«

Sam sieht weg. Nein – Sam *zuckt* weg. Als wären Lucys Worte Schläge. Das Zittern, das angefangen hat, als sie den Mann aus den Bergen erwähnt hat, ist immer noch da. Trotz der Kleidung sieht Sam einen Moment lang mehr denn je aus wie Ma – diese Traurigkeit unter der Stärke, wie das verborgene Rauschen eines unterirdischen Flusses. Hat Lucy mit ihren Fragen nicht schon genug kaputt gemacht? Sie beißt sich auf die Zunge. Betrachtet Sam – so groß, und doch sieht sie nur Verwundbarkeit. Das Tuch vor dem zarten Hals. Die Hose mit der Geheimtasche, das Hemd, trotz der Hitze bis obenhin zugeknöpft. Wie schutzlos Sam wirkt, versteckt hinter nichts als dünnem Stoff.

Und so bleibt Lucy stumm. Als sie aufbrechen, sind Sams Hände wieder ruhig. Sie lassen die Frage zurück wie die beiden Gräber. Wenn sie erst mal so weit weg sind, dass dieses Land und ihr Abschied davon nur noch Geschichte ist, wird es nicht mehr wichtig sein.

GOLD

Zum letzten Mal gen Westen. Dieselben Berge, derselbe Pass.
Und dann die Hügel, die Hügel.

Entlang ihrer eigenen Spuren kehren sie zurück. Die Goldgräberstädte, die Kohleminen. Dieselben wie früher und doch verwandelt, so wie auch sie dieselben und doch verwandelt sind.

Die Reste alter Schürfstätten im Gras verstreut wie zerbrochene Perlen. Sie kommen schneller voran als beim letzten Mal. Vielleicht wegen der Dinge, die sie hinter sich gelassen haben, vielleicht wegen der längeren Beine. Vielleicht, weil ihre eilige Reise an einen Ort führt, an dem sie sein wollen. Was macht ein Zuhause zum Zuhause? Die Knochen, das Gras, der Himmel, dessen Ränder von der Hitze weiß gebleicht sind – vertraut und fremd zugleich, als würden sie durch ein altes Märchenbuch blättern, und auf einmal sind die Seiten durcheinandergeraten, die Farben nach Jahren in der Sonne verblasst, die Geschichten anders als in der Erinnerung. So dass jeder neue Tag ebenso Altbekanntes wie Überraschendes bringt: ein rauchendes Bergwerk, ein Ort mit nichts weiter als einer Kreuzung und zwei herumlungernden Jungen, weiße Knochen, eine verbrannte Stadt mit Abdrücken von Tigerpfoten in der verharschten Asche, eine Kreuzung mit zwei Mädchen, eins groß, eins klein, ein zugeschütteter Fluss, noch eine Kreuzung, ein Erdhügel im seufzenden Gras, ein verdreckter, aber noch strömender Fluss, ein Erdhügel im singenden Gras, wo etwas begraben sein mag, ein Bergwerk, an dem Wildblumen in zerbrochener Erde wachsen, noch eine Kreuzung, noch ein Saloon, noch ein Morgen, noch eine Nacht, noch einmal zwölf Uhr mittags, brennender Schweiß in zusammengekniffenen Augen, noch eine Kreuzung, noch eine Abenddämmerung, wispernder Wind über einem unmarkierten Erdhügel im weinenden Gras, wo etwas begraben sein mag, noch eine Kreuzung, noch eine Kreuzung, noch eine Kreuzung, Gold, Gras, Gras, Gras, Gold, Gras, Gold …

Vielleicht kommen sie schneller voran dank der beiden Pferde, die Sam klaut. Das eine heißt *Schwester*, das andere *Bruder*. Sam schlendert in den Handelsposten, schlendert wieder heraus. Sie sind schon einen halben Tag geritten, da wirft Lucy einen Blick auf Sams Geldbeutel: genauso prall wie vorher.

»Sie stehen uns zu«, ruft Sam nach hinten in den Wind ihrer Reise. »Wir haben schon genug bezahlt.«

Lucy lässt einen Schwall Flüche los. Das Gras verschluckt sie mit zustimmendem Nicken. Sie weiß, was Sam meint. Warum sollten sie zu Dankbarkeit verpflichtet sein? Sie stehen sowieso schon außerhalb des Gesetzes, das sich heimtückisch dreht und wendet, um sie bei jeder Gelegenheit mit seinen Reißzähnen zu packen. Besser, sie machen ihre eigenen Regeln, so wie Sam es immer schon getan hat. Außerdem sind sie bald weg.

Gold Gras Gold Gras Gold Gras Gold Gras Gold

Vielleicht kommen sie schneller voran, weil sie vor Verfolgern fliehen. Am Horizont zittert die trockene Hitze, als wollte sie abheben. Die Sonne blendet, die kurzen Haare peitschen Lucy gegen die Wangen – sie sieht Gestalten, oder sind es Trugbilder? Aus dem Augenwinkel: Ein Wagen? Ein winkender Mensch? Eine dunkle Silhouette? Wenn sie den Kopf dreht, ist da nichts. Sam hält mit der Hand am Revolver Ausschau nach Schuldeneintreibern in Schwarz. Zweimal begegnen sie auf ihrem Weg Indianern, und Sam sitzt ab, redet mit ihnen und erfährt, dass sie verjagt wurden und ebenfalls auf der Suche sind. Lucy tut, was Ma nie getan hätte: grüßt sie schüchtern, nimmt wie Sam etwas von ihrem kargen Essen an. Die Indianer greifen mit den Fingern in den Topf, ihre Hände sind dreckig, ja, und abgearbeitet – aber wenn Lucy auch kurz zurückzuckt, merkt sie doch bald, dass ihre eigenen auch nicht sauberer sind. Vertraute Erschöpfung und Hoffnung in müden Gesichtern. Sie isst.

An anderen Tagen hört sie das Geschrei spielender Kinder im Wind, obwohl sie mit Sam ganz allein ist. Was macht einen Geist zum Geist? Kann man von seinem eigenen Geist heimgesucht werden?

Gold Gras Gold Gras Gold Gras Gold Gras

Vielleicht kommen sie schneller voran wegen der Geschichten, die Sam am Lagerfeuer erzählt. Nichts Harmloses mehr – Sams Abenteuergeschichten werfen Nacht für Nacht eine weitere Schale ab. Sam erzählt, wie einem Mann in der Südlichen Wüste nach dem Biss einer Drachenechse das Fleisch wegfaulte, bis er schwarz wie eine wochenalte Leiche verreckte. Wie Männer jene alte Indianerstadt plünderten, wie sie Töpfe zerschlugen und auf Gräber pissten, wie Sam aber in einem Felsspalt weiße Blumen entdeckte, die nachts aufblühten und mit ihrem Duft das Camp weckten. Wie im Norden das Vieh bei einem plötzlichen Frosteinbruch im Stehen steif fror, wie manche Männer im blendend weißen Schnee den Verstand verloren und splitternackt nach draußen rannten, wie andere wunderschöne Formen in die Schneewehen malten und wieder andere Sam *Schlitzauge* nannten. Und zuweilen erzählt Sam von der Arbeit für die Goldmänner, von der Methode des Goldschürfens mit Sprengstoff, der die Hügel zu Staub zerfetzt, von Freundschaften mit schwarzen, braunen und roten Männern und Frauen, von den Namen ihrer Völker und Länder. Aber bei diesen Goldgeschichten verfinstert sich Sams Miene, als lauerte im unruhigen Blick noch die Angst vor dem Knall des Dynamits, und schließlich verstummt Sams Stimme im Whiskey.

Gold Gras Gold Gras Gold Gras Gold

Vielleicht kommen sie schneller voran, weil sie sich ähnlicher sind, als Lucy es in Erinnerung hat. Dieselben und doch verwandelt. Als Lucys Rock eines Tages reißt, zieht Sam Nadel und Faden schneller als den Revolver. Lucy staunt, wie geschickt Sam Halstuch und Hemdknöpfe festgenäht hat, damit nichts aufgehen kann. Mit einer solchen Sorgfalt, dass trotz Sams Abneigung gegen Röcke jeder Nadelstich zu sagen scheint: *Die Leute behandeln dich nach dem äußeren Eindruck.* Lucy lernt derweil zu jagen. Rafft ohne Schamgefühl und ohne Zuschauer das Unterkleid hoch und rennt hinter Kaninchen, Eichhörnchen, den aufblitzenden Tupfen von Rebhühnern her. Ein paarmal zieht sie eine Hose von Sam an. Wenn sie schnell genug rennt, wird sie schwerelos, wie früher, wenn sie sich im Fluss treiben ließ. Sie fangen so viele Tiere, dass sie nur das gute, dunkle Fleisch essen und den Rest den Schakalen lassen. Dankbares Geheul im Schlepptau.

Behutsam reden sie über das neue Leben jenseits des Meeres. Legen ihre Träume auf den Tisch, zögerlich zunächst, furchtsam wie Pokerspieler, die am Ende einer langen Partie ihre Karten aufdecken. Lucy möchte auf ihrem Land bleiben und nur mit dem Wind und dem Gras reden. Sam will durch die belebten Straßen ziehen, den Geschmack von Fisch kennenlernen, mit den Händlern feilschen. *Bist du es nicht leid, angestarrt zu werden? / Dort werden sie mich nicht anstarren. Sie werden mich sehen.*

Gold Gras Gold Gras Gold Gras

Vielleicht kommen sie schneller voran wegen der Glücksspiele, die Sam Lucy zum Zeitvertreib beibringt. Eigentlich müsste es Lucy Sorgen machen, wie sehr Sam sich für einen Reichtum begeistert, den man nur dem Glück verdankt. Aber sie lässt die alten Ängste ruhen. Sie lernt Poker und Dame und wie sie die Karten an die Brust drücken und sich vorbeugen muss, damit der Mann auf der anderen Seite des Tisches nur ihren Ausschnitt sieht und nicht ihren Bluff.

Gold Gras Gold Gras Gold

Vielleicht kommen sie schneller voran wegen des Bisons. Eben noch sind sie geritten, plötzlich umfängt sie ein Halbdunkel. Sie blicken auf. Da steht er, im Schatten. Als hätte sich ein Teil der Hügel bewegt, um ihnen nahe zu kommen. Atmen sie noch? Selbst der Wind schwebt reglos. Uraltes Wesen mit blonden Fellspitzen, gold gefranster brauner Körper. Seine Hufe sind größer als Lucys Hand. Sie hebt sie zum Vergleich. Hält sie hoch zum Gruß. Und dann setzt sich der Bison in Bewegung, schnaubt seinen Süßgrasatem, und sein Fell streift ihre Handfläche. Auch Sam neben ihr hält die Hand hoch. Der Bison zieht vorüber und verschmilzt wieder mit den Hügeln, die ihm in Form und Farbe gleichen. *Ich dachte, die wären ausgestorben. / Ich auch.*

Gold Gras Gold Gras

Vielleicht kommen sie schneller voran, weil die Landschaft

immer vertrauter wird, die Hügel jeden Tag mehr den Hügeln in Lucys Träumen entsprechen. Eines Tages trifft es sie an einem Wegstück wie ein Fausthieb in die Magengrube: Sie weiß, was hinter der nächsten Biegung wartet. Ein Felsvorsprung, Bärlauch im Schatten, ein gewundener Bach, an dem sie mal eine tote Schlange gefunden hat.

Lucy sitzt ab und nötigt Sam, ihr zu folgen. Fluchend und schwitzend stapft Sam hinter ihr her auf eine Hügelkuppe. Lucy zeigt in den Himmel. Die Wolken beginnen sich im Kreis um die beiden zu drehen. Einst hat Lucy das gelernt, damit sie sich nicht verloren fühlt. Jetzt gibt sie es weiter, damit Sam die Schönheit sieht. Sams Ungeduld weicht ehrfürchtigem Staunen, und da verändert sich auch das Land. Dasselbe und doch verwandelt.

Gold Gras Gold

Vielleicht kommen sie schneller voran, weil Lucy einen Kummer empfindet, der fast wie Liebe ist. Diese trockenen gelben Hügel haben ihr nichts als Schmerz und Schweiß und vergebliche Hoffnung beschert – aber sie kennt sie. Etwas von ihr ist in ihnen begraben, etwas von ihr hat sich in ihnen verloren, etwas von ihr wurde in ihnen wiedergefunden und geboren – so viel von ihr gehört diesem Land. Ein Sehnsuchtsschmerz in ihrer Brust wie das Ziehen einer Wünschelrute. Jenseits des Meeres sehen die Menschen aus wie sie, aber sie wissen nicht, wie diese Hügel sich weiten, wie der Wind durchs Gras pfeift, wie das trübe Wasser schmeckt ... all diese Dinge, die Lucys Inneres ausmachen, so wie die Augen und die Nase ihr Äußeres. Vielleicht kommen sie schneller voran, weil Lucy jetzt schon um dieses Land trauert.

Aber sie hat Sam.

Gold Gras

Vielleicht kommen sie schneller voran, weil Sams Unruhe sie antreibt. Sam mit zwei Gesichtern: verwegen und mit frechem Grinsen; dann wieder nervös, verschlossen, mit hastigen Blicken über die Schulter. Mit diesem zweiten Gesicht sieht Sam Lucy an und macht den Mund auf und wieder zu, als würde ein Mann unsicher eine Tür aufdrücken, die er nicht zu durchschreiten wagt. *Jetzt lass schon den Tiger aus dem Sack. / Ach, nichts.* In dieser Stimmung zuckt Sam beim kleinsten Rascheln zusammen, beim Schnauben ihrer Pferde, die sich abends zur Ruhe legen. In dieser Stimmung schläft Sam kaum und nur im Sitzen. Betritt einen Saloon und stürzt mit schreckgeweiteten Augen wieder hinaus, weil der Mann in der Ecke – dick, kahlköpfig, harmlos – falsch aussieht. Lucy nimmt sich vor, später zu fragen – wenn Worte keine Gefahr mehr sind, wenn sie Sam nicht mehr zittern lassen –, was diese Furcht zu bedeuten hat. Aber das kann warten, bis sie auf dem Schiff sind, umgeben vom weiten Meer, und alle Zeit der Welt haben, eine neue Sprache zu lernen, die sie noch nicht verletzt hat.

Gold

SALZ

Das Ende des Westens. Hier. Eine Landfaust schlägt ins Meer, und obendrauf hat man eine Stadt gebaut, so weitläufig, dass manche sie *Großstadt* nennen.

Eine Gegend wie diese hat Lucy noch nie gesehen. Wallende Nebelschleier begrüßen sie, verwandeln die Küste in eine dunstige, graue Traumlandschaft. Weich und hart zugleich. Wildblumen, windschiefe Zypressen, Kiesel auf dem Boden und Möwen über den Köpfen und ein Donnern, das Lucy anfangs für das Brüllen eines wilden Tieres hält – bis Sam ihr erklärt, dass es die Wellen sind, die sich an den Klippen brechen.

Nicht nur die Landschaft ist fremd, auch das Wasser. Sam führt Lucy hinunter zum nassen Saum. Barfuß gehen sie über den Sand. Das Meer ist grau. Hässlich unter seiner Nebelglocke. Wenn man genau hinsieht, entdeckt man Blau, ein bisschen Grün, einen Funken fernen Sonnenlichts. Ansonsten ist Schönheit dem Wasser gleichgültig. Es tobt und schlägt gegen die Klippen, bis sie abbrechen und Unachtsame in den Tod reißen. Das Wasser frisst an den Pfählen der Landungsstege, zwingt das Holz in die Knie. Das Wasser spiegelt nicht. Das Wasser ist das Wasser, und es dehnt sich bis zum Horizont.

Lucys Mund ist voll Nebel. Sie leckt, einmal, zweimal: salzig.

»Die ganze Zeit«, sagt sie zu Sam. »Die ganze Zeit habe ich gedacht, ich gehöre nach *Sweet*water.«

Später wird sie erfahren, wie schwer das Leben hier am Ende des Westens ist. Manchmal nimmt das Meer ein Leben, manchmal der Nebel, der das Licht des Leuchtturms schluckt. Meistens lauert der Tod in den Hügeln selbst, sieben in dieser Stadt, und alle paar Jahre schütteln sie Häuser ab wie ein Hund Flöhe. Später wird sie erfahren, dass unter der Gischt, auf dem Grund des Meeres, die Knochen zahlreicher sind als die der Bisons. Später wird sie erfahren, dass der Nebel sich irgendwann auflöst, und dann erscheint das harte, klare Licht.

Auf dem Weg in die Stadt ist Sam nur noch mehr zum Nervenbündel geworden. Vor lauter Eile sind sie zu früh – das Schiff legt erst am nächsten Morgen ab.

Der lange Rest des Tages dehnt sich vor ihnen aus. Laternen glitzern durch den Nebel, und Lucy muss an die Geschichten denken, die Sam von dieser Stadt erzählt hat: die prunkvollen Spielhöllen, die Shows, in denen Männer als Frauen und Frauen als Männer auftreten und Musik Verwandlung ist. Und das Essen.

»Wir haben noch Zeit«, sagt Lucy. »Gehen wir was essen.«

Sam runzelt die Stirn. Fehlt nur noch die Ermahnung aufzupassen und sich unauffällig zu verhalten.

»Komm schon«, lockt Lucy. »Wir können uns doch nicht den ganzen Tag in irgendeiner dunklen Ecke verstecken. Außerdem findet uns in diesem Nebel sowieso keiner.« Sie streckt den Arm aus. Ihre Hand verschwindet im milchigen Dunst. »Siehst du? Wie wär's mit diesem Meeresfrüchte-Eintopf? Ich könnte jetzt ein warmes Essen vertragen. Oder ein heißes Bad.«

»Willst du wirklich ein Bad?«

Dass gerade das Sam überzeugt, hätte sie nicht erwartet. Auf dem Treck haben sie sich in trüben Bächen gewaschen, und Sam war nie länger als ein paar Sekunden im Wasser. Schien sich fast vor der Nässe zu fürchten – und hat kein einziges Mal alle Kleider ausgezogen.

Lucy nickt. Spürt hinter dieser einfachen Frage noch eine andere. Geheimnisse schweben scharf wie das Salz in der Meeresluft.

»Besser nicht«, sagt Sam. Aber etwas wie Sehnsucht bricht sich Bahn in Sams Blick. Etwas Weiches, Zartes, das auf dem Treck mehr und mehr verloren gegangen ist, je drängender Sam sie zur Eile angetrieben hat. »Andererseits ...«

»Wir haben uns eine Ruhepause verdient«, sagt Lucy und berührt Sam am Arm.

Ein kurzer Ruck mit dem Kopf. Nicht ganz ein Nicken. Dann wendet Sam das Pferd und reitet in ein Tal, das vor lauter Nebel aussieht wie eine Schüssel dampfende Milch. Lucy beeilt sich hinterherzukommen.

Nebel auf allen Seiten. Feuchte Windfinger streichen ihnen durch die Haare. Die niedere Welt wispert, entsinnt sich ihrer selbst in flüchtigen Fetzen wie aus einem alten Traum: ein Haus mit der Nummer 571, eine schimmernde Murmel an einem Baumstamm, gelbe Blumen vor einer blauen Wand. Eine rissige Tür. Der hungrige Schrei einer streunenden Katze. Eine wartende Kutsche, der Fahrer auf dem Bock im Schlaf gekrümmt. Kondenswasser an einem erleuchteten Fenster. Der nackte Fuß eines fliehenden Kindes.

Vor einem roten Gebäude, dessen lange Mauern im Nebel verschwinden, bleibt Sam stehen. Ein seltsames Haus, fensterlos und kahl bis auf eine hohe Tür. Sam sieht Lucy an. Nicht mit schmalem Blick, sondern flehend.

»Denk dran, du hast darum gebeten«, sagt Sam, und dann öffnet sich die Tür.

Später wird Lucy versuchen, sich an diesen ersten Eindruck zu erinnern. Wie edel das rote Haus wirkt, wie endlos. Dunkel gebeiztes Holz, Vorhänge und Teppiche, Kerzen, auf niedrige Tischchen gestellt, damit ihr Licht nicht bis an die Decke reicht. Das Innere des Hauses verschwindet im Schatten wie das Äußere im Nebel. Es raschelt, dabei hat der Raum keine Fenster.

Stattdessen sind da Mädchen.

Sieben Mädchen, aufgereiht an der gegenüberliegenden Wand. Jede von ihnen steht vor einem Rechteck aus Farbe. Sie sehen aus wie Prinzessinnen in einem Märchenbuch, eingerahmt in Gold. Und ihre Kleider ...

Lucy tritt näher heran. Solche Kleider hat sie noch nie gesehen, nicht einmal in den Zeitschriften aus dem Osten, die Anna geschickt bekam. Diese Kleider sind nicht zum Gehen oder Rennen oder Reiten oder auch nur zum Sitzen oder gegen die Kälte. Sie sind reine Schönheit. Das Mädchen direkt vor Lucy sieht aus wie ein Bild in ihrem Geschichtsbuch. Ein majestätisches Gemälde mit der Überschrift *Die letzte Indianerprinzessin*. Die gleiche Feierlichkeit, die gleichen Rehaugen, die gleichen strengen Wangen und schwarzen Haare. Das Mädchen trägt Federn und so butterweiches Hirschleder, dass Lucy am liebsten die Hand danach ausstrecken würde.

Ein dumpfer, bittersüßer Geruch erfüllt die Luft. Wird stärker, als eine Frau ganz in Schwarz auf sie zueilt. Sie beugt sich *hinunter*, um Sam auf die Wange zu küssen, so groß ist sie, und ihr weiter Rock bauscht sich. Die Frau scheint im Zimmer zu verschwimmen. Umgeben von einer immerwährenden Stunde des Schakals.

Sie sagt: »Samantha.« Zu Lucys Überraschung kein finsterer Blick von Sam. Die beiden stecken vertraut die Köpfe zusammen. Dann gehen sie und lassen Lucy mit den Mädchen allein.

Das Mädchen neben der Indianerprinzessin hat das Aussehen der dunklen Vaqueros aus der Südlichen Wüste. Sie trägt ein weißes, besticktes Kleid mit schmaler Taille und weitem Rock. Die braunen Schultern sind frei. Das nächste Mädchen hat weißblonde Haare und kaninchenrosa Augen. Ihr Kleid ist dünner als Lucys Unterkleid, so dünn, dass Lucy errötet. Das nächste Mädchen hat dunkle Haut, dunkler als die Wände, mit einem bläulichen Schimmer. Um ihren Hals türmen sich goldene Ringe zu einer stolzen Säule. Das nächste Mädchen hat dicke, weizenblonde, geflochtene Zöpfe, rosige Apfelwangen, Augen wie Rotkehlcheneier, zu ihren Füßen steht eine Milchkanne. Die Mädchen rühren sich nicht. Bis auf die leichte Hebung der Brust könnten sie Statuen sein. Und das nächste Mädchen ...

»Hübsch, nicht wahr?« Die große Frau ist neben Lucy getreten. »Mädchen, dreht euch mal für unsere Besucherin.«

Die sieben Röcke wallen auf, doch die Gesichter bleiben starr.

»Woran denkst du, wenn du sie siehst?«, fragt die Frau.

Ihr gebieterischer Ton lässt Lucy antworten. Vielleicht auch nur ihr Geruch. Lucy erzählt von den Geschichten in Mas Büchern, von den Bildern der Prinzessinnen.

»Du bist wirklich so klug, wie Samantha versprochen hat. Ich heiße Elske. Bist du heute auch dabei?«

»Ich würde gern baden«, sagt Lucy.

Elske sieht sie mit einem dünnen, schneidenden Lächeln an. Fordert sie auf, sich das schönste Mädchen auszusuchen.

Die Mädchen drehen sich noch einmal. Allerdings nur, sagt Elske, wenn Lucy zahlen kann.

Und da begreift sie. Bei all dem Prunk ist das hier nichts anderes als die Zimmer über den Saloons in Sweetwater, wo sich das Quietschen der Betten mit dem Pfeifen der Züge mischt. Das Halbdunkel verbirgt Lucys Röte. Sie weicht zurück, während Sam sich noch einmal mit Elske bespricht, dann ein Mädchen die Treppe hochführt. Diesmal sieht Sam sich nicht um, und Lucy ist froh darüber.

Lucy wartet und döst vor sich hin, bis sie von einem leisen Scheppern aufschreckt. Ein Mädchen hat ihr ein Tablett mit Essen hingestellt: Brot, Dörrfleisch. Eine Schüssel mit grünen Blättern und einer orangen Blume, die seltsam knackig ist.

Süß, holzig. Es ist eine geschnitzte Möhre.

Vor Jahren hat Lucy Wasser abgekocht, um die Krankheit von Sams Körper zu waschen. Aber als sie die Möhre in Sams Hose entdeckte, lag Hass in Sams Blick. Die Möhre wurde durch einen Stein ersetzt. Wodurch ist der Stein inzwischen ersetzt worden? Lucy weiß es nicht. Aber in einem Zimmer über ihr löst eine Fremde den Knoten in Sams Tuch und entblößt Sams Hals. Eine Fremde knöpft das Hemd und die Hose mit der eingenähten Tasche auf. Eine Fremde legt Sams Geheimnis beiseite. Eine Fremde, die Sam bis ins Innerste kennt – anders als Lucy.

Lucy hat einen Teil der Abmachung aufgeschnappt, bevor Sam nach oben gegangen ist. Das Zimmer, die Dauer, das Mädchen, die Bezahlung – fast ein Viertel von Sams Gold. Sam hat gelogen. Welches Bad hat einen so hohen Preis?

Lucy geht zu den Mädchen in ihren hübschen Rahmen. Keines rührt sich. Sie packt den nächstbesten Rock. Der Stoff reißt in der Stille wie ein Schrei. Die schönen Gesichter wenden sich ihr zu, zeigen zum ersten Mal eine Regung. Lucy schlägt Wut entgegen, Kränkung, Angst, Belustigung, Verachtung. Als sie hereingekommen ist, haben die Mädchen durch sie hindurchgestarrt. Jetzt erinnert sie sich daran, was Sam auf dem Treck gesagt hat: der Unterschied zwischen angestarrt werden und *gesehen werden*.

Sie hält den zerrissenen Kleiderstoff hoch. Fragt nach Elske.

Elskes Privatzimmer ist schlicht. Zwei Stühle, ein Schreibtisch, Lampen statt Kerzen. Und mehr Bücher, als Lucy je gesehen hat, in Regalen bis unter die Decke.

»Samantha hat mir erzählt, dass du bemerkenswert bist«, sagt Elske, nachdem Lucy den angebotenen Stuhl abgelehnt hat. »Das sind Leute wie wir oft.«

»Ich bin nicht …«

»Ich meine Goldleute. Die Stadt ist voll von ihnen. Diese Etablissements sind für Männer mit Geld und Begehren. Sie schätzen edle Restaurants. Edle Spielbanken. Edle Rauchsalons, wo sie ihre Pfeifen genießen und edle Träume träumen können. Meine ersten und großzügigsten Investoren waren Goldmänner. Sie sind in dieser Hinsicht außerordentlich aufgeschlossen. Sie interessieren sich nur für den Wert der Dinge.«

»Was macht Sam hier?«

»Sam hat mir berichtet, dass du viel liest. Kannst du das hier lesen?«

Elske zieht ein Buch aus dem Regal, und Lucy nimmt es ohne nachzudenken. Ein Einband aus schlichtem blauen Stoff mit weißen Blüten. Wellige Seiten. Sie tragen eine Meereserinnerung in sich: Salzwasser.

Lucy schlägt es auf.

Keine Wörter auf der ersten Seite. Nur merkwürdige Zeichnungen. Sie blättert weiter. Noch mehr Zeichnungen, viel kleiner, in schnurgeraden Spalten, geordnet wie Wörter. Es *sind* Wörter. Jede Zeichnung ist ein Wort aus geraden und gebogenen Strichen, Punkten und Haken. Da entdeckt sie eine Zeichnung, die sie kennt. Mas Tiger.

Und dann nimmt Elske ihr das blaue Buch wieder weg.

»Woher haben Sie das?« Lucys Wut ist vergessen.

»Von einem Kunden, als Anzahlung. Informationen können so wertvoll sein wie Gold. Und nun zu deiner Frage – ich gebe für gewöhnlich keine Auskünfte umsonst heraus, aber einem Tauschhandel würde ich vielleicht zustimmen.«

Lucy zögert. Dann nickt sie.

»Sag etwas.« Elske beugt sich vor. »Von dort, wo ihr herkommt, Samantha und du. Irgendetwas.«

Lucy sagt nicht: *Wir sind hier geboren.* Die Wahrheit wird die Gier in Elskes Gesicht nicht befriedigen. Sie weiß, welchen Wert diese Frau in ihr sieht – denselben Wert, den Charles gesehen hat. Ihr Anderssein, sonst nichts. Sie sagt die ersten Worte, die ihr in den Sinn kommen: »Nu er.«

Elske seufzt. »Wie wunderschön. Wie elegant und außergewöhnlich.« Sie legt den Kopf in den Nacken, streckt den Hals. Fast schon anzüglich. Dann sieht sie Lucy an und sagt: »Samantha hat eine Zeit lang für die Goldmänner gearbeitet. Recht erfolgreich, wie es hieß. Dann gab es wohl ein Zerwürfnis, aber ich habe da nicht nachgefragt. Viele Goldmänner zählen nach wie vor zu meinen Kunden, und ich möchte mich nicht in ihre Angelegenheiten einmischen.

Hunderte von ihnen wollen hier Zeit mit meinen Mädchen kaufen. Die jungen Frauen werden alle hoch bezahlt und haben eine gute Bildung genossen, ob in Malerei, Dichtkunst oder Konversation. Weißt du, was eine Harfe ist? Ich besitze die einzige im ganzen Territorium. Meine Mädchen sind anmutig und kultiviert. Sie werden hoch geschätzt, sie sind keine gewöhnlichen ...«

In diesem engen Raum wird der Geruch immer stärker. Elskes plätscherndes Geplauder schläfert Lucy ein. Es sind gemurmelte Zaubersprüche. Sie kann den Bann nur brechen, indem sie ihre Wut wieder wachruft.

»Huren«, fällt sie Elske ins Wort. »Sie meinen, sie sind keine gewöhnlichen Huren. Ich bin keine Kundin. Bitte beantworten Sie meine Frage.«

»Meinetwegen. Du willst wissen, warum Samantha herkommt? Um ein Bad zu nehmen, nicht mehr und nicht weniger.«

Elske sieht sie selbstzufrieden an. Sie hat gewusst, dass es ein ungleicher Handel sein würde. Die Wahrheit, die sie Lucy gibt, ist wie eine leere Schachtel – den Inhalt hat Lucy schon besessen. Sam versteckt sich nicht. Sam ist immer einfach Sam.

Betreten wendet Lucy sich zum Gehen.

»Ich war früher einmal Lehrerin«, sagt Elske sanft, und die Neugier hält Lucy im Zimmer. »Samantha hat mir erzählt, dass du eine sehr gute Schülerin warst. Darf ich dir eine Lehrerinnenfrage stellen? Du hast meine Mädchen mit Geschichten verglichen. Wie bist du darauf gekommen?«

»Sie sind leer«, sagt Lucy und wirft einen Blick auf das blaue Buch. Vielleicht lässt Elske sie noch einmal hineinsehen, wenn sie eine gute Antwort gibt. Sie denkt an die Mädchen mit ihren regungslosen Gesichtern, jedes anders und doch alle gleich. »Sie erinnern mich an Buchseiten.« Oder an klares Wasser. Ein Blick, den Lucy selbst manchmal in ihrem Spiegelbild gesehen hat.

Sie wartet, hofft, und Elske stellt noch eine Frage.

Sauber, aber argwöhnisch taucht Sam wieder auf. Kiefer angespannt. Diesmal hält Lucy Sams Blick. Sie lächelt, bis Sam verlegen zurücklächelt.

»Bis zum nächsten Mal«, sagte Elske und gibt Sam einen Kuss auf die Wange.

Als Elske auch Lucy einen Kuss gibt, ist der Geruch übermächtig. Als würde die Frau ihn kauen und schlucken. Bitter und süß. Er mischt sich mit Elskes Körperwärme zu einem Moschusduft. Endlich erkennt Lucy ihn. Genauso hat Mas Truhe gerochen. Weit weg, vor langer, langer Zeit. Hat einer von Elskes Kunden den Duft zusammen mit dem Buch gebracht?

»Komm bald wieder, mit oder ohne Samantha«, flüstert Elske unter Sams neugierigen Blicken. »Vergiss es nicht.«

Aber Wind und Salz reinigen sie. Am Hafen hat Lucy nur noch das Meer in der Nase.

Weit unten reiht sich Schiff an Schiff.

Für Lucy waren Schiffe immer Fantasiegebilde. In den Erzählungen wurden ihre Segel zu Flügeln, tauchten Küsten plötzlich wie von Zauberhand aus dem Wasser auf. Deshalb hat sie sich nie gefragt, wie ein Schiff in Wirklichkeit aussieht, genauso wenig wie sie sich das bei Drachen oder Tigern oder Bisons gefragt hat. So hatte sie sich Schiffe niemals vorgestellt: gewaltig und dennoch gewöhnlich.

»Was macht ein Schiff zum Schiff?«, fragt sie. Und schreit die Antwort heraus, wieder und wieder, wild hüpfend wie ein kleines Kind. »Holz und Wasser. Holz und Wasser. *Holz und Wasser.*«

GOLD

Glitschiger Boden, der Steg schwankt. Lucy stellt sich vor, ins graue Wasser geworfen zu werden und vom Grund des Hafens hinaufzublicken. Wehendes Seegras. Fische dicht an dicht verdunkeln die Sonne.

Der Schiffskapitän steht fest auf den Beinen, während Lucy und Sam straucheln, von Anfang an im Nachteil beim Kauf ihrer Fahrkarten. Der Kapitän zählt ihre Münzen und blickt sie an. Elske hat nicht gelogen: Diese Stadt sieht nur den Geldwert eines Menschen.

»Kommt wieder, wenn ihr den Rest zusammenhabt.«

Sams Miene verfinstert sich. »Das ist der Preis, den du mir letzten Monat genannt hast.«

»Schlechtes Wetter. Teure Reparaturen.«

Sam leert den Geldbeutel. Vom letzten Gold wollten sie ein Zimmer für die Nacht und eine Bleibe auf der anderen Seite des Meeres bezahlen. Der Kapitän schüttelt immer noch den Kopf. Er wirft den Beutel zurück, ein Nugget fällt auf den Steg. Schnell bückt sich Sam, um es aufzusammeln. Der Kapitän hat sich längst umgedreht. Lucy folgt seinem Blick zu einer großgewachsenen Gestalt an Land. Wahrscheinlich noch jemand, der eine Überfahrt möchte. Was hat Lucy anzubieten außer Geld?

Und sie denkt: eine Geschichte.

Sie stolpert. Greift den Arm des Kapitäns, um nicht zu fallen. Ungeschickt tritt sie auf den Saum ihres Kleides, der Ausschnitt strafft sich.

»Verzeihung«, sagt Lucy und taumelt gegen den Kapitän. »Mir ist ganz schwindelig. Ich habe noch nie ein echtes Schiff gesehen. Schon als kleines Mädchen habe ich davon geträumt, übers Meer zu fahren. Was für ein majestätischer Anblick!«

Sehnsüchtig betrachtet sie das Schiff. Als sie wieder den Kapitän ansieht, liegt noch ein Rest dieser Sehnsucht in ihren Augen. Sie erzählt ihm von ihrer Angst vor dem Meer. Von ihrer Hoffnung, dass ein starker, erfahrener Mann sie führt. Von ihrer Hilfsbereitschaft. Ihren Kochkünsten. Sams Kraft. »Wir könnten sehr nützlich für Sie sein«, sagt sie, lächelt, wartet, und lässt seinen Blick in ihr Schweigen fallen.

Sie war nicht besonders schockiert von Elskes Mädchen. Was sie gesehen hat, war nicht neu, sondern eine alte, alte Lektion, gelernt in Sweetwater, gelernt vor langer Zeit von ihrer ersten Lehrerin an der Tür eines Salons. *Schönheit ist eine Waffe.*

Die Gestalt auf dem Kai ist verschwunden.

Als Lucy schließlich noch ihre Pferde erwähnt, reicht der Kapitän ihr zwei Fahrkarten. Das Papier ist feucht, die Schrift akkurat und fein. Sorgfältig sind die Buchstaben mit Gold umrandet worden.

Am anderen Ende des Hafens schlägt Sam mit der Faust auf das Proviantpaket, das Elske ihnen gegeben hat.

»Sie hat mir heute mehr als sonst berechnet«, sagt Sam. »Verdammt, sie weiß, wie man die Leute schröpft. Sonst hätten wir nicht so feilschen müssen.«

Lucy zuckt die Achseln. Sie denkt an das blaue Buch und dass sie solche Bücher selbst besitzen wird, wenn sie angekommen sind. Sie wirft Sam einen Streifen Dörrfleisch zu und nagt an einem eigenen. Sam biegt den Streifen, bis er bricht.

»Hat sie dir das beigebracht?«, fragt Sam.

Lucy kaut in aller Ruhe. »Sie hat mir nichts beigebracht, was die meisten Mädchen nicht schon wüssten. Sie ist kein schlechter Mensch. Übrigens ... Sie hat mir Arbeit angeboten.«

Sam sieht sie entsetzt an.

»Nein, nicht das«, sagt Lucy schnell. »Nicht wie die anderen Mädchen. Sie wollte, dass ich Geschichten erzähle. Mit den Männern rede, mehr nicht.« Sie verschweigt, dass Elske hinzugefügt hat: *Es sei denn, du möchtest es. Dafür gibt es mehr Geld.*

Sie hatte mit Wut gerechnet. Aber Sam sackt nur in sich zusammen. Sagt leise: »Das hat sie mir beim ersten Mal auch angeboten.«

Lucy weiß, dass Sam wieder an den Mann aus den Bergen denkt.

»Bao bei«, sagt Lucy, dann hält sie inne. Nicht die Zeit für Zärtlichkeit. Nicht die Zeit, um alte Wunden aufzureißen. Sie bricht ein Stück hartes Brot ab. Splitternde Kruste bohrt sich unter die Nägel. »Was früher war, ist nicht wichtig, okay? Wenn wir erst mal auf dem Wasser sind, ist es wie ... wie ...« Ein Versprechen aus alter Zeit füllt ihr den Mund. Süß und bitter. »Wie ein Traum. Wir wachen auf der anderen Seite auf, und das alles hier ist ein Traum gewesen.«

»Meinst du wirklich?«, sagt Sam, immer noch verhalten. »Alles, was wir früher getan haben?«

Lucy betrachtet das Brot. Es ist halb vertrocknet. Sie sollten es sich hineinzwingen und runterschlucken. Sollten dankbar sein für das bisschen, das sie haben. Sollten. Sollten.

Sie schmeißt das Brot ins Meer, es landet mit einem Platsch viel weiter draußen, als sie für möglich gehalten hätte. Und obwohl die Möwen sofort zum Sturzflug ansetzen, schnappt aus der Tiefe ein riesiger Fisch zu, größer als Lucy. So groß, dass er von unten die Sonne verdunkelt.

Mittags wird ihr Schiff ablegen. Die Nacht dehnt sich vor ihnen aus. Bis auf ein paar Pennys in Sams Tasche haben sie nichts mehr für Essen oder ein Dach über dem Kopf. Eine letzte Nacht unter freiem Himmel, zwischen den Hügeln der Stadt.

In dieser letzten Nacht sind sie Geister. Halb schon auf dem Schiff, unterwegs in das Nebelland, das sie Zuhause nennen werden. Halb verschwunden in den Dunstschleiern, die den Pier verschlucken und sie von irdischer Last befreien: von dem Gewicht verschwundenen Goldes, von fünf verlorenen Jahren, zwei Silberdollars, Bas Händen, Mas Worten. In dieser Nacht vereinbaren sie: Was früher war, ist ausgelöscht. Der Nebel verhüllt. Es bleibt nur das Klimpern ihrer Pennys, als sie anfangen zu spielen.

Noch jahrelang wird Lucy diese Nacht bei sich bewahren. Ihre eigene Geschichte, nur für sie selbst geschrieben.

Andere Spieler kommen dazu. Gesichter verschwimmen im Nebel, so dass niemand fragen kann: *Wer seid ihr? Woher kommt ihr?* Harte Männer und Frauen mit altvertraut gebeugten Schultern und Flecken von Schweiß, Whiskey, Tabak. Der Gestank von Arbeit und Verzweiflung. Und Hoffnung. So viel Hoffnung glänzt auf dem nassen Pier.

Kein Wort wird gewechselt in dieser Nacht. Die Sprache der Stadt ein Klimperklang. Ihre Pennys haben das Spiel ins Rollen gebracht; ihr Glück gibt ihm Schwung. Lucy sitzt im

Kreis, Sam hinter ihr. Wenn Lucy nach einer verdeckten Karte greift, zieht ein Gewicht an ihrer Hand, ruckt an ihrem Herzen. Führt sie wie eine Wünschelrute wieder und wieder zur richtigen Karte. Sie spielt mit geschlossenen Augen. Tippt mit den Füßen. Sie ist nicht auf dem Pier, sondern wandert früh am Morgen durchs Gold der Hügel, in den Anfangsjahren, den besten Jahren, als Ba nur Hoffnung und eine Wünschelrute in den Händen hielt. Sie zogen los, aber der Rauch von Mas Kochfeuer war ihre Verbindung nach Hause. Ba brachte ihr bei, auf den Ruck zu warten. Weil Gold schwer war, brauchte sie eine Schwere in ihrem Innern, die es rief. *Denk an das Allertraurigste. Nicht sagen. Behalt es in dir drin, Lucymädchen. Lass es wachsen.* Genau das tut Lucy jetzt beim Glücksspiel. Sams Hände auf ihren Schultern geben die Last dazu, die Sam trägt. Goldgräberkinder alle beide. *Na, Lucymädchen, du spürst, wo es verborgen ist. Du spürst es einfach.* Sie haben Traurigkeit geschluckt, und sie haben Gold geschluckt. Beides hat sie nicht verlassen, sondern ist in ihnen gewachsen, hat ihre sich streckenden Glieder genährt. Und an diesem Abend verbindet es sie mit den Karten. Immer wieder zieht Lucy genau die richtige. Schweigend legt ein Spieler nach dem anderen sein Blatt hin. Als würden sie einem Toten die letzte Ehre erweisen. Sie betrachten die zwei Fremden im Nebel, ohne Gesichter, nach denen sie urteilen können, – und *sehen* sie. Glück vielleicht oder eine Art Spuk.

Am Ende der Nacht stapelt sich ein kleines Vermögen.

Daran wird Lucy sich an den schlimmsten Tagen immer erinnern: dass wenigstens eine Nacht lang Gold für sie in den Hügeln lag.

Silberschimmer dringt durch Lucys Lider. Einen Moment lang ist sie wieder zwölf, Mondlicht hallt von einem Tigerschädel. *Was macht ein Zuhause zum Zuhause?*

Sie hebt den Kopf. Eine Karte schält sich von ihrer Wange. Der Schimmer kommt von einem Stapel Silberdollars. Sam schnarcht neben ihr auf dem Pier. Bis auf die Schiffe, die vor Anker liegen, ist der Hafen leer, es sind nur noch ein paar Stunden bis zum Mittag. Lucy grinst, als in Sams Mundwinkel eine Spuckeblase entsteht. Sie beugt sich vor, um sie platzen zu lassen.

Der Knall erschüttert alles.

Im Pier gähnt ein Loch. Ein zerfetztes Maul aus Holz, darunter das schäumende, hungrige Meer. Sam zappelt. Ein Fuß, ein Bein rutscht ab. Lucy schreit auf, packt zu. Zieht Sam zur Seite, eine Haaresbreite vor dem Absturz.

Der Nebel ist weggesengt. Ein anderer Himmel. Hartes, klares Licht. Am Ende des Piers stehen zwei Männer. Einer ist groß, ganz in Schwarz gekleidet. Er hat den Revolver abgefeuert – das polierte Metall glänzt in der Sonne, dass es sie schmerzt. Endlich sieht Lucy die Waffe, die diese Männer angeblich immer bei sich tragen. Anna hat es bestritten – aber es gibt Dinge, für die Menschen wie Anna blind sind.

Sam blickt nicht auf den Handlanger, nicht auf den Revolver. Sondern auf die Gestalt, die hinterherwatschelt. Ein älterer Mann, langsam, unglaublich dick und kahlköpfig. Er trägt Weiß. Farblos bis auf die Wangen und das Gold, das an seinen Fingern steckt und aus seiner Weste tropft.

»Wir können das klären«, sagt Lucy zum Handlanger.

Niemand beachtet sie. Der Dicke zieht eine schwere, goldene Taschenuhr aus der Weste. Er tippt aufs Zifferblatt. Sieht an Lucy vorbei. Direkt zu Sam. »Mit großer Freude habe ich gestern Abend von meinem Handlanger vernommen, dass du wieder in der Stadt bist. Jetzt wird bezahlt.«

Die Münzen, die sie in der Nacht gewonnen haben, sind verdreckt vom Schießpulver, geschrumpft im Licht des Tages. Unbedeutend im Vergleich zu den Schulden, die der Goldmann nennt.

Lucy muss lachen.

Da sieht der Goldmann sie endlich an. Mit dem langsamen Blick eines Mannes, der alle Zeit der Welt hat. Ihre abgeschnittenen Haare, ihr dreckiges Unterkleid, zum Schluss ihre Kehle. Sein Blick nimmt sie auseinander. Er lächelt nicht, runzelt nicht die Stirn, erklärt nicht, droht nicht. Jetzt versteht sie, warum Sam Reißaus genommen hat, sobald im Saloon ein kahler Kopf glänzte. Dieser Goldmann ist ein Fels. Jede Bitte würde abprallen.

Also wählt Lucy die Sprache des Geldes. Sie bietet ihm den Gewinn der Nacht, um mit Sam unter vier Augen zu reden.

Sobald die beiden Männer sich ein Stück entfernt haben, packt Lucy Sams Kopf.

»Was hast du getan, Sam?«

»Ich habe nur das Gold zurückgeholt. Das sie ehrlichen Goldsuchern weggenommen haben. Wir waren mehrere, wir haben es zusammen gemacht.«

Mit dem Betrag, den der Goldmann genannt hat, könnte man Schiffe kaufen. Ein halbes Dutzend Kohlegruben. Weit mehr als alles, was Lucy sich je vorgestellt hat.

»Wofür hast du es ausgegeben?« Bestimmt können sie damit verhandeln. Was auch immer Sam gekauft hat, muss mehr wert sein, als Sam das Hirn aus dem Kopf zu pusten.

»Ich habe es nicht ausgegeben.«

»Du hast es versteckt?« Ein Hoffnungsschimmer. Sam kann

den Goldmann zum Versteck führen. Wenn Lucy ihre besten Entschuldigungen vorbringt, klappt es vielleicht. Das Schiff werden sie verpassen, aber im nächsten Monat geht wieder eines. Oder im nächsten Jahr. Sie können sich Arbeit in der Stadt suchen. Lucy kann Elskes Angebot annehmen, Geschichten zu erzählen. Irgendwie schaffen sie es schon.

»Es war reines Gold. Zu schwer zum Mitnehmen.« Sam reckt das Kinn. Immer mehr Feuer in der Stimme. »Bisschen was habe ich mit den anderen geteilt. Bisschen was habe ich behalten, hast du ja gesehen. Und dann hatte ich eine Idee – wir haben den Rest ins Meer geworfen. Haben es dem Land zurückgegeben, und wir haben uns alle verewigt.« Das alte Grinsen zuckt über Sams Gesicht. »Jeder von uns hat etwas in ein Stück Gold geritzt. Den Namen seiner Mutter, den alten Namen eines Flusses, das Zeichen seines Stammes. Ich habe unseren Tiger geritzt. Dieses Gold kommt erst in einer Ewigkeit wieder zum Vorschein. Und nächstes Mal finden es vielleicht ehrliche Menschen – Leute wie wir. Vielleicht sieht die Welt dann anders aus. Die Goldmänner sind bis dahin so oder so tot. Und das Gold ist gekennzeichnet. Es gehört *uns*.«

Du gehörst genauso hierhin, Lucymädchen. Lass dir nie erzählen, dass das nicht stimmt.

In einem plötzlichen Lachanfall kugelt Sam sich auf dem Pier – albern wie das Mädchen, das Sam nie war. »Tot wie die Bisons!«

Kein Feilschen, kein Nachdenken, kein Trick bringt ihnen dieses Gold zurück. Trotzdem müssen sie es versuchen. Lucy sagt: »Wir bitten um Aufschub. Wir ...«

Das Kichern verstummt. »Sie haben zwei von den anderen umgebracht. Meine Freunde. Und sie haben Nellie umgebracht. Haben sie unter mir weggeschossen, als ich abhauen wollte.« Beim Namen der Stute bricht Sam die Stimme weg. »Das hier ist kein Spiel. Sei nicht kindisch. Mich bringen sie sowieso um, aber wenn du keinen Aufstand machst, lassen sie dich wahrscheinlich laufen.«

»Wenn du gewusst hast ...« Lucy bekommt die Frage kaum heraus. »Wenn du gewusst hast, dass sie so gefährlich sind, warum bist du dann das Risiko eingegangen, bis nach Sweetwater zu kommen? Du hättest schon vor Wochen ein Schiff nehmen können. Allein.«

So stur ist Sam. Gibt keine Antwort. Sieht Lucy nur mit sprechendem Blick an. Die Frage, die Sam in Sweetwater gestellt hat, füllt die Stille zwischen ihnen. *Bist du nicht einsam?* Immer hat Lucy Sam Egoismus vorgeworfen. Jetzt zeigt sich, dass sie diejenige war, die nur an sich selbst gedacht hat – und nicht auf die Idee gekommen ist, Sam dasselbe zu fragen.

Beim Glücksspiel hat sie gelernt, wann es Zeit ist, die Karten auf den Tisch zu legen. Sie lässt die anderen Fragen fallen. Sie könnte fragen, warum Sam diese Bürde unbedingt allein tragen musste, warum Sam nicht früher etwas gesagt hat, warum Sam so verdammt stolz ist. So stur. Aber – all das gehört genauso zu Sam wie das Tuch und die Stiefel, die eigenen, ungebeugten Regeln, die Bereitschaft, ein Vermögen einfach so ins Meer zu werfen. Lucy streift ihren Groll und ihre Angst ab. Darunter bleibt nur das alte, hundemüde Gefühl, am Ende eines langen Trecks an einem verdreckten Haus anzukommen.

Und dann taucht die letzte Frage auf, die noch wichtig ist. »Warum ausgerechnet Bäder?«

Sam zuckt die Schultern. Lucy reißt kräftig am Halstuch. Es löst sich, gibt blasse Haut frei. Weich und zart. Und plötzlich drohen Lucy doch noch die Tränen in die Augen zu schießen. »Du hast Baden immer gehasst. Erklär es mir, Sam.«

»Sie sieht mich an. Renata, so heißt sie. Sie sehen sonst die Männer nicht an, die Zeit in ihren Betten kaufen. Wusstest du das? Sie küssen sie nicht, und sie sehen sie nicht an. Aber wenn sie mich badet, dann sieht sie mich an. Sie *sieht* mich. So, wie es sich gehört.«

Lucy schließt die Augen und versucht zu sehen.

Sie sieht Sams Leuchten.

Sam mit sieben: leuchtet im Kleid und mit Zöpfen.

Sam mit elf: leuchtet durch Trauer und Dreck.

Sam mit sechzehn: voller Überzeugung, groß geworden.

Sie sieht das Gold. Nicht das im Meer, das andere. Die Hügel. Die Flüsse. Auch sie leuchten, trotz ihrer Geschichte, wertvoller als jedes Metall. So vieles ist verschwunden aus diesem Land. So vieles ist gestohlen worden. Und doch zeigt es ihnen seine Schönheit, weil es auch für sie ein Zuhause war. Sam hat auf eigene Art versucht, das Land zu begraben, wie es sich gehört.

All das kann Lucy ertragen. Die toten Hügel, die toten Flüsse. Sie würde ohne Zögern den letzten Bison mitten ins Herz schießen, wenn sie damit Sam retten könnte.

Nicht Sam.

So lange Lucy denken kann, ist Sams Leuchten ungetrübt. Das übersteigt ihre Vorstellung: die Welt ohne Sam.

Lucy öffnet die Augen. Sie bindet Sam das Halstuch wieder um. Verbirgt Sams empfindlichste Stelle.

»Ich rede mal allein mit ihm«, sagt Lucy. »Ich bin ein helles Köpfchen, weißt du doch. Mir fällt schon was ein.«

GOLD

Unter vier Augen feilscht sie mit dem Goldmann.

Zuerst bieten sie zum Schein an, was der andere sowieso nicht akzeptiert.

Sie bietet an, die Schulden bei Sonnenuntergang in Gold zu bezahlen, wenn er sie beide laufen lässt, um es zu holen.

Er bietet an, aus Sams Haut einen Mantel zu nähen.

Sie bietet an, am kommenden Morgen das Doppelte zu bezahlen.

Er bietet an, Sams Knochen in hübsche Stückchen zu brechen.

Sie bietet ein Kartenspiel an, auf der Stelle, mit der dreifachen Summe als Einsatz.

Er bietet an, Sam die lügnerische Zunge herauszuschneiden und sie ihr auf einem Tablett zu servieren.

Sie bietet ihre Dienste an. Ihre Treue. Ihre Klugheit. Ihre sauberen Hände.

Er bietet an, Sam die Hände abzuhacken und an einer Halskette zu tragen.

Sie bietet ihre Hilfe als Goldgräbertochter an, ihre Kenntnis der Hügel, in denen sie geboren wurde.

Er bietet zwei Gräber an, so tief in diesen Hügeln, dass niemand sie findet.

Dann schweigen sie. Ein vertrautes Schweigen, als würden alte Freunde Geschichten austauschen, die sie schon oft gehört haben. Sie betrachtet ihre Hände, ihre Füße, ihre Haut, als sähe sie sie zum ersten Mal. *Frag immer, warum,* hat ihr mal jemand gesagt. *Du musst immer wissen, was genau sie von dir wollen.*

Der Goldmann akzeptiert ihr Angebot sofort. Als hätte er schon vor ihr gewusst, welchen Handel sie vorschlägt. Elske würde vielleicht sagen, er hatte ihren Wert erkannt.

Und für einen kleinen Preis, ein Nichts obendrauf auf die vorhandenen Schulden, kauft Lucy das Recht zu lügen.

Sie redet allein mit Sam im Schatten des Schiffes. In ein paar Minuten ist es Mittag. In ein paar Minuten legt das Schiff ab.

Sie erzählt, dass sie sich geeinigt haben. Sie wird für den Goldmann arbeiten. Als eine Art Sekretärin, für die Buchhaltung und um Chroniken zu verfassen. Ein Jahr oder zwei, höchstens drei, dann sind die Schulden abbezahlt. Dann kommt sie mit dem nächsten Schiff.

Sam reckt das Kinn in die Höhe, stur ...

Es gibt nur eine einzige Möglichkeit.

Lucy lehnt sich weit zurück in die Vergangenheit und schlägt Sam ins Gesicht. Kreischend steigen Möwen in die harte, klare Luft. Flügelschatten verdunkeln Sams Wangen. Sams Augen. Als die Möwen weg sind, ist der Abdruck geblieben. Lucy hatte einen guten Lehrer. Sie weiß, wie man ausholt und zuschlägt. Wie man das Gewicht seines ganzen Körpers und seines guten Beins und seines schlimmen Lebens, ja, eines Lebens voller Trauer, die einen niederdrückt wie das Gold im Morast seines Magens – wie man das alles in einen Schlag legt. Wie man dann brüllt und einen Menschen mit Worten bricht, bis er sich klein und dumm fühlt. *Glaubst du, du bist schlauer als ich? Er braucht mich, nicht dich. Du bist wertlos. Geh. Hau ab.* Wie man danach über die Wange streicht. *Bao bei.*

Und sie lernt, wie weh es tut, mehr noch als die brennende Handfläche, wenn dieser Mensch vor der Berührung zurückzuckt. Als Sam an Bord geht, fragt sie sich, ob Sam jemals ohne den Schatten dieses Schlags an sie zurückdenken wird.

Der Handlanger hat Lucy durch die rote Tür geschoben. Elske beobachtet Lucys Miene, während sie dem Mann zuhört, der ihr die Abzahlung erklärt. An Lucy richtet sie keine Fragen. Sie fasst sie nur an.

Hart. Elske drückt Lucy die Finger in die Haut, um die Form ihrer Knochen zu ertasten. Sie rafft Lucys Haare zusammen und zieht, schiebt ihr die Lippen von den Zähnen, als würde sie ein preisgekröntes Pferd begutachten. Elske murmelt vor sich hin, neigt den Kopf, rüttelt an Lucys schiefer Nase. Keine freundliche Lehrerin mehr – Elske hat Lucy nur ein überzeugendes Märchen aufgetischt.

Sie ist in Ordnung, sagte Elske schließlich zum Handlanger. *Ich nehme natürlich Provision. Und wir müssen warten, bis ihre Haare länger sind.*

In den drei Monaten, in denen Lucys Haare bis zu den Schultern wachsen, schreibt Elske sie neu. Sie sucht einen grünen Stoff aus, der eine Geschichte von elfenbeinfarbener statt gelber Haut erzählt, dazu einen hohen Schlitz, der von langen Beinen spricht. Elske liest in Büchern nach – nicht im blauen, das sie nicht entziffern kann, sondern in Reiseberichten in ihrer eigenen Sprache. Daraus und aus den Bruchstücken von Mas Geschichten, nach denen Elske Lucy ausfragt, schreibt Elske ein neues Märchen. Von Tee in Schälchen und einer Sprache wie Singsang, von gesenkten Blicken und anmutiger Freundlichkeit, eine Geschichte, die Lucys eigener so wenig ähnelt wie Narrengold echtem Gold – aber das spielt keine Rolle.

Ein einziges Mal erwähnt Lucy das frühere Angebot. Elske ringt sich nicht einmal ein Lächeln ab. *Das war vorher und zwischen uns. Die Bedingungen haben sich geändert.*

Nach drei Monaten tritt Lucy mit zum Knoten gesteckten Haaren in einen eigenen Rahmen.

Als sie vor der Wand steht, muss sie an all die dummen Streitereien mit Sam denken – die Geschichten gegen die Geschichtsbücher. Damals, als Lucy noch jung genug war, um an eine einzige Wahrheit zu glauben. Sie spricht eine stumme Entschuldigung.

Sie zahlt die Schulden erstaunlich schnell ab. Es ist leicht. Sie hat schon vor Jahren ein Grab geschaufelt; jetzt wirft sie alle Sams und alle Lucys von früher hinein. All das Weiche, Faulige in ihr.

Sie behält nur ihre Waffen.

Die Arbeit ist leicht. Der gleiche Durst bei allen Männern. Wenn ein Mann auf sie zeigt, wird sie leer. Manche wollen eine Ehefrau, die ihnen zuhört. Manche wollen eine Tochter, die sie erziehen können. Manche wollen eine Mutter, die ihren Kopf in den Schoß nimmt und sie tröstet. Manche wollen ein Liebchen, eine Sklavin, eine Eroberung, eine Jagd. Sie starren sie an und sehen nur, was sie haben wollen.

Es wird leichter, nachdem sie gelernt hat, wie sie die Blicke erwidern muss. Die Gesichter verschwimmen zu immer gleichen Bildern, die sich wiederholen wie die Farben eines Kartenspiels. Manche Männer sind Charles, dann neckt und verwöhnt sie sie; manche sind Lehrer Leighs, dann spielt sie die Schülerin; manche sind Schiffskapitäne, dann schmeichelt sie ihnen; manche sind Männer aus den Bergen, dann lässt sie sie gewähren; solche Männer und solche Männer und solche Männer. Ihr Verlangen so vorhersehbar wie Geschichten am Lagerfeuer, bis sie das nächste Wort, das nächste Bedürfnis, die nächste Bewegung von Mund oder Hand schon im Voraus spürt.

Es wird leichter, nachdem ihr einer die Nase gebrochen hat. Sie deutet seine Wünsche falsch, und schon läuft ihr heißes Blut über die Lippen. Sie jammert nicht, das tut nur Elske. Sie ist in Gedanken schon weiter. Sie hätte ihn auffordern, auf ihn zugehen müssen, statt auszuweichen, hätte andere Worte wählen müssen. Beim nächsten Mal wird sie klüger sein; niemand kann sagen, dass sie nicht dazulernt.

Ihre Nase bricht an derselben Stelle wie vor all den Jahren. Sie wächst gerade wieder zusammen, und das letzte Merkmal ihres alten Ichs ist verschwunden. Elske staunt. Sie fügt *Glückskind* zu Lucys Geschichte hinzu. Webt Blattgold in Lucys Haare. Die Männer wählen sie öfter.

Ihre Schulden schrumpfen.

Es wird leichter, nachdem sie einen Mann mit jemandem verwechselt hat. Schmale Augen. Hohe Wangenknochen. Einen Moment lang sieht sie sich selbst. Dann bemerkt sie: den zögerlichen Gang, das kraftlose Kinn. Falsch. Trotzdem zieht sie ihn langsam aus, beobachtet genau; trotzdem neigt sie den Kopf, um ihn von nahem zu hören. Ein unbekannter Klang. Kein Charles, kein Lehrer, kein Mann aus den Bergen, kein Seemann, kein Goldmann, kein Bergarbeiter, kein Cowboy. Ein anderer. Eine Möglichkeit. Als er im Schlaf etwas murmelt, legt sie zitternd das Ohr an seine Lippen. Die Worte, die sie nicht versteht, sind Trost.

Ein Schiff hat diesen Mann mit Hunderten seinesgleichen gebracht. Männer mit Gesichtern wie Lucys, und sie wählen sie oft. *Glückskind,* sagt Elske noch einmal. Denn der Goldmann nimmt ein lange stillgelegtes Projekt wieder auf: Er will das letzte Stück einer großen Eisenbahntrasse bauen, die das Westliche Territorium mit dem Rest des Landes verbinden soll. Deshalb schafft er ganze Schiffsladungen billiger Arbeiter, lauter Männer, von der anderen Seite des Meeres herüber.

Eine Zeitlang ist Lucy besonders sanft zu ihnen. Der Klang ihrer Sprache ist für sie genauso leer wie ihr eigenes Leben für diese Männer, ein weißes Blatt Papier, auf das sie schreibt, was sie will. *Ich hatte einen sehr schönen Tag,* antwortet sie auf ihr Gebrabbel. *Woher wusstest du, dass Rot auch meine Lieblingsfarbe ist?* Eines Tages bezahlt ein Mann für ein Bad. Nur ein Bad. *Oh,* sagt sie, während sie die Wanne füllt, *ich hätte mir denken können, dass du in deinem Heimatland ein Prinz bist.* Sie seift ihm den Rücken ein, die breiten Schultern, und dann ... küsst sie ihn plötzlich auf den Scheitel. Er blickt auf. Öffnet den Mund, und ihr Herz klopft. Sie ist sicher, die nächsten Worte wird sie verstehen, obwohl sie nicht dieselbe Sprache sprechen.

Aber er schiebt ihr nur die Zunge in den Mund. Das Wasser schwappt aus der Wanne, der Hocker kippt um, der Teppich bekommt Schaum ab und Lucy blaue Flecken, bis Elske mit einem Handlanger erscheint und den Mann nachdrücklich an den Preis für Zusatzleistungen erinnert. Spuckend und fluchend, klatschnass und verwandelt wird er hinausgezerrt, und sie merkt: Seine Haare und Augen kommen ihr vielleicht vertraut vor, aber er ist genau wie die anderen. Noch ein Charles, noch ein Mann aus den Bergen.

Lange sieht sie zu, wie die Wanne sich leert. Wird selbst leer. Erkennt, dass sie auch unter Menschen, die aussehen wie sie, einsam sein kann.

Danach wird es leichter.

Die Schiffe kommen, die Eisenbahntrasse wächst, die Hügel werden planiert. Trockenes, entwurzeltes Gras weht durchs Westliche Territorium. Man erzählt von Staubstürmen, aber Lucy sieht, riecht, schmeckt sie nicht im roten Haus, schluckt nicht ihren Sand und Dreck. Alles für die große Eisenbahn quer über den Kontinent.

Sie hört den Jubel in der Stadt, als die letzte Schwelle verlegt wird. Am Boden befestigt mit einem goldenen Nagel. Man lässt ein Bild für die Geschichtsbücher malen. Es zeigt keinen der Männer, die aussehen wie sie, keinen der Männer, die das alles gebaut haben.

Der Mann aus den Bergen hatte behauptet, kein Mensch in diesem Land könne die Eisenbahn vollenden. Er hat recht behalten.

An diesem Tag sagt Lucy, sie sei krank. Sie legt sich ins Bett. Schließt die Augen. Versucht, alte Bilder wachzurufen. Goldhügel. Grünes Gras. Bisons. Tiger. Flüsse. Sucht in ihrer Erinnerung andere Geschichten als diejenigen, die sie tagtäglich verkauft. Die Bilder flackern wie Luftspiegelungen; sobald sie näherkommt, sind sie fort. Sie starrt sie so lange wie möglich an, trauert, so viel sie kann, bevor sie ihr entgleiten.

Die Eisenbahn hat ein Zeitalter vernichtet.

Es wird leichter, nachdem sie ein Geschenk von Elske bekommen hat. Vielmehr, es sich verdient hat. Für zwölf Monate guter Arbeit einen Schlüssel zum Bücherzimmer. Zwei

Tage lang liest und sucht Lucy mit tippenden Füßen, jagt mit den Augen über die Seiten, und der alte Drang weiterzuziehen ist wieder da, obwohl sie das rote Haus nicht verlassen hat. Chroniken und Geschichtsbücher über andere Territorien jenseits von anderen Meeren: dschungelgesättigte Hügel, eiskalte Hochebenen, Wüsten, Städte, Häfen, Täler, Sümpfe, Steppen, Völker. Riesige und ferne Länder – und all diese Berichte niedergeschrieben von Männern, wie Lucy sie kennt. Sogar eine Chronik über dieses Territorium. Ein Buch mit einer dicken Staubschicht, verfasst in holprigem Stil, auf dem Einband in großen Lettern der Name eines Lehrers. Sie sucht nach einem versprochenen Kapitel, findet aber nur ein paar Zeilen, in denen sie selbst, grob zusammengeschrumpft, nicht mehr zu erkennen ist.

Nach diesen zwei Tagen verschwimmen ihr die Worte vor den Augen; mit tauben Gliedern stellt sie das Buch ins Regal zurück. Sie fällt in einen tiefen, traumlosen Schlaf und kehrt nicht mehr in das Bücherzimmer zurück. Sie weiß jetzt: Was sie vermutet hat, ist wahr. Es mag unbekannte Orte, unbekannte Sprachen geben – aber keine unbekannten Geschichten. Keine wilden Gegenden, in denen Männer nicht ihre Spuren hinterlassen haben, wieder und wieder.

Das blaue Buch schlägt sie nicht auf. Sinnlos, es jetzt noch zu lesen.

Viele Monate später sind ihre Schulden abbezahlt. Der Goldmann liegt in ihrem Bett, zieht seine Taschenuhr auf und verspricht ihr ein Geschenk. Was auch immer sie möchte, sagt er, als wäre er großzügig, als hätte er ihr nicht schon allen Wert genommen.

Er fragt sie, was sie will.

Als Erstes bittet sie um einen Spiegel. Erlaubt sich endlich hineinzublicken – nein, sich zu *sehen*. Die Nase ist fremd, genau wie das schmale, gleichmütige Gesicht. Sie wird nie hübsch sein, nie mädchenhaft leuchten. Aber sie wird schön sein, und ihre Schönheit wird in manchen Männern eine Sehnsucht entfachen, als hielten sie eine Wünschelrute in der Hand. Die Haare, die sie abgeschnitten hatte, sind wie ein Spuk zu ihr zurückgekehrt. Sie wirft einen Blick über die Schulter, aber es steht niemand hinter ihr. Das Weiß ihres Halses gehört ihr selbst. Das makellose Gesicht gehört ihr selbst. Jetzt kann ihr niemand mehr weh tun. Ihr Körper ist unsterblich, denn er ist in den Geschichten so vieler Männer so oft gestorben, dass sie keine Angst mehr hat. Sie ist ein Geist in diesem Körper. Ob sie wohl jemals sterben kann?

Zum zweiten Mal fragt der Goldmann, was sie will.

Das Wort von früher liegt ihr auf der Zunge. Sie hat es ein Jahr lang nicht ausgesprochen. Sie versucht sich Meere, Schiffe, Sternfrüchte, Laternen, niedrige rote Mauern in Erinnerung zu rufen. Versucht sich vorzustellen, dass das alles auch für sie da ist. Aber die Männergesichter mit ihren Falten, Narben, Grausamkeiten, zu nah, zu deutlich, haben die Märchenbilder verdrängt. Sie sieht sich selbst auf den roten Straßen, unter den Männern, unter ihren Frauen und Kindern. Das Grauen dieser Menschen. Und ihr eigenes. Wie groß jenes Land auch sein mag, dort ist jetzt kein Platz mehr für sie. Sie stellt sich vor, wie Sam in jenem Land noch größer geworden ist, längere Schritte macht, heller leuchtet. Allen Raum einnimmt, den Sam will, eine Sprache spricht, die Lucy fremd ist. Einen Moment lang hält sie dieses Bild fest, hat es strahlend vor Augen. Dann lässt sie es los. Lässt es los. Gibt Sam ab an das Volk, zu dem Sam wollte. Sie hat nie zu diesen Menschen gehört und kann nun auch nie mehr dort hingehören.

Sie lässt das Wort los, das ihr auf der Zunge liegt. Spricht es nicht aus.

Zum dritten und letzten Mal fragt der Goldmann, was sie will.

Sie denkt an die andere Richtung. Die Hügel, in denen sie geboren ist, die Sonne, die den Himmel bleicht und das Gras leuchten lässt. Sie denkt an einen verschwundenen See, wo sie in Händen hielt, was viele begehrt und mit dem Tod bezahlt haben. Es war eigentlich nichts im Vergleich zum flammenden Gras in der Mittagssonne. Von Horizont zu Horizont ein einziges Schimmern. Wer konnte das wahrhaft fassen, den riesigen, berauschenden Glanz, das schillernde, schwankende Trugbild, dieses Gras, das sich nicht beherrschen, nicht greifen ließ, sondern sich mit jedem Lichtstrahl veränderte: was dieses Land bedeutete und für wen, Tod oder Leben, gut oder schlecht, Glück oder Unglück, unzählige Leben erschaffen und zerstört von seiner Grausamkeit und Großzügigkeit. Und war das nicht der wahre Grund dafür, unterwegs zu sein, viel mehr noch als Armut und Verzweiflung und Gier und Zorn – dass sie im Mark ihrer Knochen wussten, solange sie umherzogen und das Land sich vor ihnen weitete, solange sie auf der Suche waren, wären sie für immer Suchende und nie ganz verloren?

Man kann vom Land Besitz ergreifen, was Ba wollte und Sam verweigert hat – oder man kann sich vom Land ergreifen lassen. Still und behutsam. Eine Art Gabe, niemals zu wissen, wie viel von diesen Hügeln Gold ist. Denn wenn du nur weit genug gehst, lange genug wartest, Trauer genug in den Adern birgst, triffst du vielleicht auf einen Pfad, den du kennst, und dann sehen die Felsen aus wie vertraute Gesichter, dann begrüßen dich die Bäume, dann erblühen Knospen und Vogelgesang, denn das Land hat seine Klauen in dich geschlagen wie ein Tier, taub für Worte und Gesetze – blutige Kratzer von trockenem Gras, eine Tigernarbe in einem schlimmen Bein, Zecken und rissige Schwielen, windzerzauste, raue Haare, sonnenbraun gemusterte Haut mit Streifen oder Punkten –, und wenn du losrennen würdest, könntest du es vielleicht im Wind oder aus deiner eigenen ausgetrockneten Kehle hören, wie ein Echo und doch ganz anders, vor dir oder hinter dir: Eine Stimme, die du von Anbeginn kennst, ruft deinen Namen ...

Sie holt tief Luft. Sie will

DANK

Den Hügeln Nordkaliforniens, deren Pracht mich trägt. Bangkok und seiner Lehre der Einsamkeit. Dem schummrigen Platz im Luka in Silom. Der Theke im Hungry Ghost in der Flatbush Avenue. Dem Kamin im High Ground. Dem grünen Foxfire am Hambidge Center. Dem Jane Austen Studio im Vermont Studio Center.

Dem Echo und der Collage von *Divisadero*. Der starken Liebe von *Menschenkind*. Der Knappheit von *Schiffsmeldungen*. Den langen, wandernden Gesängen von *Sir Gawain und der Grüne Ritter, Unsere kleine Farm, Weg in die Wildnis*.

Für Mariya und Mika, ungewöhnliche Herzensfreundinnen. Will und Capp St, unerschütterlich. Mai Nardone, streitlustig und wahrhaftig. Jessica Walker und Tiswit. Brandon Taylor, meinen Alien-Zwilling. Lauren Groff, die Meisterin. Bill Clegg und Sarah McGrath und Ailah Ahmed, die nie den Glauben aufgegeben haben. Aaron Gilbreath von *Longreads* und das Team von *The Missouri Review*. Alle bei Riverhead und Little, Brown.

Für meine Mom und Ruellia, für das, was schwer zu sagen ist. Noch einmal für meinen Dad. Meine 奶奶 und meine Familie jenseits des Meeres. Avinash, mein Zuhause.

Und für Katerprinz Spike, der lange genug bei mir geblieben ist, um den Stapellauf dieses Schiffes mitzuerleben.

»In den Büchern,
mit denen ich aufgewachsen bin,
kam jemand wie ich nie vor.«

C Pam Zhang im Gespräch über ihren Roman

Bereits auf den ersten Seiten wird man von dem Reichtum deiner Sprache und der Komplexität der Welt, die du erschaffen hast, überwältigt. *Wie entstand Wie viel von diesen Hügeln ist Gold?*

Der Roman beginnt mit einem Bild, einem Satz. Sprache und Landschaft waren schon immer das Rückgrat meines Schreibens. Ich wollte mit dem weiten, dramatischen, angsteinflößenden Setting des amerikanischen Westens spielen, mit einer Sprache, die dem Cowboyslang und Pidgin-Mandarin entliehen ist. Von dort nahm die Geschichte wie von selbst ihren Lauf.

Hast du literarische Vorbilder, die dich für deinen Roman inspiriert haben?

Ständige Quellen der Inspiration sind für mich besonders Angela Carters Blaubarts Zimmer, Schiffsmeldungen *von Annie Proulx,* Divisadero *von Michael Ondaatje und Toni Morrisons* Menschenkind.

Welche Themen verhandelst du in deinem Roman, und wie viel von C Pam Zhang kann man in ihm finden?

Wie viel von diesen Hügeln ist Gold ist in seinem Kern ein Buch über Trauer. Darüber, wie sich der Tod eines Elternteils durch ein Leben ziehen kann. Unbewältigt hat der Tod eine seltsame Schwerkraft. Egal wie lange vergangen, du kannst ihm nicht entgehen. Mein Vater starb, als ich 22 war. Wenngleich dieser Roman nicht im klassischen Sinne autobiographisch ist, so kommt sein emotionaler Kern deutlich aus meinem Leben – aber das trifft wohl auf die meisten guten Romane zu.

Ich wollte auch einen Roman über Einwanderung und Zugehörigkeit schreiben. Über die Einsamkeit, die man als Immigrantin spüren kann. Ich bin in Peking geboren, kam mit vier Jahren in die USA und lebte vor meinem 18. Geburtstag an zehn verschiedenen Orten. Ich weiß also, was es bedeutet, ständig unterwegs zu sein, nicht anzukommen.

Es ist ein faszinierender Kniff, wenn du die multikulturelle Landschaft des amerikanischen Westens als Setting wählst, um die Themen von Identität, Gender und Zugehörigkeit zu erkunden. Wie kamst du auf diese Idee?

Ich bin mit Büchern wie Weg in die Wildnis, Früchte des Zorns *und* Unsere kleine Farm *aufgewachsen, während meine eigene Familie durch Amerika zog. Trotzdem habe ich in diesen Büchern nie jemanden wie mich wiederentdeckt. Mein Roman soll ein Heldenepos über und für den Rest von uns sein. Sie haben es genauso verdient, ihre eigenen Geschichten voller Schönheit und Ehrfurcht erzählt zu bekommen: Einwanderer, People of*

Color, die Einsamen, die Unterschätzten, die Enteigneten und Vertriebenen.

Dieser ›weißgewaschenen‹ Literaturtradition von John Steinbeck, Laura Ingalls Wilder & Co. förmlich einen Streich spielend, hältst du dich nicht an einen konsequenten historischen Realismus. Anstelle der Jahreszahlen findet der Lesende XX.

XX ist eine Flagge im Boden, ein Hinweisschild, das sagt: »Hier sind Drachen«, hier befindest du dich auf unerforschtem Terrain. Die Idee habe ich mir bei Haruki Murakamis 1Q84 geliehen. Das Q erlaubt eine Abweichung von unserem bekannten zu einem anderen Universum.

Du eröffnest uns also eine ganz neue Perspektive auf den amerikanischen Frontiermythos und die Geschichten des Goldrauschs, die wir bislang lesen konnten – in denen unter anderem auch all die chinesischen Arbeitsmigranten ausgeklammert werden, die beim Bau der Transkontinentalen Eisenbahn in den 1860ern mithalfen.

Ich wollte den Lesenden signalisieren, dass die Welt, die ich erzähle, nicht ganz dieselbe ist, die sie bislang kennen – oder zu kennen glaubten.

Die geschwisterliche Beziehung und Dynamik zwischen Sam und Lucy, obwohl sie unterschiedlicher nicht sein könnten, ist sehr bewegend gezeichnet. Welche der beiden Figuren entstand zuerst?

Sam und Lucy gibt es nur als Paar, niemals ohne einander. Die erste Szene, in der ich sie auftreten lasse, entsteht aus der eigentümlichen Spannung zwischen den beiden. Mich faszinieren Geschwisterbeziehungen oder enge Freundschaften zwischen Frauen – eigentlich jede Art der Beziehung zwischen Menschen, die permanent miteinander verglichen und in Kontrast zueinander gesetzt werden, die sich förmlich um- und übereinander ranken. Sam und Lucy sind im Duett solch geheimnisvolle, eindringliche Figuren.

Sams Genderidentität ist einer der faszinierenden Aspekte in deinem Roman. Für große Teile benutzt du Sams Namen anstelle eines geschlechtsspezifischen oder geschlechtsneutralen Pronomens. So hält man Sam am Anfang für einen Jungen.

Sam im Jahr 2021 würde sich vermutlich am ehesten mit »they/them« identifizieren. Aber leider ist das nicht die Welt in meinem Roman, und mein Roman sollte seine Authentizität nicht verlieren. Gleichzeitig habe ich als Autorin versucht, Sam die Freiheit zu geben, sich ohne jegliche Genderlabel zu präsentieren. Und daher begegnet der Lesende für den ersten Teil des Buches Sam, sich in einer Weise kleidend und verhaltend, die in der Romanwelt männlich kodiert ist. Ich wollte, dass die Lesenden zweimal hinschauen, dass sie sich selbst fragen, wie Gendernormen in ihrer und der Welt meines Romans funktionieren.

Da du von Authentizität sprichst: In deinem Roman kommen »Indianer« vor – ein heute mehrheitlich rassistisch und diskriminierend verstandener Begriff und das überkommene Erbe einer kolonialistischen, eurozentrischen Weltsicht. Vielleicht auch gerade ein Kunstgriff, um auf diesen historischen Missstand aufmerksam zu machen?

Es ist wie mit Sams Pronomen. Dem Begriff, den ich verwende, um ›Native Americans‹, die indigene Bevölkerung Amerikas, zu beschreiben, stimme ich heute, 2021, in keinster Weise zu – doch für die Glaubwürdigkeit meiner Welt brauchte es ihn.

Ein Schlüsselelement im Roman ist auch Lucys Sehnsucht, in die ›weiße‹ Kultur aufgenommen zu werden. Sie schadet damit sich selbst und anderen. Ihre Sicht auf die indigenen Einwohner Amerikas ist problematisch, genauso wie die auf ihre eigene Herkunft, für die sie nur Selbsthass empfindet. Es war für mich schmerzhaft zu schreiben, aber notwendig. Moralisch unanfechtbare Figuren sind weder interessant noch realistisch. Mir war es wichtig zu zeigen, welchen wirklichen Schaden feindlich gesinnte Ansichten anrichten können. Und ich wollte den Lesenden die Möglichkeit geben, ihre eigenen Schlussfolgerungen zu ziehen.

Es ist spannend, dass du das Mandarin in deinem Roman nicht übersetzt oder anderweitig kenntlich machst. So lernt man Wörter und Phrasen wie genuin aus dem Kontext heraus – wie »nu er«, das »Tochter« bedeutet. Warum hast du dich entschieden, eine andere Sprache, die eigentlich deine Muttersprache ist, in den Text einfließen zu lassen?

Ich habe Mandarin tatsächlich nicht als eine andere Sprache verstanden. Vielleicht weil ich den Roman zuerst nur für mich geschrieben habe. Im ersten Entwurf habe ich aus dem bloßen Gefühl heraus meine Figuren eine Mischung aus Englisch und Pidgin-Mandarin sprechen lassen – es spiegelt das wider, was ich als Kind hörte. Ich bin damit aufgewachsen. Dieser Sprachmix ist für mich und viele andere einfach der Klang des realen Lebens. Womöglich gibt es Momente des Verstehens in diesem Buch, die nur für uns bestimmt sind, und das ist in Ordnung. Und sind wir nicht alle auf Zusammenhänge und Hinweise angewiesen, um das Glück des Verstehens zu erleben, sei es in einer anderen Sprache als in unserer eigenen?

Möchtest du etwas ergänzen, von dem du dir wünschst, dass es deutsche Leser*innen aus deinem Roman mitnehmen?

Dies ist auch ein Roman über den Klimawandel und die Zerstörung, die Menschen in diese natürliche Welt bringen. Dieser Aspekt wird gerne übersehen, weil ich mich für ein historisches Setting entschieden habe – aber wir fügen diesem Planeten schon seit langer, langer Zeit Schaden zu. Wenn ich über Verlust schreibe, meine ich damit nicht nur die Trauer um einen toten Menschen, es ist auch die Trauer über die Welt, wie sie einmal war und die wir verloren haben.

Der neue Roman von
C Pam Zhang erscheint
im Herbst 2023 bei S. Fischer

Jia Tolentino
Trick Mirror
Über das inszenierte Ich

»Die mutige, spielerische Essaysammlung einer extrem talentierten Autorin.« *The Guardian*

Jia Tolentino ist die Stimme ihrer Generation. Sie setzt sich schonungslos mit den Konflikten, Widersprüchen und Veränderungen auseinander, die uns und unsere Zeit prägen. In ihrer rasanten Essaysammlung, die von Schärfe, Witz und Furchtlosigkeit getragen wird, geht sie den Kräften nach, die unseren Blick verzerren, und stellt dabei ihre unvergleichliche stilistische Brillanz und kritische Begabung unter Beweis. Ein unvergesslicher Trip durch die Selbsttäuschungen des Internetzeitalters.

Aus dem amerikanischen Englisch
von Margarita Ruppel
368 Seiten, gebunden

Weitere Informationen finden Sie auf
www.fischerverlage.de

AZ 10-397056/1

Warsan Shire
Haus Feuer Körper
Bless the Daughter Raised by a Voice in Her Head
Zweisprachig. Mit einem Nachwort von Sharon Dodua Otoo

Warsan Shires Gedichte sind eine der großen Überraschungen der Gegenwart: Sensibel und kompromisslos erkunden sie atmosphärisch dicht die Abgründe unserer Welt. Sie erzählen von Vertreibung, Gewalt und Diskriminierung. Der eigene Körper wird zum Instrument einer sinnlichen, poetisch direkten Sprache, die ruft und schreit und der Leser*in ins Ohr flüstert. Um einen Ausweg zu finden, zeichnet sie auf ihrer Haut Landkarten. Doch Vorsicht: wo Licht ist, lauert Feuer …

»Niemand verlässt sein Zuhause, es sei denn Zuhause ist das Maul eines Haifischs.« *Warsan Shire*

Aus dem Englischen von Muna AnNisa Aikins, Mirjam Nuenning und Hans Jürgen Balmes
160 Seiten, gebunden

Weitere Informationen finden Sie auf
www.fischerverlage.de

Jennifer Egan
Candy Haus
Roman

In einem großen visionären Roman über unsere Gegenwart knüpft Jennifer Egan ein schillerndes Netz aus Lebensläufen. Im Mittelpunkt steht der charismatische Bix Bouton, Gründer eines atemberaubenden Start-ups. Sein Coup ist eine App, die unsere Erinnerungen ins Netz hochlädt. Ein gefährliches Glück, denn die Erinnerungen werden für andere sichtbar. Und da ist Bennie Salazar, Ex-Punk-Rocker, der als Musikproduzent in Luxus abdriftet und seinen Sohn an die Sucht verliert …

Aus dem amerikanischen Englisch von
Henning Ahrens
416 Seiten, gebunden

Weitere Informationen finden Sie auf
www.fischerverlage.de

Itamar Vieira Junior
Die Stimme meiner Schwester
Roman

Beim Spielen finden Bibiana und Belonísia unter dem Bett ihrer Großmutter einen alten Koffer. Neugierig holen sie ein großes Messer hervor. Wie schwer ist es? Wie schmeckt es? Bei ihrem verbotenen Spiel verliert eine der Schwestern ihre Zunge, die andere ersetzt fortan ihre Stimme.
Das Leben ihrer Familie folgt treu den Spuren der Ahnen. Großmutter Donana spricht mit den Toten, der Vater ist ein angesehener Geistheiler. Gegen diese Welt lehnen sich die beiden jungen Frauen auf: Bibiana verlässt mit ihrem Geliebten das Dorf, und Belonísia wehrt sich gegen die Brutalität des Mannes an ihrer Seite.

Aus dem brasilianischen Portugiesisch
von Barbara Mesquita
320 Seiten, gebunden

Weitere Informationen finden Sie auf
www.fischerverlage.de

AZ 10-397493/1

Karina Sainz Borgo
Das dritte Land

Angustias Romero ist auf der Flucht vor der Seuche. Mit ihrem Mann und den siebenmonatigen Zwillingen auf dem Rücken ist sie unterwegs in die Berge, auf dem Weg ins rettende Nachbarland. Überall Beschwernis, Hitze und Staub. Die beiden Kinder überleben die Reise nicht.
An der Grenze unterhält Visitación Salazar einen illegalen Friedhof: Das dritte Land. Gegen den Widerstand von Kartellen und Todesschwadronen bietet sie den Ausgestoßenen einen Grabplatz. Hier endlich findet die Mutter für die toten Zwillinge einen Ort. Sie beschließt, bei ihnen zu bleiben und die Totengräberin in ihrem Kampf zu unterstützen.

Aus dem Spanischen von
Angelica Ammar
320 Seiten, gebunden

Weitere Informationen finden Sie auf
www.fischerverlage.de